UWE GOERITZ

Im Schatten des Regenbogens

Bibliografische Information der Deutschen Nationalbibliothek:

Die Deutsche Nationalbibliothek verzeichnet diese Publikation in der Deutschen Nationalbibliografie; detaillierte bibliografische Daten sind im Internet über http://dnb.dnb.de abrufbar.

© 2022 Uwe Goeritz

Coverbild: Bilder von Blende12, Janet Gooch und Gerd Altmann auf Pixabay

Covergestaltung: Uwe Goeritz / Marion Jana Goeritz

Herstellung und Verlag: BoD – Books on Demand, Norderstedt

ISBN: 978-3-7562-5829-1

Inhaltsverzeichnis

Im Schatten des Regenbogens

In den Wirren des Bauernkrieges im Jahre 1525 gerät die junge Gräfin Barbara zwischen alle Fronten. Von einem Bauernhaufen aus ihrem Schloss geraubt, überlebt sie nur mit Glück und muss sich den Umständen beugen, um auch weiterhin ihr Leben zu behalten. Der Not gehorchend bleibt sie unter den Bauern und erst dadurch erkennt sie deren schweres Los.

Ihr Mann Fridolin kämpft derweil auf der anderen Seite mit den Landsknechten gegen die Aufständischen. Wird es ihm gelingen, seine Frau zu befreien? Und wird sich Barbara von ihm noch befreien lassen, nachdem sie das Leben der Bauern gesehen und erlebt hat?

Zwischen ihrem Mann und dem Führer des Bauernhaufens gefühlsmäßig hin- und hergerissen muss Barbara eine Entscheidung treffen: für oder gegen die Liebe ihres Lebens.

Die handelnden Figuren sind zum großen Teil frei erfunden, aber die historischen Bezüge sind durch archäologische Ausgrabungen, Dokumente, Sagen und Überlieferungen belegt.

1. Kapitel
Auf dem Weg

Schier endlos zog sich der steinerne Weg durch das flache Land. Zu beiden Seiten wurde er von goldgelben Äckern gesäumt, die sich nach der Erntezeit sehnten. Kleine verschlafene Dörfer reihten sich gelegentliche wie Perlen an diesem Weg auf, als hätte man sie auf eine Schnur gefädelt.

In der Hitze des Mittags verließ nur der seine Hütte, der es wirklich musste und nur selten hob einer der verschlafenen Hofhunde mühsam seinen Kopf, wenn ein Reiter an ihm vorbeieilte.

Es war der Sommer im Jahre des Herrn 1524 und zusammen mit ihren Eltern hatte sich die achtzehnjährige Gräfin Barbara von Schleinitz - Eulau in einer Kutsche auf den Weg gemacht, um ihren zukünftigen Mann zu treffen.

Schon seit Tagen waren sie im Wagen von Dresden in das Mansfelder Land unterwegs.

Grübelnd blickte Barbara aus dem Fenster und sie fragte sich unentwegt, warum die Eltern sie so weit von ihnen fortgeschickt hatten, denn damit würde sie vermutlich ihre Mutter Gwendolyn auf der Hochzeit das letzte Mal sehen. Hätte sie nicht auch in Meißen einen passablen Mann für sich finden können? Da wäre der Abstand von Mutter und Freundinnen nicht ganz so groß.

Die Stimmung war deswegen auch ziemlich gedrückt zwischen den beiden Frauen.

Der Vater hatte ihr beim Aufbruch gesagt, dass die Reise fünf Tage dauern würde und vier davon hatten sie bereits hinter sich.

Seit dem Aufbruch am Morgen konnte sie die Hügel des Harzes in der Ferne erkennen.

Bisher hatte sie in ihrem Leben nur die Gegend rund um Dresden gekannt und die war, von ein paar kleinen Hügeln mal abgesehen, eher flach gewesen.

Derzeit fuhren sie durch einen Wald. Sie blickte staunend aus dem Fenster zur Seite und konnte die hohen Wipfel der Bäume vom Wagen aus kaum über sich erkennen.

Barbara ließ somit wohl die Zivilisation hinter sich und ihre Reise näherte sich langsam ihrem Ende.

Nur ihr Vater kannte den Mann, für den sie als Braut vorgesehen war. Graf Fridolin entstammte der Linie der mächtigen Grafen von Mansfeld, war aber nur der dritte Sohn und würde damit sicher nur ein kleines Stückchen Land besitzen. Großer Reichtum war da wohl kaum zu erwarten.

Die mitgeführte Mitgift war ansehnlich und befand sich hinten an der Kutsche in einer Kiste. Darin waren Kleider, Schmuck und natürlich viele Goldstücke.

Viel wusste sie noch nicht von Fridolin, nur, dass er über zehn Jahre älter als sie war. Doch das war ja normal. Die Männer waren immer älter, als die Frauen. Manche heirateten sogar mehrmals hintereinander, da die Frauen oft bei den Geburten starben, selbst in so hochgeborenen Kreisen, wie sie es nur kannte.

Niemand hatte ihr gesagt, warum sie gerade hier hin sollte und keiner würde es ihr erklären. Vielleicht gab es dafür keine Erklärung oder es ging einfach nur um die Verbindung ihrer Familie mit der viel mächtigeren der Grafen von Mansfeld.

Sie selbst war da nur ein kleines Licht und von klein auf dazu erzogen worden, zu folgen und zu gehorchen. Also würde sie sich in ihr Schicksal fügen.

Gedankenverloren spielte sie mit den Fingern in ihren langen braunen Haaren, die in ein paar Tagen, nach der Hochzeit, wohl unter der Haube verschwinden würden. Zumindest dann, wenn sie das Haus verließ.

Neue Fragen kamen hoch: Wo würde sie wohnen? In einer Burg? Einem Schloss oder einem Rittergut? Auch das hatte ihr bisher noch niemand bekannt gemacht.

Das hoppelnde Gefährt verließ den Wald, war jetzt auf einer holprigen Straße unterwegs und wenn es nach der Qualität der Wege ging, dann wurde die Gegend immer schlechter. Das ließ gerade ihre Hoffnung auf ein schönes Zuhause rapide sinken.

Eine einstmals blühende Landschaft mit Bergwerken und einer ertragreichen Landwirtschaft war es gewesen. Das hatte ihr die Mutter aus einem Buch vorgelesen, doch das war schon hundert Jahre alt gewesen. Die Straße sprach nicht dafür, aber die fruchtbaren Felder gab es offensichtlich noch.

Barbara wurde momentan regelrecht durchgerüttelt und schaute ihre Mutter fragend an. Gwendolyn winkte allerdings nur ab, denn antworten hätte sie jetzt sowieso nicht gekonnt.

Sie fuhren am Waldrand dahin und aus dem Fenster heraus schaute Barbara auf die Gegend. Sie saß mit dem Rücken zum Kutscher und hatte damit links den Wald und rechts die wogenden Felder.

Das soeben von ihrer Kutsche passierte Dorf machte keinen guten Eindruck auf sie. Schmutzige Katen und Hütten konnte sie erspähen. Solche zum Teil halb zerfallene Gehöfte kannte sie nur aus den Schilderungen ihrer Großmutter Johanna.

Magere Kühe sah sie auf dürftigen Wiesen. Zerlumpte Bauernkinder, die am Rande des Weges mit Steinen spielten, wenn sie nicht gerade auf den Feldern schufteten.

Über all das glitt ihr Blick, aber er blieb nicht daran haften.

Bisher waren ihr Mühsal und Arbeit erspart geblieben und nach dem Willen ihrer Mutter sollte das auch weiterhin so bleiben.

Ihre Finger ertasteten das kleine goldene Kreuz um ihren Hals. Am vorletzten Sonntag war sie noch in Dresden im Gottesdienst gewesen, am letzten unterwegs. Jetzt war es Dienstag und am Ende dieser Woche würde sie schon heiraten.

Die Grafen von Mansfeld waren glühende Verehrer der Lehren von Luther[1] und damit würde Barbara ihren evangelischen Glauben wohl behalten dürfen.

Der Wagen bog ab und fuhr in einen Waldweg hinein. Die Bäume kamen immer näher und nicht nur Barbara rückte ein Stück vom Fenster fort.

Auch Gwendolyn rutschte ihr gegenüber näher an Barbaras Vater heran.

Die dichten und dunklen Wälder waren nicht so nach dem Geschmack von Mutter und Tochter, doch der Weg führte nun einmal hier entlang.

Beide atmeten deutlich auf, als der Wald passiert war, die Kutsche abbremste und sie sich damit wohl endlich dem Ziel näherten.

Barbara drehte den Kopf und konnte einen Blick auf die Kante eines schmucken Baues erhaschen. In der Einfahrt zu diesem Schloss stand ein Karren, wodurch die Kutsche zuerst halten musste. Der Bauer führte zwei müde Ochsen und die beiden Tiere zogen das Fuhrwerk, welches leer war und sicher gerade die Abgaben gebracht hatte.

Barbara erhaschte einen kurzen Blick in das mürrische Gesicht des Bauern und darin blitzen dessen Augen kurz auf, bevor der alte Mann sich fort drehte.

Nachdem der Karren sie passiert hatte, ruckte die Kutsche wieder an. Nur Augenblicke später stoppten sie und danach wurde die Wagentür von außen geöffnet.

Zuerst stieg der Vater aus und schaute sich um. Ihm folgte die Mutter und diese reichte dann ihr die Hand.

---

[1] Martin Luther (10. November 1483 - 18. Februar 1546), war ein Augustinermönch und Theologieprofessor, der zum Urheber der Reformation wurde.

Sie betrat den gepflasterten Hof, als die Diener hinter der Kutsche die Kiste gerade abgeladen hatten.

Barbaras Blick wanderte zu dem Haus, das in Zukunft ihr Zuhause werden würde.

Es war ein durchaus prachtvolles, großes und dreistöckiges Anwesen, mit bunt bemalten Wänden und nur einer niedrigen Mauer darum herum. Ein wirklich imposantes Gebäude, welches sie in dieser Form hier niemals erwartet hätte.

Selbst in Dresden gab es wohl nur wenige so vortreffliche Herrenhäuser, wie dieses hier.

Suchend ging ihr Blick umher. Wo war ihr zukünftiger Gemahl? Nahm er sie nicht in Empfang?

Schließlich sah sie einen vornehm, nach der neuesten Mode, gekleideten Mann aus dem Schloss treten.

Bunte Schleifen und Bänder zierten sein Wams. Er war stattlich gebaut und gut genährt. Das konnte nur Graf Fridolin sein.

Ihr Vater ging auf ihn zu und die beiden Männer begrüßten sich mit einer kurzen Ehrbezeugung.

Barbara schlug die Augen nieder und machte einen tiefen Knicks, in dem sie vor ihm verharrte.

2. Kapitel
Keine Wahl!

Kaspar fuhr sich mit der Hand durch das kurze blonde Stoppelhaar und schaute seinen Vater fragend an. Er brauchte einen Moment, um zu begreifen, was der alte Mann gerade eben gesagt hatte.

„Und du bist dir sicher, dass du dich nicht verhört hast?", erkundigte er sich und hoffte, dass der Vater einlenken würde, doch der grauhaarige Mann schüttelte den Kopf und ließ sich ächzend neben ihn auf die Bank fallen.

„Der Dorfmeier hat es genau mit diesen Worten verkündet!", entgegnete der Bauer und stütze seinen Kopf in die Hand.

Kaspar überschlug die Rechnung in Gedanken, dann hieb er mit der Faust auf den Tisch.

„Wenn der Graf die Abgaben so sehr erhöht, dann bleibt uns kaum noch etwas zum Leben übrig!", entfuhr es ihm wütend.

„Ich weiß! Wir haben hier fünfzehn Mäuler zu stopfen!", antwortete ihm der Vater und sah verbittert aus.

„Ich hätte nicht übel Lust, alles hinzuschmeißen und nach Magdeburg zu gehen!", sagte Kaspar und setzte hinzu: „Dort könnte ich als Schreinergeselle oder bei einem Tischler unterkommen und hätte nicht diesen Ärger hier!"

„Du kannst nicht gehen!", erklärte der alte Bauer und ergänzte sofort: „Du musst den Hof weiterführen! Der ist seit zehn Generationen im Besitz der Familie! Das ist unser Grund! Und Achim ist noch viel zu jung, um ihn zu führen. Bis er so weit sein könnte, bin ich zu alt und gebrechlich!"

„Dann müssen wir eine andere Lösung finden. Fünfzehn Mäuler sind zu viel!", entgegnete Kaspar und stellte sich die Familie vor. Mutter, Vater, zwei Schwestern, der kleine Bruder, vier Knechte und fünf Mägde umfasste sein erweiterter Hof.

Bis vor wenigen Jahren hatten sie damit ein gutes Auskommen gehabt und was war jetzt? Abermals schlug er mit der Faust auf den Tisch.

„Ich kann weder auf die Knechte, noch auf die Mägde verzichten!", erklärte er, denn eigentlich führte Kaspar bereits den Hof, obwohl der Vater diesem noch offiziell vorstand.

„Was stellst du dir vor? Sollen Mutter und ich gehen?", blaffte ihn der Vater an und rieb sich den grauen Bart. Gedankenverloren setzte der alte Mann dann hinzu: „Bei der Abgabe sind wir dann im Januar sowieso alle verhungert!"

Beide Männer sahen betreten vor sich auf den alten Holztisch. So viele Entscheidungen waren in den letzten zweihundert Jahren schon hier getroffen worden und jetzt war eine neue fällig. Eine schwerwiegende!

Wie konnte der Hof weiterexistieren?

Schweigend erhob sich Kaspar und ging zum Herd hinüber. In den Flammen des Herdfeuers erhoffe er sich, eine Antwort zu finden. Er teilte die Arbeit durch die Anzahl der Köpfe und egal wie lange er darüber nachdachte, es blieb nur eine Lösung übrig: Mägde gegen Schwestern, Knechte gegen den Bruder!

Ohne Mägde und Knechte war die Arbeit allerdings einfach nicht zu schaffen.

Diese Abwägung war so fürchterlich und dennoch unvermeidbar.

„Wir sollten alle an den Tisch holen! Diese Frage duldet keinen Aufschub!", legte Kaspar schließlich fest.

Der Vater nickte ihm müde zu.

Wenig später saß die ganze Familie am Tisch und blickte ihn fragend an, denn es kam nur sehr selten vor, dass alle am Mittag hier in der Küche des Bauernhofes versammelt waren.

Ächzend erhob sich Kaspar, sah den Vater an, der ihm zunickte, und begann seine Erklärung: „Der Graf hat die Abgaben des Gehöftes erhöht!"

Für einen Moment blickte er von Gesicht zu Gesicht, dann setzte er fort: „Die Arbeit bleibt dieselbe, aber ich kann nicht alle von euch durch den Winter bringen."

Ein Gemurmel ging durch die Anwesenden. Schnell hob er die Hand und ließ sie verstummen.

Händeringen suchte er eine Fortsetzung seiner Worte und sondierte wieder in den Augen des Vaters, danach blickte er zu seinen beiden Schwestern.

„Kloster oder Heirat!", sagte er zu ihnen und sah, wie beide zusammenzuckten.

Danach schaute er zu seinem zehnjährigen Bruder und ließ ihm nur eine Wahl: das Kloster!

Stumm nickte Achim und nahm sein Schicksal klaglos an.

Anders sahen das wohl die beiden Schwestern.

Er ließ ihnen noch etwas Zeit und sagte deshalb zu den Mägden und Knechten: „Auf eure Mithilfe kann ich nicht verzichten!"

Schließlich entließ er die Familie wieder zu ihnen Arbeiten.

Nur er und der Vater blieben in dem Raum zurück.

„Warum deine Geschwister?", erkundigte sich der alte Mann und sah ihn fragend an.

Kaspar ließ sich auf die Bank fallen und entgegnete ihm: „Ich kann die Mägde und Knechte antreiben. Sie sind Arbeitskräfte, aber ich kann doch weder Gisela noch Achim oder erst recht nicht Ruth anschreien und zur Arbeit antreiben. Und auf das Anschreien wird es demnächst hinauslaufen! Außerdem ist es in der Not dann einfacher, schnell eine Magd zu entlassen, als für eine der Schwestern einen Mann zu finden!"

Der Vater nickte müde und setzte hinzu: „Da hast du wohl richtig überlegt!"

Mit traurigen Augen schaute er zu ihm herüber.

„Aber es reicht höchsten für eine Mitgift. Was wird, wenn beide heiraten wollen?", fragte der alte Mann.

„Da sei Gott vor!", entgegnete Kaspar und sah zum Feuer hinüber.

Deswegen hatte er ihnen ja diese Wahl gelassen. Doch das Kloster wollte auch eine Mitgift haben, wie ihm jetzt gerade in diesem Moment einfiel.

„Es geht nicht!", erklärte er gepresst und der Vater nickte.

Schweigend sahen sie wiederum vor sich hin.

Es dauerte eine Weile, bis Kaspar aufstand und sagte: „Ich gehe an die Arbeit. Vielleicht fällt mir dabei eine Lösung ein!"

Nach ein paar Augenblicken stand er mit der Mistgabel im Stall und wich Ruths Blick aus.

Die siebzehnjährige Schwester molk momentan zusammen mit der Mutter die fünf Kühe. Sie war ein Jahr jünger, als er und hatte sich sicherlich noch nie Gedanken um ihr Zukunft gemacht, zumindest sagte das ihr Blick, mit welchem sie ihn musterte.

Nur eine von beiden konnte heiraten. Eigentlich nur Ruth, zu der er jetzt hinübersah.

Gisela war vor einem Monat sechzehn geworden und für sie war einfach keine Aussteuer mehr übrig! Damit kamen weder Kloster noch Heirat für sie infrage! Was war also zu tun?

Soeben sah er die Schwester aus dem Schweinestall kommen, Hand in Hand mit einer Magd. Sie machte doch hier schon die Arbeit einer Magd, aber er wollte sie nicht irgendwohin als Dienstmädchen geben. Oder doch?

Ein neuer Gedanke blitze durch Kaspars Kopf: Wenn der Graf schon daran schuld war, dann sollte er doch diesen Fehler auch wieder korrigieren!

Er warf die Mistgabel in die Ecke, trat auf den Hof und winkte die Schwester zu sich.

3. Kapitel

Mägdewege

Gisela strich sich eine vorwitzige Haarsträhne hinter ihr Ohr. Der Gesichtsausdruck ihres Bruders sagte eigentlich alles aus. Gerade eben war sie noch mit Martha, der alten Magd, im Schweinestall gewesen und jetzt hatte ihr Bruder sie mitten auf dem Hof gestoppt.

Fragend blickte sie ihn an und bemerkte die Verzweiflung in seinen Augen.

„Es reicht nicht für die Mitgift? Oder?", fragte sie und strich sich mit dem Handrücken über die schweißnasse Stirn.

Wie von ihr erwartet, nickte Kaspar.

„Und was jetzt?", befragte sie ihn.

Würde sie im Hause bleiben können? Gedankenverloren schweifte ihr Blick über das Haus, zwei Scheunen und drei Ställe, die das Gehöft bildeten.

Bisher war sie nie länger als einen Tag von hier fort gewesen, seit sie sich zurückerinnern konnte und offenbar kam jetzt ein Abschied auf sie zu.

Nicht, dass sie es nicht erwartet hätte, aber dass dieser schon so bald kam, das war ihr bis gerade eben nicht bewusst gewesen.

Hinter Kaspar trat Ruth aus dem Kuhstall und schaute zu ihnen herüber.

Noch immer sah Kaspar sie zweifelnd an. Es schien ihm sichtlich schwerzufallen, ihr seine Entscheidung zu verkünden. Blieb ihr nur das Kloster, aber damit hatte sie sich schon fast abgefunden. Die Arbeit dort war dieselbe, die sie schon seit Jahren auf dem Hof machte. Nur die Kleidung würde sich dabei ändern.

„Also? Welches Kloster?", fragte sie ihn daher fordernd und sah ihn den Kopf schütteln.

„Das Geld reicht nur für Ruth!", entgegnete er und schaute über die Schulter zu der anderen Schwester zurück, die jetzt, nach der Nennung ihres Namens, zu ihnen trat.

„Auch das Kloster beansprucht eine Mitgift. Du wärest ja dann eine Braut Christi, aber es reicht eben nur für eine von euch beiden."

Ruth trat neben sie und sie warteten beide auf die Entscheidung des Bruders.

Eigentlich hatte damit nur Ruth die Chance einer Wahl. Für sie würde es keine geben.

„Raus mit der Sprache!", sagte Ruth jetzt und fasst sie bei der Hand.

„Der Graf hat uns diese Suppe eingebrockt und er muss sie auch auslöffeln", antwortete Kaspar und machte es damit nur noch rätselhafter.

Nach einer kurzen Pause setzte er fort: „Ich habe heute früh auf dem Schloss in der Küche gehört, dass dort noch eine Magd gesucht wird."

„Und da würdest du sagen, dass das genau die Position ist, auf die ich gehöre?", fragte Gisela zweifelnd.

Grübelnd blickte sie Kaspar an und durch ihn hindurch. Eine Magd auf dem Schloss? Vielleicht nicht ganz so schlecht, wie in ein Kloster zu gehen. Nur ein einziges Mal war sie mit dem Vater im Herrenhaus gewesen. Sie konnte sich allerdings noch gut an den prunkvollen Bau erinnern, auch wenn sie nur die Küche von innen gesehen hatte. Doch da wäre ja auch ihr Platz als Magd.

Kaspar deutete ihr Zögern wohl als Ablehnung, daher setzte er als Erklärung nach: „Ich würde dich ungern als Magd bei einem Bauern sehen, denn schließlich bist du die Tochter eines Bauern und hättest Besseres verdient."

Gisela fiel ihm ins Wort: „Soll ich noch heute aufbrechen? Oder morgen?"

Jetzt sahen ihre beiden Geschwister sie verwundert an, daher fügte sie hinzu: „Magd im Hause des Grafen ist so schlecht nicht!"

Kaspar nickte erleichtert und entgegnete: „Vielleicht schon heute. Ich habe heute früh davon erfahren. Nicht, dass die Stelle morgen bereits besetzt ist!"

Augenblicklich schien er auf Eile zu drängen.

Gisela nickte und lief in das Haus zurück.

Ihre paar Habseligkeiten waren geschwind gepackt. Kleidung würde sie dort erhalten und was brauchte sie schon mehr? Nur den Kamm mit dem beinernen Griff, der diese wundervolle Schnitzerei aufwies, und ihr wertvollster Besitz war.

„Fertig!", rief sie nach ein paar Augenblicken, dann trat sie auf den Hof und es begann die Verabschiedungsrunde.

Vierzehn lieb gewordene Menschen wollten verabschiedet werden. Die Umarmungen waren lang und innig. Und tränenreich bei Mutter, Martha und der Schwester.

Mit einem Päckchen Verpflegung als Wegzehrung wanderte sie schon kurz darauf zügig zum Schloss.

Der Weg betrug zu Fuß nur eine knappe Stunde und so folgte sie einfach dem Pfad, der sich durch das Land schlängelte. Vorbei an fruchtbaren Äckern, die im vollen Korn standen. Durch kleine Waldstücke und über ein paar Bäche, über die Brücken führten.

Der Pfad war durch die Ochsenkarren der Bauern ausgefahren. Tiefe Rillen hatten die Räder in den Weg gegraben und nur in der Mitte konnte man einigermaßen normal gehen, doch dort stand das Gras fast kniehoch. Es kitzelte Giselas Beine, die der halblange Rock bis zur Wade freiließ.

Nach der Hälfte des Weges erfrischte sie sich in einem Bach, denn schließlich hatte ihr hektischer Aufbruch ihr keine Zeit zur gründlichen Körperpflege gelassen. Und mit dem Geruch nach Schweiß und Schweinestall würde sie im Schloss höchstens noch Aschenmagd werden können.

Bis zum Knie im kühlen Wasser stehend, im ärmellosen, leinenen Unterkleid, wusch sie sich daher besonders gründlich. Die Mutter hatte ihr anscheinend extra dafür einen Würfel Kräuterseife in den Beutel getan.

Wenig später roch sie wie eine Wiese im August und machte sich beschwingt und singend auf den weiteren Weg.

Voraus gingen ihre Gedanken. Was würde werden?

War die Stelle schon besetzt? Wenn ja, was blieb ihr dann? Zurück zum elterlichen Hof würde sie jedenfalls nicht mehr gehen, denn sie wollte dort niemanden zur Last fallen.

Endlich konnte sie die Fassade des herrschaftlichen Hauses hinter einer niedrigen Mauer sehen. Stolz stand das eindrucksvolle Gebäude dort inmitten von hohen Bäumen.

Nachdem Gisela das Tor in der Mauer durchschritten hatte, befand sie sich auf dem Vorhof und dort wandte sie sich nach links, wo sich das unscheinbare Türchen für das Personal befand.

Der geschmückte Eingang an der Front des dreistöckigen Baues war ja nur für die Herrschaft, wie ihr der Vater beim letzten Besuch erklärt hatte.

Mutig klopfte sie an der offen stehenden Pforte zur Küche. Eine dicke, verschwitzte Magd sah zu ihr heraus und fragte: „Was bringst du?"

„Ich habe gehört, ihr sucht eine Magd?", entgegnete sie geradeheraus.

„Maria", rief die Magd nach hinten und verschwand in der Tiefe des Raumes.

Eine große Frau in besserer Kleidung trat zu ihr heraus und wiederum erklärte Gisela, dass sie sich als Magd bewarb.

Maria musterte sie ausgiebig und nickte dann, sie gab den Weg frei und Gisela trat ein.

Hinter der Tür wirtschafteten fünf Mägde in der Küche.

„Der Graf heiratet Ende der Woche, da können wir jede Hand gebrauchen", erklärte Maria und setzte hinzu: „Du weißt aber, dass der Herr Graf auf dem Recht der ersten Nacht besteht?"

„Ich will hier nur arbeiten und ihn nicht heiraten!", entgegnete Gisela und lachte, doch Marias Gesichtsausdruck ließ sie verstummen.

„Das ist der Preis für eine gute Stelle, immer satt zu essen und sonntags ein Stück Fleisch in der Suppe!", erklärte die Frau.

Gisela nickte zustimmend und musste trotzdem schlucken.

4. Kapitel
Ein goldener Käfig

Fridolin war ihr gegenüber ziemlich aufmerksam, aber er nahm sich dennoch nicht die Zeit, ihr das Schloss zu zeigen. Einer seiner Kammerdiener tat das für ihn und irgendwie fühlte sich Barbara dadurch vernachlässigt und das schon am ersten Tag.

Wie sollte das nur weitergehen?

Gleichzeitig hatte ihr die Mutter auch noch eröffnet, dass sie und der Vater schon am nächsten Tage wieder zurückfahren würden. Sie hatten sie nur gebracht und konnten offensichtlich nicht bis zur Hochzeit bleiben. Wichtige Geschäfte und ein eiliger Brief des Kurfürsten riefen den Vater unverzüglich zurück an den Hof.

Dorthin wäre auch sie gern wieder gegangen, denn hier war alles so trostlos und das schon nach dieser kurzen Zeit! Doch woher kam dieses Gefühl?

Das Schloss selbst war vom Feinsten ausgestattet, was es im Moment gab. Selbst die Kleidung des Grafen war in Paris hergestellt, aber was nutzte ihr das, wenn sie alleine war. Es gab hier keine Gesellschafterin für sie, keinen Freundinnen, nur Dienerschaft!

Gerade saß sie in dem prachtvollen Saal im obersten Geschoss des Schlosses, in einem Sessel, mit dem Blick in den Park, und keiner um sie herum beachtete sie.

Barbara fühlte sich, als wäre sie ein Teil des Sitzmöbels. Ein Gegenstand, hier abgestellt, bis jemand sie brauchte.

Sie hatte sich das irgendwie anders vorgestellt.

Bisher hatte sie in Dresden und Meißen mit ihren Freundinnen die Bälle besucht, war im Schloss des Kurfürsten ein und ausgegangen und jetzt war sie hier. Irgendwo in der Wildnis!

Auf der Herfahrt hatte sie gesehen, dass rings um das Schloss nichts war. Nur Felder und Wälder. Praktisch war sie eine Gefangene hier. Warum hatte sie sich nur darauf eingelassen?

Die Mutter hatte sie noch vor der Abreise gefragt, ob sie das wollte und sie hatte unwissend zugestimmt.

Barbara stemmte sich aus dem Sessel hoch und trat an das Fenster. Dieser Saal konnte sich durchaus mit den Prachtsälen in Dresden messen, aber bei der Aussicht aus dem Fenster bot sich ihr keine Freude.

„Junge Herrin?", hörte sie eine Frauenstimme hinter sich und wandte sich herum.

Die Mamsell stand hinter ihr, machte einen tiefen Knicks und sagte dann: „Ich kann euch erst morgen eine Zoffmagd geben. Ist das für euch in Ordnung?"

„Ja", entgegnete Barbara und drehte sich wieder zurück zu dem Fenster, wodurch ihr Blick erneut auf den Wipfeln der Bäume lag.

Es kam ihr in den Sinn, die Mutter zu bitten, sie wieder mitzunehmen, aber sie verwarf diesen Gedanken. Das würde ab jetzt ihr Heim für die nächsten Jahre sein und sie würde sich damit arrangieren müssen.

Ohne dass es jemand bemerkte, ging sie aus dem Raum, stieg die Treppe hinab und trat auf den Platz vor dem Schloss.

Langsam umrundete sie das herrschaftliche Anwesen und schlenderte in Gedanken versunken einen mit Sand bestreuten Weg durch den angrenzenden Park.

Alleine und einsam folge sie der Spur.

Ihr zukünftiger Mann hatte keine drei Sätze mit ihr gesprochen und dabei hatte sie doch so viel von ihm wissen wollen. Nur er konnte doch diese Trostlosigkeit hier für sie irgendwie ertragbar machen.

Am Ende des Weges stand unter einem Baum, vor einem idyllisch gelegenen Teich, eine Bank und Barbara ließ sich seufzend darauf fallen.

Ohne Ziel schaute sie in die Ferne. Nichts hielt momentan ihren Blick bis zum Horizont auf, denn es gab eine Schneise durch den Wald, welche direkt vor ihr lag. Am anderen Ufer dieses Gewässers.

Hufgeräusch riss sie aus ihren Gedanken. Im Sitzen wandte sie sich um und erspähte einen Knecht, der ein wirklich wunderschönes Pferd am Zügel auf dem Waldweg bewegte.

Wenigstens reiten würde sie hier können, um dem betrüblichen Gefängnis ihrer Einsamkeit zu entkommen. Die Weite des Landes vor ihr lud geradezu dazu ein, sich in den Sattel zu schwingen und zu reiten, bis man die Sonne erreicht hatte. Zumindest bildlich.

Barbara erhob sich von der Bank und trat zu dem Knecht. Der Mann verbeugte sich vor ihr, aber sicher wusste er nicht, wer sie war. Nur das kostbare Kleid hatte ihn wohl zu dieser Verbeugung verleitet.

Liebevoll strich sie dem Schimmelhengst über die Nase.

„Ein wirklich schönes Tier!", bemerkte sie und der Knecht nickte.

„Es ist das Lieblingspferd des Herrn Grafen!", entgegnete er, vermutlich um die Besitzverhältnisse zu klären.

Dann setzte sie sich zurück auf die Bank und sah dem sich entfernenden Reittier nach. Sie würde den Grafen fragen, ob er ihr diesen wundervollen Hengst zum Ausritt überließ. Ein wenig Hoffnung fiel bei diesem Gedanken in ihre Seele.

Langsam setzte die Dämmerung ein und so machte sich Barbara schließlich wieder auf den Weg zurück zum Schloss.

Als sie den Saal abermals betrat, kümmerte sich niemand um sie. Vermutlich hatte noch nicht einmal jemand bemerkt, dass sie gegangen war und stundenlang irgendwo alleine gesessen hatte.

Unstet ging ihr Blick von einem zum anderen. Die Zoffmagd würde sie auch erst am nächsten Tag bekommen und so war sie an diesem Abend dann wohl auch alleine in ihrem Zimmer, von dem sie momentan noch nicht mal wusste, wo es sich befand.

Die Mamsell trat in den Raum und Barbara winkte sie zu sich.

„Ich möchte in mein Zimmer gehen", sagte sie.

Die Mamsell machte einen Knicks und zeigte mit der Hand, dass sie ihr folgen sollte.

Zusammen stiegen sie eine Treppe hinab, folgten einem Gang und betraten ein schönes Zimmer und wenn der Ausblick aus dem Raum auf ein anderes Schloss gegangen wäre, dann hätte sie sich darüber sehr gefreut, aber das Fenster zeigte zum Pferdestall!

„Soll ich euch beim Entkleiden helfen?", erkundigte sich die Magd.

Barbara winkte nur ab.

Obwohl es noch Tag war, streifte sie sich die Kleidung ab, wickelte sich in die Decke und legte sich in ihr Bett. Die Trostlosigkeit der Situation stürzte erneut auf sie ein und da sie alleine war, konnte sie die Tränen laufen lassen.

Es gab niemanden, der daran Anstoß nehmen konnte.

Schließlich machte das Weinen sie müde und ihr fielen die Augen zu. Es war die erste Nacht in ihrem neuen Zuhause und sie fragte sich, was da wohl für Träume kommen würden.

Und sie träumte von diesem wunderschönen Schimmel, den der Knecht am Zügel geführt hatte. Vielleicht war es ja auch ein Zeichen, dass das Fenster genau zum Stall dieses wundervollen Tieres hinausging.

Der Gedanke an das Pferd und die Freiheit in dessen Sattel trockneten die Tränen des Abends. Vielleicht war hier nicht alles verloren.

Dieser goldene Käfig öffnete sich ein kleines Stück und der Schlüssel war dieser herrliche Schimmelhengst.

5. Kapitel
Der Preis der vollen Schüssel

is zum Abendmahl war Gisela noch der Meinung gewesen, dass Maria mit dieser Bemerkung über die erste Nacht nur einen schlechten Scherz gemacht hatte, doch dann stand unmittelbar vor dem Essen einer der Diener in einer prachtvollen Livree vor ihr und überbrachte ihr die Instruktionen für dieses erste Treffen mit dem Grafen.

Die Anweisungen waren einfach und unmissverständlich: Nach dem Beginn der Nacht im Unterkleid, sauber gewaschen und mit gekämmtem Haar in der Mägdekammer auf ihn zu warten.

Jetzt musste Gisela abwägen, ob das Essen wirklich diesen Einsatz wert war. Jungfernschaft gegen einen vollen Bauch.

Doch wenn sie ablehnen würde, so wäre diese erste Nacht im Schloss höchstwahrscheinlich auch schon wieder ihre letzte und daher stimmte sie nickend zu.

Bis dahin hatte ihr dieser erste Tag ganz gut gefallen. Die Arbeit war nicht schwer und in der Küche sangen die Mägde, während sie Gemüse putzten und kochten.

Maria war die Mamsell und stand dem ganzen Personal vor und das war eine gewaltige Menge von Menschen, wie Gisela bei der kurzen Instruktion auf dem Schloss von ihr erfuhr.

Offensichtlich schien Maria einen Narren an ihr gefressen zu haben, denn sie begleitete Gisela persönlich durch alle Räume des riesigen Gebäudes. Von der Mägdekammer im Dachgeschoss, die dort den ganzen Platz unter dem Dach einnahm, bis zum Keller mit der Vorratskammer. Von der Wäscherei im Schloss, wo sich die Mägde abends auch wuschen, bis zum prachtvollen Saal, in welchem demnächst die Hochzeit gefeiert werden sollten.

Wenn sich Gisela nicht verzählt hatte, so waren hier mehr als zwanzig Mägde und sicher noch einmal ebenso viele Knechte in diesem Haus, und darum herum, beschäftigt.

Neben dem Schloss gab es auch noch Scheunen, Ställe und das Haus für die Knechte, welches sich neben einer Scheune befand.

Offensichtlich wurden am Abend Knechte und Mägde räumlich voneinander getrennt.

Beim Abendmahl war das Esszimmer neben der Küche voller Menschen. Ein Geschnatter und Gelächter war in dem Raum, bevor das Essen durch vier Küchenmägde aufgetragen wurde, welches für die Mägde überraschend reichhaltig ausfiel. Die Tischplatte schien sich fast durchzubiegen.

Während der Mahlzeit beugte sich die dicke Ella, die neben Gisela saß, zu ihr herüber, wischte sich mit dem Handrücken den Mund ab und erklärte: „Solch eine Schlemmerei gibt es hier nicht immer, aber wir kochen alles für die Feier zur Probe vor und es wäre doch schade, um das gute Essen!"

Ella lächelte und schob sich ein Hühnerbein in den Mund.

Und kurz darauf setzte draußen die Dämmerung ein.

Gisela sprang von ihrem Platz und eilte zur Waschküche hinunter, um sich schnell zu säubern.

An einer der Wände stand eine Reihe von steinernen Trögen, in welchen die Mägde am Tage die Wäsche wuschen. Momentan waren es die Waschtröge für die Mägde.

Gisela streifte sich ihr Kleid ab und wusch sie wiederum im Unterkleid mit der Kräuterseife.

„Deine erste Nacht?", fragte eine der Mägde, die sich momentan neben ihr einseifte.

Gisela nickte, aber noch immer wusste sie nicht, ob sie das wirklich tun wollte, doch wo sollte sie denn sonst hin?

Die Magd neben ihr beugte sich zu ihr herüber und flüsterte ihr ins Ohr: „Ein kleiner Tipp für dich: Der Herr Graf möchte beim Beischlaf keinen Ton von dir hören."

Gisela nickte und entgegnete: „Danke!"

Wie vornehm das hier zuging. Die Magd sagte Beischlaf und der Diener hatte vorhin gesagt, dass sie mit dem Herrn Graf das Lager teilen würde.

Bei diesen Worten dachte sie an den väterlichen Hof zurück. Da waren die Mägde mit den Knechten einfach nur zum Ficken in der Scheune ins Stroh gegangen.

Während sie sich sorgfältig abseifte, rauschten all die Dinge durch ihren Kopf, die ihr die Mutter vor Monaten erzählt hatte. Und sie dachte an Martha, die sie vor Jahren beobachtet hatte, als diese mit dem Knecht im Stroh gewesen war. Leise waren die beiden damals nicht gerade gewesen.

Die zunehmende Dunkelheit trieb sie zur Eile an. Mit dem Kleid im Arm und den Schuhen in der Hand rannte sie barfuß die Treppe nach oben, wo sich ihr zukünftiges Nachtlager befand.

„Welcher Strohsack wird meiner?", fragte sie Ella, die gerade gähnend mit einem Talglicht in der Tür der Kammer stand.

„Neben mir ist noch frei. Der letzte an der Wand dort drüben", erklärte die Küchenmagd und zeigte nach links.

Ein Strohsack, eine Decke und ein Haken an der Wand, mehr gab es nicht.

Gisela hängte Tasche und Kleid auf und prüfte den Strohsack.

„Du musst!", äußerte Ella dann und zeigte dabei zur Tür, in welcher jetzt der Diener in der schmucken Uniform stand.

Schon zuvor hatte sie diesen Anzug bewundert. Goldfarbene Knöpfe und bunte Bänder zierten das Wams des Knechtes. Der grauhaarige Mann hatte ein gütiges Gesicht und lächelte sie an. So in etwa hatte sie sich ihren Großvater vorgestellt, von dem ihr ihre große Schwester Mechthild immer erzählt hatte. Die war jetzt seit fünf Jahren verheiratet und hatte damit das schon hinter sich, was Gisela in dieser Nacht noch bevorstand.

„Bereit?", erkundigte sich der alte Mann, als sie vor ihn trat.

Mit gemischten Gefühlen nickte sie ihm nur zu.

Nachdem er sie zur Kontrolle umrundet hatte, gingen sie über die Treppe nach unten. Der Diener trug einen kostbar aussehenden Leuchter vor sich her. Dieser beleuchtete die schmale Stiege, die nur dem Personal vorbehalten blieb. Die Herrschaften gingen über die breite Treppe vorn.

Durch eine Seitentür betraten sie einen Vorraum, der direkt an das Zimmer des Grafen grenzte. Der alte Mann schob eine Tür auf, zeigte hinein und bedeutete: „Warte hier! Ich hole dich dann später wieder hier ab."

Sie trat langsam in das Gemach, welches von vielen Kerzen hell erleuchtet war. Mitten in diesem Raum stehend, blickte sie sich um.

Noch war Gisela alleine in dem Zimmer, das überaus prachtvoll ausgestaltet war. Besonders das große Bett mit den Stützpfosten und dem großen Baldachin zogen ihre Aufmerksamkeit auf sich. An den Pfosten waren geschnitzte Figuren zu sehen und sie glitzerten, als wären sie aus purem Gold gemacht.

„Jetzt weiß ich auch, warum er die Abgaben erhöht hat", murmelte Gisela und fuhr mit den Fingern über die geschnitzten Tiergesichter.

Die Wartezeit dehnte sich und sie stand barfuß im ärmellosen und knielangen Unterkleid in der Kammer.

Immer noch wägte sie das Für und Wider ab und doch war mit ihrem Erscheinen in diesem Gemach ja schon alles gesagt. Wo sollte sie auch sonst hin?

Schließlich hörte sie Schritte und die Vordertür schwang auf. Schnell machte sie einen tiefen Knicks, denn das hatte ihr Maria noch zuvor mit auf den Weg gegeben: Vor der Herrschaft immer Knicks oder Verbeugung, bis man aufgefordert wurde, aufzustehen, oder die Herrschaften an einem vorbei waren.

Sie richtete ihren Blick zum Boden und wartete.

Der Mann kam auf sie zu, umrundete sie und blieb dann vor ihr stehen. Sie sah ihn nur vom Gürtel an abwärts.

Anschließend legte er ihr die Hand unters Kinn und zog sie so nach oben. Erneut umrundete der Mann sie und trug ein reich geschmücktes Wams.

Hinter ihr stehen bleibend, fuhr er mit den Fingern durch ihr langes Haar und schnalzte mit der Zunge.

„Na, da hat Maria endlich mal was Gutes eingestellt", ließ er sich von hinten freudig vernehmen, dann setzte er hinzu: „Zieh das Kleid aus!"

Gisela schob die Träger zur Seite und schnell rutschte der Stoff über die Hüften nach unten.

Flugs legte sie danach ihre Hände übereinander vor ihren Schoß.

Ein kräftiger Schlag auf ihren Hintern folgte und es klatschte, aber sie verkniff sich jeden Ton.

„Fein! Du gefällst mir!", erklärte der Mann und trat vor sie hin.

Gemächlich streifte er sich das Wams ab, warf es hinter sich und klatschte in die Hände.

Der Diener erschien und half ihm aus den Schuhen und der Hose, dann verschwand der Diener mit den Sachen des Grafen und damit stand dieser im Unterhemd vor ihr.

Der Graf hatte einen ziemlichen Bauch und somit stand das Hemd vorn von ihm ab. Es hing wie ein Zelt über seiner Leibesmitte und fiel bis weit auf die Oberschenkel.

Für einen Moment stellte sich Gisela vor, wie der Graf wohl mit Ella das Lager geteilt hatte, verkniff sich aber das Schmunzeln.

Wortlos zeigte er mit der Hand auf das Bett und Gisela ging die zwei Schritte. Das Lager war sehr weich, wie sie feststellte, als sie mit den Fingern darüber strich.

Langsam setzte sie sich nieder und wartete auf den Mann, der sich gerade umständlich das Unterhemd über den Kopf zog.

Danach kam er auf sie zu.

Mit einer leichten Angst hing ihr Blick an seinem Gemächt, das beim Gehen bereits gierig zuckte.

Trotz seiner Leibesfülle war er sehr schnell bei ihr, drückte sie mit dem Rücken in das Bett und legte sich über sie.

Gisela dachte an Martha und öffnete sich für den Grafen, der das zufrieden grunzend quittierte. Er zog ihr die Knie nach oben, schob sich zwischen ihre Schenkel und stieß unvermittelt zu.

Sie biss sich auf die Lippe, um nur keinen Laut herauszulassen.

Ein kurzer Schmerz jagte durch ihren Körper, der aber schnell verebbte.

Der beleibte Mann über ihr schob sich sofort tief in ihren Schoß und dann begann er sich keuchend in ihr zu bewegen.

Kein Ton kam auch weiterhin über ihre Lippen und nur das Schnaufen des Mannes war zu hören.

Dann bäumte er sich auf, ergoss sich zuckend in ihr und schickte sie wenig später wieder aus dem Zimmer.

Mit dem Unterkleid in der Hand eilte sie vor die Tür und zog sich dann dort auch wieder an.

Wenig später wartete sie auf den Diener.

Grübelnd blickte sie auf die geschlossene Tür zum Zimmer des Grafen. Gerade schmerzte ihr Schoß ein wenig, aber das war der Preis für ihre Aufnahme in dieses prächtige Anwesen gewesen.

6. Kapitel
Augenblicke

Auf das Drängen sämtlicher Verwandten hin hatte sich Graf Fridolin von Mansfeld-Vorderort jetzt endlich doch noch dazu durchringen können, sich wieder zu vermählen. Der Tod der geliebten Frau zwei Jahre zuvor hatte ihn zu sehr geschmerzt.

Constanze war bei der Geburt der gemeinsamen Tochter gestorben und das Kind hatte die Mutter nur um wenige Atemzüge überlebt.

Wein, Weib, Gesang und wilde Jagden durch den Wald mit Freunden hatten ihn bisher gut von dem Schmerz abgelenkt, doch was kam jetzt auf ihn zu?

Zufrieden saß er in dem Sessel in seinem Saal. Die Bittsteller traten vor ihn und er hielt Gericht. So ließ es sich leben.

Schließlich kam sein Kammerdiener zu ihm und erklärte, dass die Kutsche gerade auf den Hof rollte.

Schnell wimmelte er alle ab und ging nach unten.

Als die Karosse vor der Treppe zum Stehen kam, trat er auf den Grafen zu, der gerade daraus ausstieg und begrüßte ihn herzlich.

Vor ein paar Jahren hatten sie sich bei einem Empfang des Kurfürsten kennengelernt und vor kurzem war der Graf auf ihn zugegangen, weil er seine Tochter mit ihm vermählen wollte.

Auch die junge Frau stieg aus. Kurz begrüße er sie, dann führte er seine Besucher durch das Schloss. Er war sehr stolz auf diesen prachtvollen Bau. Die bewundernden Blicke seiner Gäste schmeichelten ihm, denn das hier war tiefstes Mansfelder Land und nicht die Residenzstadt, die seine Gäste ständig um sich hatten.

Barbara, seiner zukünftigen Frau, trat er höflich entgegen, doch er hielt ihrem Blick nicht stand. In ihren Augen sah er seine

Constanze. Sie hatte dieselben Augen! Das durfte doch nicht wahr sein!

Jeder Blick jagte wieder diesen Schmerz durch seinen Körper.

Er brauchte Ablenkung davon und da traf es sich gut, dass sein Diener ihm im Saal die Nachricht überbrachte, dass eine neue Magd im Schloss eingetroffen war.

Als Hausherr oblag es ja ihm, das Personal auf ihre Fähigkeiten zu testen. Das war genau die richtige Art von Zerstreuung, die er sich gewünscht hatte und wenn diese Magd auch noch hübsch war, dann umso besser!

Wie ein Fürst setzte er die Audienz fort und auch dabei sah er die bewundernden Blicke seiner Gäste. Das gefiel ihm außerordentlich gut.

Zusätzlich wusste er ja auch, dass der Graf wieder zum Kurfürsten zurückfahren würde und dort konnte ein gutes Wort nicht schaden. Jeder positive Eindruck, den der Mann mit in die kurfürstliche Residenz nahm, war jetzt Gold wert.

Vielleicht würde ja auch ein kleines Geschenk für noch mehr Bewunderung sorgen? Oder zwei? Eines für den Grafen und eines für dessen Frau.

Mit einer Handbewegung holte er Johann zu sich, der den Auftrag bekam, zwei exquisite Aufmerksamkeiten zu wählen, die er ihm genau auftrug.

Wenig später war der Kammerdiener mit den gewünschten Dingen zurück: Ein kostbar verziertes Schwert für den Grafen und eine prächtig mit Edelsteinen besetzte Spange für dessen Frau.

Sicherlich würden die beiden in Zukunft darauf angesprochen werden, wenn sie diese beiden Gegenstände bei Bällen und Empfängen trugen und damit würde sein Name in Verbindung und im Gespräch bleiben.

Danach begann das Mahl und da seine Gäste nur diesen einen Abend hatten, wurde reichlich aufgetafelt.

Jeder ließ es sich schmecken und erst zum Schluss bemerkte er, dass der Stuhl seiner zukünftigen Frau leer geblieben war.

Sein Diener teilte ihm mit, dass Barbara schon zu Bett gegangen war. Offensichtlich war die beschwerliche Reise für sie zu anstrengend gewesen.

Noch einmal winkte er Johann zu sich und fragte ihn, ob die Magd bereit für die Einweisung sein würde, was dieser bestätigte.

Mit dem Einbruch der Nacht erhob er sich daher von der Tafel, wünschte seinen Gästen noch einen schönen Abend und stieg eiligst zu seinen Gemächern hinunter.

Gespannt auf die neue Magd betrat er den Raum. Die Frau war sehr hübsch und genau das, was er jetzt zur Ablenkung gebraucht hatte.

Es mochte seltsam klingen, dass er die Augen seiner Frau vergessen wollte, indem er zwischen den Schenkeln einer anderen lag, aber bisher hatte es immer geholfen.

Und diese Magd war sichtbar gut gebaut. Ihr Haar war gepflegt und zeigte an, dass sie aus einem guten Hause stammte.

Überraschend kam dann noch hinzu, dass sie noch Jungfrau gewesen war.

Schnaufend durchbrach er ihren Widerstand.

Diese Frau war genau nach seinem Geschmack, wie er für sich selbst feststellte, nachdem er sich in ihrem Schoß ergossen hatte.

Er würde sich dieses Dienstmädchen warm halten und sie am nächsten Abend wieder durch Johann zu sich rufen. Es war schon schön, der Herr zu sein.

Während die Frau das Zimmer nackt verließ, drehte er sich auf den Rücken und dachte über sein Leben nach.

Wieder kam der Schmerz zurück. Die Frau im Nebenzimmer, die bald seine Gemahlin werden sollte, die hatte diese Wunde wieder aufgerissen. Sollte sie ihn eigentlich nicht heilen? Oder musste es erst noch schlimmer werden, bevor es gut werden konnte?

Als er die Kerzen ausblies, sah er wieder den Blick dieser Augen. Das Blau des Meeres hatte darin gelegen. So wie bei Constanze. Dieselbe Farbe!

Zum Glück hatte die Magd braune Augen und sie hatte keinen Ton von sich gegeben, so wie er es gewollt hatte.

Fridolin begann an die Magd zu denken, um sich von den blauen Augen abzulenken. Es half und langsam schlief er ein.

Doch aus diesem Schlaf schreckte er schließlich wieder hoch.

Im Bett sitzend überlegte er weiter. Die junge Gräfin war ja nur hier, um ihm einen Erben zu schenken. Das war nun mal ihre und seine Pflicht.

Das musste nicht unbedingt Spaß machen, konnte es aber. Er durfte ihr dabei nur nicht in die Augen sehen!

Sein Blick fiel auf das Gemälde seiner verstorbenen Frau an der Wand, welches der Mond gerade beleuchtete. Eigentlich hätte er es schon lange abnehmen müssen, zumindest bis zur Hochzeit musste dies noch geschehen.

Es galt loszulassen. Constanze, das Kind und sicher auch den Schmerz. Danach würde alles gut werden.

Gerade fühlte er, dass die Augen der Frau auf dem Bild ihn nicht mehr losließen. Es waren Augenblicke aus dem Jenseits, Augenblicke für die Ewigkeit.

Konnte Barbara diesen Platz einnehmen? Er musste es einfach mit ihr versuchen.

7. Kapitel
Erinnerungen

Missmutig rührte Kaspar mit dem Löffel in der Schüssel herum. Diese Entscheidung war ihm wirklich nicht leicht gefallen und er konnte nur hoffen, dass Gisela, die den Hof als erste verlassen hatte, nicht die falsche Alternative gewählt hatte. Doch eigentlich hatte er ihr ja gar keine Auswahl gelassen.

Jetzt blickte er zu Ruth und gab ihr noch etwas Zeit für ihre Angelegenheit: Hochzeit oder Kloster.

Er sah auch, wie seine Mutter Sofia dem Bruder liebevoll über den Kopf strich und um ihn und Sofia aufzumuntern erzählte er: „Im Kloster gibt es bestimmt besseres Essen, als diesen Brei hier!" Dabei hob er den Löffel und ließ die klebrige Masse in den Napf zurückfallen.

Achim musste bei dem Geräusch schmunzeln.

Der Vater stöhnte auf. „Das ist kein Brei. Das sind Sägespäne mit etwas Hafer!", erklärte der alte Mann und ließ die Faust auf den Tisch knallen.

Alle in dem Raume schauten zu dem alten Bauern, der jetzt zornig seine Schüssel in die Ecke schleuderte. Dann begann er: „Mein Großvater hatte noch Brei im Napf. Selbst im Winter war das so gewesen. Der Boden war und ist fruchtbar. Bei meinem Vater ging das schon los. Als der alte Graf gestorben war, da wurden im strengsten Winter manchmal Sägespäne untergemischt und in diesem Jahr müssen wir das selbst im Sommer machen!"

Sie kannten alle die Geschichten, die der alte Mann am Abend immer erzählte, wenn sie am Feuer im einzigen geheizten Raum des Hauses saßen. Besonders im Winter hatte man Zeit und saß hier mit Handarbeiten und Gesprächen zusammen. An viele dieser Unterhaltungen konnte sich Kaspar erinnern.

Bereits mit dem Tode des Grafen Volrad III.[2] war die einst so reiche Grafschaft Mansfeld in drei Häuser aufgespalten worden, weil sich die Erben nicht einig geworden waren und Volrad es deshalb so festgelegt hatte. Die Grafschaft war damals in drei Teile zerlegt worden: in Mansfeld-Vorderort, -Mittelort und -Hinterort.

Das war seitdem immer so weiter gegangen und momentan gab es fünf Grafen und deren Söhne. Jeder davon hatte ein Stück des Landes für sich beansprucht und natürlich wollte jeder davon versorgt werden.

Die einzelnen Landstücke wurden kleiner und die Schlösser im Gegenzug immer prächtiger.

Erst am Vormittag war er in dem Schloss gewesen, in welchem Gisela jetzt hoffentlich wenigstens gut versorgt werden würde.

Der Graf herrschte über gerade mal fünf Dörfer und wollte natürlich nur das Beste vom Feinsten. Er selbst hatte das Wams eines der Diener gesehen, dessen Knöpfe wie Gold glänzten.

Fünfhundert Menschen, Bauern, Bäuerinnen, Knechte und Mägde, mussten diesen Reichtum mit ihrer Hände Arbeit und dem Ertrag von ihren Feldern bezahlen.

Demnächst stand auch noch eine prunkvolle Hochzeit an und sicherlich war das der Grund, warum die Abgaben noch einmal drastisch erhöht wurden.

Noch immer hätte er liebend gern alles hingeschmissen und wäre nach Magdeburg gegangen. Er hatte das Schreinerhandwerk gelernt und war sehr geschickt beim Aufbau der Häuser. In der großen Stadt hätte er als Geselle ein gutes Auskommen, doch der Vater ließ das nicht zu.

Voller Wut warf Kaspar jetzt auch seinen Napf in dieselbe Ecke, in welcher auch der des Vaters zuvor gelandet war.

---

[2] Graf Volrad III. von Mansfeld, (geboren um 1443 - 27. November 1499)

Da mit dem Wurf der Schüssel das Mahl offiziell beendet war, aber noch niemand gehen wollte, begann eine Diskussion darüber, wie es mal gewesen war und auch darüber, was so alles schiefging in diesem Lande.

Aber sie alle an diesem Tisch waren eben an das kleine Stück Land gebunden. Wo sollten sie hin? Kaspar wäre der Einzige gewesen, der eine Möglichkeit gehabt hätte, doch ausgerechnet er durfte nicht gehen.

Und eigentlich war es ein fruchtbarer Boden. Wo gab es so etwas schon noch einmal? Von nicht ungefähr war die Grafschaft Mansfeld zu Großvaters Zeiten noch eine der reichsten Sachsens gewesen.

Es hatte Silber gegeben und der Boden ermöglichte gute Ernten und volle Scheunen.

Während in dem Raume alle wild durcheinander redeten, erhob sich Kaspar von seiner Bank und ging nach draußen.

Die frische Luft des Abends umfing ihn dort und kühlte sein erhitztes Gemüt etwas ab.

Nach einigen Schritten stand er an seinem Feld.

Mit den Fingern fuhr er durch die Halme und überlegte, wie viele davon wohl jetzt schon dem Grafen gehörten und auch dem Kloster.

Still setzte er sich auf einen kleinen Hügel und sah in den Sonnenuntergang hinüber. Ein paar Augenblicke später hockte sich Ruth zu ihm und brach sich einen Grashalm ab.

Unschlüssig drehte die Schwester den Halm in ihren Fingern.

Stumm schaute er zu ihr hinüber und sah ihren Blick, der grübelnd in die Ferne ging. Schweigend saßen sie Schulter an Schulter und Kaspar musste dabei an Gisela denken.

Im selben Moment fragte Ruth: „Wird es ihr dort gut gehen?"

„Ich hoffe es. Ich denke schon!", entgegnete er, denn die Schwester konnte ja nur Gisela mit ihren Worten gemeint haben.

Früher hatten sie oft zu dritt hier gesessen, während Achim oft abends schon im Bett gewesen war.

Als die rote Sonne hinter dem Horizont verschwand, stand Kaspar auf und sagte leise: „Ich gebe dir bis Sonntag Zeit für eine Entscheidung. Dann werde ich entweder den Pfarrer befragen oder dir einen Bauern suchen!"

Ruth nickte stumm.

Im Zurückwenden ließ er seinen Blick über das Haus, die Katen und die Ställe schweifen. Alles seins! Oder besser: Alles Eigentum des Grafen.

Früher hatte es noch ihnen gehört, jetzt waren sie praktisch nicht mehr freie Bauern, sondern Leibeigene. So wie die Knechte ihm gehörten, so gehörte er dem Grafen.

Still fluchte er über dieses Schicksal. Konnte man daran nicht etwas ändern?

Erneut ging sein Blick über das wogende Feld. Bis zum Morgen hatte ihm noch die Hälfte gehört. Momentan war es nur noch ein Viertel!

Die schwankende Gestalt des Vaters tauchte vor ihm auf. Sicherlich hatte der Mann noch einmal die Ställe kontrolliert. Beide nickten sie sich zu. Es lag alles in ihrer beider Hände. Das Schicksal jedes einzelnen Menschen auf ihrem Hof hing von ihrer Entscheidung ab.

Dieses Wissen konnte schon eine ganz schöne Last sein. Um wie viel einfacher war das damals gewesen, als Kaspar noch so alt war, wie Achim jetzt?

Jeder Tag war ein Abenteuer gewesen. Er hoffte nur, dass er für den Bruder richtig entschieden hatte. Noch hatte der Junge von der täglichen Mühsal nur die Arbeit und den pampigen Brei mitbekommen. Aber auch das reichte schon völlig aus.

Die Sorgen waren vor seinem kindlichen Gemüt noch verschlossen.

Zum Glück brauchte er als Junge keinen Betrag mit in das Kloster bringen, wie es bei Ruth nötig werden würde.

Der Vater setzte sich zu Ruth und Kaspar ging zum Stall. Er warf einen letzten Kontrollblick auf die Tiere, aber alles war gut.

Wirklich alles?

8. Kapitel

Magd unter Mägden

Der neue Tag begann für Gisela wie erwartet sehr früh, aber mit einem Becher, in welchem sich eine schillernde und stinkende Flüssigkeit befand. Maria hielt ihr dieses Gefäß gerade hin und Gisela rümpfte die Nase darüber.

Noch vor dem Waschen und vor dem Frühstück sollte sie solch einen grausamen Trunk zu sich nehmen? Wollte die Mamsell sie etwa vergiften? Hatte sie etwas falsch gemacht? Fragend blickte sie die ältere Frau an.

„Das ist, damit sich der Samen des Herrn nicht bei dir einnisten kann. Oder willst du ihm etwa einen Erben schenken?", fragte Maria.

Gisela antwortete: „Gott bewahre! Nein!"

Schnell kippte sie das widerliche Getränk herunter und musste würgen, weil es sofort wieder aus ihr heraus wollte.

Mit der Hand vor dem Mund stürzte sie aus dem Raum und rannte eine halbe Treppe hinab, wo sich in einem Erker die Latrine befand.

Dort saß sie dann auf dem Loch, unter dem sich eine kleine Sickergrube befand und kämpfte weiter mit dem Brechreiz. Aber es musste sein!

Sie dachte an die letzte Nacht zurück, die im Schlafzimmer des Grafen begonnen und in der Mägdekammer geendet hatte.

Es war ganz schön anstrengend gewesen, mit zwanzig anderen Frauen in einem Raume zu schlafen. Das Schnarchen, grunzen und furzen der anderen Mägde war überlaut gewesen und sie war ja sowieso von den vorangegangenen Ereignissen noch aufgewühlt gewesen.

Mit dem Kopf in der Hand und dem nackten Hintern über dem Abgrund dachte sie an den Abend zurück, doch um etwas daran zu ändern war es jetzt zu spät.

Bis zum Tage zuvor war ihre Jungfernschaft noch wertvoll gewesen, denn als Tochter eines Bauern konnte sie einen anderen Bauern heiraten. Jetzt war sie Magd und damit war das völlig egal.

Es klopfte an der Tür und Maria fragte: „Ist alles in Ordnung bei dir?"

„Ja. Alles gut!", antwortete sie, stand auf und schob den Holzdeckel auf die Öffnung zurück.

Auf der Treppe eilten viele nackte Füße nach unten und Gisela schloss sich ihnen an.

Zwanzig Mägde in Unterkleidern stürmten die Waschküche im Keller und verteilten sich auf die paar Tröge. Während ein paar von ihnen Wasser aus dem Brunnen schöpften, wuschen sich die anderen schon, dann wurde schnell gewechselt.

Alles musste flink gehen. Kaum war sie nass, da war sie auch schon wieder trocken.

Die Trockentücher wurden danach einfach zur Wäsche in den Korb geworfen und schon rannten vierzig Mädchen- und Frauenfüße wieder hinauf.

Die Küchenmägde eilten besonders schnell voraus, denn sie mussten in wenigen Augenblicken auch schon wieder hinab, um das Frühmahl vorzubereiten.

In dem Raum herrschte das blanke Chaos und Gisela wunderte sich, dass jede ihre Sachen fand und sich keiner um ein Paar Schuhe oder Strümpfe stritt. Es war ja noch halbdunkel in dem Raum und viel Platz war auch nicht gerade.

Als sie dann endlich angezogen hinauslief, fing Maria sie ab und sagte: „Nach dem Essen kommst du zu mir!"

Gisela nickte, denn noch hatte sie ja von der Mamsell keine richtige Aufgabe bekommen.

Die Küche und die lange Tafel waren ihre nächste Station. Vierzig Schüsseln standen darauf bereit und es gab Hafergrütze zum früh, wie sie es nicht anders gewohnt war.

Sie zog ihren Löffel aus der Gürteltasche und wollte schon beginnen, als Ella sie zurückhielt und zur Seite zeigte. Maria kam mit einem Krug vorbei und gab jedem einen Schluck süße Sahne auf die Grütze.

Bei ihr offensichtlich besonders viel.

Augenblicklich herrschte gefräßiges Schweigen. Nur das Klappern der Löffel durchbrach die Ruhe und war am Abend noch Gelächter zu hören gewesen, so dachte wohl gerade jeder an sein bevorstehendes Tagewerk.

Schließlich war die Schüssel leer, Gisela leckte den Löffel sauber und steckte ihn zurück in die Tasche an ihrem Beutel.

Alle Mägden und Knechte verschwanden zügig aus dem Raum, bis nur noch sie und die Mamsell in dem Zimmer waren.

Maria setzte sich neben sie und begann: „Ich habe an deiner Haltung gesehen, dass du keine Magd bist. Oder?"

„Ich bin die jüngste Tochter des Frieder Hofes. Die Abgaben haben meinen Vater dazu gezwungen, mich vor die Tür zu setzen!", erklärte sie.

Maria nickte verstehend und setzte hinzu: „Ich kenne deinen Vater. Traust du dir zu, der jungen Herrin als Zoffmagd zur Hand zu gehen?"

Einen Moment dachte Gisela nach.

„Zoffmagd? Was muss ich denn da tun?", fragte sie schließlich.

„Ihr beim Waschen und Anziehen helfen und ihr auch sonst jeden Wunsch erfüllen, den sie hat. Kannst du das? Ich kann niemanden von den anderen Mägden dazu nehmen, denn die sind alle mit anderen Arbeiten beschäftigt."

„Ich will es versuchen", entgegnete Gisela.

Schon waren sie zu zweit auf der Treppe nach oben. Diesmal nahmen sie aber den breiten Aufgang, welcher eigentlich nur für die Herrschaft reserviert war.

Noch war in der ersten Etage nicht viel los. Vermutlich schlief die Herrschaft noch.

„Hier schläft der Graf", erzählte Maria flüsternd und zeigte auf die Tür, die sie am Vorabend nur von innen gesehen hatte. Ein Zimmer weiter stoppte die Frau, legte den Finger vor den Mund und schob die Tür leise ein Stück auf.

In dem Raume war es noch dunkel und es befand sich ein ebensolches Bett darin, wie es im Raume des Grafen gestanden hatte.

Auf Zehenspitzen gingen sie durch das Gemach zum Fenster und schoben den Vorhang zur Seite. Ein blasses Licht fiel von draußen herein.

Obwohl sie die Vorhänge leise zur Seite geschoben hatten, bewegte sich die Frau im Bett daraufhin und blickte verschlafen zu ihnen. Eine verwuschelte braune Mähne hing ihr ins Gesicht.

Maria machte einen tiefen Knicks und auch Gisela schloss sich ihr an.

Danach sagte Maria: „Gnädige Herrin, das ist Gisela. Sie wird ab sofort eure Zoffmagd sein. Wenn ihr einen Wunsch habt, so zögert nicht, ihn auszusprechen."

Die Herrin gähnte laut und setzte sich auf. Mühsam versuchte sie ihre Haare zu bändigen, dann nickte sie und sagte nur: „Einen Kamm!"

Gisela eilte zum Tisch, holte den Kamm und lief zurück, während sich Maria mit einer Verbeugung rückwärts aus dem Raume schob.

Es war nicht einfach, die Haare zu kämmen, während die Herrin noch im Bett saß. Sollte Gisela sie bitten, an den Tisch zu kommen? Ging das?

Doch würde dann die Herrin nicht ihren Wunsch erfüllen, wo sie eigentlich die Wünsche der Herrin erfüllen sollte?

„Ich möchte mich waschen!", erklärte die Herrin schließlich, stand auf und ging zum Tisch.

Gisela eilte nach draußen und holte einen Krug mit Wasser aus der Waschküche. Für die Herrin war es sogar angewärmt.

Jetzt begann eine Prozedur, die sicher eine Stunde dauerte. Hatte sich Gisela zuvor nur Wasser ins Gesicht und auf die Arme geklatscht, so wurde die Herrin gerade von ihr sorgfältig mit einem feuchten Lappen abgewischt, mit einem Tuch getrocknet und danach wurden die Haare in der Schüssel gewaschen.

Zum Schluss wurde wohlriechendes Öl im Haar der Gebieterin verteilt, die Zöpfe geflochten und dann begann das Schminken mit Rosenöl und ein paar Farbstoffen.

Schließlich half Gisela der Herrin in das Kleid.

9. Kapitel
Der friedlichsten Menschen einer

Korbinian strich sich gedankenversunken durch sein kurzes schwarzes Haar und blickte auf das Feld herab, das sich vor ihm bis zu der Baumgruppe erstreckte. Er war der stärkste Bauer der Siedlung und gleichzeitig der Friedvollste von ihnen. Zumindest sagte das der Pfarrer gelegentlich in seiner Predigt.

Vielleicht stimmte das, denn immer, wenn es Streit gab, dann ging er schlichtend dazwischen. Und Handgemenge gab es fast täglich. Der zunehmende Hunger machte die Menschen unzufrieden und streitlustig.

Der junge Landmann schätzte ein, wie viel ihm nach der Erhöhung der Abgaben noch von dem Ertrag des Feldes blieb, doch es war zu wenig! Er spuckte aus und setzte sich an den Hang des kleinen Hügels, der sein Feld an der einen Seite begrenzte.

Der Boden war fruchtbar, aber der Graf war zu gierig!

Seine Finger griffen sich eine Handvoll von der schwarzen Erde. Er hielt sie sich in der offenen Hand vor die Nase und sie duftete angenehm. Das war wirklich eine hervorragende Ackerkrume. Dieser Boden und die starken Arme der Landbewohner hatten den Grafen reich gemacht. Und jetzt wollte der Herr Graf offensichtlich noch reicher werden.

Langsam zerrieb er die Erde und ließ sie durch seine Finger zu Boden fallen. Wenn er fürs Fluchen nicht in die Hölle kommen würde, so hätte er jetzt ausgiebig geflucht, doch er ließ es!

Selbst der Friedfertigste konnte nicht einfach tatenlos daneben stehen und zusehen, wie er ausgepresst wurde. Jedes Tier, welches sich in die Enge getrieben fühlte, das griff irgendwann mal an!

Er selbst hatte einst erlebt, wie sein Vater durch ein Schaf attackiert worden war, als sie das Tier versehentlich verletzt hatten.

Und im Moment war er dieses Schaf. Er konnte lange klaglos dulden, aber im Augenblick brodelte es auch in ihm gewaltig.

Immer wieder beruhigte er sich damit, dass dies die Gottgewollte Ordnung war und gegen diese konnte er wohl auch nichts tun, aber als richtig erschien es ihm auch nicht.

Korbinian hob seinen Blick zu Horizont, wo die Spitze des Kirchturmes des Nachbardorfes zu erspähen war. In der letzten Woche war da ein Prediger gewesen, der seine Anschauung der Dinge gehörig ins Wanken gebracht hatte. Ein Satz aus dessen Vortrag sauste immer wieder durch seinen Kopf: „Als Adam pflügte und Eva spann, wo war denn da der Edelmann?"

Und der Prediger hatte damit den Nagel auf den Kopf getroffen!

Im Land sollte Thomas Müntzer[3], ein weiterer Prediger, noch andere Unterweisungen halten und wenn es die Zeit zulassen würde, dann würde Korbinian den Weg zu einer dieser Reden auf sich nehmen. Er wollte wirklich wissen, ob das alles der Wille Gottes war. Oder nur das Begehren des Grafen.

Irgendwann würde er selbst nach Allstedt gehen und die Predigt aus erster Hand hören. Nicht vom Hörensagen.

Eine Gruppe von Mägden lief lachend den Dorfweg entlang. Es war gerade nicht viel zu tun und die jungen Frauen hatten Zeit.

Sie hatten sicherlich noch nicht begriffen, wie sehr sich ihrer aller Leben in den nächsten Monaten verändern würde. Nur ein verschwindend kleiner Teil des Getreides würde ihnen bleiben.

Nach Abzug des Saatgutes für das nächste Jahr war es gerade mal genug, um halbwegs über den Winter zu kommen. Wenn es solch ein strenger Winter wie der letzte wurde, dann würden sie

---

[3] Thomas Müntzer (um 1489 - 27. Mai 1525), war ein Theologe, Reformator und Revolutionär in der Zeit des Bauernkrieges.

sicherlich wieder hungern müssen. Sägespäne hatten damals die Mägen gefüllt.

Bei der Erinnerung an den bitteren Brei des Winters kam ihm die Galle hoch und er musste ausspucken. Ohne dieses Wissen hätte er sich den Frauen angeschlossen. Sicherlich nutzten sie den warmen Tag für ein Bad im Weiher, aber ihm war im Moment nicht nach baden zumute.

Er hatte zu viele Sorgen, die selbst dem friedvollsten Menschen auf der Erde die Wut in die Fäuste treiben konnte.

Kurz überschlug er, wie weit der Weg bis Allstedt war. Es war noch früh am Tage und er konnte den Weg vielleicht schaffen. Aber eben nicht an einem Tag hin und zurück! Er würde dort irgendwo übernachten müssen, um am nächsten Tag die Predigt zu hören und danach wieder zurückzulaufen.

Sicher würde er dann erst in der folgenden Nacht wieder hier sein, aber der Weg war zu schaffen. Nur die zu erwartende Strapaze ließ ihn im Moment noch davon Abstand nehmen.

Er sah nach Osten und sagte: „Irgendwann!" Dann erhob er sich und begann das Feld zu umrunden.

Mit geübten Blick begutachtete er die Schäden, welche die Mäuse angerichtet hatten. Die Katzen des Dorfes hielten die Nager unter Kontrolle. Über sich hörte er ein Krächzen und sah einen Raben seine Runde über das Feld fliegen. Zum Gruß hob er seine Hand, denn auch diese geflügelten Knechte halfen ihm, diese Plagegeister zu dezimieren.

In der nahen Hecke pfiff ein Vogel sein Lied und stimmte ihn damit wieder etwas milder.

Prüfend griff er sich eine der Ähren und zählte die Körner. Die Ernte würde prächtig werden und für einen Moment vergaß er die erhöhte Abgabe. Gott hatte es gut mit diesem Flecken Erde gemeint und alles gedieh hier prächtig.

Doch der Zorn sauste durch seinen Leib, als ihm die Abgabe wieder einfiel. Wofür machte er sich denn hier wirklich krumm? Nur für die Pacht!

„So ein Mist!", stöhnte er und seine Augen füllten sich mit Tränen.

Lange würde er dieses Land nicht mehr halten können. Ein einziger milder Winter, der viele Nager überleben ließ, oder ein verregneter Sommer, der die Ernte verdarb, konnten schon reichen, um alles zu beenden.

Wo war der Reichtum seiner Vorfahren hin? Aufgegessene von den Herren. Gegen die halfen kein Rabe und keine Katze!

Ein neues Lachen traf seine Ohren. Eine Gruppe von Knechten folgte den Mägden. Er musste auf andere Gedanken kommen und das würde nicht gehen, wenn er hier alleine blieb.

Immer neue Grübeleien würden ihm nicht guttun! Ablenkung von den düsteren Gedanken war momentan das, was er brauchte. Das Feld verlangte seine Aufmerksamkeit im Augenblick nicht und so schloss er sich den Knechten an.

Der Teich war nicht weit entfernt und es war ein schöner, warmer Frühsommertag.

Badende, lachende junge Menschen und Korbinian mitten drin. Er wollte an nichts denken und einfach nur die Sonne genießen.

Alles war gut. Zumindest jetzt.

Trotzdem kamen die dunklen Bedenken immer wieder zurück, wenn er zu der Seite blickte, wo sich sein Feld in ein paar hundert Schritten Entfernung befand.

10. Kapitel
Ein Schatten

Offensichtlich hatte der Herr Graf gefallen an ihr gefunden, denn Gisela war jetzt schon den dritten Abend bei ihm gewesen, um mit ihm ihre erste Nacht zu begehen. Damit begann jetzt jeder Tag für sie mit dem scheußlichen Gebräu und endete mit dem dicken Mann zwischen ihren Schenkeln.

Trotzdem hätte es Gisela schlechter treffen können, denn die Arbeit bei der Herrin war nicht so schwer und machte ihr auch noch Spaß.

Ihre Tätigkeiten beliefen sich eigentlich nur auf früh eine Stunde zum Waschen und anziehen und abends eine halbe Stunde zum Waschen und ausziehen, bevor sie zum Grafen eilen musste, aber das Ende dessen war ja absehbar, denn am Ende der Woche würde der Mann heiraten und danach würde er bei seiner Frau liegen und nicht mehr die Magd bei ihm.

Zumindest war dies ihre Hoffnung.

Den Rest des Tages folgte Gisela ihrer Herrin wie ein Schatten. Zwei Schritte hinter ihr und einen nach links versetzt, das hatte ihr Maria am ersten Tag noch schnell gesagt.

Die meiste Zeit davon waren sie in dem weitläufigen Park unterwegs. Es wuchsen viele Bäume darin und auch ein kleiner Teich befand sich am Ende des Weges. Ein paar Schwäne schwammen auf diesem Gewässer und eine kleine Bank stand am Rande.

Dort saß die Herrin momentan und Gisela verharrte hinter ihr und wartete auf Wünsche, die aber höchst selten kamen. Die Herrin grübelte größtenteils nur stumm vor sich hin und so hatte auch Gisela Zeit zum Träumen.

Bisher hatte die schwere Arbeit auf dem Hof sie meistens davon abgehalten, doch jetzt hatte sie die Gelegenheit dafür.

Und dabei schweiften ihre Gedanken immer wieder ab. Das Schloss war von der Bank aus nicht zu sehen und trotzdem waren ihre Gedanken in dem Gemäuer. Diese Sache mit der ersten Nacht ging ihr dabei auch am Tage nicht mehr aus dem Kopf. Zwar hatte sie verstanden, dass es wohl für ihren Aufenthalt die Garantie war, denn würde sie den Grafen zurückweisen, so wäre sie schneller wieder aus dem Hause, als sie bis fünf zählen konnte, doch trotzdem fand sie es irgendwie abstoßend.

Natürlich war es ein altes verbürgtes Recht des Herrn, aber normalerweise wurde das ganz anders gehandhabt.

Bei der Hochzeit ihrer Schwester, die sie damals in einem anderen Dorfe erlebt hatte, war noch der alte Graf anwesend gewesen. Auch er hatte diesen alten Anspruch gehabt, nur der betagte Mann hatte es so gehandhabt, wie es wohl viele andere Herren auch taten: Der Graf hatte die Hand aufgehalten, den Brauttaler bekommen, Speis und Trank genossen und danach den Gürtel der Braut gelöst, bevor er sich lachend an den Tisch zurückgesetzt hatte. Woraufhin Braut und Bräutigam die Ehe vollzogen hatten.

Dieser Herr Graf hier würde wohl nicht nur den Gürtel der Braut lösen! Wenn sich Ruth also gegen das Kloster entscheiden würde, dann …! Sie wagte da gar nicht daran zu denken.

Die Schwester war äußerst attraktiv und auch sehr stolz.

Der Herr Graf würde niemals freiwillig auf diese Nacht mit ihr verzichten. Und Ruth? Was würde die Schwester tun?

Gedankenverloren ruhte Giselas Blick auf den Zöpfen der Herrin und sie dachte daran, was dieser Frau ab dem Ende der Woche bevorstand.

Sie hatte es zum Glück schon hinter sich, doch bei der Erinnerung daran schmerzte auch jetzt noch ihr Schoß!

Noch immer konnte sie nicht wirklich verstehen, was Martha so an dem Knecht fasziniert hatte, dass sie freiwillig mit ihm dafür ins Stroh gegangen war. Wenn sie eine Wahl gehabt hätte, dann hätte sie lieber heute als morgen damit aufgehört! Aber Gisela hatte darauf keinen Einfluss!

Schon alleine das Bild des dicken, schwitzenden Mannes auf ihrem Bauch erzeugte bei ihr eine Gänsehaut und sorgte für Schüttelfrost. Es widerte sie einfach nur an, sich ihm hinzugeben, aber es war der Preis der vollen Schüssel!

Doch es war Freitag und das Ende des Martyriums damit absehbar! Gott sei Dank! Noch zwei Nächte, höchstens!

Die Schwäne kamen zur Bank, die Herrin drehte sich halb zu ihr zurück und sagte nur: „Brot!"

Gisela machte einen Knicks, raffte den Rock vorn hoch und rannte los.

Wenig später war sie schnaufend in der Küche angekommen und holte zwei Scheiben Brot. Damit lief sie wieder zurück, das Kleid jetzt nur noch mit einer Hand hochhaltend.

Die Wünsche der Herrin bestanden meist nur aus einem Wort und in einem ganzen Satz hatte die Frau bisher noch nie mit ihr gesprochen.

Schwer atmend überreichte sie kurz darauf mit einem Knicks die Scheiben, die danach zu Schwanenfutter wurden.

Mit Unverständnis stand Gisela hinter der Herrin und sah auf die weißen Vögel herab, die gierig nach den Brocken schnappten.

Sie konnte sich nicht daran erinnern, wann sie das letzte Mal ein solch köstliches Stück Backwerk gegessen hatte. Überwiegend gab es eben nur Hafergrütze. Doch darüber schien sich die Herrin keinerlei Gedanken zu machen.

Stück für Stück landete das Brot im Wasser.

Nachdem die Schwäne satt waren, ließ die Herrin die Reste einfach aus der Hand fallen und erhob sich von ihrer Bank.

Als sich die Gebieterin wieder zum Schloss zurückdrehte, hechtete Gisela schnell unter diese Bank und schnappte sich das letzte Stück der Brotscheibe.

Kauend lief sie als Schatten wieder zurück zum Gebäude.

Das Brot war köstlich. Erst am Morgen war es gebacken worden und Ulla, die Bäckersmagd, hatte wirklich Talent.

Vor dem Gebäude wurde gerade ein Pferd auf den Vorplatz geführt und die Herrin trat an das Tier, welches von einem Knecht am Zügel gehalten wurde.

Die Frau streichelte dem Tier über die Mähne und Gisela hoffte, dass die Herrin nicht auf den Gedanken des Ausreitens kommen würde, denn da müsste sie ja mit und sie hatte noch nie auf einem Pferd gesessen.

Auf einem Ochsen schon.

Und natürlich wandte sich die Herrin zu ihr um und fragte: „Kannst du reiten?"

Das war der erste wirkliche Satz und Gisela musste den Kopf schütteln.

„Dann lerne es!", legte die Gebieterin fest und ging zum Stall hinüber.

Lernen? Bloß wie? Gisela sah den Knecht an und der hielt ihr die Zügel hin.

„Später", erklärte sie schnell und nickte ihm dankbar zu, dann eilte sie der Herrin hinterher, die schon ein paar Schritte Vorsprung hatte.

Als diese das Stallgebäude betrat, war sie wieder im gewünschten Abstand hinter ihr.

„Möhre!", sagte die Herrin.

Gisela griff in das Behältnis mit dem Pferdefutter. Das befand sich unmittelbar neben der Herrin, aber offensichtlich wollte die Frau nicht selbst hineingreifen. Wozu hatte sie auch eine Zoffmagd!

Vorsorglich nahm Gisela eine ganze Handvoll der Möhren mit, denn die Frau ging vor ihr von einer Pferdebox zur nächsten und verfütterte eine der Möhren nach der anderen an die prachtvollen Tiere des Grafen.

Gisela hielt dabei einen gehörigen Abstand zu den großen Tieren. Das konnte noch was werden, mit dem Reiten lernen!

Am Ende des Stalles befand sich eine Tür zum Schloss und von dort aus betraten sie wieder den Hof.

Langsam fiel die Dämmerung des Abends über das Schloss und eine andere Pflicht bahnte sich wieder an.

Noch zwei Nächte!

Höchstens!

11. Kapitel

Kreuz und Schwert

Verärgert schlug Fridolin mit der Faust auf den Tisch. Er ließ das Blatt sinken und sah den Boten an, der ihm das Schriftstück seines Vaters überbracht hatte.

„Diese beiden Prediger werden immer frecher!", stieß er wütend hervor.

Der Bote verneigte sich und verschwand ziemlich schnell, vermutlich, um nicht seine Wut abzubekommen. Dafür ließ Fridolin seinen Zorn jetzt auf einen jungen Knecht niederprasseln, der zufällig gerade neben dem Tisch stand.

Es dauerte eine Weile, bis er wieder einen klaren Gedanken fassen konnte, dann erhob er sich von seinem Platz und ging zum Fenster, um von dort aus über sein Land zu schauen.

Mit beiden Händen auf die Fensterbank gestützt grübelte er weiter.

Das Schlimmste an dieser Situation war, dass er weder gegen Müntzer noch gegen Luther etwas unternehmen konnte. Der eine saß in Allstedt und wurde vom dortigen Grafen beschützt und hofiert und der andere tat dasselbe in Wittenberg unter dem Schutz des Kurfürsten.

Hatten die Herrscher denn nicht erkannt, dass diese Reden und Predigten nur die Bauern aufwiegeln würden?

Wie sein Vater und alle anderen Grafen und Junker von Mansfeld-Vorderort setzte er auf den wahren Glauben und auf die Autorität des Papstes. Alles andere war für ihn Gotteslästerung!

Fridolin griff sich an die Brust, wo das geweihte Kreuz an einer silbernen Kette hing. Mit Kreuz und Schwert hatten seine Vorfahren dieses Land von den Barbaren erobert und mit Kreuz und Schwert würde er es gegen diese neumodischen Ideen verteidigen.

Doch wie konnte man ein Land gegen Ideen verteidigen? Köpfe abschlagen? Das konnte helfen, aber es würde auf die Dauer nichts bringen, denn schließlich war er irgendwie auf diese Bauern angewiesen. Und genau dies wollte er nicht.

Er war der Herr!

Der nächste, der ihm mit irgendeiner Aussage zu diesen beiden Gotteslästerern kommen würde, der würde dafür bezahlen!

Vielleicht konnte er zur Abschreckung auch ein paar dieser Aufwiegler auspeitschen lassen, denn Angst konnte Ideen besiegen! Das wusste er.

Da der Tag noch jung war, ging er durch sein Schloss, um sich abzulenken, aber immer wieder kamen die Gedanken zurück.

Was konnte er tun?

Als Junge war er dabei gewesen, wie sein Vater seine Meinung mit der Peitsche auf den Rücken eines aufsässigen Bauern geschrieben hatte. Vielleicht war er bisher einfach nur viel zu gnädig mit seinen Untertanen gewesen.

Und mit seinen Knechten auch.

Abermals lief ihm der Junge über den Weg und diesmal traf ein Fußtritt den Burschen, doch das reichte nur kurz zum Ablenken.

Auf dem Hof fuhr einer seiner Bauern vor, der mit einem Ochsenkarren Holz für den Winter brachte.

Fridolin versuchte, hinter die Stirn des Mannes zu sehen. Hatten da auch schon diese wirren Ideen von Müntzer ihren Platz gefunden?

Über die Entfernung von fünfzehn Schritten und durch ein Fenster hindurch versuchte er weiter zu ergründen, woran man wohl solch einen Aufrührer erkennen konnte. An der Haltung? Am Blick? Eventuell sollte er den Mann auf ein Kreuz schwören lassen?

Doch was unterschied die Lehren von Luther von denen, die er zeitlebens in der Kirche gehört hatte?

Möglicherweise konnte sein Beichtvater im Kloster Walkenried ihm da eine Erklärung geben.

„Mein Pferd und mein Schwert!", rief Fridolin nach hinten und sein Leibdiener Johann, der ihn wie immer lautlos gefolgt war, eilte nach einer Verbeugung nach draußen.

Bereits kurz danach stand sein treuer Schimmel gesattelt vor dem Schloss am Fuße der Treppe bereit. Einer der Knechte wartete schon bewaffnet und mit dem Zügel eines anderen Pferdes auf ihn.

Zu zweit ritten sie den Weg zum Kloster hinüber.

Einige Zeit später saß er in dem Zimmer des Abtes und fragte den Mann, woran man wohl solch einen Ketzer erkennen konnte. Wo war der Unterschied?

„Für die Anhänger Luthers sind weder Jesus noch Maria göttlich. Für sie sind es nur fehlbare Menschen", erklärte der Priester.

„Dann glauben sie nicht an die heilige Dreifaltigkeit?", entgegnete Fridolin.

„Im Prinzip schon", antwortete der Ordensbruder grübelnd.

„Auf die Bibel schwören hilft da dann wohl auch nichts?", stellte Fridolin resigniert fest.

Das Nicken des Abtes bekräftigte diese Erkenntnis nur noch.

„Also gibt es keine Möglichkeit, solch einen Heiden zu erkennen!", sagte Fridolin, stand auf, verabschiedete sich von dem Abt und brach schlecht gelaunt wieder auf.

Nur der schnelle Ritt verbesserte seine Gemütsverfassung ein wenig.

Mit seinem Knecht jagte er durch die Wiesen und an Feldern entlang. Das Korn stand gut und versprach eine ansehnliche Ernte zu werden. Zumindest dann, wenn das Wetter mitspielte.

Gegen Abend trafen sie nach dem langen Ritt wieder am Schloss ein.

Fridolin war mittlerweile gut gelaunt. Der Ausritt war also nicht ganz unnütz gewesen, wenn er auch nicht wirklich zu neuen Erkenntnissen geführt hatte.

Mit dem Betreten der Eingangshalle verfinsterte sich seine Laune aber auch sofort wieder, denn er hörte von irgendwo das Wort Luther zu sich herüberfliegen.

Sofort eilte er in die Richtung und sah seine zukünftige Frau, die mit einer der Mägde gesprochen hatte.

Zornerfüllt blickte er sie an und senkte nur langsam die schon zum Schlage erhobene Hand. Seine Braut durfte er nicht schlagen, aber er wies sie lautstark zurecht, dass dies ein katholisches Land war.

Hatte er am Morgen noch gegrübelt, so wusste er jetzt, dass dieser Gotteslästerer sogar in seinem Hause eine Fürsprecherin hatte und Fridolin durfte gegen sie noch nicht mal die Peitsche benutzen!

Er stapfte die Treppe hinauf und schäumte vor Wut. Das durfte doch nicht wahr sein!

Auf dem Gang vor seinem Zimmer lief ihm die Zoffmagd seiner Braut über den Weg und er fuhr sie unwirsch an: „In mein Zimmer!"

Die Frau machte einen Knicks und folgte ihm. Hier hatte er jemanden gefunden, bei dem er seine Wut abreagieren konnte.

Er schob sie rückwärts gegen den Tisch, setzte sie auf die Kante des Möbelstückes, schlug ihr die Röcke hoch und rammte sich mit Kraft in ihren Schoß.

Schnaufend schob er seine Wut zwischen die Schenkel der Magd. Sie reagierte gar nicht darauf, sondern hatte nur die Augen weit aufgerissen.

Immer und immer wieder stieß er in ihr Inneres, um zu vergessen und es schien zu funktionieren.

Schließlich ließ er von ihr ab, zog sich aus ihr zurück und fiel in einen Sessel.

„Du kannst gehen!", sagte er und sah zum Fenster hinaus.

Seine Wut war jetzt erst einmal verflogen, aber er hatte trotzdem eine Ketzerin im Hause!

Er würde sie mit dem Kreuz wieder zum wahren Glauben zurückbringen. Und wenn das nichts half, so blieb immer noch die Peitsche übrig, wenn sie erst mal seine Frau war!

12. Kapitel
Magd und Knecht

Wie auch immer sie das Reiten lernen sollte, es fehlte ihr einfach die Zeit dazu. Eigentlich blieb ihr dafür nur die Nacht, denn tagsüber musste Gisela der Herrin als Schatten folgen.

Am Abend suchte sie daher in der Menge der Männer den Knecht, der ihr bei dem Pferd zugenickt hatte. Er saß am anderen Ende des Tisches und Gisela schubste Ella an.

„Sage mal, wer ist das denn?", fragte sie und zeigte mit dem Löffel auf den Mann.

„Erik, der Pferdeknecht!", erklärte Ella und in ihrem Blick lag dabei so ein Leuchten.

Über die Entfernung von sicher fünfzehn Schritten fixierte Gisela den Mann. Er sah ganz passabel aus und hatte kurze blonde Haare. Ein paar Sommersprossen hatte sie bereits am Stall auf seiner Nase gesehen und jetzt trug er keine Jacke mehr. Seine Oberarme waren sehr muskulös, wie sie jetzt feststellte. Die ebenmäßigen Züge seines hübschen Gesichts waren wohl das, was Ella gerade zum deutlich verzückten Schwärmen gebracht hatte.

Erneut begann eine Zeit des Lachens und Schlemmens. Die Mühen des Tages fielen von Knechten und Mägden ab, doch wie jeden Abend würde sich Gisela auch heute beeilen müssen, denn die Herrin und der Herr Graf benötigten ja noch ihre Dienste.

Während alle anderen Schlossbewohner den Tag beenden konnten, begann für Gisela der anstrengende Teil erst.

Somit konnte sie auch nicht unbemerkt nach dem Mahl mit Erik reden und sie traute sich nicht, vor zwanzig Mägden zu dem Knecht zu gehen.

Allerdings bemerkte sie, dass Erik auffallend oft zu ihr herübersah. Offensichtlich erinnerte er sich noch an sein Angebot, welches sie auch gern annehmen wollte. Nur wie? Sie nickte ihm zu und zeigte mit dem Kopf zur Küche. Erik bestätigte dieses Zeichen unmerklich, dann erhob er sich von der Bank und ging in den Nebenraum, wie um etwas zu holen.

Gisela wartete drei unendlich lange Atemzüge, dann folgte sie ihm mit einem leeren Krug.

In der Küche stand er am Tisch und sie trat schnell zu ihm.

„Meine Herrin wünscht, dass ich das Reiten lerne!", erklärte sie.

„Das habe ich gehört. Und?", entgegnete Erik.

„Das kann ich aber nur nachts!", erwiderte sie ihm und stellte den Krug auf den Tisch. Schnell füllte sie Bier ein, während Erik überlegte.

„Kannst du dich später aus dem Schloss schleichen? Ich warte im Stall auf dich?", fragte er dann.

„Ich werde es versuchen, aber das wird erst später", antwortete sie und nahm den vollen Krug wieder auf.

Der Mann nickte ihr zu und wandte sich zum Tisch.

Während Gisela mit dem Krug aus dem Raum ging, kam Maria herein, um zu sehen, was hier los war.

Ein Mann und eine Frau alleine in einem Raum? Das musste die Mamsell offenbar sofort kontrollieren und eventuell unterbinden, denn schließlich unterstand das Personal ja ihr. Doch sie wendete sofort und schloss sich ihr an.

Wenig später eilte Gisela aus dem Raum und begann ihre abendlichen Pflichten.

Nachdem der Herr Graf mit ihren Diensten zufrieden gewesen war und schnarchend im Bett lag, zog sich Gisela wieder an.

Schon seit dem Tage zuvor brachte sie jetzt auch nicht mehr der Diener Johann auf ihre Kammer, sondern sie stieg selber hinauf. Oder in dieser Nacht eben hinab!

Im Erdgeschoss des Hauses gab es fünf Aus- oder Eingänge und nur einer davon musste offen sein.

Die Schlüssel dazu hatte der alte Piet, der als letzter die Runde machte und von außen alle Türen abschloss, bevor er in das Knechtehaus hinüberging.

Im Scheine eines Talglichtes eilte Gisela gerade von Tür zu Tür, aber alle waren fest verschlossen.

Schließlich blieb als letzter möglicher Ausgang nur die große Pforte, die nur der Herrschaft vorbehalten war. War dieses Tor eventuell offen und unbewacht?

Auf Zehenspitzen schlich sie durch den Empfangsraum und klinkte. Knarrend gab das Tor nach und schwang auf.

Flugs schlüpfte sie hinaus und schloss leise die Pforte hinter sich.

Draußen blies sie das Licht aus, stellte es neben das Tor und huschte im Mondlicht zum Stall hinüber.

Als sie die Seitentür des Stallgebäudes aufschob, sah sie Erik auf einem Strohballen sitzen. Er hatte ein Talglicht vor sich stehen, welches ein funzelndes Licht auf den Mann warf.

„Erik", flüsterte sie und er blickte zu ihr auf.

„Ich dachte schon, du kommst nicht mehr. Ich wollte gerade gehen", entgegnete er.

„Entschuldige, aber der Herr Graf hat mich nicht eher fort gelassen", antwortete Gisela und trat in den Durchgang.

Erik erhob sich von seinem Platz und kam ihr entgegen.

„Und du willst wirklich reiten lernen?", fragte er.

„Wollen nicht, aber ich muss!", bestätigte Gisela und dachte an die großen Tiere, vor denen sie eine ganz schöne Angst hatte.

„Du darfst das Tier vor allem nicht spüren lassen, dass du Furcht vor ihm hast!", erklärte Erik, der wohl ihren Blick zu den Boxen gesehen hatte.

„Ich will es versuchen", antwortete Gisela.

„Nicht versuchen, tun!", sagte Erik und ging in eines der Stallabteile.

„Das ist die sanfteste Stute von allen", erklärte er, als er sich vor das Tier kniete und jeden Huf mit einem Lappen umwickelte.

„Damit man uns nicht hört", begründete er seine Handlung.

Gisela sah ihn im Schein des Lichtes lächeln.

Wenig später war das Pferd gesattelt und Gisela hatte die Zügel in der Hand. Sie streichelte das Tier vorsichtig und fragte dann: „Und was kommt jetzt?"

Erik zog das Pferd neben den Strohballen, auf dem er gerade gesessen hatte und erklärte ihr: „Steig auf den Ballen, dann mit einem Fuß in den Bügel und dann schwingst du dich auf ihren Rücken!"

Unbeholfen folgte sie seinen Worten und nach drei Anläufen saß sie endlich auf dem Pferd. Das Unterkleid hatte sie vorn hochgezogen und saß jetzt breitbeinig im Sattel.

Wie den Herr Graf zuvor, so hatte sie jetzt das Tier zwischen ihren nackten Oberschenkeln.

Langsam begann Erik das Pferd zu ziehen und die Stute machte ein paar Schritte nach vorn.

„Bewege dich mit ihr mit. Gehe mit deinem Körper mit den Bewegungen des Pferdes. Wenn es sich aufwärts bewegt, so gehe mit den Hüften nach oben!", erklärte Erik ihr weiter.

Sie versuchte es und nach einem Dutzend Schritten schien Erik damit zufrieden zu sein, denn er führte das Pferd, mit ihr obendrauf, durch das Tor aus der Stallung heraus.

Langsam gingen sie zu dritt auf dem kleinen Pfad zum Teich hinunter und der Mond beschien ihren ersten Ausritt.

Gisela bewegte sich mit dem Pferd mit, so wie es Erik ihr erklärt hatte, aber ihr nackter Schoß rieb bei jeder Bewegung des Tieres am Leder des Sattels. Dies und die Stöße des Tieres, wenn die Stute ihr entgegenkam, sorgten für eine Vibration in ihrem Unterleib und so ein herrliches Kribbeln dort.

Viel zu schnell war der Stall wieder erreicht, die Stute in der Box und von ihnen beiden gemeinsam mit Stroh abgerieben.

„Ich danke dir", sagte Gisela und küsste Erik zum Dank.

Der Mann warf das Strohbündel zur Seite, mit dem er gerade die Flanke der Stute abgerieben hatte.

„Nicht so schnell", antwortete er und setzte hinzu: „Wo bleibt denn da meine Belohnung?"

Gisela legte den Kopf schief, schaute ihn an und überlegte.

„Den Kuss hast du doch schon erhalten!", bemerkte sie schließlich.

Was meinte er bloß?

Erik gab ihr einen neuen Kuss und ließ sich rückwärts in das Stroh fallen.

„Zeig mir einfach, was du bei mir gelernt hast! Beweise mir, dass du jetzt reiten kannst!", bemerkte der Mann und zog sich die Hose bis zu den Knien herunter.

Im Scheine der Talgfunzel warf sein steil aufgerichtetes Glied einen langen Schatten.

Jetzt hatte sie verstanden und die Vibrationen, die ihren Schoß die ganze Zeit gereizt hatten, wollten endlich gestillt werden.

Und was der Graf bekommen konnte, das vermochte sie auch einem Knecht zu geben. Würde es anders sein?

Geschwind raffte sie das Unterkleid nach oben, stellte sich mit gespreizten Beinen über Erik und blickte auf ihn herunter. Langsam senkte sie ihren Unterleib auf seinen Sattel herab.

13. Kapitel
Erwachsene oder Kinder

Ruths Entscheidung war schneller gefallen, als Kaspar sie erwartet hatte. Die Schwester hatte sich für die Hochzeit mit einem Bauern entschieden. Das Leben in einem Kloster war wohl nicht so ganz ihr Fall gewesen. Damit würde er am Sonntag in der Kirche nur für Achim fragen müssen.

Gegenwärtig saß er am Tisch und überlegte, wer wohl für Ruth als Ehemann infrage kam. Eigentlich schränkte sich diese Suche auf zehn Bauern ein, wovon zwei in den nächsten Jahren die Höfe ihrer Väter übernehmen würden und damit so wie er gestellt waren.

Grübelnd trommelte er mit den Fingern auf die Tischplatte und kam bei jeder neuen Überlegung immer wieder auf denselben Mann: Korbinian, seinen Freund aus Kindertagen.

Er war zwei Jahre älter als Kaspar und bewirtschaftete mit seinem greisen Vater den Grüner-Hof am anderen Ende des Dorfes.

Soweit sich Kaspar erinnern konnte, hatte der Freund bisher noch kein Interesse an Frauen gezeigt und wäre damit der ideale Kandidat.

Sollte Kaspar aber zuerst mit dem Vater, mit Ruth oder Korbinian reden? Oder mit dessen Vater?

Am besten wohl zuerst mit dem Vater, dann konnten sie zu zweit hinübergehen und das Gespräch suchen.

Er kam sich allerdings dabei so vor, als würde er die Schwester auf einem Viehmarkt anpreisen.

Kaspar blickte auf und rief durch die offen stehende Hüttentür: „Vater!"

Wenig später erschien der Mann in der Küche und Kaspar zeigte auf die Bank neben sich.

„Wegen Ruth", begann er und setzte sofort hinzu: „Korbinian ist wohl der beste dafür. Was meinst du?"

„Eine gute Wahl", bestätigte der Vater und nickte dazu.

„Sollen wir Ruth fragen?", entgegnete Kaspar.

Der Vater schüttelte den Kopf. „Lass uns gehen", sagte er nur und griff sich seine Jacke.

In der gerade beginnenden Abenddämmerung folgten sie dem Dorfweg, der die beiden Höfe miteinander verband. Schweigend liefen sie nebeneinander her, bis sie das andere Haus erreicht hatten.

Es sah fast so aus, wie das ihrige und hatte auch genau dieselbe Feldgröße wie ihr Hof.

Kaspar klopfte gegen die offen stehende Hüttentür und wurde von dem weißhaarigen Vater seines Freundes in das Haus geben.

Der alte Mann und sein Vater umarmten sich und wenig später saßen sie zu dritt am Tisch. Damit fehlte eigentlich nur noch Korbinian.

Jetzt galt es, nicht allzu verzweifelt auszusehen, denn das würde vielleicht den Brautpreis nur in die Höhe treiben. Schließlich hatten auch der Freund und sein Vater kein Geld zu verschenken.

Während sie auf Korbinian warteten, brachte dessen Vater drei Krüge Bier und die beiden Alten begannen von der guten alten Zeit zu schwärmen.

Kaspar nippte an seinem Bier und hörte kaum zu. Zu oft hatte er diese Geschichten schon gehört.

Endlich trat der Freund in die Hütte, griff sich ebenfalls einen Krug mit Bier und setzte sich zu ihnen an den Tisch.

Damit wurde es jetzt Zeit, den eigentlichen Grund des Besuches zu erörtern.

Auch wenn Korbinian noch nie daran gedacht hatte, sich zu vermählen, zumindest stellte er dies gerade so dar, war er einer Verbindung mit Ruth nicht abgeneigt.

Offensichtlich hatte er doch schon ein Auge auf sie geworfen, denn sonst hätte er wohl kaum so schnell zugestimmt. Damit ging es nur noch um den Preis und es begann das Feilschen.

Irgendwo musste man sich in der Mitte treffen. Der eine wollte nicht zu viel bezahlen, der andere nicht zu wenig bekommen. Dabei bekam Korbinian doch schon Ruth!

Aber schon einen Krug später wurde der Handel bereits mit einem Handschlag der beiden Väter besiegelt und die Hochzeit auf den Sonntag der übernächsten Woche festgelegt, da der Graf ja an diesem Sonntag heiraten wollte.

Demzufolge blieben nur noch die Zustimmung des Lehnsherrn und die von Ruth offen, aber die Schwester hatte sich ja vorher entschieden und Korbinian war nicht der schlechteste Mann. Schließlich kannte Kaspar ihn schon seit Jahren.

Als sie sich wieder dem eigenen Hof näherten, stand Ruth schon vor der Hütte und sah ihnen entgegen. Vermutlich wusste sie, dass sie beide gerade ihre Zukunft verhandelt hatten.

Schnell sagte Kaspar zu ihr: „Korbinian wird es sein, der dich zur Frau nimmt!"

Dankbar und sichtlich erleichtert fiel ihm die Schwester um den Hals. Auch Mutter, die in der Tür der Hütte stand, und es gehört hatte, nickte ihnen zu.

„Offensichtlich haben wir da alles richtig gemacht", dachte sich Kaspar und betrat die Hütte.

Sein Blick fiel auf die Schwester, die nach ihm die Hütte betreten hatte. Jetzt hatte er sie nur noch zwei Wochen auf dem Gehöft.

Es wurde Zeit, um langsam Abschied zu nehmen, denn danach gehörte Ruth zu einem anderen Hof, zu einer anderen Familie. So wie Gisela schon seit ein paar Tagen.

Mit ihrer Hochzeit würde es in der Hütte leer werden und gleichzeitig dachte Kaspar daran, dass er vielleicht irgendwann selbst heiraten würde. Aber momentan war er froh über jeden Esser, den er nicht mehr zu füttern brauchte.

Sein Blick wanderte über die kleine Schar, die seinen Hof bewirtschaftete. Es waren schon bittere Zeiten für sie alle und die Arbeit würde für alle nur noch schwerer werden.

Bald schon würden ein paar Hände fehlen und trotzdem musste die Arbeit gemacht werden. Demnächst stand die Ernte an und dabei dachte er mit Grausen daran, dass sie die sonst gerade so geschafft hatten.

Es war viel mehr Arbeit für jeden und viel weniger würde ihnen davon bleiben.

Mit einem Blick nach draußen fragte er schließlich seine Schwester: „Wollen wir im Teich schwimmen gehen?"

„Jetzt noch?", entgegnete Ruth überrascht, denn die Dämmerung war schon längst über das Dorf gefallen.

„Warum nicht, Schwesterchen?", antwortete er lachend und wenige Augenblicke später liefen sie die hundert Schritte bis zum Dorfteich.

Es war ein heißer Tag gewesen und das Wasser in dem Tümpel wäre sicher immer noch schön warm.

Für ein paar Augenblicke an nichts denken, das war sein Ziel. Das ging sicher am besten, wenn sie wie Kinder ausgelassen im Weiher planschen würden.

Und wie sich der Zufall so traf, war an diesem Abend auch Korbinian auf dieselbe Idee gekommen.

Auch ein paar andere junge Erwachsene des Dorfes trafen ein. Viele davon kannte Kaspar und wirklich konnte er für ein paar glückliche Momente den Kummer abwaschen.

Ruth und sein Freund hatten für eine Weile nur Augen füreinander.

Alles würde gut werden.

14. Kapitel

Glaubensstreit und Pferdefragen

Sie hatte den Namen Luther nur erwähnt und wäre dafür fast von Graf Fridolin geschlagen worden. Die Wut in seinen Augen hatte Barbara erschreckt und zusammenzucken lassen. Hatte sie vor ein paar Tagen noch gedacht, dass sie hier evangelisch getraut werden konnte, so war ihr gerade klar geworden, dass es in Sachsen auch einen streng katholischen Landstrich gab und sie war da genau mitten drin.

Lang und breit hatte ihr Fridolin danach erzählt, dass ein Teil seiner Verwandtschaft den Verräter Luther unterstützte, während er den Reformator aufs schärfste bekämpfte.

Anschließend hatte sie ewig lange Hasstirade auf den Prediger aus Wittenberg gehört. Dass sie den Mann persönlich getroffen und sogar seine Hand gehalten hatte, das verschwieg sie lieber, denn der Zorn in den Augen ihres zukünftigen Mannes war für sie Warnung genug gewesen.

Zum Glück hatte sie ihm nicht gesagt, dass sich eine Lutherbibel in ihrem Besitz befand, die in ihrer Kiste vor ihm versteckt war.

Nach diesem Zornesausbruch brauchte sie auch gar nicht mehr darum zu bitten, auf dem kostbaren Schimmel reiten zu dürfen.

Für Fridolin wäre das sicher eine Entweihung des Hengstes gewesen. Und die Zoffmagd, die er ihr zur Seite hatte stellen lassen, die war eine Bauernmagd. Mit der würde sie auch nicht reden können, geschweige denn, dass sie reiten konnte.

Damit war Barbara augenblicklich die einsamste Frau im gesamten Mansfelder Land.

Sie zog sich von allem zurück und verschloss sich in sich selbst. Damit trug sie gegenwärtig den goldenen Käfig mit sich. Ihr Herz steckte darin.

Und damit war der Blick auf den Stall auch kein Trost, sondern Folter. Sie konnte die Pferde sehen, aber sie durfte sich den Tieren wohl kaum noch nähern.

Oder doch?

Sollte sie es wagen und Fridolin am nächsten Tag befragen?

Ach, wenn sie doch nur in den Stall gelangen konnte! Auf dem Rücken eines schnellen Pferdes wäre eine Flucht von hier sicher keine Schwierigkeit gewesen und noch war sie ja nicht verheiratet.

Aber vermutlich wusste auch Fridolin das, denn der Stall war bewacht! Und sie ja irgendwie auch. Die Magd war immer hinter ihr. Ohne Möglichkeit, ihr zu entkommen. Seit Barbara hier angekommen war, hatte sie das Gefühl gehabt, dass jeder ihrer Schritte beobachtet und verfolgt wurde.

Abermals war ein Tag zu Ende gegangen und die Nacht hatte sich über das Schloss gelegt. Im Scheine einer kleinen Kerze las Barbara heimlich in ihrer Bibel.

Alles war ruhig im Schloss, dann hörte sie eine Tür zufallen.

Erschrocken versteckte sie die Bibel unter ihrem Kopfkissen, blies das Licht aus und lauschte angestrengt nach draußen.

Es war nicht auszudenken, was wohl geschah, wenn die Magd noch einmal zu ihr hereinkam und fragte, was sie da gerade las, denn obwohl die Zofe wohl kaum des Lesens mächtig war, durfte Barbara da kein Risiko eingehen.

Angespannt horchte sie in die Finsternis.

Es waren eindeutig die Schritte ihrer Zoffmagd. Mittlerweile kannte sie dieses Geräusch schon zur Genüge. Dieses Nachziehen eines Fußes, obwohl sie ganz normal lief. Es schien so, als ob sie ein Bein nicht weit genug hob.

Das Geräusch war unverkennbar!

Doch die Magd kam nicht zu ihr herein und die Schritte gingen an ihrer Tür vorbei.

Stattdessen hörte sie eine andere Tür. Das war nebenan! Es war das Zimmer ihres zukünftigen Gemahls!

Leise erhob sie sich von ihrem Bett und schlich auf Zehenspitzen zu der Durchgangstür, die sein Zimmer mit dem ihrigen verband. Der Schlüssel steckte von ihrer Seite aus im Schloss und sie hatte sich, wie jeden Abend, davon überzeugt, dass dieser Durchgang sorgsam verschlossen war.

Bald schon würde diese Tür den Weg für ihren Mann zu ihr freimachen, aber noch war diese Pforte versperrt.

Barbara legte ihr Ohr gegen das Holz der Tür und hörte leise Worte von Fridolin. Er redete über die Schönheit einer Frau und über Brüste! Er konnte nur die Zoffmagd damit meinen, die gerade sicherlich in seinem Schlafgemach stand, denn das waren vermutlich keine Selbstgespräche des Grafen!

Die Magd sagte nichts und Barbara presste ihr Ohr noch fester gegen die Tür.

Tat sie hier nicht etwas Verbotenes, wenn sie den Mann belauschte? Aber die Neugier zwang sie dazu, denn sie musste wissen, was die Kammerzofe über sie verriet.

Barbara kniete sich hin, zog leise den Schlüssel ab und spähte durch das Schlüsselloch.

Sie erblickte die nackte Kammerzofe direkt vor sich im Kerzenschein und Fridolin stand vor ihr im Unterhemd.

Jetzt ging es nicht mehr darum, was die Dienerin sagte, sondern was Fridolin mit ihr machte.

Barbara hielt die Luft an und sah, wie er die Magd zum Bett zerrte und sich dort auf sie legte.

Das hatte sie schon mal gesehen, als sie in Meißen einen Pferdeknecht mit einer Magd im Stroh erwischt hatte.

Sie zog sich zurück und hockte sich mit dem Rücken gegen die Wand.

Jetzt war das lustvolle Schnaufen des Grafen aber überdeutlich laut in ihrem Kopf. Sie erhob sich, schlich zu ihrem Lager, setzte sich in ihr Bett und hielt sich die Ohren zu.

Trotzdem war dieses Geräusch immer noch zu vernehmen.

Der Graf lag mit ihrer Zoffmagd im Bett!

Sollte sie jetzt davonrennen?

Noch war sie nicht verheiratet! Nur wohin hätte sie laufen können? Irgendwohin in den Wald? Weit fort?

Es waren noch zwei Nächte bis Sonntag!

Eigentlich nur Stunden bis zur Hochzeit und dann wäre sie wirklich hier gefangen. Doch eigentlich war sie das schon, seit sie aus der Kutsche gestiegen war! Es war aussichtslos und sie würde sich ihrem Schicksal beugen müssen.

Das Schnaufen des Grafen wurde immer lauter, dann stöhnte er und wenig später waren wieder die Tür und die Schritte der Magd zu hören.

Barbara legte sich zurück und zog die Decke über sich. Ihre Hand tastete sich unter das Kissen und berührte in der Dunkelheit das kostbare Buch. Das würde sie noch verstecken müssen, bevor sie schlafen konnte, aber unendlich viele Gedanken kreisten momentan durch ihren Kopf.

Vor der Ehe sollte man doch enthaltsam und keuch leben, zumindest hatte das Luther gesagt und auch für katholische Männer galt das sicherlich. Wieso machte Graf Fridolin dann das da drüben? Galt dies etwa nur für sie? Nicht für die Magd und auch nicht für den Grafen?

Schnell brachte Barbara die Bibel zu ihrer Kiste, schloss ab und schlich im Dunklen zu ihrem Bett zurück.

Sie betete ein letztes Vater-Unser, dann schloss sie die Augen, aber sie sah den Grafen auf der Magd! Ihre Tränen durchtränkten das Kissen. Es war nicht nur Heimweh nach den Freundinnen, das ihr Herz momentan so sehr schmerzen ließ.

15. Kapitel

Ein Freundschaftsdienst

Der Wunsch des Freundes hatte Korbinian überrascht. Natürlich hatte er sich schon darüber Gedanken gemacht, ob er heiraten sollte. Noch war er ja jung und der Hof gehörte noch nicht ihm. Zwar hatte Vater ihm schon die Arbeiten übergeben, aber so lange der es nicht anders wollte, führte Korbinian eben nur die Knechte und Mägde.

Und jetzt war es offensichtlich so weit, dass die Heirat in Angriff genommen wurde.

Er kannte Ruth schon sein ganzes Leben und insgeheim hatte er sie schon oft beobachtet. Beim Baden, beim Arbeiten oder einfach nur, wenn sie über die Straße zu ihrem Feld ging. Ihre beiden Höfe lagen an den unterschiedlichen Enden des Dorfes, aber an einer Stelle grenzten zwei ihrer Felder aneinander.

Was war noch zu tun? Kaspar wollte die Hochzeit noch vor der Ernte stattfinden lassen. Das war eigentlich ungewöhnlich, aber Korbinian hatte ihm da zugestimmt und somit würde Ruth dann bei ihm auf dem Feld helfen. Da sie sich aber sowieso immer gegenseitig unterstützten, war es aber eigentlich egal.

In seinen Gedanken setzte sich die Aufgabenliste für diese Trauung nur langsam zusammen. Es war die erste Hochzeit eines Bauern hier seit mindestens zehn Jahren. Damals war er noch ein Kind gewesen und daher war es für ihn im Moment schwierig, an alles zu denken und nichts zu vergessen.

Zwei Dinge waren besonders wichtig: zum Ersten die Besitzverhältnisse des Hofes klären und zum zweiten die Einwilligung des Grafen einholen.

Das erste war relativ einfach zu bewerkstelligen und auch dazu musste der Graf sein Einverständnis geben, was sich damit also mit dem zweiten verbinden ließ.

Der Vater nickte und wenig später saß der alte Mann auf dem Karren, den Korbinian mit dem Esel zum Schloss des Grafen zog.

Das Tier war nicht sonderlich schnell und so dehnte sich der Weg etwas.

Schließlich erreichten sie das äußere Tor, wo einer der Knechte ihn anhielt und nach seinem Begehr fragte.

„Umschreiben der Pacht und Vorbereitung einer Hochzeit!", erklärte er und wurde vorgelassen.

Im Hof hob er seinen gebrechlichen Vater vom Fuhrwerk und trug ihn die Treppen bis zum Saal nach oben.

Mit dem alten Mann auf seinen Armen sah er, wie der Graf mit seinen Gästen an einer Tafel saß und sich einen Braten schmecken ließ. Wann hatte er zum letzten Mal Fleisch gegessen? Korbinian wusste es nicht, aber er schaute den vor ihm sitzenden Männern zu.

Die Knochen wurden noch nicht mal richtig abgenagt! Von den Resten auf dem Teller in der Mitte des Tisches hätte sein ganzes Dorf satt werden können!

Endlich war abgeräumt und der Graf empfing sie. Unmittelbar vor ihm kniend brachte Korbinian seine zwei Bitten vor. Zuerst wurde die Pacht geändert. Mit einem Federstrich des Grafen, sowie zwei Kreuzen von ihm und seinem Vater war es damit sein Hof.

Als zweites gewährte der Herr Graf ihm auch großzügig die Einwilligung in die Hochzeit mit der Auflage, diese bereits am Sonntag in einer Woche zu begehen. Dazu kamen dann noch diverse Wünsche des Herrn, die Korbinian zu erfüllen hatte: das Mahl, die Einladung für den Grafen und seine Knechte und den Brauttaler.

Alles offensichtlich normal, denn der Vater nickte verstehend. Sicherlich würde er es ihm auf dem Heimweg noch einmal erklären.

Nicht lange danach trug er seinen Vater wieder die Treppe hinab. Vor dem Schloss traf er auf Gisela, die er ebenfalls seit der Kindheit kannte. Ruths Schwester bat sie beide in die Küche, wo der Teller mit den Resten auf dem Tisch stand. Mit großen Augen betrachtete der Vater das Festmenü, auch wenn es für die hochgeborenen Herren sicher nur noch Knochen waren.

Die Mamsell lud sie mit einer Handbewegung an den Tisch und dann schlemmten sie erst einmal ausgiebig.

Mit einem lauten Rülpser signalisierte der alte Mann, dass er satt war. Freundlich nickte Korbinian Gisela zu, bedankte sich bei der Mamsell und hob den Vater wieder von der Bank.

Mit ihm auf seinen Armen ging er zum Wagen.

Bei dem Gedanken an das gerade gegessene Mahl und die Auflagen des Grafen würde er am Hochzeitstag ein Schwein schlachten und braten müssen.

Gleichzeitig begann der Vater von seiner Hochzeit vor Jahren zu reden. Das ganze Dorf war damals eingeladen und Korbinian überschlug, mit wie vielen Personen er dabei rechnen musste.

Ein Schwein würde für alle nicht reichen und damit würden wohl zwei der Borstentiere den Abend des nächsten Sonntages nicht mehr erleben.

Daher würde er seinen Freund um eines der Tiere bitten, denn schließlich geschah auch die Hochzeit auf seinen Wunsch hin. So würde es ein schönes Fest für alle und dennoch nicht zu kostspielig für sie beide.

Der Esel zog das Fuhrwerk rumpelnd die Straße entlang und der Vater erzählte, mehr für sich selbst, weiter von jenem Tag, an dem er seine Frau geheiratet hatte.

Korbinian dachte wieder zurück an seine Mutter. Sie und Kaspars Mutter waren Freundinnen gewesen und sicher hätte es sie gefreut, wenn sie gewusst hätte, wie eng die beiden Familien schon bald verbunden waren, doch sie war vor fünf Jahren an einer Krankheit gestorben.

Das war auch in einem dieser häufigen Hungerwinter gewesen. Die Alten, Kranken oder Schwachen hatten den Krankheiten besonders im Winter nichts entgegenzusetzen. Vielleicht waren am Tode der Mutter auch der Graf und seine Abgaben schuld? Er wusste es nicht, aber tief in seiner Seele blieb ein Dorn zurück, der schmerzte und rieb.

Im Dorf angekommen, führte ihn sein Weg am Haus des Freundes vorbei.

Er nahm diese Gelegenheit sogleich wahr, um Kaspar zu informieren. Auf dessen Hof traf er mit Ruth zusammen, die ihn anlächelte. Verlegen spielte sie mit den gekringelten Haaren, die ihr weit auf die Schulter fielen und bei ihrem Anblick war er zu keiner Frage oder Antwort mehr fähig.

So schüchtern kannte er sich doch gar nicht. Was war hier los?

Schließlich nickten sie sich zu und Korbinian betrat die Küche. Dort setzte er sich auf die Bank und besprach mit Kaspar alle Angelegenheiten. Der Freund stimmte zu, ein Schwein beizusteuern.

„Freunde helfen sich!", erklärte Kaspar und dem konnte er nur zustimmen.

Mit einem Handschlag bestärkten sie ihre Freundschaft und mit einem Starkbier besiegelten sie diese!

16. Kapitel
Hochzeitsfreud und -leid

Endlich war es Sonntag geworden, aber freute sich Barbara wirklich darauf? Eigentlich nicht. Gewissermaßen fürchtete sie sich vor diesem letzten Schritt, denn er würde sie endgültig an dieses Schloss, diese trostlose Gegend und den Grafen fesseln.

Bis zu diesem Tage hätte sie noch fliehen können, wenn sie ein schnelles Pferd gehabt hätte. Doch offensichtlich wusste dies auch Fridolin, denn er hatte das Stallgebäude am Tage zuvor sogar von drei Knechten bewachen lassen.

Und gerade stand ihre Zoffmagd mit dem Hochzeitskleid vor ihr. Dieses Kleid war wirklich wunderschön und Barbara musste einfach den kunstvollen Schnitt und das wertvolle Material bewundern.

Hin- und hergerissen zwischen der Schönheit dieses Kleidungsstückes und der Funktion als Fessel überlegte sie, ob sie nicht doch noch die Möglichkeit einer Flucht hatte.

Mit einem Blick aus dem Fenster erkannte sie abermals die Knechte, die vor der Tür des Stalles standen. Diesmal sogar bewaffnet!

Es war ohne Ausweg!

Resigniert ließ sie sich von der Zoffmagd das Gewand anziehen.

Vielleicht wurde es ja nach der Hochzeit besser, obwohl sie das kaum zu hoffen wagte. Bisher hatte jeder sie ignoriert und sich keinerlei Gedanken um sie gemacht. Das konnte doch nur besser werden.

Am Vorabend hatte ihr Fridolin mitgeteilt, dass sie in einem naheliegenden Stift heiraten würden. Das Kloster in Walkenried war mal eines der wichtigsten in der ganzen Gegend gewesen und ihr zukünftiger Mann hatte von dem prunkvollen Gebäude in den höchsten Tönen geschwärmt.

Weil die evangelischen Kirchen eher schmucklos waren, war Barbara auf dieses Gotteshaus gespannt.

Alleine ging sie nach unten in die Halle und wartete dort. Einsam und unsicher stand sie vor dem Tor, wie Fridolin es ihr aufgetragen hatte.

Nach unendlicher Wartezeit trat sein Kammerdiener an sie heran und auch heute trug er diese prächtige Uniform, um die ihn sicher viele der Dienstboten am Kurfürstenhof beneiden würden.

An seiner Hand verließ sie das Schloss und bestieg die Kutsche, die auf dem Vorplatz wartete.

Holpernd setzte sich das Gefährt im Anschluss in Bewegung.

Mit einem Blick aus dem Fenster versuchte sie ihre Nervosität in den Griff zu bekommen, aber der unausweichliche Endpunkt kam immer näher.

Wiesen, Felder und Wälder säumten den Weg der Karosse. Fridolin hätte sicher gesagt: „Mein Land!", auch wenn nur ein kleiner Teil davon wirklich ihm gehörte.

Fünf Dörfer, hatte er gesagt. Nicht wirklich viel für den zur Schau gestellten Prunk. Oder hatte er sonst noch etwas zu bieten, was er ihr bisher noch nicht erzählt hatte?

Endlich öffnete sich der Wald vor ihnen und gab ihr damit den Blick auf ein kleines Dorf frei, das von einer gigantischen Kirche überragt wurde.

Für einen Moment verschlug es Barbara den Atem, denn dieses Gotteshaus hätte in dieser Größe auch in Dresden oder Meißen stehen können, doch hier bei den zwanzig winzigen Häusern schien es völlig deplatziert zu sein.

Der Reichtum des Klosters hatte sicher für diesen riesigen Dom gesorgt.

Langsamer zuckelte die Kutsche an dem Kloster vorbei, bis sie vor dem Eingang der Kirche zum Stehen kam.

Im Aussteigen ging Barbaras Blick nach oben, wo der gigantische Kirchturm fast drohend über ihr aufragte. In der Siedlung waren die Gebäude alle nur eingeschossige Bauernhäuser und mitten drin stand dieser riesengroße Turm aus Stein zur Ehre Gottes.

Voller Ehrfurcht durchschritt Barbara alleine das Tor der Kirche und betrat den Innenraum. Sicherlich hunderte Menschen waren darin schon versammelt. Bestimmt mehr, als die winzige Siedlung Einwohner hatte.

Ein Gemurmel war zu hören, welches verstummte, als Barbara die erste Reihe der Bänke erreicht hatte.

Alle Augen schienen auf sie gerichtet zu sein und sie hatte nur wenige Blicke für den prachtvollen Innenraum des Gotteshauses.

Nach einigen Schritten kniete sie neben Fridolin vor dem mit Gold geschmückten Altar und senkte ihren Blick zum Boden.

Jetzt lagen alle Blicke auf ihrem Rücken und sie konnte sie dort deutlich spüren.

Nach wenigen Augenblicken hatte sie ihr Treuegelöbnis gesprochen und damit war sie Fridolins Gemahlin.

Hand in Hand verließen sie die Kirche und vor dem Tor zeigte ihr Mann auf eine wunderschöne braune Stute.

„Dieses Pferd schenke ich dir als Hochzeitsgabe", erklärte er ihr.

Sie trat an das Tier, das von einem Knecht am Zügel gehalten wurde. Barbara streichelte dem rassigen Reitpferd über den Kopf, dann flüsterte sie der Fuchsstute ins Ohr: „Wo warst du nur heute früh!"

Langsam wandte sie sich zu ihrem Mann zurück, der gerade zur Kutsche gegangen war und ihr dort die Tür des Gefährtes offenhielt.

Diesmal fuhren sie zusammen zurück zum Schloss und eine Kolonne von Verwandtschaft des Grafen schloss sie ihren reitend oder fahrend an.

Den Rest des Tages verbrachten sie feiernd im Saal.

Das Pferd war dabei schon wieder im Stall, der immer noch bewacht war, wie sie beim Aussteigen bemerkt hatte.

Doch eigentlich war sie ab sofort an ihr Wort ihrem Gemahl gegenüber gebunden. Mit Gottes Segen waren sie jetzt Mann und Frau.

Trotzdem schien Fridolin ihr nicht zu vertrauen und in die Augen konnte er ihr auch nicht sehen. Er wich ihrem Blick immer aus.

Noch etwas anderes kam unausweichlich auf sie zu: Die Ehe musste noch vollzogen werden.

Mit der Erinnerung an das Bild, welches sie durch das Schlüsselloch gesehen hatte, war eigentlich nur Angst und Ekel in ihr, aber das durfte sie ihrem Mann nicht zeigen.

Oder war das eine Möglichkeit der Flucht?

Wenn diese Verbindung nicht bis zum Aufgang der Sonne am nächsten Tage vollzogen war, so war diese Ehe ungültig.

Allerdings wäre sie dann sicherlich mit Schande bedeckt und könnte sich nirgendwo in der Gesellschaft mehr blicken lassen!

Schließlich fiel die Dämmerung in den Raum und während die Diener und Knechte die Fackeln und Feuerbecken entzündeten, zog Fridolin sie einfach von ihrem Platz und am Arm hinter sich her.

Eine Etage tiefer waren sie dann in ihrem Zimmer, wo sie durch die Zoffmagd und Fridolin durch den Diener ihrer Kleidung vollständig entledigt wurden.

Für einen Moment schämte sie sich ihrer Nacktheit und während sich die beiden Bediensteten noch im Raum befanden, schob ihr Mann sie rückwärts gegen das Bett.

Mit einem kräftigen Schubs beförderte er sie in ihr Bett, wo sie rücklings zum Liegen kam.

Bevor sie überhaupt reagieren konnte, legte er sich auf sie und drückte ihr mit Kraft die Schenkel mit den Knien auseinander. Danach stieß er unvermittelt zu und drang tief in ihren Schoß ein.

Der Schmerz ließ Barbara aufschreien und Fridolin schlug ihr mit der flachen Hand ins Gesicht.

„Sei still!", blaffte er sie an.

Sie biss die Zähne zusammen und erduldete angewidert den Vollzug der Ehe.

Der Schmerz ließ schnell nach, aber der Zorn baute sich in ihr auf. Und das alles immer noch mit den beiden Bediensteten im Gemach!

Vor Scham hätte sie im Erdboden versinken können.

Schnaufend trieb sich ihr Mann immer wieder in ihren Schoß, das Bett knarrte dabei laut und Barbara drehte ihr Gesicht zur Wand, fort von den beiden Dienern.

Nachdem Fridolin stöhnend in ihr gekommen war, kletterte er von ihr herab, nahm die Zoffmagd bei der Hand und ging mit ihr in das nebenan liegende Zimmer.

Er ließ sie einfach nackt dort liegen!

Der Diener verschwand mit einer Verbeugung.

Jetzt erst war Barbara alleine und die Tränen liefen über ihr Gesicht.

Schnell zog sie die Decke über ihren Kopf und weinte tonlos vor sich hin.

17. Kapitel

Der letzte Tropfen!

Nachdem sie bei Tagesanbruch geschlachtet worden waren, drehten die beiden Schweine jetzt ihre Runden über dem Feuer. Und obwohl der Bratenduft noch gar nicht so stark war, liefen die Bewohner der Siedlung die ganze Zeit schnuppernd umher und jeder war an diesem Vormittag mindestens schon einmal an seiner Hütte gewesen.

Eine freudige Stimmung machte sich unter ihnen breit, weil jeder wusste, dass diese beiden gebratenen Borstentiere noch am selben Abend in ihren Bäuchen landen würden.

In den letzten Tagen hatte Korbinian Ruth nicht mehr gesehen. Der Freund hatte sie wohl immer so voneinander getrennt, dass sie erst in der Kirche wieder aufeinander treffen würden.

Selbst der Weg dorthin wurde von ihnen getrennt vorgenommen. Ruth war gewiss schon dort und er näherte sich alleine langsam dem Gotteshaus. Seine Gedanken flogen dabei seinen Schritten zu der Frau voraus, die dort drin auf ihn wartete.

Vor der Tür wurde er von Kaspar aufgehalten und sie beide betraten das Haus zuletzt. Alle waren darin schon versammelt und sahen ihn an, als er den Chorraum betrat.

Zu seiner Verwunderung konnte er Ruth nirgendwo erblicken. Langsam ging er nach vorn und stand vor dem Altar, als Kaspar ein Zeichen gab und Ruth aus einem Seitenraum zu ihm trat.

Sie war heute besonders schön. Die langen schwarzen Haare waren kunstvoll zu einer besonderen Frisur gesteckt, ein Blumenkranz zierte ihr Haupt und das neue Kleid passte ihr perfekt.

Eine Königin hätte nicht schöner sein können und Korbinian konnte sein Glück kaum fassen, dass diese wunderschöne Frau schon bald die seine sein würde.

Dem Gottesdienst und der Trauung folgte er nur unbewusst, denn seine Augen hingen die ganze Zeit an Ruth. Fast hätte er daher sein Ja und das Ehegelöbnis verpasst.

Ein Rippenstoß von Kaspar hatte ihn kurz zurückgebracht.

Nach dem Kuss machten sie sich, jetzt Hand in Hand, gemeinsam auf den Rückweg zum Dorf.

Selbst die Sonne schien von der Hochzeit begeistert zu sein, denn sie strahlte besonders warm auf sie herunter.

Da in der Hütte kein Platz für alle Gäste war, wurden aus allen Hütten des Dorfes die Tische und Bänke auf den großen Platz vor seinen Hof getragen. Dutzende Menschen in den besten Sonntagskleidern versammelten sich lachend und scherzend, doch das Fest durfte noch nicht beginnen, denn der Herr Graf und sein Gefolge fehlten noch.

Irgendwie war es eine Art von Qual!

Die Gäste saßen und standen nur ein paar Schritte vom Feuer entfernt, der leckere Bratenduft zog zu ihnen herüber und niemand durfte die Schweine anschneiden.

Immer wieder tropfte das Fett zischend in das Feuer und jedem von ihnen lief bereits das Wasser im Munde zusammen.

Sehnsüchtig schaute jeder in die Richtung, aus welcher der Graf kommen musste.

Als dann endlich aus der Ferne Hufgeräusche zu hören waren, da jubelten die Menschen schon. So freudig war der Graf sicherlich noch nie in dem Dorf erwartet und schließlich begrüßt worden, wie an diesem Sonntag.

Mit fünf Knechten erreichte der Herr die feiernde Gemeinschaft, saß ab und setzte sich an das Kopfende des Tisches.

Auf sein Handzeichen wurden die Krüge mit frisch gebrautem Bier gefüllt und Korbinian schnitt das erste Schwein an. Wie es Sitte war, gingen der erste Teller und der erste Krug an den Lehnsherren. Dann durften sich alle auf Speis und Trank stürzen. Musik spielte, es wurde weiter gelacht, getanzt und geschlemmt.

Langsam wurden die Schweine verspeist und schon bald war vom ersten nur noch das Gerippe zu sehen. Dem leckeren Bier, das Ruth und ihre Mutter gebraut hatten, wurde ebenfalls gut zugesprochen und jeder lobte überschwänglich die Braukunst der beiden Frauen.

Noch immer konnte Korbinian keinen Blick von seiner Frau abwenden und auch Ruth schien nur Augen für ihn zu haben. Verlegen lächelte sie zu ihm herüber.

Alles Glück dieser Erde war jetzt an diesem Tisch versammelt.

Langsam legte Ruth ihre Hand in die seine und alles war gut.

Nur eines war noch zu tun: die Übergabe des Brauttalers!

Mit dieser Geste erkaufte man sich bei dem Herrn das Recht, die Frau in das Haus zu führen. Ein blanker, glänzender Taler. Solch ein wertvolles Geldstück hatte nicht jeder schon einmal gesehen und somit waren jetzt auch alle Augen auf ihn gerichtet, als Korbinian die Münze aus seinem Beutel holte.

Mit dieser Übergabe endete dann auch für das Brautpaar das Fest, während es wohl für alle anderen Gäste noch bis weit in die Nacht gehen würde. Zumindest so lange, wie noch Bier da war.

Korbinian nickte seiner Braut zu, erhob sich und ging die paar Schritte bis zum Grafen.

„Mit diesem Taler erkaufe ich mir das Recht der Nacht mit meiner Braut von euch zurück!", sagte er und legte das Geldstück vor den Grafen auf den Tisch.

Als sich Korbinian abwandte, um zu seiner Braut zu gehen, sagte der Herr: „Nein!"

Schlagartig war Ruhe am Tisch und man hätte ein Blatt zu Boden fallen hören.

Hatte er sich verhört? Ruths entgeisterter Blick bestätigte ihm aber, dass sie das Nein ebenfalls gehört hatte.

Das Lächeln war aus dem Gesicht der jungen Frau verschwunden.

Der Graf erhob sich von seinem Platz und jetzt erst bemerkte Korbinian, dass dessen Begleiter, die mit ihm aufstanden, alle bewaffnet waren.

Korbinian fuhr herum und wollte zu einer Bitte ansetzen, als der Blick des Grafen ihn verstummen ließ, noch bevor er die Lippen bewegen konnte.

„Ich bestehe auf meinem Recht für die erste Nacht! Ich werde dieses Mädchen zur Frau machen!", erklärte der Graf kalt und trat zu Ruth.

Ruppig zog der Mann die vor Schreck erstarrte Braut von der Bank fort und schleifte sie buchstäblich zur Hüttentür.

Das konnte doch nicht wahr sein!

Ungläubig starrte Korbinian ihm nach und sah zu der Münze. Machte der Graf nur einen makabren Scherz? Dann wäre es jetzt an der Zeit, Ruth wieder loszulassen, doch der Mann zog sie auch weiterhin hinter sich her.

Sie wehrte sich nicht, denn offensichtlich war sie genauso geschockt, wie Korbinian.

Schließlich fiel die Tür hinter ihnen zu und die Knechte stellen sich vor die Hütte.

Ein Rumpeln, ein Knall und ein Schrei von Ruth rissen ihn aus seiner Starre. Dieser Schmerzenslaut war der letzte Tropfen, der das Fass zum Überlaufen brachte.

Zorn und Wut tobten durch seinen Körper. Er ballte seine Fäuste und wollte Ruth helfen.

Abermals ertönte ein markerschütternder Klageruf seiner Braut, doch irgendjemand hielt ihn zurück.

18. Kapitel
Wut und Zorn

ie Schreie der Schwester rissen nicht ab. Kaspar kämpfte nur wenige Schritte vor der Hüttentür mit Korbinian, damit dieser nicht alle in der Siedlung ins Unglück stürzte.

Die Knechte standen drei Schritte entfernt, grinsten hämisch und hatten ihre Schwerter zur Hälfte aus der Scheide gezogen. Diese Drohung war unmissverständlich und die Demütigung, die der Graf ihnen gerade antat, unüberhörbar. Nichts konnten sie tun!

Wut und Zorn kämpften in Korbinian und auch in ihm. Sie waren kurz davor, die Vernunft zu verlieren und dann würde diese Hochzeit in einem Blutbad enden.

In der einsetzenden Dunkelheit warfen die Feuer ihren rötlichen Schein wie Blut auf die Hütte. Die zuvor ausgelassen feiernden Menschen hinter ihnen waren zu Säulen erstarrt. Keiner gab auch nur einen Laut von sich und daher war Ruths Wehklagen nur noch viel eindringlicher zu hören.

Selbst der Kampf zwischen Kaspar und seinem Freund geschah fast lautlos. Korbinian schnaufte vor Wut und Anstrengung. Dann gelang es Kaspar endlich den Freund zur Vernunft zu bringen, obwohl es wohl vernünftiger gewesen wäre, wenn alle Bewohner des Dorfes die Knechte und den Grafen aus der Siedlung geprügelt hätten.

Nur wenige Schritte hinter ihnen standen beinahe fünfzig kräftige Männer und der Graf hatte nur fünf. Trotzdem wusste jeder, dass es sinnlos war. Eine Gegenwehr würde eine Bestrafung nach sich ziehen.

Nach unendlich langer Zeit kam der Graf grinsend aus der Hütte, schloss sich demonstrativ die Hose und stieg danach auf sein Pferd. Gefolgt von den Knechten trabte er davon und jetzt erst konnten sie in die Hütte, um Ruth zu helfen.

Mit Korbinian und seiner Mutter stürzte Kaspar in den Raum.

Ruth lehnte im Sitzen schluchzend an der hintersten Wand der Küche. Ihr Kleid war zerfetzt, sie war halbnackt und blickte mit verheulten Augen zu ihnen. Mit beiden Armen versuchte sie ihre Blöße notdürftig zu bedecken.

Schnell hatte die Mutter ein Laken gegriffen und es der Tochter um die nackten Schultern geworfen.

Als Ruth aufstehen wollte, knickte sie mit einem Aufschrei um und das eine Bein war sonderbar verdreht.

Sofia beugte sich über ihre Tochter und betastete das Bein der Schwester. Ruth jammerte bei der sanften Berührung.

„Der Mistkerl hat ihr die Hüfte gebrochen!", murmelte die Mutter schließlich mit Tränen in den Augen.

Kaspar zog Ruth behutsam auf seine Arme und trug die wimmernde Schwester zum Bett.

Korbinian stand erstarrt mitten in der verwüsteten Küche.

Im Bett liegend, das die Mägde für den Anlass festlich geschmückt hatten, begann Ruth erneut zu weinen. Die Schmerzen mussten unerträglich sein, denn die Schwester war eigentlich hart im Nehmen. Selbst ein Kuhtritt vor Jahren hatte sie nicht so jammern lassen.

Schnell hatte die Mutter einen Trunk bereitet, den sie Ruth einflößte. Vermutlich war es ein starkes Schmerz- und Schlafmittel, denn wenig später schlief Ruth ein.

Damit war es jetzt an der Zeit, die Verletzung zu versorgen. Mit Tüchern und Holzstücken brachte die Mutter das Bein wieder in eine normale Haltung und Ruth schien davon nichts zu spüren.

Im Schein des Talglichtes setzte sich Kaspar an das Bett der Schwester und blickte zu Korbinian. Immer noch stand der Freund regungslos mitten in der Küche.

Sicherlich hatte er sich den Abend seiner Hochzeit anders vorgestellt.

In Kaspars Kopf fuhr der Gedanke, dass sie jetzt eine kräftige Arbeiterin bei der Ernte weniger hatten und sofort schämte er sich für diese Betrachtung. Die Schwester hatte diese Verletzungen ja auch, weil er sie unbedingt verheiraten wollte. Also war es ein bisschen auch seine Schuld.

„Ich bleibe bei ihr!", sagte er der Mutter.

Eigentlich hätte Korbinian diese Wache übernehmen müssen, denn Ruth war jetzt seine Frau, doch der Freund war immer noch zu keiner Bewegung fähig.

Das geschmückte Bett stand im vollständigen Kontrast zu dem vor Schmerzen verzerrten Gesicht der schlafenden Schwester. Ruth sah so hilflos und leidend aus und darum musste Kaspar an ihrem Bett bleiben. Das ging gar nicht anders.

Ewige Zeiten später setzte sich Korbinian zu ihm. Der Freund hatte Tränen in den Augen und sein Blick lag auf dem bleichen Gesicht seiner Frau. Da Ruth im Moment schlief, begann Kaspar leise den Freund zu trösten.

Eigentlich hätte er selbst des Trostes bedurft, doch gerade steckte er seine Bedürfnisse erst mal nach hinten. Die Schwester und der Freund waren momentan wichtiger.

Plötzlich erwachte Ruth schreiend und versuchte sich aufzurichten, was ihr aber mit der Schiene am Bein nicht gelingen konnte. Es dauerte ein paar verwirrte Atemzüge, bis Kaspar seine panische Schwester beruhigt hatte.

Die starke Schwester weinte sich an seiner Schulter aus. Das war noch nicht mal in Kindertagen so gewesen. Eigentlich war Ruth immer die stärkere von ihnen beiden gewesen.

„Warum kann dieser Kerl das mit uns machen?", fragte Korbinian murmelnd.

„Weil er der Herr ist!", erwiderte Kaspar und strich Ruth tröstend über den Kopf. So hatte es die Schwester oft mit ihm gemacht und diese Geste beruhigte Ruth, wodurch sie wieder einschlief.

Nachdem Kaspar die Schwester zugedeckt hatte, sah er zu seinem Freund. Er konnte schon erkennen, dass seine Antwort Korbinian nicht genügte. Er deutete ihm an, dass er leise sein sollte und zeigte mit der Hand zur Küche.

Korbinian nickte und erhob sich lautlos.

Ein paar Augenblicke später saßen sie am Tisch in der Küche, den die Mägde kurz zuvor wieder zurückgetragen hatten.

„Aber es ist unrecht!", erklärte Korbinian und sah zu seiner schlafenden Frau zurück.

Ihm fiel es sichtbar schwer, seine Wut zurückzuhalten und auch in Kaspars Bauch rumorte dieser Zorn. Nur mit der Kraft seiner Schwerter hatte der Graf Ruth Gewalt antun können. Wie lange sollte die Duldung dieser Willkür noch weitergehen?

Kaspar dachte daran zurück, was ihm sein Großvater vor unendlichen Zeiten einmal erzählt hatte: Die Bauern hatten ihrem Herrn einst einen Anteil von der Ernte übergeben, damit dieser sie vor Feinden beschützte. Gegenwärtig war der Herr der Feind! Und wer schützte sie vor ihm? Der König? Warum sollten sie dem Grafen also weiter ihre Abgaben übergeben?

Doch was wäre die Konsequenz dessen, wenn sie die Ablieferung in diesem Jahr verweigern würden? Nur eine harte Bestrafung des ganzen Dorfes.

Kaspar seufzte.

Erneut schrie Ruth auf und beide Männer eilten zu ihr. Augenblicklich übernahm Korbinian die Pflege der Schwester.

Kaspar nickte ihm zu, legte ihm dankbar die Hand auf die Schulter und ging.

In der kalten Luft der Nacht verflog ein Teil des Zornes und Kaspar kühlte sein Gemüt bei einem langen Spaziergang durch die Nacht.

Erst in der Morgendämmerung erreichte er seine Hütte.

19. Kapitel
Liebe und Hass

Zwei Wochen war die Hochzeit des Grafen inzwischen schon her, aber davon hatte Gisela noch nichts gespürt. Weder war sie mit in der Kapelle gewesen, noch beim anschließenden Essen und auch sein Verlangen nach ihr hatte nicht nachgelassen.

Weiterhin holte er sie jeden Abend zu sich, wenn auch jetzt etwas später, da er zuvor im Zimmer der Gräfin weilte.

Dieser Mann schien einfach unersättlich zu sein und sie hatte doch so gehofft, dass sich mit dieser Vermählung seine Gelüste nach ihr und dieser eher ungewollte Beischlaf mit ihr langsam reduzieren würden. Doch nichts dergleichen geschah.

Der Arbeitstag für Gisela dehnte sich einfach nur weiter nach hinten und da sie als Zoffmagd zuerst die Herrin entkleiden musste, bevor diese dann in ihrem Beisein mit dem Grafen in das Bett stieg und sie sich anschließend bei dem Grafen auch noch entkleiden musste, kam sie jetzt meist erst tief in der Nacht dazu, mit Erik im Stall das Reiten zu üben.

Seit ein paar Tagen taten sie das mittlerweile ohne Pferd und es gefiel ihr immer besser. Da sie weiterhin jeden Morgen von Maria den obligatorischen Morgentrunk erhielt, der indessen auch gar nicht mehr so scheußlich schmeckte, brauchte sie sich um das nächtliche Beisammensein mit Erik keinerlei Gedanken zu machen.

Niemanden schien aufzufallen, dass sie sich des Nächtens aus dem Hause schlich und überwiegend erst kurz vor der Morgendämmerung glücklich zurück in die Mägdekammer huschte.

Eigentlich brauchte sie den Strohsack dort gar nicht mehr, denn sie kam ohnehin oft nur wenige Augenblicke dazu, sich auf ihn zu legen.

Aber die Glücksgefühle in ihrem Bauch sorgten dafür, dass sie keinerlei Müdigkeit verspürte, obwohl sie ja praktisch schon mehr wie eine Woche kaum noch geschlafen hatte.

Da hatte sich etwas in ihrem Herz gebildet, was dafür sorgte, dass sie es am Morgen gar nicht erwarten konnte, dass es endlich wieder Nacht wurde und sie zu Erik in den Stall schlüpfen konnte.

Mit diesem Wissen hatte sie Martha endlich verstanden und bei Erik brauchte sie auch nicht leise sein, so wie der Herr Graf es ständig von ihr verlangte. Bei dem Geliebten konnte sie ihre Lust ungezügelt herauslassen!

Die Stille und das stumme Erdulden bei ihrem Herrn und das Schnaufen und die wilde Lust bei Erik. Es waren zwei gegensätzliche Gefühle und wenn es Erik nicht gegeben hätte, dann wäre sie vermutlich schon lange an dem dicken Grafen verzweifelt, aber der Beischlaf mit ihm war eben der Preis für die Lust bei Erik, denn ohne Graf kein Pferdeknecht!

Man konnte es Liebe nennen, was sie zu Erik tief in sich verspürte und in seinen Augen sah sie, dass es ihm wohl genauso ging. Sie waren zwei Menschen, die sich gefunden hatten und die ihr Begehren gemeinsam ausleben konnten, wenn auch nur heimlich und in der Finsternis der Nacht.

Der neue Morgen begann damit, dass Ella sie fragte: „Wo warst du denn?"

„Auf der Latrine", log Gisela gähnend und setzte sich auf dem Strohsack auf, auf den sie sich erst ein paar Augenblicken zuvor gelegt hatte.

Sicherlich hatte ihre Schlafnachbarin ihre Abwesenheit bemerkt, aber sie gab sich offensichtlich mit dieser Begründung zufrieden.

Langsam standen die Mägde auf und Maria erschien mit dem Becher. Der Tag begann abermals seinem gewohnten Kreislauf zu folgen, der sie dann am Ende wieder zu Erik in den Stall führen würde.

Damit begann und endete ihr Tagwerk in Eriks Armen und seines zwischen ihren Schenkeln. Man konnte es sicherlich schlimmer haben!

Mit einem breiten Lächeln auf dem Gesicht lief sie in die Waschküche nach unten und wenig später, frisch gewaschen, zu ihrer Herrin, die immer noch tief und fest in ihrem Bett schlief.

Sie hatte es sich angewöhnt, die Herrin einfach schlafen zu lassen, bis diese von selbst erwachte. Dazu setzte sie sich auf einen Hocker im Zimmer der Gräfin neben der Tür und wartete.

Die Hände in ihren Schoß gelegt, mit dem Rücken an der Wand und dem Blick zum Bett der Herrin, träumte sie sich zurück in Eriks Arme. Es war ja noch nicht lange her und so konnte sie seine Berührungen noch überall auf ihrem Körper spüren. Das wohlige Gefühl des zärtlichen Zusammenseins durchströmte abermals ihren Leib.

Schön war es!

In der Erinnerung an die liebevolle Vereinigung machten sich ihre Finger selbständig und suchten durch den Kleiderstoff hindurch ihren Schoß. Gerade als sie daran rieb und dabei lustvoll aufstöhnte, erwachte die Herrin.

Sie fragte laut: „Was machst du denn da?"

„Nichts!", entgegnete Gisela erschrocken und sprang auf.

Schnell lief sie durch das Zimmer und zog die Vorhänge zur Seite. Im Spiegel auf dem Tisch sah sie, wie ihr Gesicht rot wurde.

„Raus mit der Sprache!", drängte die Herrin, die hinter ihr aus dem Bett aufstand.

Entsetzt fuhr Gisela herum. Sie durfte nichts sagen, um Erik nicht zu gefährden, aber sie durfte auch die Herrin nicht belügen.

„Nur ein Traum", antwortete sie deshalb und anscheinend gab sich die Gebieterin damit zufrieden. Sie setzte sich vor ihr an den Tisch und fragte: „Hast du jetzt endlich reiten gelernt?"

Gisela verschluckte sich und begann zu husten. Es würgte in ihrem Hals. War sie ertappt? Furcht senkte sich in ihr Herz.

„Ähm ... ich ... Erik. Ja!", stammelte sie.

Die Gräfin entgegnete nur: „Fein! Dann reiten wir heute aus!"

Gisela trat mit dem Kamm hinter ihre Gebieterin und jetzt hatte ihr Gesicht etwas Ruhe, um sich wieder zu normalisieren.

Eine knappe Stunde später standen sie am Stall und Erik brachte zwei Pferde. Als sich ihre Hände berührten, strömte wieder dieses warme Gefühl des unendlichen Glückes durch ihren Körper. Es war einfach nur wunderschön, doch die Herrin riss sie sofort wieder da heraus.

„Träum nicht!", erklärte sie laut und ließ sich von Erik in den Sattel helfen.

Einen Augenblick später hatte sich auch Gisela auf ihr Tier geschwungen. Im Gegensatz zu ihrer Herrin, die im Damensattel seitwärts saß, ritt sie, wie des nächtens geübt, breitbeinig auf der schon vertrauten Stute.

Die Gräfin zog am Zügel, ihr Pferd machte einen Satz und kurz darauf jagten sie beide dem Teich entgegen.

🙚 🙖

Doch der Tag, der so schön begonnen hatte, der endete für sie scheußlich.

Als sie zurück zum Stall kamen, stand Erik dort davor, doch nicht, um die Pferde von ihnen entgegenzunehmen, sondern der Geliebte war gefesselt und Gisela war es wenige Augenblicke später ebenfalls.

Augenblicklich wurden sie beide an den Stricken in das Schloss gezerrt und knieten nach ein paar Schritten nebeneinander im großen Saal vor dem Grafen.

Die Herrin saß jetzt neben ihrem Mann, direkt vor ihr.

Wie von fern hörte Gisela nur, dass der Herr sie zu fünfzehn Peitschenhieben und Erik zu fünfundzwanzig verurteilt hatte.

Ihr Blick lag bittend in den Augen der Herrin. Erwartete sie Gnade? Wofür bekam sie diese Strafe?

Ohne ein weiteres Wort wurden sie in den Hof geschleift und dort wurde die Strafe sofort, in Anwesenheit aller Bediensteten, vollzogen.

Sie hörte ihre Schreie, als die Peitsche sie traf und sie hörte die des geliebten Mannes neben ihr.

Die Liebe zu Erik schlug in Hass gegen die Herrin um, denn die musste sie ja verraten haben. Woher hätte der Graf sonst wohl von ihr und ihrem Geliebten wissen können?

Während Erik noch neben ihr schrie, verlor sie vor Schmerzen das Bewusstsein.

20. Kapitel
Demütigungen

Vierzehn Tage der Erniedrigung waren ins Land gegangen. Jeden Abend war Fridolin in ihr Bett gestiegen, immer im Beisein der Zoffmagd, dann hatte er den Beischlaf mit ihr vollzogen und war anschließend mit der Magd im Nebenzimmer verschwunden, um dort dasselbe mit ihr zu tun.

Dabei war er nicht sehr leise, ließ offenbar auch noch absichtlich die Tür zu seinem Raume offen und so musste Barbara täglich mit anhören, wie er auf dem Bauch der Kammerzofe schnaufte.

Erst die Magd durfte später diesen Durchgang wieder schließen.

Jede Nacht weinte sie sich danach in den Schlaf und sie fühlte sich auch weiterhin einsam. Kein Trost war zu sehen und Fridolin ließ sie nur in den kleinen Park hinter dem Haus.

Der winzige Zaun um diese Anlage war die Grenze ihres Reiches. Sie war wie mit einer unsichtbaren Fessel gefangen und hatte die Magd ständig bei sich, die sie auch noch immer an die Untreue ihres Gemahls erinnerte.

So viele kleine Dinge waren es, die sie einfach nur demütigten. Machte Fridolin das absichtlich? Oder aus Unaufmerksamkeit? Oder war sie ihm einfach völlig egal?

Und es waren vierzehn Tage, in denen Barbara zwar ein Pferd besaß, aber nicht reiten durfte.

Mit langem betteln hatte sie am Vorabend endlich die Erlaubnis von Fridolin erhalten, mit ihrer Stute auszureiten und selbst wenn die Magd nicht geübt hatte, würde diese sie dennoch begleiten müssen, denn alleine durfte Barbara das Schloss nicht verlassen.

Noch lag sie im Bett, als ein Geräusch sie aufweckte. Ihr Blick fiel auf die Zoffmagd, die in der Dämmerung in dem Zimmer breitbeinig auf einem Hocker saß. Die Magd hatte die Hände in ihren Schoß gelegt und lehnte schnaufend mit dem Rücken an der Wand.

Offensichtlich träumte sie noch, doch das lustvolle Stöhnen der Frau war wie ein neuer Schlag in Barbaras Gesicht.

„Was machst du denn da?", fuhr Barbara die Magd an, die aufschreckte und sich zu verteidigen versuchte.

Barbara drängte nach, hörte aber nur weitere Ausflüchte. Offensichtlich vergnügte sich die Dienerin nicht nur mit ihrem Mann, sondern auch noch mit einem der Knechte, aber das war ihr im Moment egal.

Heute war ein Tag zum Reiten und am Abend würde sie die ungezogene Magd dann schelten!

Eine knappe Stunde später standen sie endlich vorm Stall und Barbara hatte die ersehnten Zügel ihres Pferdes in der Hand. Sie hätte vor Freude jubeln können, trotzdem sah sie sich vorsorglich nach ihrem Mann um.

Wollte er sie noch an dem Ritt hindern?

Schnell ließ sie sich von dem Knecht in den Sattel heben und trieb die Zoffmagd zur Eile an. Sie wollte endlich hinaus und niemand sollte sie noch im letzten Augenblick stoppen dürfen.

Zuerst ritt sie ein Stück im normalen Schritt, um sich an das Pferd zu gewöhnen und dann jagte sie im Galopp den Weg zum Teich hinunter.

Im Seitsitz war es etwas schwierig, das Pferd bei dieser Geschwindigkeit unter Kontrolle zu behalten, doch sie war den Sitz gewöhnt, nur das Pferd musste sich noch an sie gewöhnen.

Mit einem Satz war die braune Stute dann über den niedrigen Zaun gesprungen, der Barbara bisher am Verlassen des Anwesens gehindert hatte.

Daraufhin ging es ungezügelt über die Wiesen und auf Waldpfaden dahin. Jetzt zählten nur noch der Wind im Gesicht und die Freiheit auf dem Rücken des Tieres.

Die Zofe hielt erstaunlicherweise gut mit. Eigentlich hatte sie erwartet, dass die unerfahrene Zoffmagd sie schon nach wenigen hundert Schritten aus dem Blick verloren haben würde, aber die Frau blieb auf ihrer Höhe.

Ein bisschen bewunderte sie die Magd dafür.

Irgendwann drehten sie wieder um und ritten zum Schloss zurück. Diesmal nicht über den Zaun, sondern auf der Straße auf das große Tor zu.

Direkt vor der Stallung zügelte sie ihr Pferd und ihr Lachen flog über den Platz, doch es erstarb sofort wieder.

Der Pferdeknecht stand in Fesseln vor ihr und ihre Magd wurde neben ihr vom Pferd gerissen.

Was war hier los?

Barbara blickte sich um und sah ihren Mann am Fenster stehen. Ein anderer Knecht griff in ihre Zügel, sie ließ sich vom Rücken des Tieres gleiten und rannte in das Schloss.

Ihre Zofe und der Knecht wurden gefesselt hinter ihr her geschleift.

Gemeinsam erreichten sie den Saal, wo Fridolin wortlos auf den Stuhl neben seinem Sessel zeigte. Es folgte eine fadenscheinige Anklage, aus welcher Barbara nur heraushörte, dass eigentlich sie hier bestraft werden sollte.

Erstarrt sah sie ihrer vor ihr knienden Magd ins Gesicht. Hier wurden zwei Menschen bestraft, weil sie ausgeritten war!

Die Magd hatte sie begleitet und der Knecht ihr das Pferd gegeben. Bei allen anderen Ausführungen des Grafen ging es indirekt nur darum.

Wenig später wurden sie beiden Menschen auf dem Hof ausgepeitscht und jeder Schlag mit der Peitsche, der den nackten Rücken der Magd traf, der galt ihr und Fridolins Blick ließ ihr keinen Zweifel, dass er sie nur schonte, weil sie die Gräfin war, sonst hätte es wohl drei Verurteilte gegeben.

Die Schreie ihrer Magd trafen sie wie Hiebe.

Barbara stand als letzte auf dem Hof. Fassungslos konnte sie keinen Finger mehr rühren. Hatte sie Fridolin nicht um die Erlaubnis gebeten? Zwar nicht heute, sondern am Tage zuvor, doch er hatte es ihr doch zugesagt!

Mit schleppenden Schritten ging sie auf ihr Zimmer. Den Stall würdigte sie dabei keines Blickes mehr.

In ihrem Raum wartete schon die Mamsell mit der neuen Zoffmagd. Bei der Leibesfülle der neuen Dienerin würde jedes Pferd sofort Reißaus nehmen. Das war dann also Fridolins Antwort gewesen!

Sie durfte nur mit der Magd reiten und diese Frau hier würde nie in einen Sattel steigen können.

Barbara schickte die beiden Frauen aus dem Zimmer, setzte sich auf ihr Bett und begann bitterlich zu weinen.

So viele Demütigungen waren einfach zu viel für sie.

Und als ob das nicht schon schlimm genug gewesen wäre, kam Fridolin nach einer Weile zu ihr, um den Beischlaf einzufordern.

Fridolin stieß jetzt seine Wut auf sie mit Kraft in ihren Schoß.

Mit zusammengebissenen Zähnen ertrug sie auch diese Schmach und auch, dass Fridolin wenig später eine Magd in sein Zimmer holen ließ. Allerdings nicht die Zoffmagd, die in ihrem Zimmer wartete, bis Fridolin sich lautstark in der anderen Magd ergoss.

Er hatte die Tür auch dieses Mal offen gelassen, damit sie es auch wirklich hören musste.

Barbara schwor sich, von jetzt an einen großen Bogen um den Stall zu machen. Würde das helfen? Sie hoffte es und legte sich in ihr Bett, sorgsam von der Zoffmagd zugedeckt, die erst danach das Zimmer verließ.

21. Kapitel
Ein Höllenleben

ine streichelnde Berührung riss sie aus dem Dämmerzustand. Unmittelbar darauf zuckte Gisela vor Schmerzen zusammen und stöhnte auf.

„Schscht. Bleib ruhig liegen", hörte sie Marias Stimme neben sich.

Mühsam schlug sie die Lider auf. Sie lag auf dem Bauch und blickte in die sorgenvollen Augen der Mamsell, die neben ihr kniete.

Ihr Rücken schien in Flammen zu stehen und trotzdem fragte sie zuerst: „Was ist mit Erik?"

Tränen füllten Marias Augen und sie schüttelte den Kopf.

„Was meinst du?", entgegnete Gisela mit brüchiger Stimme.

„Er hat es nicht geschafft", antwortete die ältere Frau heiser.

„Tod?", schrie Gisela entsetzt auf.

Maria nickte schluchzend.

Weinend brach Gisela auf ihrem Lager zusammen und alles wurde wieder schwarz vor ihren Augen.

„Bitte lass es nur einen schlimmen Traum gewesen sein!", stöhnte sie, als sie abermals erwachte, doch die schmerzenden Striemen auf ihrem Rücken waren immer noch zu fühlen.

Diesmal kniete Ella neben ihr und legte ihr gerade ein paar Kräuter auf den Rücken.

„Möchtest du etwas trinken?", erkundigte sich die Küchenmagd leise.

Gisela nickte und wenig später brachte Ella ihr den schon wohlbekannten Becher, nur diesmal befand sich Wasser darin.

„Wie lange liege ich schon hier?", erkundigte sie sich, nachdem sie gierig den Becher ausgetrunken hatte.

„Fünf Tage", antwortete Ella und füllten das Trinkgefäß erneut.

Mit einer immensen Kraftanstrengung setzte sich Gisela auf und dabei rutsche das Tuch über ihren Rücken, mit dem Ella die Kräuter abgedeckt hatte. Diese sanfte Berührung ließ sie zusammenzucken und laut aufstöhnen.

Maria kam daraufhin in den Raum gestürzt und fragte: „Geht es dir besser?"

„Irgendwie schon", entgegnete Gisela mit dem Becher am Mund.

„Ich muss doch noch zu meiner Herrin!", erklärte sie, als sie daran dachte, dass sie die Zoffmagd war, obwohl sie diese Verräterin eigentlich nie im Leben wiedersehen wollte.

„Bleib", begann Maria und kniete sich neben das Lager.

„Uta ist jetzt die neue Zoffmagd der Herrin", setzte die Mamsell fort.

Fast erleichtert nickte Gisela und erwiderte: „Und was werde ich dann ab jetzt tun? In der Küche helfen?"

Ella entgegnete vorschnell: „Du bist die Aschenmagd!"

Maria nickte, dann schickte die Mamsell Ella wieder zurück an ihre Arbeit und half ihr auf die Beine. „Es tut mir leid für euch beide", erklärte sie leise, fast flüsternd.

Nachdem Maria ihr in das Kleid geholfen hatte, verließen sie gemeinsam die Mägdekammer und gingen auf der Treppe bis ganz nach unten.

„Kannst du dich bewegen?", erkundigte sich Maria sichtlich besorgt bei ihr.

Gisela nickte, denn die Schmerzen waren auszuhalten. Unverzüglich begann die Einweisung in die Arbeiten als Aschenmagd, die bisher Uta oblagen.

Ihre neuen Tätigkeiten waren es ab jetzt, Holz aus dem Keller zu allen Feuerstellen zu tragen und von dort die Asche mit einem Eimer nach draußen, hinter das Haus zu bringen.

Eigentlich keine schwere Arbeit, aber die schmutzigste, die es im ganzen Hause gab. Und natürlich die, die keine sonst freiwillig machen wollte.

Mit einem Arm voller Holzscheite lief Gisela wenig später die Treppe zur Küche hinauf, wo sie das Holz neben dem Herd aufstapelte. Mit der Schaufel die heiße Asche in den Eimer zu schaffen, war da schon schwieriger und auch schweißtreibender.

Im Schloss gab es zwanzig Feuerstellen und jede davon wollte versorgt sein. Gleich beim dritten Ofen traf sie auf den Grafen und die Gräfin, die im Saal saßen.

Beide würdigten sie keines Blickes und sie machte krumm ihre Arbeit. Unsichtbar, unbemerkt, eine graue Maus, die sich fragte, was sie hier überhaupt tat. Was hatte das alles noch für einen Sinn? Erik war tot und diese schmutzige Beschäftigung konnte sie auch an jedem anderen Hof machen.

Beim Hinausgehen nickte ihr Johann gütig zu. Zumindest würde der Herr Graf sie wohl von jetzt an in Ruhe lassen, denn mit einer völlig verdreckten Aschenmagd würde er wohl kaum sein Lager teilen wollen. Zumindest blieb das zu hoffen.

Im Keller traf sie auf den alten Piet, der ihr neues Holz übergab.

„Erik war wie ein Sohn für mich", erzählte der Mann verbittert und es schien so, als ob er gerade noch krummer ging, als er es ohnehin schon war.

„Es tut mir leid. Das wollte ich nicht", schluchzte Gisela.

Piet erwiderte schnell: „Dich trifft keine Schuld und wenn du magst, so bist du ab jetzt wie meine Tochter."

„Gern", antwortete sie ihm.

Piet legte den Arm um ihre Schulter und es sollte wohl tröstend wirken, doch sie schrie bei der Berührung auf.

„Entschuldige. Ich habe nicht daran gedacht", bemerkte der alte Mann schnell und nahm sie daraufhin viel vorsichtiger in den Arm.

„Ich muss", erklärte Gisela nach ein paar Augenblicken und zeigte auf das Holz. Im Halbdunkel des Kellers nickte der alte Mann ihr zu.

„Weißt du, ich bin auch mit daran schuld", begann er schluchzend und setzte erklärend hinzu: „Erik hatte mich gebeten, die Tür nicht zu verschließen, also war es nur meine Nachlässigkeit, die euch solchen Kummer und ihm den Tod gebracht hat!"

„Zwei liebende Seelen kann niemand voneinander trennen. Wir hätten einen anderen Weg gefunden", antwortete Gisela und dachte daran, dass der Tod sie jetzt wohl doch für immer getrennt hatte.

Schluchzend zog sie das Holz an ihre Brust und rannte los.

Die schwere Arbeit und die vielen Treppen zogen ihr die Arme lang und machten ihren Rücken krumm.

Als sie am Abend völlig erschöpft in das Waschhaus schlurfte, starrte sie ein Höllenwesen aus der spiegelnden Oberfläche des Troges heraus an. Ihr Gesicht war schwarz von der Asche und auch ihr restlicher Körper war davon bedeckt. Am liebsten wäre sie augenblicklich in den Trog gesprungen, doch dazu musste sie warten, bis die anderen Frauen aus dem Raum gegangen waren, denn sie wollte ihnen nicht ihren nackten und zerschlagenen Körper zeigen.

Todmüde an einer Wand lehnend wartete sie in einer Ecke darauf, dass sich der Waschraum leerte. Die letzte war dann Ella, die ein paar Augenblicke später mit einem neuen Unterkleid zurückkam und fragte: „Soll ich dir helfen?"

„Das wäre lieb von dir", antwortete Gisela und schob sich stöhnend aus der Ecke heraus.

Mithilfe der Küchenmagd entledigte sie sich des verdreckten Unterkleides, welches Ella sofort zur Wäsche warf.

Auf sie gestützt kletterte Gisela in den Trog mit dem kalten Wasser und ließ sich entkräftet von Ella waschen.

Die sanften und streichelnden Berührungen, mit denen die Küchenmagd sie säuberte, erinnerte sie an den Geliebten und bei den Gedanken an Erik tropften ihre Tränen in das schmutzige Wasser, welches sie schon bald umgab.

Momentan hatte Gisela keine Kraft mehr und musste sich deshalb wie ein Kind von Ella auch wieder aus dem Trog helfen lassen. Alleine hätte sie es wohl kaum geschafft.

Und auch nach oben auf den Strohsack schlich sie auf die Magd gestützt.

Sie war eingeschlafen, als sie den Strohsack berührte, und aus diesem Schlaf riss Ella sie vorsichtig wieder heraus, als sie an ihrer Schulter rüttelte.

„Wach auf", flüsterte sie.

Der Tag der Aschenmagd begann vor allen anderen, denn der Herd in der Küche musste als erstes gesäubert und angeheizt werden, bevor die Küchenmägde das Frühmahl machen konnten.

Müde schlurfte Gisela nach unten und wenige Augenblicke später sah sie wieder so aus, als wäre sie aus der Hölle entsprungen.

22. Kapitel
Gesät und kaum etwas geerntet

Die Ernte in diesem Jahr war überdurchschnittlich gut gewesen und doch war nach der Ablieferung der Abgaben nicht mehr viel in der Scheune geblieben. Wutschnaubend hatte Kaspar die Scheunentür zugeschlagen, wobei sie fast aus den Angeln gesprungen war.

Aber nicht nur der Zorn über diese unerträgliche Last war es gewesen, sondern auch darüber, dass Ruth, jetzt schon etwa acht Wochen nach der Hochzeit, immer noch nicht wieder richtig gehen konnte.

Wie eine alte Frau humpelte sie am Stock. Der Freund hatte ihm erzählt, dass die Schwester immer noch fast jede Nacht schreiend erwachte und sich ihm völlig verweigerte.

Korbinian durfte sie noch nicht mal streicheln, denn sie zuckte selbst bei der sanftesten Berührung zurück und zitterte. Vermutlich waren die Wunden auf ihrer Seele noch nicht geheilt, und ob die körperlichen Verletzungen jemals verheilen würden, das stand in den Sternen.

Trotzdem versuchte Kaspar den Freund immer zu besänftigen, denn das ursprünglich gutmütige und friedvolle Wesen des Freundes war durch diese Gewalttat völlig geändert worden. Korbinian schimpfte bei jeder passenden Gelegenheit über die fetten Mönche im Kloster, über den raffgierigen Grafen und die anderen hohen Herren, die ihnen den Ertrag ihrer Arbeit stahlen, doch was konnten sie tun, außer darüber zu schimpfen? Nichts!

Ein einzelner Bauer, selbst ein einzelnes Dorf, konnte sich nicht gegen die Herren auflehnen und in der Not war ein jeder sich selbst der Nächste. Oder er würde als nächster irgendwo an einem Baum hängen. Als abschreckendes Beispiel dafür, was den anderen Landleuten geschehen würde.

Fast jeden Abend redete Korbinian beim Bier von den Bauernaufständen im Süden, aber die waren weit fort. Im Lande der Bayern, viele Tagesmärsche entfernt. Die konnten ihnen hier nicht helfen und die ertragreiche Scholle wollte keiner verlassen! Zu gut war der Boden hier!

Und doch bahnten sich der Zorn und die Wut immer weiter den Weg! Selbst Kaspar spürte das Grummeln in seinem Bauch. Das war alles wie eine übervolle Sickergrube! Es würde nur ein zündender Funken reichen und die ganze Güllegrube flog in die Luft.

Und jeden Tag füllte der Zorn weiter diese Grube! Jedes Mal, wenn Ruth die Hütte auf den Stock gestützt verließ!

Mit geballten Fäusten schaute er dann zur Schwester hinüber und schalt sich für den Gedanken, sie verheiraten zu wollen. Das Kloster wäre möglicherweise der bessere Ort gewesen, denn dort wäre sie sicherlich nicht in die schmierigen Hände des Grafen gefallen. Vielleicht allerdings in die eines gierigen Bischofs? Wer wusste schon, was in den Klöstern so geschah.

Und noch etwas geschah, denn da Korbinian jetzt nicht mehr schlichtend in den Streit der Männer eingriff, fetzten sie sich im Dorf oft um Kleinigkeiten. Schlägereien waren damit an der Tagesordnung! Der unbändige Zorn bahnte sich seinen Weg! Noch richtete er sich gegen den Nachbarn, aber ein Funke konnte reichen.

Schließlich hatte Korbinian dann eines Abends am Teich erzählt, dass der Pfarrer Müntzer in Allstedt jeden Tag predigte. War dieser Geistliche dieser zündende Blitz? Zwar stand er unter dem Schutz der Grafen, doch seine Predigten, von denen ihnen reisende Händler erzählten, waren selbst unter der Obhut eines Grafen gefährlich. Für Müntzer und die Grafen!

Oft hatte Kaspar von Luther gehört und dessen Reden wurden ebenfalls im Dorf weitererzählt, aber im Vergleich zu Müntzer war Luther fast ein sanftes Lamm.

Zwischen diesen beiden Theologen schienen Welten zu liegen. Der Wolf Müntzer, der für das Recht und die Freiheit aller Menschen predigte und das Lamm Luther, der eine geistige Erneuerung der Mitmenschen wollte.

Doch der Hunger ließ keinen Raum für geistige Erbauung! Erst der Mensch, dann Gott! Das sagte auch Korbinian! Doch ohne Gottes Hilfe waren sie alle verloren! Wer würde für die Ernte sorgen, wenn Gott sich von ihnen abwenden würde?

Erst Gott, dann der Mensch, setzte Kaspar dem Freund entgegen. So wie Luther und Müntzer sich gegenüberstanden, so taten das jetzt auch Kaspar und Korbinian!

Es war eine schwierige Prüfung für ihre Freundschaft!

Kaspars Gedanken flogen nach oben. War das vielleicht der Wille der Herren? Dass sie sich untereinander zerstritten?

„Gott! Gib mir ein Zeichen!", rief Kaspar mit nach oben gehaltenen Armen, aber er bekam keine Antwort.

Hatte sich Gott schon von ihnen abgewandt? Sollte dem so sein, dann waren sie alle am Ende!

In seine Gedanken versunken, ging Kaspar durch die Wiese und erreichte schließlich den kleinen Teich. Einige Mägde und Knechte erfrischten sich in dem kühlen Wasser von der täglichen Arbeit.

Am Rande saß die Schwester und wandte schnell ihr Gesicht ab, als sie Kaspar erblickte.

Er ging zu ihr, setzte sich neben sie und bemerkte, wie sie versuchte, heimlich mit dem Handrücken die Tränen fortzuwischen, doch ihre roten Augen verrieten ihren Kummer nur zu deutlich.

So hockten sie schweigend nebeneinander am Rande des Tümpels, in welchem sie früher immer gemeinsam gebadet hatten.

Nach einer ganzen Weile sagte Ruth leise: „Ich kann nicht mal mehr in das Wasser rein!" Dabei zeigte sie auf den geschnitzten Stock, den ihr Korbinian gegeben hatte und der gerade neben ihr im Gras lag.

„Ich könnte dich doch in den Weiher tragen?", entgegnete Kaspar und sah das Aufblitzen der Freude in Ruths Augen, bevor der Schleier der Tränen wieder darüber fiel.

Ohne noch etwas zu fragen, zog er sich das Hemd über den Kopf, streifte sich die Hose ab und half der Schwester aus ihrem Kleid. Nur in den Unterhemden trug er sie zum Wasser. Er hatte sie auf seinen Armen und Ruth schmiegte sich an seinen Hals an. Wie früher, als sie beide noch Kinder gewesen waren.

Vorsichtig hielt er sie und spürte, wie sie dabei stumm weinte.

Im flachen Wasser stehend nahm der Teich die Last von den Hüften der Schwester, aber mit dem steifen Bein konnte sie auch nicht richtig schwimmen. Sie hauchte nur: „Danke."

Später trug er sie wieder zurück zum Ufer und setzte sie vorsichtig ins Gras.

Nachdem sie sich in der Spätsommersonne getrocknet hatten, blickte er ihr nach, wie sie humpelnd in das Dorf ging.

Jeder Schritt von Ruth war eine Anklage an den Grafen und wieder übermannte ihn die Wut.

Gundel, eine von Korbinians Mägden, setzte sich neben ihn und blickte ihn durchdringend an. Er mochte sie ganz gern und sie war ziemlich hübsch, mit den Sommersprossen auf der Stupsnase und dem roten Haar, das ein sympathisches Gesicht einrahmte.

Als er zögerte, zeigte sie mit dem Kopf zu einem Gebüsch am Rande des Teiches.

Was sie wollte, das war ihm selbstverständlich sofort klar, aber war er dafür momentan in der richtigen Stimmung?

Als er noch unschlüssig überlegte, ergriff die Magd seine Hand und zog ihn lachend hinter sich her.

Wenig später befand er sich über ihr. Die Aufgebrachtheit war noch immer nicht abgeklungen und gerade trieb er diese Wut Stoß für Stoß zwischen die Schenkel der Magd.

Erst ein leiser Aufschrei Gundels ließ ihn stoppen. Was tat er hier?

Die Magd war doch nicht schuld!

Reumütig zog er sich aus der Frau zurück und streichelte verlegen ihr Gesicht. Sie nickte ihm zu, setzte sich auf und lehnte sich an seine Schulter an.

Sein Zorn sollte den Grafen treffen, der geerntet hatte, ohne je einen Finger dafür krumm gemacht zu haben.

Gundel streichelte seinen Arm, während er neben ihr saß und in die Ferne sah.

„Gott! Warum hast du uns verlassen?", fragte er stumm nach oben.

23. Kapitel
Pilgerwege

Beinahe einen Tag war Korbinian unterwegs gewesen, bevor er Allstedt erreicht hatte. Als die Dämmerung über die kleine Stadt sank, da fiel auch Korbinian erschöpft auf ein Lager aus Stroh, welches er im Stall einer Herberge gefunden hatte.

Seit Wochen hatte er vorgehabt, diesen Weg zu gehen, um die Wahrheit aus dem Munde des Predigers zu hören, aber zuerst hatte die Ernte in die Scheune gemusst. Wo sie sich aber nur kurz befunden hatte, bevor die Abgaben an den Grafen diesen Verschlag auch schon wieder leerten.

Mit zusammengebissenen Zähnen hatte er die Säcke in das Lager des Schlosses gebracht, wo ein Federstrich seine Schuld austilgte. Den hohen Herrn hatte er zum Glück nicht gesehen, er hätte ihm sonst wohl für Ruths Leiden das Fell über die Ohren gezogen, oder ihm zumindest deutlich gesagt, was er von dem Herrn Graf so hielt.

Gerade schloss er die Augen und es wurde die erste ruhige Nacht, in der er nicht von Ruths Schrei geweckt wurde.

Es wurde Montag, der 8. August im Jahre des Herrn 1524.

Als er an diesem Morgen aufstand und auf den Hof trat, um sich am Brunnen zu waschen, da schien die ganze Stadt in Aufruhr zu sein. Die Sonne stand doch erst ein kleines Stück über dem Horizont und zu so früher Stunde hatte er nicht erwartet, dass schon so viele Menschen auf den Beinen waren.

Offensichtlich ging es in der Stadt doch ganz anders zu, als er es sich in seinem Dorf so vorgestellt hatte.

Schnell wusch er sich und kurze Zeit später machte er sich auf den Weg zur Johanniskirche, wobei er dabei von hunderten Menschen begleitet wurde.

Augenscheinlich wollten alle die Predigt Müntzers hören, aber am Straßenrand standen auch viele Bürger der Stadt, die an ihren feinen Sachen gut zu erkennen waren, die ihnen deutlich mit erhobener Hand drohten.

Am Tor der Kirche angekommen verkündete einer, dass Müntzer in der Nacht die Stadt, sowie Frau und Kind, verlassen hatte.

So nahe vor dem Ziel hatte Korbinian den Mann verpasst. Einen Tag früher und er hätte die Predigt noch selbst hören können.

Vermutlich waren es die Stadtbürger gewesen, die Müntzer aus der Stadt getrieben hatten.

Das Murren der Menschen rund um ihn herum war unüberhörbar und ein Mann in seiner Nähe äußerte: „Möglicherweise hat dem Kurfürsten seine Rede nicht gefallen!"

„Was meinst du?", fragte Korbinian ihn.

Der Mann, er war schon etwas älter, setzte sich neben der Kirche auf einen Stein. Er blinzelte zu Korbinian herauf und zeigte neben sich.

Der alte Mann zog einen zusammengefalteten Zettel aus seiner Tasche und erklärte: „Am 13. Juli kamen Johann, der Bruder des Kurfürsten von Sachsen, und sein Sohn Johann Friedrich hier her, um im Schloss eine Predigt des Pfarrers zu hören."

Korbinian starrte auf die unverständlichen Zeichen auf dem Blatt und der Mann erzählte weiter: „Wir, das gemeine Volk sind nach dieser Predigt durch ihn zu einem göttlichen Volk geworden. Damit sind wir es, die zum wahren Glauben zurückkommen müssen und wir sind es, die den Ursprung der christlichen Kirche wiederherstellen müssen. Eine Kirche der Brüder, so wie Jesus es predigte."

Der Mann ließ den Zettel sinken und blickte ihn an, dann setzte er hinzu: „Das stärkt unsere Position. Müntzer hat die mit seinen Worten die Obrigkeit in die Pflicht genommen, uns dabei zu helfen. Nur wenn sie uns Beistand leisten, dann gibt es für sie Schadensfreiheit, da Gott ihnen nur dann zur Seite stehen wird."

„Das bedeutete aber andersherum: wenn sie sich uns entgegenstellen, so wird Gott sie strafen!", entgegnete Korbinian.

„Du sagst es!", antwortete der alte Mann und klopfte Korbinian auf die Schulter.

„Und darum ist er geflohen?", fragte Korbinian nach.

Der Alte wiegte den Kopf und bemerkte: „Jetzt, da er nicht mehr unter dem Schutz des Kurfürsten steht, war das wohl besser für ihn."

„Und wohin könnte er gegangen sein?", setzte Korbinian nach.

Der Alte fixierte ihn und schätzte wohl ab, ob er es wirklich ehrlich meinte.

„Ich bin extra einen ganzen Tag gelaufen, um seine Predigt zu hören!", erklärte Korbinian daher noch.

Der ältere Mann beugte sich zu ihm und flüsterte: „Vielleicht in die freie Reichsstadt Mühlhausen! Ich an seiner Stelle würde es tun!"

„Ich danke dir", entgegnete Korbinian und stand auf.

Mit dem Blick in die Ferne überlegte er, wie weit ein Mann in der Nacht kommen konnte. Nicht sehr weit! Wenn er schnell lief, dann konnte er ihn vielleicht noch einholen. Zumindest, wenn die Richtung wirklich stimmte.

Schnell begab er sich zum Tor und von dort aus rannte er durch das Land.

Die Büsche flogen nur so an ihm vorbei. Er war schnelles Laufen gewohnt und so hoffte er den Prediger einzuholen, denn selbst wenn er mit einem Wagen unterwegs war, würde sein Vorsprung sicher noch nicht so groß sein.

Korbinian lief so schnell, dass er schon bald das Rasseln seines Atems hören konnte. Es stach in seiner Seite, doch er wollte Müntzer unbedingt einholen.

Von Zeit zu Zeit überholte er andere Menschen, die seltsam zu ihm sahen, wenn er schnaufend überprüfte, ob er den ersehnten Prediger gefunden hatte.

Gegen Mittag rastete er an einem kleinen Bach, bevor er sich wieder auf den Weg machte.

Korbinian fragte sich jetzt allerdings, ob er auf dem richtigen Weg war, denn es gab derer drei! Erst kurz vor Mühlhausen trafen diese wieder aufeinander und spätestens dort musste er dann den Pfarrer finden.

Nach einer Wegbiegung sah er dann einen Mann in der Tracht eines Priesters, der wie ein Wandermönch mit seinem Stab unterwegs war. Der Mann zuckte zusammen, als er Korbinians hastige Schritte hörte. Das musste Müntzer sein!

Auf die Frage: „Seid ihr Müntzer?", die Korbinian ihm völlig außer Atem stellte, antwortete der Mann nicht. Weder ja noch nein kam über seine Lippen und damit wusste Korbinian aber auch, dass er den Prediger gefunden hatte.

„Verzeiht mir, dass ich euch folge!", erklärte er schließlich, nachdem er wieder zu Luft gekommen war.

„Darf ich meinen Weg mit euch zusammen fortsetzen?", fragte er und der Prediger stimmte dem zu.

Seite an Seite gingen sie weiter nach Westen und nach ein paar hundert Schritten waren sie schon in ein Gespräch verwickelt, wobei es sich um eine Unterhaltung über die Bauern und deren Leid handelte.

Ein Bauer und ein Priester diskutierten über religiöse Themen und das war etwas, was sich Korbinian bis zum Morgen nicht hatte vorstellen können.

Bisher hatten die Pfarrer seine Meinung immer abgetan. Müntzer wollte sie hören! Korbinian bewunderte den Mann, denn hier war einer, der sich wirklich für sie einsetzte.

Gemeinsam setzten sie ihren Weg fort. Ein Pilgerweg zur Wahrheit!

24. Kapitel
Ein Ruf zu den Waffen

❧ Ein neues Jahr begann und es wurde April ... ❧

Er hatte es gewusst! Fridolin ließ den Brief sinken. Wie oft hatte er vor diesen beiden Predigern gewarnt? Zu oft oder auch nicht oft genug? Jetzt war es also so weit! Nach der Osterpredigt hatten sich auch hier die Bauern erhoben und zu den Waffen gegriffen! Und jetzt hatte Graf Albrecht[4] alle Grafen, Junker und Knechte zu sich gerufen. Ein jeder, der eine Waffe führen konnte und treu zu ihm stand, der sollte sich in der Burg Heldrungen einfinden!

Von vielen Besuchen kannte Fridolin diese gute Burg. Erst vor wenigen Jahren war sie aufwendig und kostspielig auf den neuesten Stand der Verteidigungstechnik gebracht worden.

Alle hatten damals über diese Verschwendung gespottet und jetzt würde sich zeigen, ob der Graf damit recht gehabt hatte, oder ob die Spötter doch richtig lagen.

In einer Zeit, wo jede Burg zum Schloss wurde, war diese zur Festung geworden!

Fridolin rollte den Brief zusammen und rief: „Johann!"

Doch der Diener war wie immer in der Nähe. Schnell waren alle Instruktionen erteilt. Zehn starke Knechte würden ihn und Johann begleiten. Damit würden nur vier ältere Knechte und ein Junge hier zurückbleiben.

Der Graf erhob sich von seinem Platz, trat zu seiner Frau und sagte: „Wir reiten nach Heldrungen und erledigen diese aufständi-

---

[4] Albrecht VII (18. Juni 1480 - 4. März 1560), Graf von Mansfeld-Hinterort, war ein deutscher Adliger.

schen Bauern! Du bleibst hier und rührst dich nicht von der Stelle! Hier bis du sicher!"

Danach ging er, ohne ein Wort von ihr zu erwarten oder zu bekommen.

In seinem Zimmer hatte Johann schon Waffen und Rüstung bereitgelegt und der Diener half ihm auch sofort in den Harnisch.

Kaum eine Stunde nach dem Erhalt der Botschaft ritten die zwölf Männer vom Hof. Schwer bepackt und gut bewaffnet jagten sie auf ihren Pferden sowie mit ein paar Packtieren nach Süden.

Es war ein kleiner Zug, der in Straßenstaub gehüllt der Burg entgegeneilte und wenn sie die Tiere nicht schonten, dann würden sie noch vor der Dunkelheit das Tor der Feste passiert haben!

Der Schimmel lief gut und der Schaum von seinem Maul flog in kleinen Fetzen an Fridolin vorbei nach hinten. Er liebte das! Schon immer war er gern und schnell geritten und dieser Schimmelhengst war einfach das perfekte Reittier für ihn.

Es war Ende April und er schätzte, dass es wohl kaum eine Woche dauern würde, bis die Aufständischen geschlagen sein würden. Je eher, desto besser, denn eigentlich brauchte er die Bauern noch für die Ernte!

Keine Bauern, keine Abgaben!

Aber mit der gebündelten Kraft aller Männer würde es ja auch kein Problem sein, die paar Bauern in die Knie zu zwingen. Wie viele konnten das schon sein? Ein paar hundert vielleicht!

Nur kurz dachte er an sein schutzloses Schloss, dann flogen seine Gedanken dem Pferd voraus nach Heldrungen. Sie schienen den Schimmel zu ziehen, denn das prächtige Tier beschleunigte noch einmal. Die anderen Pferde hatten Mühe, bei ihnen zu bleiben.

Noch weit vor dem Abend sah er die imposante Burg vor sich. Die einst hohen Mauern waren niedrigeren Wällen gewichen und ein breiter Wassergraben umgab die Geschützbastionen.

Vor der Zugbrücke hielt er sein Pferd an und ließ die Männer aufschließen. Im Schritt gingen die Tiere über das Holz der Brücke. Drohend ragten dunkle Kanonenrohre aus allen Öffnungen des Torhauses.

Im Hof ließ er absitzen und Johann übernahm sein Pferd.

Er blickte sich um. Hier mochten dutzende seiner Verwandten sein. Brüder, Onkel, Neffen aus allen drei Herrschaftslinien. Sogar solche, die bis vor kurzem noch Luther unterstützt hatten. Vermutlich hatten auch sie jetzt den Ernst der Lage erkannt.

Fridolin zeigte auf den Eingang des Hauses, in welchem sich der Einlass zu den Kasematten befand. Die Männer waren in dieser Burg unter der Erde. Und die Pferde auch.

Trotzdem waren sicher noch hunderte von Reisigen mit Waffen überall zu sehen. Unzählige Kanonen wurden in Position gebracht und die Burg sah mit all den drohend nach außen gerichteten Kanonenrohren wie ein stählerner Igel aus.

Fridolin wandte sich nach rechts und betrat das Burggebäude. Über unzählige Stufen stieg er aufwärts, bis er sich bei Graf Albrecht anmelden konnte. Der mächtige Graf begrüßte ihn mit einem Handschlag, wie einen Gleichgestellten.

Fridolin nahm sich vor, sich bei der Verfolgung der Bauern besonders hervorzutun, denn es war immer gut, einen einflussreichen Fürsprecher zu haben.

Vielleicht wurden ja nach dem Kampf ein paar Ländereien neu verteilt und mehr Land versprach auch mehr Ansehen und mehr Geld! Wer konnte schon darauf verzichten?

Langsam stieg er wieder hinab und betrat wenige Schritte später den Gang zu den Kasematten.

Von unten, aus dem mit Fackeln nur spärlich erhellten Dämmerlicht, brummte es, wie in einem Bienenstock. Mit jedem Schritt wurde das Geräusch lauter und bald waren Stimmen, Gelächter und das Wiehern von Pferden zu unterscheiden.

Er fragte einen Schreiber nach der Richtung und ein Knecht begleitete ihn mit einer Fackel zu seinem Diener.

Auf dem Weg dorthin sah Fridolin tausende Männer hier unten! In jeder Ecke saßen bewaffnete Krieger. Hunderte von Pferden erblickte er und auch Bekannte und Freunde, die er im Vorbeigehen schnell begrüßte.

Nach unendlich vielen Winkeln, Gängen und Abzweigungen saß er dann endlich bei Johann an einem Tisch. Im Fackelschein verzehrten sie das Abendmahl und tranken auf den baldigen Sieg.

Hier unten gab es sogar Marketenderinnen, die Wein ausschenkten und nach den lüsternen Blicken seiner Männer würden sie später wohl auch noch etwas anderes schenken müssen.

Er gönnte ihnen ihren Spaß, aber das schummrige Licht hier unten machte sie vermutlich hübscher, als sie wirklich waren. Beim Anblick der jungen Mägde hatte er nur kurz an seine Frau gedacht, doch in einer Woche würde er sicher wieder bei ihr sein.

„Wo ist mein Bett?", fragte er den Diener, der ihm aus der Rüstung half.

„Hier hinten", erklärte Johann und zeigte auf ein hölzernes Bettgestell mit einem Strohsack darauf.

Die Männer würden auf Decken schlafen, das hatte er schon gesehen. Kurz strich er seinem Schimmel über den Kopf und legte sich danach auf sein Lager.

Johann deckte ihn zu und er schloss die Augen.

Eine Fackel nach der anderen wurde gelöscht und das Rascheln ringsum zeigte ihm, dass seine Männer auch ihre Schlafplätze aufsuchten.

Nach und nach wurde es ruhiger.

Im Liegen tastete er zu seinem Schwert, welches Johann an sein Bett gehängt hatte. Nicht, dass er es hier momentan brauchen würde, doch es war immer gut, wenn man wusste, wo seine Waffe war.

Zumindest bei einem Feldzug und einer Jagd. Was von beiden würde es wohl werden?

Langsam verstummten auch die letzten erzählenden Männer und ein Schnaufen in seiner Nähe zeigte ihm, dass wohl eine der Marketenderinnen in dieser Nacht bei einem seiner Männer geblieben war.

Irgendwann zog es ihm dann doch in den Schlaf und er träumte von einem großen Sieg.

25. Kapitel
Der Zorn Gottes

ittlerweile war Korbinian ein treuer Anhänger Müntzers geworden und nachdem die Saat unter der Erde war, hatte er etwas unternehmen müssen, damit die Ernte nicht wieder an den Grafen fiel. Und da war Müntzer der einzige, der da etwas für sie tun konnte.

Immer größer war die Kluft zwischen Müntzer und Luther geworden. Der eine wollte eine weltliche Gerechtigkeit, während der Prediger aus Wittenberg nur auf eine göttliche Gerechtigkeit setzte. Aber wenn man im Winter hungerte, dann war Gott fern!

Schon kurz nach der Ernte des letzten Jahres war Korbinian in Mühlhausen gewesen und nachdem Müntzer den Winter über im Süden gewesen war, waren sie hier wieder aufeinandergetroffen.

In seinen Predigten hatte Müntzer ihnen täglich erzählt, wie die Bauern in Bayern gegen die Grafen kämpften. Wie sie ihnen das Schwert aus der Hand schlugen und das wollten sie hier genauso machen. Zumindest alle, die Müntzers Predigten hörten und das waren viele.

Immer mehr seiner Anhänger waren in der Stadt eingetroffen und vor der Ostermesse hatte Korbinian Bauern und Knechte gesehen, von denen sich auch viele mit Mistgabeln und zu Spießen geschmiedeten Sensen bewaffnet hatten. Einige führten Äxte und Sicheln in ihrem Gürtel.

Bisher hatten sie diese Dinge nur als Werkzeug oder zur Verteidigung bei ihren Wanderungen gebraucht, aber gegenwärtig wurden diese Gegenstände zu Waffen in den Händen entschlossener Männer.

Müntzer hatte zu Ostern den ganzen Tag gepredigt. Entweder in der Marienkirche, auf dem Marktplatz oder im Zeltlager der Bauern.

Es waren zu diesem Zeitpunkt bestimmt ein paar tausend Männer hier rings um die Stadt versammelt gewesen und täglich waren es mehr geworden.

Der Aufstand hatte begonnen und es ging gegen die Lehnsherren, für die Gerechtigkeit und die Gleichheit, so wie es Müntzer schon vor ein paar Jahren in Wittenberg gefordert und immer wieder gepredigt hatte.

Und Korbinian konnte ihn dabei gut verstehen!

Doch außer Predigten wollte wohl nichts passieren und die Zeit ging ungenutzt dahin.

Schon bald würde der Zeitpunkt der Ernte kommen und dann musste Gerechtigkeit herrschen, denn noch einen Hungerwinter wollte er nicht mehr erleben.

Somit zog Korbinian schließlich Ende April mit einer Gruppe Bauern nach Frankenhausen, wo sich ein gigantischer Haufen an Männern versammelt haben sollte.

Und wirklich waren dort Bauern, Handwerker und andere freie Männer. Aus aller Herren Länder waren sie hierhergekommen, um gemeinsam zuzuschlagen.

Am 29. April war es dann so weit!

In einer gemeinsamen Aktion mit den Bürgern stürmten auch die Bauern in die Stadt, besetzten das Rathaus und setzten einen Rat aus Bauern und Handwerkern ein.

Das Schloss und das Kloster wurden gestürmt, geplündert und verwüstet.

Damit war für Korbinian der Zeitpunkt gekommen, noch mehr Männer zu holen.

Viele aus der Grafschaft Mansfeld waren bereits hier, aber aus seinem Dorfe und dessen Umgebung noch nicht genug und er wollte ja auch dort die Grafen vertreiben.

Besonders sein Hass auf Graf Fridolin bestärkte ihn in seinem Willen.

Als alle noch ihren Sieg feierten, brach er auf. Das Schwert an seiner Seite trug er jetzt offen und ein paar Freunde begleiteten ihn.

Von Dorf zu Dorf führte sie ihr Weg. Immer Richtung Harz. Mit ihren Beschreibungen trafen sie das Herz der Männer und in jeder Siedlung schlossen sich ihnen immer mehr Kämpfer an.

Schon bald waren es hunderte, die durch das Land zogen. Es war ein gewaltiger und zu allem entschlossener Haufen.

Am 1. Mai erreichten sie dann sein Heimatdorf!

Mehr als vierhundert Männer lagerten damit auf einer Wiese vor der Siedlung und wurden von den Frauen des Dorfes versorgt. Das wenige, was sie hatten, das teilten sie fröhlich, denn gerade war abzusehen, dass ihnen der Hunger im nächsten Winter erspart bleiben würde.

Unterwegs hatten sie schon ein paar Klöster befreit. Vor allem von deren Reichtum, doch auch die Nonnen und Mönche waren jetzt ebenfalls frei, obwohl sie es nicht gewollt hatten. Somit hatten sie aber auch ein paar wertvolle Dinge in ihrem Besitz, die manche Männer den Mägden geben konnten. Gegen kleine Gefälligkeiten!

Doch das wichtigste Ziel lag noch vor ihnen: Korbinian wollte den Grafen Fridolin zur Rechenschaft ziehen!

Als er seine Hütte betrat, um seine Frau zu begrüßen, traf er wieder mit seinem Freund Kaspar zusammen, der zu Hause geblieben war.

In seiner eigenen Küche begann ein Streitgespräch mit dem Freund darüber, ob ihr Unterfangen gerecht war, oder nicht.

Ruth hielt sich bei dem Streit im Hintergrund, aber sie blieb in der Küche und eigentlich tat er das alles ja für sie!

Hauptsächlich aber für die Gerechtigkeit, wie er sie sah. Jeder war gleich! Der Kleinbauer sollte genau dieselben Rechte haben, wie die Grafen und hohen Herren. Nur darum ging es doch!

Und dann kam Kaspar ihm mit Luther!

Das war zu viel für ihn. Polternd begann er über den fernen Prediger herzuziehen: „Dieser Kerl nennt Müntzer einen Satan. Was hat er für ein Recht, so über ihn zu reden?"

„Und Müntzer nennt Luther ein faules Fleisch! Was hat er für ein Recht? Sollte nicht Gott über uns allen stehen? Wir sollten vor Gott gleich sein, nicht vor den Menschen!", setzte Kaspar ihm entgegen.

Donnernd brüllte ihm Korbinian entgegen: „Bist du für mich, oder gegen uns?", dabei griff er unbeabsichtigt zum Schwert.

Aus dem Augenwinkel sah er, wie Ruth zusammenzuckte und abwehrend die Hände hob. Da erst wurde er sich seiner Geste bewusst und etwas besänftigt ließ er sich auf die Bank zurückfallen. Demonstrativ legte er dabei seine Hände auf die Tischplatte.

„Wir sind der Zorn Gottes!", erklärte er und erläuterte dem Freund seine Beweggründe.

„Du maßt dir an, den Willen Gottes zu kennen?", fragte Kaspar leise und blickte ihn an.

„Ich nicht, aber Müntzer kennt ihn! Ich vertraue meinem Führer!", antwortete Korbinian und setzte hinzu: „Er wird uns den Sieg bringen. Er und Gott!"

„Wie kannst du dir so sicher sein?", erwiderte der Freund zweifelnd.

Ruth brachte ihm einen Krug Bier und er sah in das Gefäß. Deutlich leiser sagte er: „Einen Hungerwinter möchte ich nie wieder erleben. Lieber soll mir der Herr den Tod geben, aber vorher räche ich noch Ruth!"

Er blickte hoch und sah dem Freund in die Augen. Eine stille Zwiesprache der beiden Männer setzte ein.

„Fridolin soll dafür bezahlen! Kommst du mit?", fragte Korbinian schließlich.

Kaspar nickte ihm zu und mit einem Handschlag besiegelten sie ihren Bund. Der Weg zum Schloss war frei!

26. Kapitel
Ein steiniger Weg

or ein paar Tagen hatte Fridolin mit fast allen Knechten das Schloss verlassen. Bewaffnet waren sie mit allen Pferden aufgebrochen, um die Bauernaufstände in der Gegend niederzuschlagen. Nur vier alte Männer, ein Knabe und die Mägde waren noch mit Barbara auf dem herrschaftlichen Anwesen geblieben.

Einerseits war sie froh, dass Fridolin fort war, aber andererseits fühlte sie sich so wehrlos auch nicht wirklich wohl, aber er hatte ihr gesagt, dass ihr keine Gefahr drohte.

Das hatte Barbara etwas beruhigt, doch vorhin hatte der Lärm vor dem Schloss sie aus ihrem Bett geschreckt.

Aus dem Fenster hatte sie Fackeln im Hof gesehen und momentan hetzte Barbara durch ihr Schloss.

Es war bereits dunkel und sie lief gerade barfuß, im Unterkleid, die Treppe hinauf.

Hinter ihr waren Schreie und das Geräusch von zersplitterndem Holz zu hören. Dann vernahm sie Schritte und die Rufe ihrer Zoffmagd, doch es waren keine ängstlichen Schreie, sondern eher Jubel und das wiederum machte ihre Angst nur noch größer.

Stufe für Stufe eilte sie aufwärts, obwohl sie doch das unvermeidbare dadurch kaum aufhalten konnte.

Mit dem Kerzenleuchter in der Hand brachte sie sich vor dem Zorn der Bauern in Sicherheit, aber Schutz davor gab es in diesem Schloss wohl kaum.

Sollte sie sich verstecken? Bloß wo?

Ihre Zofe und die Mägde wussten, dass sie im Hause war und hier herumlief.

Würden die Frauen sie verraten und dann dem wütenden Haufen überlassen? Vor Tagen hatte sie gehört, dass ein benachbartes

Schloss bis auf die Grundmauern abgebrannt war. War so etwas auch ihrem Zuhause beschieden?

Die Angst trieb sie weiter vorwärts.

Nur nicht umsehen, doch wohin sollte sie eilen? Das Ende der Treppe war absehbar.

Sie stolperte und der metallene Kerzenständer fiel scheppernd zu Boden. Er rollte zurück und die Treppe hinab, während sie sich aufrappelte und auf diese Weise im Dunkeln weiterlief.

Nach ein paar Schritten erspähte sie einen Lichtschein, der von hinten kam und sie beschleunigte noch einmal ihren Lauf, aber das lange Unterkleid bremste sie dabei.

Als sie den Saal erreicht hatte, konnte sie schon die Männer auf der Treppe hinter sich hören.

Sie hetzte in den Saal, doch der hatte nur eine Tür und damit saß sie in der Falle!

Schnell rannte sie zum Fenster und schaute hinunter. Schwärze lag vor ihr, aber sie wusste, dass es ein tödlicher Sturz in die Tiefe werden würde. Sie dachte: „Nur den Männern nicht in die Hände fallen! Dann schon lieber in den Tod springen!"

Doch das Licht kam immer näher.

Sie schob das Fenster auf und zögerte vor dem letzten Schritt!

Vielleicht einen Augenblick zu lang.

Der zweite Türflügel wurde lärmend aufgerissen, knallte gegen die Wand und Barbara fuhr herum.

Etwa zwanzig Männer mit Fackeln und Mistgabeln stürmten unverzüglich auf sie zu.

Angstvoll schrie sie auf und erhielt den ersten Schlag ins Gesicht.

Die Wucht der Ohrfeige riss sie vom Fenster fort und schleuderte sie zu Boden, von dem aus sie sitzend zu den Männern aufblickte.

Die Gruppe stand um sie herum, sie brüllten durcheinander und dann verschaffte sich einer von ihnen Gehör.

„So Gräfin! Haben wir dich!", brüllte er sie an.

Zwei Männer packten ihre Hände, zogen sie auf die Füße und zur Seite. Gegen die Wand gepresst, war sie durch die Kraft der beiden Bauern gekreuzigt.

Der Wortführer leuchtete ihr mit der Fackel ins Gesicht und sie zog den Kopf wegen der Hitze nach hinten fort. Sie schlug mit dem Hinterkopf gegen die Wand, doch zu nahe waren die Flammen ihrem Haar gewesen.

Der Mann griff ihr vorn in ihr Unterkleid und fetzte es mit einer Bewegung ein Stück auf. Einer der Bauern riss ihr daraufhin die Kette mit dem goldenen Kreuz vom Halse.

Der Anführer lachte und erklärte ihr dann: „So Gräfin! Jetzt haben wir mal das Recht der ersten Nacht!"

Hämisch stimmten die Männer in das Lachen ein und sie hatte augenblicklich eine Hand an der Kehle, die langsam zudrückte.

Diese Nacht würde sie vermutlich nicht überleben. Röchelnd und angstvoll blickte Barbara den Bauern an.

Eine weitere Gruppe von Männern stürzte in den Saal und der Anführer der zweiten Gruppe rief: „Korbinian! Lass sie in Ruhe!"

Der Angesprochene ließ von ihr ab und drehte sich zu ihm herum.

„Kannst du dich noch an Ruths Schreie erinnern? Nein? Ich schon, obwohl es fast ein Jahr her ist! So oft hat sie im Traum geschrien! Ich will diese Frau hier genauso schreien lassen! Sie soll ebenso leiden, wie meine Frau!", brüllte der Mann vor ihr.

„Dann bist du aber nicht viel besser, als der Graf!", entgegnete der andere Mann.

Korbinian wandte sich wieder ihr zu und brüllte: „Und wenn schon! Dann soll das eben so sein!"

Barbara zuckte zusammen, aber der Griff der beiden Bauern ließ ihr keinen Platz zur Flucht.

Mit seinen Händen zerrte er an ihrem Haar.

Barbara schrie auf, während der Rest ihres Unterkleides ziemlich rabiat in Fetzen ging.

Nackt stand sie zwischen fünfzig Männer, die soeben ihre Arme losgelassen hatten. Verängstigt drückte sie sich zur Wand zurück und versuchte ihre Blöße mit beiden Händen und Armen zu bedecken.

Dutzende Fackeln leuchteten jetzt um sie herum.

„Jeder soll sich nehmen, was er will, dann verschwinden wir wieder!", sagte der zweite Anführer.

Korbinian zog ihr die Arme fort. „Das versuche ich gerade!", erklärte er, lachte und griff schmerzhaft zu einer ihrer Brüste.

Verzweifelt schrie sie auf. Die Bauern lachten und sie spürte unzählige Hände auf ihrer gesamten Haut. Überall!

„Jetzt macht schon und lasst sie in Ruhe! Vielleicht zahlt der Graf für sie!", rief der zweite Mann.

„Der zahlt auch, wenn wir mit ihr fertig sind!", stieß Korbinian beunruhigend aus.

Doch die Gruppe der Bauern zerstreute sich und jetzt war überall Poltern und Lärm zu hören. Was nicht mitgenommen werden konnte, das wurde offensichtlich soeben zerstört.

Nur noch zehn Bauern standen bei Barbara und Korbinian schien immer noch nicht von seinem Vorhaben ablassen zu wollen.

Der zweite Mann trat zu ihm und legte seine Hand auf Korbinians Schulter.

„Also gut! Wir nehmen sie mit!", verkündete Korbinian und ließ endlich ihre Brust los.

„Nackt?", fragte der andere Mann und beide sahen sich an. Offensichtlich grübelten sie, wo sie ein Kleid für sie herbekamen.

In diesem Augenblick ertönte die Stimme einer Frau: „Nein! In meinem Kleid! Gefesselt mit diesem Kälberstrick!"

Die beiden Männer drehten sich zu ihr um. Die Frau war überall mit Asche bedeckt und Barbara brauchte einen Moment, um die ehemalige Zoffmagd in ihr zu erkennen.

Die Magd warf ihnen ein fast schwarzes Unterkleid zu und wenig später hatte Barbara es an.

Schließlich waren ihr die Hände vor der Brust gefesselt und während die Bauern mit ein paar Fackeln die Möbel in dem Saale in Brand steckten, zerrte Korbinian sie hinter sich her die Treppe hinab.

Als sie den Vorplatz erreicht hatten, sah Barbara einen der Knechte an einem Baum hängen. Erschrocken zuckte sie zurück, doch Korbinian schleifte sie am Strick mit sich.

Die schwarze Magd lief hinter ihr her, immer noch schmutzig von der Asche. Die anderen Frauen verließen gerade, von den Bauern unbehelligt, eiligst das Schloss.

Barbara hob den Blick zum Himmel und aus dem Dach des Gebäudes schlugen schon die ersten Flammen.

Barfuß wurde sie über den Platz gezerrt und Korbinian ließ ihr keinen Augenblick zum Verschnaufen.

Würde er seine Absicht doch noch in die Tat umsetzen?

Ihre Blicke ruhten auf seinen Schultern und sie versuchte ein Gebet. Doch würde es etwas nutzen?

Die Steine des Hofpflasters bohrten sich in ihre Fußsohlen und sie taumelte hinter dem Mann in die Nacht hinein. Ein steiniger Weg lag vor ihr.

27. Kapitel
Neue Ängste

arbara war durch die Finsternis gestolpert. Am Kälberstrick hinter dem Mann her, der ihr keine Pause gegönnt hatte. Es schien eine unendliche Strecke gewesen zu sein, aber zumindest war sie noch am Leben.

Vor Stunden hätte sie keinen Heller mehr für ihr Leben gewettet, doch momentan saß sie an einem Baum gefesselt in der Nähe eines Feuers.

Um sie herum mussten sicher hunderte von Bauern sein, denn sie konnte viele Feuer sehen und hörte auch die Stimmen.

Jetzt erst, wo sie zur Ruhe kam, spürte sie die Kälte dieser Nacht. Es war gerade Anfang Mai und momentan noch ziemlich frisch. Dazu kam auch noch, dass die Magd ihr nur ein Unterkleid gegeben hatte, welches an einigen Stellen zerrissen und ziemlich verdreckt gewesen war.

Barbara fror unsäglich und ihre Füße schmerzten, da man ihr für den Weg keine Schuhe gegeben hatte. Im Flammenschein konnte sie Blut, Kratzer und Abschürfungen an ihren Beinen erkennen.

Das Feuer zog ihren Blick wieder zu den Bauern. Nur der Schein kam bis zu ihr, die Wärme nicht. Zu gerne hätte sie sich zum Wärmen zu ihnen an das Lagerfeuer gesetzt, aber der Strick fesselte sie mit dem Rücken gegen den Baum.

Man hatte ihr die Hände hinter dem Körper zusammengebunden und das Seil zweimal über Kreuz um ihren Oberkörper geschlungen.

Gerade zitterte sie vor Kälte und aus Angst davor, was wohl noch kommen würde, denn es war unüberhörbar, dass die Männer sich über den Wein aus dem Keller ihres Schlosses hergemacht hatten.

Sie war allein mit hunderten betrunkener und auch diese Vorstellung ließ sie frösteln.

Ängstlich blickte sie sich um, aber sie konnte nur die Männer vor sich sehen. Schemenhaft erkannte sie einige von ihnen und nur die auf der anderen Seite des Feuers richtig.

Und dort saß auch die Magd. Sie hatte eine warme Decke um ihre Schultern geschlungen und unterhielt sich angeregt mit dem Manne, den Korbinian mit Kaspar angesprochen hatte. Immer wenn der Blick der Frau über die Flammen zu ihr ging, erkannte Barbara einen frostigen Strahl darin, der sie noch mehr frieren ließ.

Da lag etwas Tödliches in diesen Augen, das einem abgeschossenen Pfeil glich. Sie hatte der Magd doch nichts getan, denn es war Fridolin gewesen, der sie damals hatte auspeitschen lassen!

Natürlich als Strafe für sie, aber sie konnte doch nichts dafür!

Ihr Mann war es gewesen!

Sollte sie sich dafür entschuldigen? Einer Bauersmagd gegenüber? Niemals!

Einer der Bauern trat an die Magd heran, reichte ihr einen Becher und flüsterte ihr etwas ins Ohr. Wieder traf sie ein vernichtender Blick der Frau und danach sagte die Hausdienerin so laut, dass auch sie es verstehen konnte: „Nimm dir doch die da! Der Herr Graf zahlt bestimmt auch, wenn sie etwas Spaß mit dir gehabt hat!"

Bei diesen furchtbaren Worten zeigte sie mit der Hand zu ihrem Baum herüber. Die Männer lachten und einige drehten sich zu ihr um.

Barbara zog die Knie an, wobei allerdings das Kleid herab rutschte und den Männern damit einen guten Blick auf ihre nackten Beine freigab.

Was Barbara bezweckt hatte, das verwandelte sich in das Gegenteil.

Ein paar der Männer erhoben sich und kamen schwankend auf sie zu.

„Ich zuerst!", erklärte Korbinian lallend, während er sich schon zu ihr herabbeugte. Sie roch die Alkoholfahne des Bauern, die ihr warm ins Gesicht schlug.

Schnell drehte sie ihren Kopf zur Seite, aber da stand schon ein anderer Mann. Sie war praktisch eingekreist.

„Bitte lasst mich doch! Ich habe euch doch nichts getan!", bettelte sie, mit Tränen der Angst auf ihren Wangen.

Korbinian zog ihr Gesicht wieder nach vorn, indem er unsanft an ihren Haaren riss.

Zehn Männer standen um sie herum und wenn jetzt kein Wunder geschah, dann würde sie das wohl kaum unbeschadet überstehen.

„Bitte nicht!", flehte sie und begann ein stummes Gebet.

Korbinian öffnete sich bereits grinsend die Hose.

„Lasst sie in Ruhe!", ließ sich ein Mann vom Feuer aus vernehmen und die Bauern wandten sich ihm murrend zu.

„Ein bisschen Spaß kann doch keiner verwehren!", bemerkte Korbinian laut und drehte sich wieder zu ihr zu.

Während die anderen Bauern sich zum Feuer zurückbewegten, versuchte Korbinian sie zu küssen und sie drehte ihren Kopf erneut zur Seite. Eine erneute schmerzhafte Ohrfeige des Mannes war das Ergebnis. Dieses Mal aber auf die andere Wange.

Mit beiden Händen riss er ihr das Unterkleid oben auf und legte damit eine ihrer Brüste frei. Der Rest des Kleides wurde durch das Seil festgehalten.

Barbara schrie auf, als er ihre Brust schmerzhaft mit der Hand zusammenquetschte.

„Lass sie, Korbinian!", rief Kaspar jetzt eindringlicher, während die Magd rief: „Mach weiter! Nimm dir die Schlampe und zeige ihr, was ein Mann ist! Fick sie mal so richtig durch! Bei ihrem Gemahl hat sie das noch nie wirklich erlebt!"

Offensichtlich wollte die ehemalige Zofe sie jetzt bestraft wissen! Sie war anscheinend auch die einzige Frau, die aus dem Schloss mitgekommen war. Alle anderen waren geflohen.

Mit heruntergelassener Hose stand Korbinian vor ihr. Nur der Wein sorgte im Moment noch dafür, dass sein Gemächt nicht steif war.

Verzweifelt dachte Barbara nach, wie der Name der Magd gewesen war. Die Mamsell hatte ihn ihr gegenüber nur ein einziges Mal erwähnt und das war unsagbar lang her, aber im Moment hing ihr Leben von der Kenntnis dieses Namens ab.

Während Korbinian auch die zweite Brust freilegte, fiel es Barbara ein.

„Bitte Gisela! Ich habe doch nichts gemacht!", flehte sie die Magd an.

Die angesprochene Frau zuckte zusammen und stand jetzt vom Feuer auf. In die Decke gehüllt kam sie näher und hockte sich vor sie hin.

„Nichts gemacht?", zischte die Magd und ließ die Decke fallen. Mit einem Griff zog sie sich das Kleid und danach das Unterkleid über den Kopf, drehte ihr ihren nackten Rücken zu und brüllte sie, über die Schulter blickend, an: „Sieht das hier wie Nichts aus?"

Barbaras Blick blieb an den Narben der Peitsche hängen, die sich kreuz und quer über den Rücken des Dienstmädchens zogen. Danach streifte Gisela sich die Kleidung wieder über, drehte sich zurück und zischte: „Ich will dich dafür leiden sehen! Dafür und für Eriks Tod! Du sollst bluten!"

Der Blick der Magd hätte einen metallenen Brustpanzer durchschlagen.

„Es tut mir leid!", stammelte Barbara, während der Mann immer noch ihre Brust in der Hand hatte und gerade daran zog.

Augenblicklich hatte Barbara begriffen, dass nur Gisela oder Kaspar den Mann noch stoppen konnten. Und Gisela wollte sie bestrafen.

Damit blieb nur noch Kaspar als Retter übrig, doch der saß am Feuer, starrte in die Flammen und sagte nichts mehr.

Vor Barbara stand immer noch der Mann, der plötzlich von ihr abließ, ein Messer zog und vor ihrem Hals damit herumfuchtelte.

Sie hielt den Atem an und fixierte die funkelnde Klinge, doch davor bewahrte sie Gisela, die dem Mann in den Arm fiel und seine Hand wegzog.

„Das ginge zu schnell!", presste die Magd durch die Zähne und gab ihr eine schallende Ohrfeige.

„Heute bist du zu betrunken, um deinen Mann bei ihr zu stehen!", erklärte Gisela zynisch.

Dem war offenbar so und schließlich zerrte der Mann die Hose wieder hoch, steckte das Messer fort und Gisela zog ihn mit sich zum Feuer zurück.

Fürs Erste war Barbara gerettet, doch noch lange nicht in Sicherheit. Mit aufgerissenem Kleid und entblößten Brüsten saß sie am Baum.

Sie senkte den Kopf und schämte sich für diese Situation. Tränen liefen über ihre Wangen.

28. Kapitel
Auge um Auge

Gisela hatte sich den Männern einfach angeschlossen, denn was hätte sie auch anderes machen sollen. Schließlich war Kaspar ja auch hier. Wäre er ihr nicht begegnet, so hätte sie nicht gewusst, was sie tun sollte.

Nach Hause, wie viele der anderen Mägde, konnte und wollte sie nicht. Und wohin sonst?

Die letzten Monate war sie ständig mit Asche bedeckt gewesen und dennoch hatte sie nicht ein einziges Mal daran gedacht, aus dem Schloss zu fliehen.

Vielleicht hatten Piet, Johann, Ella und Maria mit ihrer Liebe und Freundschaft dafür gesorgt, dass sie geblieben war.

Jetzt saß sie in der Nacht am Feuer, war in eine Decke gehüllt, die sie vor den Narbenschmerzen behüten sollte und hatte die Gräfin immer weiter im Blick.

Korbinian hatte von ihr abgelassen und war soeben betrunken am Feuer eingeschlafen.

Der Hass auf ihre ehemalige Herrin war wieder aufgeflammt und sie sah auf das Messer, das Korbinian aus der Hand gefallen war. Hätte sie den Mann gewähren lassen sollen?

Gisela wollte ihre Rache, doch so schnell sollte das Ende für die Herrin nicht kommen. Sie wollte diese Frau so leiden lassen, wie sie selbst gelitten hatte!

In ihrem Kopf kreisten die Gedanken nur um diese eine Sache: wie bestraft man diese Frau? Welche Strafe war dieser Schuld angemessen? Wie konnte man den Tod von Erik rächen? Und ging das überhaupt?

Nur durch den Tod der Gräfin war das irgendwie möglich, denn wie stand es in der Bibel: Auge um Auge!

Kaspar berührte sie an der Schulter und fragte: „Was denkst du?"

„Ich will sie tot sehen!", zischte sie ihn an.

Beruhigend legte der Bruder seinen Arm um ihre Schulter. Das war so eine Geste aus Kindertagen, mit welcher er sie früher immer hatte trösten wollen, doch hierfür gab es keine Besänftigung.

Sie hatte sich nicht das Knie aufgeschlagen, sondern ihr Herz war zerbrochen. Vor Monaten war sie mit Erik gestorben und lebte nur noch für diese Rache. Zumindest seit dem vergangenen Abend, denn zuvor hatte sie gar keine Zeit zu solchen Überlegungen gehabt.

Gegenwärtig war alles anders.

Jetzt hatte sie die Gelegenheit zum Denken! Und erst jetzt war der Racheplan überhaupt möglich. Bis zum Morgen des vergangenen Tages waren die Verhältnisse noch geklärt gewesen: Die Gräfin war die Herrin und damit für sie unantastbar gewesen.

Jetzt saß sie halbnackt gefesselt am Baum vor ihr und alles war offen.

Ein Fingerschnippen von ihr würde genügen und die Bauern würden über die Gräfin herfallen. Das war eine Macht, die sie nicht gewohnt war.

Alles hatte sich gedreht!

Die Rollen von Herrin und Dienerin waren gegenwärtig getauscht. Vielleicht war es das, was sie tun sollte: Die Gräfin als ihre Magd beanspruchen! Nur, wie lange würde das gutgehen? Es war doch abzusehen, dass die Herren die Bauern nicht gewinnen lassen konnten.

Oder doch?

War die Herrschaft der Landarbeiter möglich?

Aus den Gesprächen der Männer hatte sie aufgeschnappt, dass die Bauern zu allem entschlossen waren. Doch was konnten unbewaffnete Bauern gegen Landsknechte erreichen?

Gisela zweifelte den Erfolg dieser Mission an, doch im Moment hatten die Bauern die Macht und damit auch sie.

Abermals ging ihr Blick zu der Gräfin hinüber. Ihr Kopf war nach vorn gesunken und die zerzausten Haare hingen ihr vorn herab. Schlief die Frau etwa?

Gisela streifte die Hand ihres Bruders von der Schulter, erhob sich von ihrem warmen Platz und ging zu ihr hinüber. Offensichtlich waren nur sie zwei Frauen hier unter hunderten Männern. Sie stieß mit dem Fuß gegen das nackte Bein der sitzenden Frau und die Gräfin zuckte zusammen.

Erschrocken hob sie ihren Blick und Gisela hockte sich wieder vor sie.

„Mir ist kalt", sagte die Gräfin, fast unhörbar.

Gisela sah die blauen Lippen der Frau. War das schon Teil der Rache?

Ein Schatten fiel auf sie beiden und im Aufblicken erkannte sie ihren Bruder, der eine löchrige Decke in der Hand hielt. Kaspar legte diese der gefesselten Frau um die nackten Schultern.

Die Gräfin stammelte ein: „Danke." Es schien ihr eine große Überwindung gekostet zu haben, sich bei einem Bauern zu bedanken.

Vielleicht war der Gedanke, sie zur Magd zu machen, gar nicht so schlecht gewesen.

„Schenkst du sie mir?", fragte Gisela und richtete sich auf. Wieder bemerkte sie den entsetzten Blick der Frau.

„Sie gehört Korbinian. Ihn musst du fragen!", erklärte Kaspar.

Gisela blickte über die Schulter zu dem schlafenden Mann zurück. Der würde erst am nächsten Morgen wieder ansprechbar sein und so lange musste diese Frage damit also noch warten.

„Was hat Korbinian eigentlich damit gemeint, dass er sie so schreien lassen will, wie Ruth geschrien hat?", erkundigte sich Gisela bei ihrem Bruder und schaute ihn an.

Bisher war er ihr ausgewichen, doch schließlich begann er von der Hochzeit, dem Grafen und der Schwester zu erzählen.

„So ein Schwein!", stieß Gisela aus und dachte an den dicken Mann, der sich ja damals auch an ihr allabendlich vergangen hatte.

Die Gräfin bekam einen zornigen Blick zugeworfen und einen erneuten Fußtritt gegen ihr Bein!

„Das wirst du mir büßen!", zischte Gisela die Gräfin an.

Sie sah, wie die Herrin dabei erneut erschrocken zusammenzuckte.

Anschließend ging sie an Kaspars Seite langsam zum Feuer zurück.

Sitzend zog ihr die Müdigkeit die Augen zu.

Im Traum kreisten ihre Gedanken auch weiterhin um die Herrin und darum, wie sie die Frau bestrafen konnte.

Schließlich sah sie Erik vor sich und hörte seine Stimme. „Lass ab von deiner Rache und versündige dich nicht an ihr!", offenbarte der tote Freund ihr und Gisela erwachte.

Das Feuer war niedergebrannt und am Horizont vor ihr war der erste rote Streifen des neuen Morgens zu erspähen.

Langsam erhob sich Gisela, streifte die Decke von den Schultern und streckte sich ausgiebig.

Rund um sie herum erwachten auch die Bauern einer nach dem anderen wieder und versammelten sich um die erneut aufflammenden Feuer.

Gisela ging ein paar Schritte bis zu einem Bach, der in der Nähe dahinfloss. Dort kniete sie sich an dessen Ufer, wusch sich ausgiebig und dachte an den Traum zurück.

All die Zeit hatte sie darum gebeten, den Freund noch einmal zu sehen und erst jetzt war er ihr erschienen.

Seine Botschaft war eindeutig gewesen, er hatte die Herrin verteidigt. Nur warum? Was wusste er, was Gisela noch nicht erkannt hatte?

Hinter sich hörte sie lautstarke Streitgespräche und dann schrie eine Frau. Gisela schreckte hoch, denn das konnte nur die Gräfin sein!

Zurück zu den Männern blickend überlegte sie, ob sie die Männer gewähren lassen sollte, oder der Herrin helfen? Doch begab sie sich dabei nicht selbst in Gefahr? Was wäre, wenn die Männer auch über sie herfielen?

Das Geschrei wurde laut und panisch. Es ging in ein Kreischen über und Gisela rannte los.

Es waren nur zwanzig Schritte bis zum Feuer.

29. Kapitel

Rachepläne

Warum hatte er sich dem Freund angeschlossen? Nur mit Mühe hatte Kaspar der Gräfin die nackte Haut gerettet. Es war unrecht gewesen, was Korbinian vorgehabt hatte, doch was hatte Kaspar gedacht, was der Freund im Schloss wollte? Nur reden?

Das Schwert an der Seite des Freundes, so wie sein eigenes, welches er jetzt am Gürtel trug, sprachen da eine andere Sprache.

Korbinian wollte seine Rache! Und da der Freund den Grafen nicht in seine Hand bekommen hatte, wollte er eben an dessen Frau Genugtuung erlangen. Doch damit wurde aus dem Unrecht nicht automatisch ein Recht. Es blieb ein Unrecht.

Klöster plündern und Schlösser berauben, das war gerade noch zu tolerieren, denn deren Reichtum hatten sie mit ihrer Hände Arbeit und dem Ertrag ihrer Felder selbst erschaffen, aber die Gewalt gegen die Frau war sicherlich nicht im Sinne Gottes oder Müntzers.

Die halbe Nacht hatte er sich am Feuer den Kopf darüber zerbrochen, wie er diese Gewalt wieder stoppen konnte, doch es lag nicht in seiner Hand.

Korbinian war der Herr über Leben und Tod geworden und jeder Blick, den der Freund auf die Gräfin warf, die ein paar Schritte von ihnen entfernt am Baum saß, der sagte ihm, dass die Frau momentan dem Tode näher war, als irgendjemand sonst hier.

Ein wenig tröstete ihn der Gedanke, dass sie Schwester neben ihm saß. Im Schlafe hatte sie sich an ihn angelehnt. Der Bericht über ihr Leben im Schloss, den Gisela ihm in der Nacht geschildert hatte, hatte nicht wirklich dafür gesorgt, dass er momentan den Grafen in Schutz nehmen würde, falls der dicke Mann ihm in die Hände fiel.

Doch dessen Frau? Was konnte sie denn dafür, dass sich Graf Fridolin offensichtlich all das mit Gewalt nahm, was ihm gefiel? Frauen inbegriffen!

Und was tat Korbinian? War er damit nicht wie der Graf?

Er erkannte den Freund kaum wieder. In der kurzen Zeit seiner Abwesenheit vom Dorfe hatte Korbinian Müntzers radikale Ansichten übernommen. Zwar hatte er darüber auch schon im Winter erzählt, aber jetzt war ihm offensichtlich die Macht gegeben worden, diesen Worten auch Taten folgen zu lassen.

Oder anders gesagt: Korbinian hatte sich diese Macht einfach genommen!

Und das konnte nicht Gottes Wille sein!

Vielleicht war Kaspar einfach nur mitgegangen, um Schlimmeres zu verhindern? Und wenn dies wirklich sein Beweggrund gewesen war, dann hatte er heute auch die Aufgabe, die vor Angst zitternde Frau dort am Baum zu beschützen.

Möglicherweise war das der Wille Gottes!

Er gab ein stilles Gebet nach oben ab, dass er den richtigen Weg finden würde, doch Gewalt konnte jedenfalls nicht die Antwort sein.

Mit dieser Ansicht war er unter den hunderten Männern jedoch offenbar alleine, wenn er deren Reden hier am Feuer zuhörte.

Die Not und die Gewalt hatten die Männer abgestumpft und zu allem entschlossen gemacht. Der ständige Hunger war schuld! Einer der Bauern erzählte, wie sein Kind im Winter in seinen Armen verhungert war.

Das zornige Blitzen in seinen Augen war selbst in der Finsternis nicht zu übersehen und es galt der Frau, die in Giselas Unterkleid hinter ihnen saß.

Jeder hier konnte ihn verstehen und trotzdem würde ihm das nicht das Recht geben, der Gräfin Gewalt anzutun.

Ein Unrecht löschte das andere nicht aus. Nein! Es verstärkte es nur und davon wurde der kleine Junge auch nicht mehr lebendig!

Alsdann begann ein Knecht zu erzählen, wie er mit anderen Bauern ein Schloss gestürmt hatte und alle Bewohner darin getötet hatte. Das zustimmende Nicken der anderen Männer am Feuer erschreckte Kaspar.

Rache war nie ein guter Lehrmeister und den Männern hier war anscheinend gerade alles völlig egal.

Beschützend legte er seinen Arm um die Schwester, die bei dieser Berührung zusammenzuckte. Offenbar war sie in der Wärme eingeschlafen und durch seinen Körperkontakt wieder erwacht. Er konnte sehen, wie unwohl sich Gisela momentan hier fühlte und dass sie höchstwahrscheinlich auch gehört hatte, was die Männer berichtet hatten, denn auch die Mägde hatten sie in dem anderen Schloss nicht verschont.

Und sie war eine Magd aus dem Schloss gewesen. Nur unter seinem Schutz, und unter dem von Korbinian, war sie augenblicklich noch frei und unbeschadet.

Zwar hatte er in dem Schloss des Grafen Fridolin die Mägde beschützen können, aber für einen der Knechte war seine Hilfe zu spät gekommen. Er gab sich ein bisschen die Schuld dafür, so wie er sie sich damals für Ruths Hochzeit ebenfalls gegeben hatte.

Hätte der Mann noch gelebt, wenn Kaspar den Freund nicht begleitet hätte? Womöglich nicht!

Hätte Korbinian dann ebenfalls das Schloss überfallen? Sicherlich! Und dann wäre es sicherlich auch allen Mägden dort schlecht ergangen.

Demzufolge hatte seine Begleitung doch schon etwas Gutes bewirkt.

Im Osten zeigte sich der erste Streifen des neuen Tages und Gisela erhob sich von ihrem Platz.

Sein Blick folgte ihr und ruhte auf dem Rücken der Schwester. Er sah ihr beschützend nach. Ihr Schutz war jetzt seine Aufgabe!

Langsam erwachte das Lager und Kaspar erhob sich ebenfalls von seinem nächtlichen Platz am Feuer. Mit dem Blick zur Schwester streckte er sich und ging ihr ein paar Schritte nach.

Vielleicht wäre es für sie besser, wenn er sie zur Mutter in das Dorf begleitete, denn ihr konnte hier so viel geschehen.

Doch damit würde er die Gräfin hier schutzlos zurücklassen.

Oder sollte er Gisela hier bei sich behalten? Aber er konnte ja nicht auf zwei Frauen gleichzeitig aufpassen. Noch dazu, wo sie sich im Moment an zwei unterschiedlichen Plätzen im Lager befanden.

Ein Schrei von der Seite ließ ihn herumfahren.

Es dauerte einen Augenblick, bis er die Situation verstanden hatte. Augenblicklich lief auch Gisela an ihm vorbei und er eilte der Schwester nach.

Offensichtlich wollte Korbinian der Gräfin soeben doch noch Gewalt antun, denn sein nackter Hintern lag zwischen den Schenkeln der schreienden Frau. Sah so die Rache des Freundes aus?

Entschlossen riss Kaspar den Freund von der Frau herunter.

Der vernichtende Blick, den ihm Korbinian dafür zuwarf, traf ihn bis ins Mark. So ähnlich hatte damals der Graf ihn angesehen, als der Mann mit Ruth fertig gewesen war. Während sich der Freund die Hose hochzog, folgte ein Streitgespräch darüber, was man darf und soll. Und wie es nicht anders zu erwarten war, gingen ihre Ansichten dabei weit auseinander.

Rache gegen Menschlichkeit, aber könnte es Menschlichkeit hier geben? Rache schon!

Mit einem Seitenblick bemerkte er, wie sich Gisela um die andere Frau kümmerte. Solange sie beieinander blieben, würde er sie beschützen können.

Doch wenn Gisela fortging, so war er wieder in demselben Dilemma gefangen.

Sollte er der Schwester helfen? Oder der Gräfin?

Kaspar fühlte sich mehr der Schwester verpflichtet. Sollte er einfach mit Gisela gehen und Korbinian seine Rache lassen?

Der zornige Freund setzte sich wieder an das Feuer zurück und Kaspar stand zwischen ihm und der Gräfin.

Damit war er der Rache im Weg!

30. Kapitel
Rettung im letzten Augenblick?

Ziemlich unsanft war Barbara geweckt worden. Irgendwann in der Nacht musste sie wohl vor Erschöpfung eingeschlafen sein und ein Schlag ins Gesicht riss sie aus diesem Schlaf.

Korbinian hatte sich vor ihr aufgebaut, ihr den Strick durchschnitten und sie anschließend auf die Füße gezogen.

Ängstlich schaute sie zu dem Mann hoch, der fast einen Kopf größer war, als sie.

„Ich habe meine Frau im Schlaf gesehen und sie hat wieder geschrien!", erzählte er drohend.

Sein Gesichtsausdruck ließ Barbara zusammenzucken, sie wollte von ihm nach hinten ausweichen, doch da befand sich der Baum. Und um sie herum standen erneut mindestens zehn Bauern, die sie mit teils zahnlosen Mündern angrinsten.

Wenig später ging ihr Unterkleid völlig in Fetzen und sie schrie erneut auf. Der Mann packte sie an den Schultern und schleuderte sie unsanft mit dem Rücken auf den Waldboden.

Hämisch grinsend schob er sich die Hose herab und ließ sich auf sie fallen.

Verzweifelt wollte sie ihn von sich schieben und presste gleichzeitig die Beine mit aller Kraft zusammen, doch er rammte ihr seine Knie zwischen die ihren. Mit Gewalt drückte er ihr die Schenkel auseinander und stieß unvermittelt tief in ihren Schoß.

Vor Angst und Schmerz schrie sie panisch auf, woraufhin Korbinian laut sagte: „Ja! Schrei nur, kleine Gräfin! So wie meine Frau dabei geschrien hat!"

Er zog ihr die Knie nach vorn und rammte sich noch tiefer in ihre Scheide. Schnaufend begann er sich in ihr zu bewegen und presste ihre Hände an den Handgelenken zu Boden.

144

Jammernd und unnütz mit den Beinen strampelnd erduldete sie die Schändung.

Und die umstehenden Bauern feuerten ihn auch noch lautstark dabei an.

Doch nach ein paar schmerzhaften Stößen packte Kaspar den Mann an der Jacke und riss ihn von ihr herunter.

Schnell krümmte sie sich zusammen und rollte sich zur Seite fort.

Auf einmal kniete Gisela vor ihr, die sich einen Weg durch die gaffenden Männer gebahnt hatte.

Fast zärtlich und beschützend umarmte die Magd sie. Das war nicht mehr dieselbe Frau, die noch vor Stunden ihren Tod gefordert hatte.

Schluchzend weinte sich Barbara an der Schulter der Magd aus und sah zu den beiden Männern, die gerade neben ihr eine Diskussion über Recht und Unrecht, sowohl Schuld und Strafe, führten.

Hätte Barbara nicht Todesangst gehabt, so hätte man darüber lachen können, wie Korbinian ein Streitgespräch führte, während ihm die Hose in den Kniekehlen hing.

Offensichtlich wollte er gleich mit seinem Tun fortfahren und hielt es daher für nutzlos, sich die Hose hochzuziehen.

Sein nackter Hintern war nur zwei Schritte vor Barbaras Gesicht.

Anscheinend retteten Gisela und Kaspar gerade ihre Haut, wenn sie den Worten glauben konnte, die der Mann und die Magd fanden.

Irgendwann gab Korbinian auf, zog sich die Hose hoch und stapfte schimpfend davon.

„Ist dir was passiert?", erkundigte sich Kaspar, der sich jetzt vor sie kniete.

Sie schüttelte den Kopf. Die Demütigung war auch so schon groß genug gewesen, da musste sie nicht noch vor allen zugeben, dass Korbinian sie mit Gewalt genommen hatte.

Zum zweiten Mal innerhalb eines Tages war gerade ihr Kleid zerfetzt worden und sie saß nackt zwischen den Männern.

Gisela legte ihr eine alte Pferdedecke um die bloßen Schultern und fragte dann Kaspar: „Kannst du mir meinen Beutel bringen?"

Der Mann nickte und ging.

Augenblicklich klammerte sie sich an die Magd und sah angstvoll von unten in die hämischen Gesichter der umstehenden Männer.

Wenn Gisela gerade nicht dagewesen wäre, so hätte sicher so mancher jetzt Korbinians Stelle zwischen ihren Schenkeln eingenommen. Zu viel nackte Haut war unter der Decke zu sehen und einige der Männer sabberten vor Gier nach ihr.

Endlich kam Kaspar zurück und reichte der Magd einen großen, leinenen Beutel, den diese sofort aufschnürte und ein strahlend weißes Unterkleid hervorzog.

„Das ist doch eines von meinen!", bemerkte Barbara und fuhr mit den Fingern über die Spitze am Halsausschnitt des Kleides.

„Ich habe es gerettet. Sonst wäre es verbrannt!", erklärte die Magd, als wolle sie sich für den Diebstahl entschuldigen.

Schnell war die Decke gegen das Kleid getauscht.

Noch etwas sah Barbara in dem Beutel: Ihr Kästchen! Ihren wertvollsten Besitz.

Und auch ihr gefährlichster? Darin befand sich ja die Lutherbibel! Sicherlich konnte keiner der Bauern lesen, aber nach den Reden in der Nacht waren sie alle Anhänger von Müntzer.

Und nach all dem, wie Fridolin auf Luther reagiert hatte, ließ sie das Buch besser unerwähnt.

Offensichtlich hatte die Magd das Kästchen gefunden und auf Schmuck in der verschlossenen Kiste gehofft.

„Kann ich mich irgendwo waschen?", fragte Barbara und die Magd zog sie zur Seite.

Ein kleiner Bach floss da über ein paar Steine dahin.

„Ich danke dir", sagte Barbara, aber sie merkte auch, dass es ihr sehr schwerfiel, sich bei der Magd für deren Hilfe zu bedanken.

In Gedanken versunken wusch sie sich im Bach und achtete aber trotzdem darauf, dass Gisela in der Nähe blieb. Nur wenn sie oder Kaspar bei ihr waren, dann konnte sie vor Korbinian einigermaßen sicher sein.

Furchtsam ging ihr Blick umher, nachdem sie an den groben Mann gedacht hatte.

Wo war er? Hoffentlich weit entfernt. Warum hatte er solch einen Hass auf sie? Er hatte von seiner Frau geredet, aber die kannte Barbara ja nicht.

„Warum hasst ihr mich alle so?", fragte Barbara, als sie gewaschen auf der Wiese vor Gisela stand.

„Fragst du mich das gerade wirklich?", entgegnete Gisela und deutete mit der Hand auf ihren Rücken.

Natürlich hatte Gisela es ihr ja bereits in der Nacht erklärt!

Missmutig stapfte die Magd davon und Barbara rannte ihr einen Augenblick später nach. Barfuß, im kurzen, knielangen und ärmellosen Unterkleid hetzte sie der Magd hinterher, die mit großen Schriften über die Wiese ging.

Erst jetzt sah Barbara, wie viele Bauern hier wirklich versammelt waren. Sicherlich einige hundert, die mit Mistgabeln und Spießen bewaffnet waren.

Darunter befand sich sicher keine Handvoll Frauen. Und Barbara hetzte im leuchtend weißen Kleid über die Wiese.

Schnaufend erreichte sie endlich Gisela, die sie daraufhin aber nur zornig ansah. Hatte sie mit ihrer unbedachten Bemerkung die Gunst der Magd verspielt?

Offensichtlich zählte bei den Bauern das Wort der Magd, denn Gisela wurde überall höflich gegrüßt. Für sie selbst hatten die Männer nur verächtliche Blicke.

Ohne Gisela würde sie hier keine Stunde überstehen!

Der Schoß begann gerade ziemlich zu brennen! Anscheinend hatte Korbinian sie bei seinem gewaltsamen Eindringen verletzt.

Gisela ging weiter und sie folgte ihr, aber nach wenigen dutzend Schritten brach Barbara in die Knie und presste sich beide Hände auf ihren pochenden Unterleib.

„Ich kann nicht mehr!", stöhnte sie auf und schaute flehend zu Gisela hinauf.

Blieb die Magd stehen? Oder ließ sie sie hier zurück? Schutzlos ihrem Schicksal ausgeliefert?

Wie aus dem Nichts tauchte auch Korbinian wieder vor ihr auf und abermals schrie Barbara erschrocken.

Wenig später hatte der Mann ihr die Hände gefesselt und sie ziemlich rabiat auf einen Ochsenkarren geworfen, auf welchem sich wenig später auch die Magd hockte.

Zuckelnd setzte sich das Gefährt in Bewegung und Barbara presste weiter ihre Hände auf den schmerzenden Schoß. Leise weinte sie, während Gisela am hinteren Ende des Wagens saß und die Beine hinten herunterhängen ließ.

Es dauerte eine Weile, bis der Schmerz endlich nachließ und sie sich nach hinten neben die Magd setzen konnte.

Schweigend blickten sie beide vom Wagen nach hinten. Auch der Beutel mit dem kostbaren Inhalt befand sich auf dem Gefährt, wie sie mit einem Blick hinter eine der Kisten sah.

Erst jetzt fand sie die Zeit, sich bei Gott für ihre Errettung zu bedanken. Ein leises Vater-Unser flog zum Himmel hinauf, in welches die Magd neben ihr einstimmte.

31. Kapitel
Eine gottlose Tat

er Weg auf dem Karren hatte einige Stunden gedauert. Neben ihrer ehemaligen Herrin hatte Gisela schweigend darüber nachgedacht, was wohl werden würde. Wo sollte sie hin und was würde geschehen?

Sie hatte unterwegs in die Gesichter der Männer geblickt, die hinter dem Ochsenkarren hergelaufen waren. Die Bauern waren zu allem entschlossen, denn sie hatten nichts mehr zu verlieren.

Die Gespräche in der Nacht fielen ihr wieder ein. Es konnte für sie nur besser werden und selbst der Tod war besser, als irgendwo langsam zu verhungern.

Als der Wagen schließlich hielt, sprang Gisela ab, drehte sich nach vorn und erstarrte.

„Was für eine gewaltige Kirche!", entfuhr es ihr.

Die Gräfin kletterte ebenfalls vom Wagen und sagte dann: „Das ist das Kloster Walkenried. Da habe ich damals geheiratet."

Mit ihren immer noch gefesselten Händen strich sich die Gräfin eine Haarsträhne aus dem Gesicht.

Um sie herum mussten mehr wie fünfhundert bewaffnete Bauern stehen und alle sahen zu dem Kloster hinüber.

Vom Reichsstift Walkenried und seinen Schätzen hatte Gisela schon mal gehört und die Männer sicher auch, denn sie sah die gierigen Blicke in ihren Augen.

Aber würden sie ein Kloster überfallen? Ein Haus Gottes? Zog das nicht unweigerlich den Zorn Gottes auf sie herab?

Herrenhäuser und Schlösser! Aber Kirchen?

Und abermals erinnerte sie sich an die belauschten Unterhaltungen am Feuer. Sie würde es tun! Ganz sicher!

Gisela blickte sich nach ihrem Bruder um, aber der stand zu weit von ihr entfernt.

Korbinian schrie etwas von der Seite und einige Männer rannten los. Eine Gruppe von Bauern stürmte lautstark johlend gegen das Tor des Klosters an.

Ein unbeschreiblicher Tumult brach unvermittelt auf dem Platz vor dem Kloster aus. Mit Äxten und Knüppeln trommelten die Männer gegen die hölzerne Pforte, die bei diesen Schlägen erbebte.

Es dauerte gar nicht lange, dann lösten sich die ersten Holzteile und wenig später stürmten die Bauern auf das Klostergelände. Ein paar einzelne Mönche versuchten Widerstand zu leisten, wurden aber von dem Ansturm hinweggefegt.

Ein Torflügel hing schräg in den Angeln, der andere lag am Boden und Gisela konnte durch das offene Tor die Männer sehen.

Derzeitig rannten die lärmenden Männer durch die Gebäude und sie sah dem Treiben erstarrt zu.

Aus der ummauerten Klosteranlage waren Schreie und Radau zu hören. Es klang, als wollten die Bauern die Anlage dem Erdboden gleichmachen. Zornige Ausrufe waren zu vernehmen und das Gedröhn schwoll immer mehr an.

Kaspar lief als einer der letzten zum Tor hinüber.

Nur eine Handvoll Frauen blieb damit bei den beiden Ochsenkarren zurück und die Herrin hielt ihr die gefesselten Hände hin.

„Bitte löse den Strick! Dann kann ich schnell fortlaufen!", bettelte die Gräfin, die diese Situation wohl ausnutzen wollte.

Gleichzeitig sah Gisela aber auch die Angst in den Augen der Frau, die ständig zwischen ihr und dem sich im Wind bewegenden Torflügel hin und her sah.

„Nein! Du gehörst Korbinian!", erklärte Gisela laut, damit es auch die anderen Frauen hören konnten. Unterdessen schob sie sich auf die andere Seite, damit die Frau nicht an den Dolch in ihrem Gürtel gelangen konnte und band dann das Ende des Strickes an dem Wagen fest.

Immer noch war unbeschreiblicher Tumult aus dem Kirchengebäude zu hören.

Ein einzelner Mönch rannte auf sie zu. Er trug nur einen Schuh und hatte eine blutende Platzwunde an der Stirn. Der Mann lief mit verwirrtem Blick an ihnen vorbei und niemand hielt ihn auf oder half ihm. Der Gottesmann war gut genährt und nicht so mager wie die Bauern, die gerade sein Haus verwüsteten.

Es dauerte ewig, dann kamen ein paar der Bauern langsam wieder heraus. Auch Kaspar trat neuerdings zu ihnen.

„Wir haben kaum etwas Wertvolles gefunden!", begann er und sah zum Haus zurück. „Der Abt und die Mönche müssen wohl gewarnt worden sein!", setzte er fort und griff sich einen Wasserschlauch vom Ochsenkarren.

Während er trank, waren immer noch Schreie aus den Häusern zu hören.

Alsdann kamen ein paar der Männer zu ihnen und holten die Ochsen. Auch Seile hatten die Männer dabei und die Herrin drückte sich an den jetzt unbespannten Ochsenkarren.

Korbinian holte ein weiteres Seil und trat vor die Frau hin.

„Schau zu, kleine Gräfin, wie wir das hier handhaben!", sagte er, während er eine Schlinge in das Seil knüpfte.

Gisela sah, wie die Frau bleich wurde und zitternd auf die Schlinge in der Hand des Bauern sah. Offensichtlich schloss sie gerade mit ihrem Leben ab, denn ihre Lippen bewegten sich bei einem stummen Gebet.

Doch Korbinian drehte sich von ihr fort und ging mit dem Seil pfeifend zum Tor.

Hätte der Wagen sie nicht gehalten, die Herrin wäre jetzt wohl in sich zusammen gerutscht. Fast mitleidig blickte Gisela zu ihr hinüber.

„Was meint er damit?", fragte sie Kaspar, als sie den Bruder wenig später ansah.

Der zuckte mit den Schultern, nahm noch einen Schluck und schaute zur Kirche hinüber.

Auf dem Dach des Gebäudes balancierten ein paar johlende Bauern entlang und kurz darauf hatten sie die Seile um den Kirchturm geschlungen. Was hatten die Männer vor?

„Sind die verrückt geworden?", stieß Kaspar laut aus, drückte ihr den Schlauch in die Hand und rannte zum Tor.

Gisela hatte noch immer nicht verstanden, was passierte, als sich die Seile schon anspannten. Die Klostermauer verhinderte, dass sie etwas sehen konnte, doch dann gab es ein lautes knirschendes Geräusch.

Die Herrin schrie auf und fiel auf die Knie. Laut sagte sie ein Vater-Unser auf, als sich der Kirchturm langsam bewegte und krachend unter dem Gejohle der Männer auf das Kirchendach herab stürzte.

Eine Staubwolke wurde davon aufgewirbelt und Gisela schlug sich die Hände vor ihren Mund.

Für ein paar Augenblicke war alles in dichten Nebel aus Staub und Sand gehüllt, der kurz darauf vom Wind verweht wurde. Aus dem Dach der Kirche ragten Holzbalken heraus und ein gewaltiges Loch zeigte die Stelle an, an der die Steine des Glockenturmes in den Chorraum gestürzt waren.

Gottesfürchtig und zutiefst erschrocken bekreuzigte sich Gisela.

„Diese gottlosen Heiden!", sagte die Herrin leise und musste husten.

Der Steinstaub brannte im Hals.

Gisela reichte ihr den Schlauch und nahm danach selbst einen großen Schluck, nachdem sie sich den Mund ausgespült hatte. Dies war wirklich eine gottlose Tat gewesen.

„Das würde selbst Luther nicht gutheißen!", begann Gisela und blickte auf die Reste der zuvor noch prachtvollen Kirche.

„Ja! Er löst zwar Klöster auf, aber Kirchen niederreißen, das predigt auch er nicht!", flüsterte die Herrin und betete weiter.

Kaspar trat durch das Tor und kam auf sie zu. Seinen Blick auf die kniende und betende Herrin gerichtet, trat er vor sie hin.

„Das Kloster ist fast leer, nur der Weinkeller ist gut gefüllt. Noch!", äußerte er und blickte sich über die Schulter zu den johlenden Männern um.

Korbinian stand vor dem Klostergebäude, prostete der zerstörten Kirche zu und trank aus einem offenbar silbernen Kelch.

32. Kapitel
Nacht der Schrecken

Überall lagen Trümmer in den Gebäuden. Die Gänge waren verwüstet, als hätte man eine Herde Ochsen durch das Kloster getrieben. Eine bedrückende Stimmung hatte Barbara eingehüllt, doch die meiste Angst hatte sie vor Korbinian.

Der Mann hatte sie mit glasigen Augen angestarrt und nur Kaspar war in der Nähe gewesen, um sie abermals vor ihm zu beschützen. Gottlob hatte er es erneut getan!

Danach hatte er sie durch das Kloster geführt und ringsumher waren angetrunkene Bauern gewesen. Das einst prachtvolle Kirchengebäude war nicht mehr wiederzuerkennen.

Momentan stand Barbara alleine im ehemaligen Chorraum und blickte bestürzt auf das angerichtete Durcheinander.

Auf genau der Stelle, an welcher sie bei ihrem Eheversprechen vor dem Altar gekniet hatte, lag ein Berg aus Steinen und Schutt. Eine Glocke ragte zum Teil aus den Bruchstücken des Turmes.

Mit immer noch gefesselten Händen strich sie über die staubige Kirchenglocke und drehte ihr Gesicht zu dem Platz, an welchem damals der prachtvolle Altar gestanden hatte, doch der fehlte. Vermutlich hatten ihn die Mönche zuvor in Sicherheit gebracht.

Eine weiße Taube kam durch das zerstörte Dach hereingeflogen und setzte sich vor Barbara auf eine Ecke des leeren Altarsockels. Es schien ein Fingerzeig Gottes zu sein: die Taube des Friedens, in eine Ruine des Krieges.

Ein Zeichen für Barbara, dass Gott sie nicht verlassen hatte?

Hinter ihr trat Korbinian polternd in die nicht mehr überdachte Ruine und warf einen tönernen Krug an die Wand des zerstörten Kirchenschiffes. Die Taube flog erschrocken auf und verschwand im blauen Frühsommerhimmel.

154

Einen Wimpernschlag lang schaute sie dem Vogel nach, dann fuhr sie herum und blickte sich suchend nach Kaspar um.

Doch der Mann war verschwunden. War er nicht gerade noch in ihrer Nähe gewesen?

Schwankend kam Korbinian auf sie zu. Offensichtlich hatte er schon reichlich dem Wein zugesprochen und durch Barbaras Kopf rasten augenblicklich die Erinnerungen an die Gewalt des Morgens.

Langsam wich sie nach hinten aus.

Unerbittlich folgte ihr der Bauer und das Ende ihrer Flucht war absehbar, denn hinter ihr befand sich der verschüttete Sockel des Altars. Nur ein paar Schritte blieben ihr, bevor ihr Rücken die Wand erreichen würde.

Links befanden sich nur noch Trümmer, doch konnte sie möglicherweise über diesen Schuttberg entkommen? Der betrunkene Mann würde ihr vielleicht nicht dahin folgen können!

Mit einem schnellen Seitenblick suchte sie einen Tritt zum Aufstieg.

Drei Steine lagen dort, wie eine Treppe aufgeschichtet, und mit nackten Füßen sprang sie auf die ersten zwei Stufen, dann hatte Korbinian sie erreicht und zu Fall gebracht.

Aufschreiend stürzte sie auf den Schuttberg und versuchte sich mit den gefesselten Händen abzufangen.

Überstürzt schaute sie über die Schulter zurück und der kalte Blick aus den Augen dieses Mannes ließ sie erstarren. Darin lag der blanke Hass!

Verzweifelt schrie sie auf und das verwüstete Kirchenschiff verstärkte ihren angsterfüllten Ruf.

Strampelnd versuchte sie zu entkommen, doch der Mann hielt sie lachend an einem Fuß fest.

„Schrei schon, kleine Gräfin!", stieß er hämisch aus.

Barbara verstummte, denn der Mann wollte sie unbedingt schreien hören und vielleicht verlor er ja sein Interesse an ihr, wenn sie nichts mehr von sich gab.

Korbinian verdrehte augenblicklich mit beiden Händen ihren Fuß und sie biss die Zähne zusammen. Der Schmerz war kaum noch auszuhalten, aber der Blick des Mannes traf sie viel mehr.

Endlich erschienen Gisela und Kaspar hinter Korbinian.

Während Kaspar den Mann abermals von ihr fort zog, half die Magd ihr auf.

Humpelnd versuchte Barbara etwas Raum zwischen sich und den gewalttätigen Mann zu bringen.

Lautstark stritten sich die Männer in der Kirche und Barbara nutzte diese Gelegenheit, um auf Gisela gestützt in den Kreuzgang des Klosters zu entkommen.

Dort stütze sie sich gegen eine Säule, doch auch hier taumelten überall mehr oder weniger betrunkene Männer umher.

Glasige Augen zogen sie beinahe aus und nur der Wein hinderte die Männer wohl gerade daran, sich auf sie beide zu stürzen.

Dann war Kaspar auf ihrer anderen Seite und hakte sie unter. Die beiden zogen sie förmlich davon.

Der eine Fuß schmerzte auch weiterhin und Barbara konnte ihn nicht mehr aufsetzen. Sie hüpfte auf dem anderen davon!

Durch verwinkelte Gänge und über Treppen hatten sie dann später einen Gebäudetrakt erreicht, der noch einigermaßen in Ordnung war. Es schien der karge Wohnbereich der Mönche gewesen zu sein.

„Bleibt hier und versperrt die Tür!", erklärte Kaspar und schob sie beide in eine winzige Zelle. „Vor dieser Tür sind achthundert betrunkene Bauern, die zu euch hier hereinwollen! Wenn ihr öffnet, dann seid ihr tot!", setzte der Mann noch hinzu und zog die Tür von außen hinter sich zu.

Als Barbara sich auf die harte Liege fallen ließ, schob Gisela mühevoll einen kleinen Schrank vor den Eingang der Kammer.

Barbara rieb sich den schmerzenden Knöchel und dieser schien doppelt so dick zu sein, wie der andere.

Stöhnend dachte sie an den Tag zuvor, da war sie zu dieser Zeit noch sicher in ihrem Schloss gewesen.

Langsam sank die Dämmerung über das Kloster.

Vor der Tür lärmten auch weiterhin die Männer und bei jedem Ruf zuckte sie wieder zusammen.

Später begann dann ihr Magen zu knurren, aber ihre Suche in dieser dunklen Zelle brachte nichts zu essen hervor.

Darauf folgend verdrängte die Angst schließlich den Hunger.

Zu zweit saßen sie in der Dunkelheit und schon bald hockten sie nebeneinander auf dem Bett und umklammerten sich. Auch die Magd zuckte bei jedem Geräusch vor der Tür zusammen. Schweigend und zitternd warteten sie darauf, dass diese Nacht enden würde.

Zumindest hatte Gisela ihr endlich den Strick von den Händen entfernt. Hier konnte sie ja auch nicht entkommen, denn das Fenster war viel zu klein und der Raum befand sich in der zweiten Etage. In etwa so hoch, wie das Fenster, aus welchem sie einen Tag zuvor nicht hatte springen wollen.

Unendlich lang dehnte sich die Zeit in diesem düsteren Gefängnis dahin.

Irgendwann hörten sie zersplitterndes Holz und im Nebenzimmer schrie eine Frau in Todesangst. Das war sicher eine der anderen Frauen, die am Tag bei ihr am Ochsenkarren gestanden hatten.

Abrupt brach der Schrei ab und ein ersterbendes Röcheln war danach zu vernehmen.

Laute Männerstimmen hörte Barbara daraufhin und wenig später erklangen Schläge von der eigenen Tür.

In Todesangst klammerten sich Magd und Gräfin aneinander, doch die Tür hielt stand. Das Schränkchen sorgte dafür, dass die Pforte verschlossen blieb.

Obwohl Barbara die letzte Nacht nicht geschlafen hatte, und todmüde war, kam sie nicht auf den Gedanken, sich in das Bett zu legen.

Sie befürchtete, dass, wenn sie die Augen schließen würde, sie dann nicht mehr erwachte.

Immer furchteinflößendere Bilder schoben sich in Barbaras Kopf und in jedem davon spielte Korbinian eine Rolle. Noch immer hatte sie nicht wirklich verstanden, warum der Mann sie so hasste.

Kaspar hatte ihr nur kurz gesagt, dass es wegen Ruth gewesen war, seiner und Giselas Schwester, aber dafür konnte sie doch nichts, was auch immer Fridolin mit ihr gemacht hatte.

Tränen liefen über ihre Wange, Tränen der Angst, denn die Furcht hatte den Schmerz in ihrem Knöchel vollständig überlagert.

Konnte diese Nacht nicht endlich zu Ende sein?

Stumm begann sie zu beten.

33. Kapitel
Vergebung?

In der Finsternis hockten sie nebeneinander und Gisela spürte, wie sehr die Angst sie beide im Griff hatte. Eine Gänsehaut zog sich bei jedem Geräusch vor der Tür über ihren Rücken.

Der Mond schickte nur gelegentlich sein blasses Licht durch das kleine Fenster und so saßen sie die meiste Zeit einfach nur im Dunklen der spärlichen eingerichteten Zelle.

Dass Kaspar ihnen nichts zu essen gebracht hatte und sie anscheinend auch sonst ignorierte, das hatte sie leicht verstimmt. Natürlich hatte sie die Warnung des Bruders begriffen, aber praktisch hatte er sie hier den betrunkenen Männern schutzlos ausgeliefert.

Erneut schlurfte jemand an der Tür vorbei und das Kratzen von Fingernägeln an der Holztür war schauerlich anzuhören.

Eigentlich hätte sie sofort weggewollt, wenn sie es nur überleben würde, diese Tür zu öffnen, aber das Schreien der Frau aus der Nachbarzelle war Warnung genug gewesen.

Wenn es hier noch einen zweiten Schrank gegeben hätte, dann hätte Gisela diesen sofort vor die Tür geschoben, aber es gab hier nur noch das Bett und das war an der Stelle festgemacht, wo es stand.

Und so starrten sie beide wie gebannt auf die Tür, als könnten sie mit ihrem Blick dafür sorgen, dass diese geschlossen blieb.

Immer näher rutschten sie zusammen und irgendwann hatten sie sich beide umklammert, als ob das etwas gegen die drohende Gefahr nützen würde.

Zumindest half es gegen die Angst.

Diese scheinbar vertrauliche Nähe ließ Gisela immer mehr vergessen, dass sie die Gräfin eigentlich dafür hassen müsste, was sie ihr und Erik angetan hatte.

Hier, in dieser Nacht, waren sie einfach nur zwei wehrlose und ängstliche Frauen, nicht Magd und Gräfin. Und abermals kam ihr Erik in den Sinn, der im Traum von ihr gefordert hatte, der Gräfin zu vergeben.

Aber konnte sie das so einfach?

Mehr als ein halbes Jahr hatte sie sich in ihrer Trauer und der Wut vergraben. Vermochte man es, diesen Kummer so einfach mit einem Wort aus der Welt zu bringen?

Doch ging es nicht auch im Vater-Unser um Vergebung? Jeden Tag betete sie dieses Gebet mehrmals und selbst in den dunkelsten Stunden des vergangenen Winters hatte dieses Gebet sie immer aufgefangen.

Gisela wusste, dass Erik auf sie warten würde.

Tränen des Verlustes stiegen ihr in die Augen und es war die Gräfin, die sie ihr sanft aus dem Gesicht wischte. Fast so, wie es die Mutter früher immer gemacht hatte. Und wenn es noch eines letzten Zeichens bedurft hätte, ihr zu vergeben, so wäre es wohl diese zärtliche Handbewegung gewesen.

Trotzdem war da immer noch diese Distanz der Geburt auf verschiedenen Standesebenen zwischen ihnen und man kam nicht umhin, dies zu akzeptieren.

Irgendwann würde sie wieder die Magd sein und die Gräfin war auch weiterhin die Gebieterin. Daran änderte auch der Umstand nichts, dass sie augenblicklich im Unterkleid zitternd neben ihr auf der hölzernen Pritsche saß.

Im Moment waren sie beide dem Tod sehr nahe und irgendwie verband sie augenblicklich dieses gemeinsame Schicksal.

Die Gräfin begann den Psalm 23 zu rezitieren und Gisela stimmte darin ein: „Der Herr ist mein Hirte, nichts wird mir fehlen. Er lässt mich lagern auf grünen Auen ...“

Wieder und wieder sagten sie dieses Gebet auf, bis Gisela das Gefühl hatte, dass sich die Hand Gottes schützend über ihren Kopf legte.

Er hatte sie nicht vergessen, auch wenn sie in diesem geschändeten, und zum Teil zerstörten, Kloster saßen.

In ihren dunkelsten Stunden stand Gott ihnen bei!

Die Wut und der Zorn, den sie bisher gegenüber der Gräfin gespürt hatte, der wandelte sich in so etwas wie Zuneigung und Verständnis. Und noch während sie darüber grübelte, woher dieser Umschwung kommen konnte, sagte die Gräfin leise zu ihr: „Es tut mir so unsäglich leid, was dir und deinem Freund damals geschehen ist. Ich wollte das nicht! Ihr seid für mich bestraft worden und ich wünschte, ich könnte es ungeschehen machen."

Für einen Moment stockte Gisela der Atem. Die Gräfin hatte sich wirklich bei ihr entschuldigt. So etwas war wohl noch nie zuvor geschehen. Eine hochgeborene Frau entschuldigte sich bei ihrer Magd.

Es dauerte eine Weile, bis Gisela ihre Stimme wiedergefunden hatte und fragte: „Wieso sind wir für euch bestraft worden?"

„Es war die Rache meines Mannes dafür, dass wir zusammen ausgeritten sind", entgegnete die Gräfin.

Mit ihren Worten setzte sich ein gänzlich neues Bild vor Giselas Augen zusammen. Hatte sie bisher geglaubt, sie wären bestraft worden, weil sie und Erik sich in der Scheune geliebt hatten, so erkannte sie augenblicklich, dass der Herr Graf seine Frau mit der Peitsche treffen wollte. Sie hatte die Gräfin begleitete und Erik hatte ihnen die Pferde gesattelt.

Grübelnd starrte Gisela vor sich hin. Irgendwie war es zwar immer noch die Schuld der Gräfin, aber sie hatte sie nicht verraten, wie Gisela bislang angenommen hatte.

„Wie kommt ihr darauf, dass er euch bestrafen wollte?", fragte sie zur Sicherheit noch einmal nach und sah das Blitzen der Augen der Gräfin im Mondlicht.

Das silberne Licht spiegelte sich in den Tränen der Herrin. Jetzt suchte sie offensichtlich nach Worten, um ihren Verdacht zu erklären.

Schließlich begann sie leise: „Es war offensichtlich, denn er hat mir danach eine Zoffmagd gegeben, die dreimal so schwer war, wie du. Seit jenem Tage habe ich meine Fuchsstute nicht wieder gesehen. Kein Knecht wollte es mir satteln und jedes Pferd hätte vor der Magd sofort Reißaus genommen. Ohne Magd jedoch durfte ich keinen Schritt gehen."

Diese Erklärung klang schlüssig. Gisela holte sich die Gestalt von Uta vor ihre Augen. Unmerklich nickte sie für sich selbst.

Erneut zuckten sie beide zusammen, weil jemand wummernd gegen die Tür ihrer Zelle schlug.

Konnte diese Nacht nicht endlich zu Ende gehen?

Obwohl das kaum noch möglich war, rückten sie noch enger zusammen und dann legte die Gräfin ihren Kopf an ihre Schulter.

Für einen Moment wollte Gisela zurückzucken wegen der unbewussten Bewegung der Herrin, doch dann ließ sie es zu. Diese Berührung tat so gut und gab auch ihr etwas Mut zurück.

Sie spürte, wie die Herrin leise weinte und die Bewegungen waren so zaghaft, dass sie ihrer Gebieterin tröstend über das Haar streichen musste.

Obwohl sie selbst Angst hatte, musste sie jetzt erst einmal stark für die andere Frau sein.

Nach ein paar Augenblicken sagte die Gräfin: „Wollen wir Freundinnen sein?"

Abermals stutzte Gisela. Das ging doch nicht. Oder doch?

Schließlich war es ja die Gräfin, die das gefragt hatte und warum sollte sie ihr diesen Wunsch abschlagen?

Sie waren im Moment nur zwei fast gleich alte Frauen in der finsteren Nacht, in der Angst vor dem Tode vereinigt.

34. Kapitel
Die richtige Entscheidung?

Wenn es noch eines Zeichens bedurft hatte, dass Korbinians Weg nicht der richtige war, so war es der Einsturz des Kirchturmes gewesen. Kaspar lief durch die zerstörte Kirche und sah durch das offene Dach nach oben.

Der schwarze Himmel mit den kleinen Sternen bildete den Kontrast zu den in das Kirchschiff hereinragenden Balken, die das Licht seiner Fackel gerade noch erreichen konnte. Der Mond hatte sich schon lange in der Dunkelheit versteckt, denn auch dieser helle nächtliche Begleiter wollte dieses zerstörte Gotteshaus offensichtlich nicht mit seinem Licht aus der Düsternis reißen.

Immer wieder glitten Kaspars Gedanken zu den beiden Frauen, die er sicher versteckt wähnte. Wenn sie nur die Tür zu der Kammer gut verschlossen hielten, dann würden sie diese Nacht vielleicht überleben.

Nachdem die Männer unten den Weinkeller gefunden hatten, war gegenwärtig niemand mehr in diesem Kloster sicher.

Hunderte Männer tranken den Wein aus Eimern, weil nicht genug Krüge und Becher zur Verfügung standen. Das starke Getränk ging schnell in den Kopf und die Streitereien der Bauern, die ja gerade auch noch alle bewaffnet waren, hatte schon am Nachmittag niemand mehr unter Kontrolle behalten können.

In dieser Düsternis war das Grauen der Hölle auf dieses Kloster gefallen!

Singen, Schreien und irres Gelächter drangen aus dem Keller in die Nacht. Das hier war nicht der Wille Gottes! Klöster plündern und ausrauben, das war der Rache der Bauern geschuldet und das konnte Kaspar verstehen. Auch die Überfälle auf die Schlösser hatte er stillschweigend akzeptiert, denn der Druck der feinen Herren auf sie war einfach zu groß gewesen und suchte sich momentan einen Weg nach draußen.

Aber die Zerstörung einer geweihten Kirche hatte damit nichts zu tun!

Er war unter gottlose Menschen gekommen und da wollte er nicht sein.

Er musste in Gott vertrauen können! Als Bauer ging das gar nicht anders. Alles hing von ihm ab! Aussaat, Wachstum und Ernte, nichts davon ging ohne Gottes Segen! Darum musste er augenblicklich eine Entscheidung treffen! Eine Wahl drängte sich ihm auf!

Sollte er hier bei den Männern bleiben und mit ihnen für die Freiheit streiten, wenn es sein musste, dann auch gegen Gottes Gebote? Oder sollte er den Weg der Rechtschaffenen wählen? Zwar in Unfreiheit, aber mit reinem Herzen vor Gott?

Vor dem ehemaligen Altarsockel in dem zerstörten Kirchenschiff kniete er sich hin, berührte einen der Steine und fragte laut nach oben: „Was ist meine Bestimmung?"

Doch statt einer Antwort von Gott hörte er den verzweifelten Schrei einer Frau aus dem Klostergebäude.

„Gisela!", rief er aus, zuckte hoch und rannte los.

Es waren einige Wegbiegungen und Stufen, bevor er auf dem Gang in der Nähe ihrer Mönchszelle angelangt war.

Dutzende betrunkene Männer waren dort, die schwankend und grölend vor einer dieser Zellen im Gang standen.

Aus einem Raum schrie eine Frau verzweifelt und schien um ihr Leben zu kämpfen, dann brach der Schrei plötzlich ab.

Endlich hatte sich Kaspar den Weg bis zur Tür freigekämpft und sah in den Raum hinein. Ein Bild des Grauens bot sich ihm darin. Ein paar betrunkene Männer schändeten eine Frau. Schaudernd wandte er sich ab.

Zum Glück war es nicht die Zelle gewesen, in die er Gisela und die Gräfin verbracht hatte und dennoch war eine Frau in dieser Nacht gestorben.

Und er wusste noch nicht, ob die Schwester den nächsten Morgen erleben würde.

Das Schnaufen der Männer, die jetzt den Leichnam der anderen Frau missbrauchten, klang schrecklich in seinen Ohren. Hier konnte er nichts mehr tun und darum ging er langsam davon.

Wenig später kniete er erneut in der Kirche, betete für die tote Frau und wartete auf sein Zeichen.

Dabei kniete er genau an jenem Platz, an welchem Korbinian am vergangenen Tag die Gräfin schänden wollte. An einem geweihten Ort! Direkt dort, wo noch vor ein paar Tagen der Altar gestanden hatte.

Sicherlich hatte sich der Teufel der Seele des Freundes bemächtigt.

„Was soll ich tun?", fragte er augenblicklich und hoffte auf eine Antwort.

Doch hatte er diese nicht eigentlich schon erhalten? Gisela konnte nicht hier bei diesen Männern bleiben und er auch nicht!

Damit war doch die Entscheidung bereits getroffen!

Er würde am nächsten Morgen mit Gisela aufbrechen und zurück zu seinem Hof gehen. Alles andere würde sich dann ergeben.

Jetzt musste er nur noch die paar Stunden bis zum Sonnenaufgang unbeschadet überleben und hoffen, dass dies auch der Schwester gelang.

Ruhelos streifte er auch weiterhin durch die dunklen Gänge des Klosters. Hunderte von Männern befanden sich innerhalb dieser Mauern und höchstens ein Dutzend davon waren momentan noch nüchtern.

Das Bild der toten Frau bekam er nicht mehr aus dem Kopf.

Immer wieder führte ihn daher sein Weg über den Gang, von welchem die Zelle mit der Schwester abging und dabei musste er dann auch an der Nachbarzelle vorbei.

Und auch Stunden später waren betrunkene Männer immer noch mit dem Leichnam beschäftigt.

Voller Abscheu wandte er sich davon ab, aber dagegen unternehmen konnte er auch weiterhin nichts.

Alle waren bewaffnet und durch den Wein besonders aggressiv!

Irgendwann war das Zimmer dann von den Männern verlassen worden, wodurch es ihm gelang ein Betttuch über den fürchterlich zugerichteten Leib der toten Frau zu legen und erneut ein stilles Gebet für ihre Seele abzugeben.

Ihr Gesicht war grausam entstellt. Sie sah aber fast so aus, wie die Gräfin. Größe, Statur und Haare waren ihr ähnlich, nur ein großer Leberfleck unterhalb der Brust zeigte ihm, dass es wirklich eine der Mägde war und nicht die Gräfin. Sie trug ein offenbar irgendwo geraubtes goldenes Kreuz um den gebrochenen Hals und auf diesem betete er abermals für ihre geschundene Seele.

Und abermals führen ihn seine ruhelosen Schritte durch diese Hölle auf Erden. Nichts Menschliches hatten diese Männer hier noch und durch das Warten auf die Morgensonne dehnte sich diese fürchterliche Nacht nur noch länger.

An der Treppe zum Keller sah er Korbinian sitzen. Der Freund starrte in einen silbernen Becher, der wohl mal für den Wein beim Abendmahl gedacht gewesen war. Es war bezeichnend, dass der Freund sich dieses Trinkgefäß genommen hatte.

Die glasigen Augen des Mannes, als Kaspar ihn ansprach, hatten jedes bisschen Barmherzigkeit verloren. Das, wofür ihn Kaspar einst bewundert hatte, sein Eintreten für die Schwachen, das war vollkommen daraus verschwunden.

Vermutlich erkannt Korbinian ihn nicht mal mehr. Angewidert drehte sich Kaspar von ihm fort.

Eine neue Runde begann.

Leise setzte er seine Schritte in den Gängen.

Erneut führte ihn sein Weg durch das Kirchenschiff und jetzt erspähte er oben einen ersten bläulichen Schimmer. Der neue Tag war nicht mehr fern.

Langsam stieg er die Treppe hinauf, um nach der Schwester zu sehen. In den letzten Stunden war Ruhe gewesen und von hier war kein Schrei mehr zu hören gewesen. Daher hoffte er, dass sie noch unbeschadet in ihrer Zelle war.

Aber konnte er sich dessen sicher sein?

Überall auf der Treppe befand sich Blut!

Auch auf dem oberen Treppenabsatz hatte sich eine Blutpfütze gebildet und als er in den Flur sah, blieb ihm fast das Herz stehen.

Die Tür zur Zelle der Schwester stand weit offen!

35. Kapitel
Freundinnen

Das erste Morgenrot beendete diese entsetzliche Nacht, doch die Angst verminderte dieses schwache Licht noch nicht. Immer noch war Barbara in der Zelle gefangen. Mit ihrer unfreiwilligen Zellengenossin saß sie eng aneinandergeschmiegt auf dem Bett und starrte die Tür an, die sie von dem Grauen davor trennte.

Noch immer war sie müde, aber an Schlaf war nicht zu denken. Nur leise hatten sie sich in der Nacht unterhalten können, aber die unfreiwillige Zweisamkeit hatte trotzdem einen Teil der Angst gemindert.

Vielleicht auch deshalb hatte sie der Magd ihre Freundschaft angeboten und auch das Zögern der anderen Frau akzeptiert. Bis vor ein paar Tagen wäre das noch völlig undenkbar gewesen, aber diese Entführung und die Entbehrungen auf diesem Weg hatten bei ihr zu einem Umdenken geführt.

Momentan sah sie Gisela mit anderen Augen. Hatte sie schon am Tage zuvor gedacht, dass die Magd sie vor dem Tode beschützen konnte, so wusste sie dies jetzt.

Es gab ihr eine innere Stärke, hier den Arm um die Schulter der anderen Frau zu legen. Alleine wäre sie wahrscheinlich schon vor Angst gestorben oder aus dem Fenster in den Tod gesprungen.

Barbara hätte vor Freude tanzen können, als Gisela endlich in die Freundschaft eingewilligt hatte und im Überschwang dieses Glücksgefühls hatte Barbara die andere Frau einfach geküsst.

Es war ein fremdartiges Gefühl gewesen und gleichzeitig hatte Gisela es aber auch zugelassen. Die Frau hatte nur seltsam geschaut und danach diesen freundschaftlichen Kuss erwidert.

Jetzt blieb nur die Frage zu beantworten, wie sie aus diesem Gefängnis wieder herauskamen. Sollten sie warten, bis Kaspar sie holen würde? Er war so ziemlich der einzige, dem sie vertraute und er würde seine Schwester sicherlich auch nicht den anderen Männern ausliefern.

Korbinian hätte da sicherlich weniger Skrupel, denn schließlich wollte der Mann sie unbedingt schreien lassen. Oder konnten sie es wagen, einfach die schützende Tür zu öffnen?

Natürlich war schon ein paar Stunden Stille davor gewesen, aber waren die Bauern noch da?

Barbara quälte sich regelrecht von der sicheren Ruhestätte, schlich unter Schmerzen humpelnd zur Tür und legte ihr Ohr gegen das Holz.

Angespannt lauschte sie nach draußen, doch nur ihr eigener überlauter Herzschlag war zu vernehmen.

Konnten die Männer, nach einer durchzechten Nacht, so leise sein, dass man sie nicht hörte?

Und was würde geschehen, wenn sie die Tür öffnen würde, um hinauszusehen? Noch stand das schützende Schränkchen vor dem Ausgang. Aber jetzt begann der Hunger ihren Magen zum Knurren zu bringen und dieses Geräusch überlagerte alles andere.

Schon am Tage zuvor hatte sie kaum etwas zu essen bekommen. Barbara hielt sich den schmerzenden Bauch, sah zu ihrer Freundin zurück und sagte leise: „Ich muss hinaus!"

Gleichzeitig zögerte sie aber immer noch. Wartete sie gegenwärtig auf Giselas Zustimmung? Noch saß die Freundin auf dem Bett und rührte sich nicht.

Bittend hielt Barbara ihr die Hand hin und Gisela erhob sich zögerlich. Auf Zehenspitzen kam sie zu ihr herüber.

Schweigend lauschten sie wenig später beide nach draußen, bis Gisela das Schränkchen zur Seite schob. Das Kratzen des Möbelstückes auf den hölzernen Dielen war viel zu laut und beide zuckten dabei zusammen.

Doch damit war der Weg nach draußen frei.

Mit der Hand auf der Klinke zögerte Gisela, bis Barbara ihr zunickte. Knarrend schob sie die Tür einen Spalt weit auf.

Mit ängstlichem Blick spähte Gisela nach draußen und Barbara hielt die Luft an. Jederzeit zum Sprung bereit, stand sie der Freundin gegenüber.

Schließlich bewegte sich Gisela auf den Gang hinaus und Barbara folgte ihr leise. Der Gang war leer, aber die Tür der Nachbarzelle war zersplittert und in dem Raum lag eine Frau, nur spärlich mit einem blutgetränkten Laken bedeckt.

Deutliche Spuren eines Kampfes waren in dem Zimmer zu sehen und dieser Anblick ließ Barbara erschauern.

Sollten sie wirklich weitergehen? Oder doch lieber in den Schutz der Zelle zurückkehren?

Ein Geräusch am anderen Ende des Flures ließ Barbara herumfahren. Noch waren es nur zwei Schritte bis zur schützenden Tür, doch sie konnte sich nicht mehr rühren.

Sie spürte eine Bewegung hinter sich und hoffte, dass es Gisela war, die an sie herangetreten war. Gebannt starrte Barbara auf den Treppenaufgang, von dem die Schritte zu hören waren. Wer würde dort erscheinen?

Unendlich dehnte sich die Zeit und endlich erkannte sie Kaspar, der am oberen Ende der Treppe stehenblieb und ihnen zurief: „Ihr solltet doch im Zimmer bleiben!"

Mit einem erlösenden Lachen quittierten sie beide das Erscheinen des Mannes. Seinen besorgten Blick ignorierten sie dabei und gingen langsam auf ihn zu.

Gisela fiel schließlich ihrem Bruder um den Hals.

Barbara sagte leise: „Ich habe Hunger!"

Etwas anders fiel ihr im Moment nicht ein.

Doch der immer noch geschwollene Knöchel meldete sich jetzt erneut zurück und sie rutschte an der Wand in sich zusammen.

Kaspar fing sie auf und hob sie auf seine Arme.

„Was soll ich machen?", fragte er seine Schwester.

Wollte er sie etwa Korbinian überlassen? Das durfte nicht sein! Sie sah erschrocken von ihm zu Gisela und wieder zu ihm zurück.

Die beiden Geschwister blickten sich schweigend an.

Wenn Kaspar sie zurücklassen würde, dann konnte sie Korbinian nicht mehr entkommen und dann würde sie das Schicksal der Frau teilen, die wenige Schritte hinter ihr tot und geschändet in der Mönchszelle lag!

„Bitte! Lasst mich nicht hier!", bettelte sie, klammerte sich an Kaspars Hals fest und zeigte demonstrativ ihren über Nacht dunkelblau gewordenen Knöchel.

Es dauerte scheinbar ewig, bis Gisela endlich einlenkte und ihren Bruder überredete, sie nicht zu opfern.

Schließlich nahm Kaspar sie fester in den Arm und stieg mit ihr die Treppe wieder hinab.

Im Erdgeschoss lagen einige schlafende Männer im Flur und Kaspar stieg einfach über sie hinweg.

Einige rote Flecken waren hoffentlich verschütteter Wein, aber keiner von ihnen dreien wollte dies näher überprüfen. Das Gelächter und Gejohle von Männer war leise aus der Entfernung zu hören und nach einigen Schritten betraten sie die verwüstete Klosterküche.

Es dauerte ein wenig, bis Gisela in dem Durcheinander etwas Essbares gefunden hatte.

Barbara saß auf dem Tisch, auf dem Kaspar sie abgesetzt hatte, und stopfte sich gierig trockenes Brot in den Mund. Es schmeckte besser als der leckerste Kuchen.

Zu dritt verspeisten sie ein Brot, dann packte Kaspar ein paar Vorräte in einen leinenen Sack.

Dankbar schaute Barbara ihre Freundin an. Mit Gisela an ihrer Seite konnte ihr nichts geschehen.

36. Kapitel
Flucht unter den Regenbogen

isela schaute sich in der verwüsteten Küche um, dann zog sie einen Dolch samt Gürtel hinter einem umgestürzten Regal hervor. Sie drückte diesen Dolch der Gräfin in die Hand und blickte ihren Bruder an.

„Und was machen wir jetzt?", fragte sie Kaspar und legte ihren Kopf schief, wie sie es als Kind oft getan hatte.

Der Bruder hob die Schultern und sah die Gräfin an.

Nachdrücklich erklärte Gisela jetzt: „Wenn du sie nicht mitnimmst, so wird dein Freund sie sicherlich töten und da kann sie sich auch gleich selbst in den Dolch stürzen. Hier und jetzt!"

Dabei zeigte sie auf die Waffe in der Hand der anderen Frau.

Die Gräfin zog mit zitternden Fingern den Dolch aus der Scheide und prüfte die Schärfe der Klinge.

Noch immer zögerte der Bruder, aber sie konnte doch nicht zulassen, dass sich die Frau tötete, oder dass es Korbinian tat.

Und ohne Barbara würde sie auch nicht gehen, das hatte sich Gisela inzwischen fest vorgenommen!

Endlich ließ Kaspar sich mit einem Seufzer vernehmen.

„Na gut, aber wartet hier!", bemerkte er und trat auf den Gang hinaus.

Mit einem leisen Geräusch schob die Gräfin den Dolch zurück in die Scheide, legte die Waffe neben sich auf den Tisch und sagte danach: „Ich danke dir."

Allerdings war ja noch nichts entschieden.

Was hatte Kaspar vor? Ging er jetzt erst Korbinian befragen? Dann würde der Mann sie sicherlich nicht so schnell ziehen lassen.

Der Beutel mit den Sachen aus dem Schloss fiel ihr wieder ein und dass dieser noch oben in der Zelle lag. Sollte sie ihn schnell holen? Oder doch lieber auf Kaspars Rückkehr warten?

Einladend stand die Tür offen, doch dahinter befand sich die Gefahr. Natürlich konnte auch jederzeit einer der Männer auf der Suche nach etwas zum Frühstücken hier hereinkommen, aber draußen lagen noch die Schläfer im Flur. An denen würde sie vorbeimüssen.

Sollte sie warten oder gehen?

Wenn Kaspar zurück sein würde, dann konnte der Bruder ja auch nicht bei ihr und Barbara zugleich sein und die Gräfin würde sich aus eigener Kraft auch nicht mehr bewegen können.

Also entschied sich Gisela, schnell nach oben zu laufen, um den Beutel zu holen.

„Ich bin gleich wieder da!", erklärte sie und sah die entsetzten Augen der Freundin. Tröstend legte sie die Hand auf die Wange der anderen Frau, nickte ihr zu und lief davon.

Mit geschürztem Rock stieg sie über die liegenden Männer im Flur und eilte die Treppe hinauf. Sie vermied es, in die Nachbarzelle zu sehen und schnappte sich nur ihren wertvollen Beutel, der ja eigentlich das Beutegut aus Barbaras Besitz enthielt.

Binnen Augenblicken und ohne zu verweilen, rannte sie zurück. Den Rock hielt sie jetzt mit nur einer Hand nach oben, wodurch sie wiederum die Beine bis übers Knie zum Laufen freihatte.

Doch sie war erst auf der Treppe, da hörte sie von unten einen Schrei.

Das musste Barbara gewesen sein!

Dieser Hilfeschrei trieb sie nur noch mehr zur Eile an, aber er hatte auch die Schläfer geweckt und die torkelnden Männer versperrten ihr gerade den Durchgang zur Küche.

Geschickt versuchte sie die Männer zu umlaufen, was den Weg deutlich länger und ihre Bewegungen langsamer machte.

Noch einmal schrie Barbara, dann waren ein dumpfer Schlag und das Fallen eines Körpers zu hören.

Erschrocken stürzte Gisela die letzten zwei Schritte bis zur Tür und erstarrte in der Türöffnung.

Vor ihr lag Korbinian mitten im Raume und blutete am Kopf. Barbara saß halbnackt vor ihm am Boden und starrte den liegenden Mann an.

„Was ist geschehen?", fragte Gisela, obwohl das wohl offensichtlich war. Korbinians Hose war schon wieder heruntergezogen.

Barbara rutschte rückwärts bis zum Tisch und stützte sich daran hoch.

„Er wollte mich ...", brachte sie mühsam heraus.

Inzwischen waren die ersten zwei Bauern in der Küche angekommen und Gisela zischte sie wütend an: „Verschwindet hier!"

Das schien seine Wirkung zu haben, denn die Männer kümmerten sich nur um Korbinian und ließen sie beide in Ruhe.

Gisela lief zum Tisch und legte den Beutel darauf ab.

„Drei Kleider in drei Tagen!", äußerte Barbara leise, hielt sich das Kleid vorn zu, um ihre Blöße zu bedecken und sah über Giselas Schulter zu den Männern, die gerade Korbinians leblosen Körper nach draußen zogen.

„Ist er tot?", erkundigte sich Gisela.

Barbara entgegnete: „Ich glaube nicht. Ich habe ihn zurückgestoßen, dann ist er gestürzt und mit dem Kopf auf die Tischkante geschlagen."

Schnell suchte Gisela ein neues Kleid aus dem Beutel, welches sich die Gräfin, auf dem Tisch sitzend, schnell überzog.

Eine Weile danach betrat Kaspar den Raum.

„Korbinian ist nichts passiert. Er wird nur einen ziemlichen Brummschädel haben. Nach dem Wein und dem Schlag. Er hängt jetzt draußen über dem Brunnenrand. Können wir dann verschwinden?", bemerkte der Bruder und schaute sie an.

Sie beide nickten heftig.

Schließlich fragte Barbara: „Wohin sollen wir aufbrechen? Und ich kann noch nicht gehen!"

„Wir müssen uns unter den Schutz des Regenbogens stellen und ich habe einen Maulesel erbeutet!", entgegnete Kaspar.

„Des Regenbogens?", fragten Gisela und Barbara gleichzeitig.

Mit schmunzelndem Gesicht nickte Kaspar und erklärte dann: „Jeder weiß hier, dass du eine Gräfin bist. Wenn ich dich also irgendwo zurücklassen würde, dann findet dich Korbinian! Deshalb gehen wir zu Müntzer nach Mühlhausen. Dort kennt dich niemand!"

Danach trat er zu Barbara an den Tisch, um sie für die kurze Strecke wieder auf die Arme zu nehmen.

„Und was hat das mit dem Regenbogen zu tun?", fragte die Freundin, als Kaspar mit ihr in den Flur trat.

„Die Bauern dort sind unter dem Banner des Regenbogens versammelt. Dort gelten ihre zwölf Gebote und keiner wird dir ein Haar krümmen, wenn du dich ihnen aus freien Stücken anschließt!", erläuterte er ihr seinen Plan, während er sie durch die Gänge nach draußen trug.

Gisela hatte ihren Beutel, die Verpflegung und Barbaras Gürtel mit der Waffe in den Händen und folgte den beiden anderen.

Auch im Rest des Klosters lagen betrunkene Bauern herum.

„Der Weinkeller ist riesig. Das dauert noch ein paar Tage, bis der leer ist!", erklärte Kaspar und stieg über ein paar Schläfer hinweg.

Sie folgte ihrem Bruder kopfschüttelnd. Hier war höchstens noch eine Handvoll Männer in der Lage, sich bei einem Angriff zu verteidigen. Ein paar gräfliche Landsknechte hätten sicher ein leichtes Spiel gehabt. Die Bauern mussten sich ihrer Macht wohl sehr sicher gewesen sein.

Nach einigen Gängen und Treppen traten sie ins Freie und am Tor war ein struppiger Maulesel angebunden.

Mit seiner Last ging Kaspar auf das Tier zu.

Schwankend stellte sich Korbinian ihnen allerdings auf halber Strecke in den Weg und Barbara schrie auf.

Gisela bemerkte, wie sich die Freundin verzweifelt an den Hals des Bruders klammerte. War hier ihre Flucht auch schon wieder zu Ende?

Ihre Hand krampfte sich um den Griff des Dolches. Kampflos würde sie ihm Barbara nicht überlassen!

37. Kapitel
Auf der Jagd

Seit Tagen saß er jetzt schon untätig mit seinen Männern auf der Wasserburg. Zur Untätigkeit verdammt, spielte er mit einem seiner Vettern auf einer Trommel ein Würfelspiel. Von allen Seiten kamen täglich Melder mit Nachrichten, wo sich die Bauern überall erhoben und mit jedem Bericht wurde es nur noch schlimmer.

Es mussten wohl schon tausende aufständische sein!

Doch da sie hier die Burg nicht verlassen konnten, war es ihnen auch nicht möglich, den Wahrheitsgehalt dieser Nachrichten zu überprüfen.

Vielleicht waren es nur ein paar Dutzend, die immer umherzogen und so den Anschein einer großen Zahl erweckten, doch wer vermochte es schon zu sagen?

Ein neuer Tag begann, es war der vierte Mai und abermals war nach dem Waschen und dem Striegeln der Pferde nur Müßiggang angesagt.

So konnte das unmöglich weitergehen!

Ganz offensichtlich wollte Ernst, Graf von Mansfeld-Vorderort[5] gar nichts gegen die Bauern unternehmen und auch die Grafen von Hinterort würden ihnen nicht helfen! Offenbar wollte sie diese Situation einfach aussitzen, denn sie waren schon immer Anhänger von Luther gewesen und schon alleine bei dessen Namen kochte Fridolins Blut!

Dann traf auch noch ein Knecht bei ihm ein, der berichtete, dass sein Schloss geplündert und seine Frau verschleppt war.

---

[5] Ernst II. (6. Dezember 1479 -9. Mai 1531), Graf von Mansfeld-Vorderort, war ein herzoglicher Rat und oberster Kriegshauptmann.

Damit wurde es jetzt wirklich Zeit, etwas zu unternehmen!

Wütend verließ Fridolin die Katakomben und stieg an das Licht des Tages hinauf. Die altbekannte Treppe bis zum Saal des Grafen im Haupthaus liefen um diese Zeit schon dutzende Melder und Boten hinauf und hinab.

In der Tür stehend sah Fridolin dem Gewimmel zu. Aus den Diktaten hörte er heraus, dass Graf Ernst versuchte, die Bauern zu beschwichtigen und zur Aufgabe aufforderte, doch das würde sicherlich nichts bringen.

Nur mit harter Hand war dieser Spuk zu beenden!

In einem ruhigen Moment trat er vor den Grafen, machte die geforderte Ehrbezeugung, auch wenn sie ihm schwerfiel, und sagte: „Eure Gräfliche Gnaden. Mein Schloss wurde geplündert und abgebrannt. Meine Frau ist von diesen Aufständischen entführt. Wollen wir nicht endlich etwas unternehmen, um den Bauern die Waffen aus der Hand zu schlagen?"

Graf Ernst sah fast durch ihn hindurch.

Fridolin erkannte jetzt erst recht, dass er zu einem Eingreifen eigentlich nicht gewillt war.

Resigniert trat er an das Fenster und schaute hinaus.

Sollte er selbst, mit genügend Männern, hinausreiten und diesem Treiben ein Ende bereiten? Die Stimmung unter den Kämpfern war sowieso schon sehr angespannt. Er musste sich nur an deren Spitze setzen und wenn nötig auch gegen den Willen des Grafen Ernst den Ausfall wagen!

Ein neuer Bote trat in den Raum und überbrachte einen weiteren Brief.

„Er ist von Luther und eine Kopie eines Briefes, den er Albrecht geschrieben hat!", erklärte der Graf und bei der Nennung dieses verhassten Namens fuhr Fridolin herum.

Genau jetzt war es Zeit, um zu handeln!

Er wollte hinausstürmen, doch etwas hielt ihn zurück, während der Graf die Botschaft las.

Bedächtig hatte sich Ernst in die Zeilen vertieft und rund um ihn herum war Stille eingetreten.

Offensichtlich wusste im Moment jeder der Dutzend anwesenden Männer, dass hier gerade eine Entscheidung getroffen wurde. Was hatte Luther geschrieben?

Schließlich zitierte Ernst laut: „Er möge nicht weich werden, sondern das Schwert ziehen!"

Graf Ernst schaute vom Brief auf und sein Blick traf Fridolin, der jetzt vor ihm stand.

„Seht ihr! Sogar Luther möchte, dass wir das da draußen beenden. Und bei Gott, wir werden das Schwert ziehen!", stieß Fridolin aus und alle Anwesenden stimmten ihm nickend oder mit lauten Zurufen zu.

„Dann soll es so sein!", äußerte Graf Ernst laut.

Fridolin verneigte sich vor ihm.

„Lasst mich einen Ausfall mit genügend Männern machen. Ich will meine Rache!", erklärte Fridolin.

Ernst nickte und Albrecht erteilte ihm unverzüglich den Auftrag.

Fridolin rannte nach unten und hatte wenig später die Rüstung an und das Schwert gegürtet. Noch schneller hatte er ein paar hundert Männer gefunden, die alle darauf brannten, endlich etwas zu tun und losschlagen zu können.

„Wohin?", fragte Fridolin einige seiner Verwandten, als sie die Pferde aus dem Keller an das Tageslicht führten.

„In eines meiner Dörfer!", entgegnete einer der älteren Grafen und setzte hinzu: „Meine Untertanen haben dort die 12 Bauernartikel angenommen und die Abgaben verweigert!"

Er nannte noch den Namen der Siedlung, die keine Stunde entfernt war.

„Dann auf! Lasst uns reiten!", rief Fridolin, stieg auf seinen Schimmel und jagte an der Spitze der Männer durch das Tor, bevor es sich Graf Ernst vielleicht noch einmal anders überlegen würde.

Mit donnernden Hufen sausten die Pferde ihrem noch unwissenden Ziel entgegen. Neben Fridolin ritt der Graf, dessen Dorf es war und seine eigenen Knechte waren unmittelbar hinter ihm.

Die aufgewirbelte Staubfahne würde sie schon lange vor dem Dorf ankündigen, aber den Pferden gefiel der Ausritt, nach so langer Zeit der Ruhe und Dunkelheit in den Kasematten der Burg.

Fridolin brauchte fast keine Zügel für seinen Schimmel.

Keine Stunde später waren sie in der Nähe des Dorfes und eine große Gruppe bewaffneter Bauern hatte sich dort auf einer Wiese versammelt.

Aus dem vollen Galopp heraus und das Schwert schwingend ritten sie in die Gruppe hinein. Die Meute der Bauern spritzte nach allen Seiten auseinander und hatte gar keine Möglichkeit, sich zur Gegenwehr zu formieren.

Binnen weniger Augenblicke lagen einige Dutzend Aufständische tot am Boden.

„Jetzt das Dorf!", rief einer der Männer und sie ließen einen Teil der geschlagenen Bauern, die zum Teil verwundet waren, in alle Richtungen fliehen.

Die Hütten des Dorfes waren deutlich zu sehen und es dauerte nicht lange, da fielen die Reiter über deren Bewohner her.

„Nehmt euch, was ihr wollt und brennt das Dorf zur Abschreckung nieder!", schrie Fridolin vom Platz in der Mitte der Siedlung seinen Männern zu.

Schon wenig später war das Schreien der Kinder und Frauen zu hören. Hier sollte ein Exempel für alle andere Dörfer gemacht werden. Allen, die sich am Aufstand beteiligen, sollte es so ergehen!

Vom Rücken seines Schimmels aus sah er zu, wie die Männer durch das Dorf jagten. Einem seiner Knechte, der eine halbnackte, schreiende Frau an den Haaren an ihm vorbei zerrte, rief er zu: „Aber lass sie am Leben. Sie alle sollen den anderen Bauern erzählen, was denjenigen passiert, die sich gegen ihre Herren auflehnen!"

Er dachte nur kurz daran, dass es vielleicht seiner eigenen Frau auch so ähnlich ergangen war.

Dann ging das Schreien in das Geräusch brennender Strohdächer über und Fridolin musste seinen treuen Schimmel beruhigen, denn der Rauch machte sein Pferd nervös.

Unruhig tänzelte das Reittier umher und gab damit das Signal zum Aufbruch der Reiter.

Es war keine glorreiche Schlacht gewesen, sondern eher eine wilde Jagd, aber sie hatten den Bauern gezeigt, was ihnen allen geschehen würde und die Männer hatten auch noch ihren Spaß gehabt.

Langsam trabten sie der untergehenden Sonne entgegen und hinter sich hatten sie dabei die Rauchfahnen der brennenden Hütten. Sie waren ein deutliches Zeichen ihrer Entschlossenheit.

Lachend ritten sie zur Burg zurück, um Graf Ernst Bericht zu erstatten.

38. Kapitel
Mauleselpfade

Verzweifelt und in purer Todesangst klammerte sich Barbara an den Hals des Mannes fest. Nur noch zehn Schritte trennten sie von dem rettenden Esel, aber Korbinian stand ihnen im Weg und es sah nicht so aus, als wolle er sie ungeschoren an sich vorbeilassen.

Der dicke Verband um den Kopf gab ihm ein noch etwas furchterregenderes Aussehen. Er hatte die Hand um den Griff eines prächtigen silberbeschlagenen Schwertes geschlossen, das er aus ihrem Schloss geraubt hatte.

Noch steckte es in der Scheide an seinem Gürtel, aber er schien entschlossen, es ziehen und benutzen zu wollen.

Offenbar dachte er momentan, dass Kaspar ihm seine Beute streitig machte! Das konnte Barbara mehr als deutlich in seinen Augen lesen.

Unendliche Augenblicke lang standen die beiden Männer schweigend voreinander und Kaspar hätte sich noch nicht mal gegen ihn wehren können, ohne sie dabei fallen zu lassen!

Ein stummer Kampf zweier ehemaliger Freunde wurde hier gerade ausgefochten und sie war genau dazwischen!

Irgendwann sagte Kaspar leise: „Lass uns bitte einfach ziehen!"

Es dauerte noch einen Augenblick, dann spuckte Korbinian ihnen vor die Füße, drehte sich zur Seite und ging schwankend zum Haupteingang des Klostergebäudes hinüber.

Barbara spürte, wie Kaspar vor Erleichterung aufatmete und dann setzten sie ihren Weg fort.

Am Esel angekommen fragte der Mann: „Ich hoffe, du kannst reiten?"

„Auf einem Pferd schon!", entgegnete Barbara.

Er setzte sie ab und sie kraulte das zottelige Grautier hinter den Ohren. Es war deutlich kleiner als jedes Pferd, aber offensichtlich sehr gut genährt. Vermutlich ein Klosteresel!

Auf einem Bein stehend streichelte sie weiter das Tier, um sein Vertrauen zu gewinnen.

„Soll ich dir beim Aufsteigen helfen?", erkundigte sich Gisela, die gerade zu ihr gekommen war.

Dankbar nickte Barbara, denn der Esel trug ja keinen Sattel und auch keine Steigbügel, mit denen sie sich auf den Rücken des Reittieres hätte schwingen können.

Die Freundin bückte sich und hielt ihre Hände so, dass Barbara hineintreten und sich auf den Esel schwingen konnte.

Mit Schmerzen saß sie einen Moment später oben, beide Beine auf einer Seite. So hatte sie immer auf ihrem Pferd gesessen, im Seitsitz im Damensattel, aber hier ging das so nicht. Das Lasttier trug weder Sattel noch Zaumzeug oder Steigbügel und es würde keine hundert Schritte des Esels dauern, bis sie wieder unten sein würde.

„Das eine Bein auf die andere Seite!", erklärte Gisela schnell, da sie wohl Barbaras fragenden Blick gesehen hatte.

Jetzt erinnerte sie sich daran, wie die Magd sie damals bei dem Ritt begleitet hatte. Geschwind schwang sie das eine Bein zur anderen Seite und hielt sich dann an der Mähne des Esels fest, wo die Kruppe in den Hals überging.

Durch den Rücken des Tieres wurde ihr Kleid bis ganz nach oben gestreift und so lagen jetzt ihre nackten Oberschenkel an der Seite des Grautieres an.

Gisela holte vom Brunnen etwas Wasser, befeuchtete ein Tuch damit und wickelte dieses um den geschwollenen Knöchel. Die Kühle tat gut und linderte den Schmerz.

Kaspar griff sich das Seil des Halfters und beim ersten Schritt ihres Reittieres hatte Barbara alle Mühe, auf dessen Rücken zu bleiben.

Trotz des breiten Rückens des Esels war es gar nicht so einfach, den Halt nicht zu verlieren. Beide Schenkel und Knie in die Flanken des Tragtieres gedrückt und mit beiden Händen in die Mähne an dessen Hals gekrallt, bewegte sie sich bei jedem Schritt mit.

Praktisch waren sie jetzt eine Einheit: Esel und Gräfin. Es sah vermutlich nicht sehr elegant aus, aber es funktionierte.

Schritt für Schritt folgten sie einem Pfad, der durch Felder und Wiesen führte. Das struppige Fell scheuerte an ihren Oberschenkeln und an ihrem Schoß, den sie gegen die Kruppe des Tieres drückte.

„Wie weit ist es denn bis Mühlhausen?", fragte sie nach einer Weile den vor ihr gehenden Mann.

„Wir werden sicher erst morgen dort ankommen", antwortete er ihr kurz.

Sie setzte hinzu: „Wo werden wir dann in der Nacht bleiben?"

„Irgendwo am Wegesrand!", entgegnete er und blickte nach vorn.

Bei dem Gedanken daran, dass sie immer noch nur ein leinenes Unterkleid trug und damit zu den Bauern musste, fragte sie die neben ihr laufende Freundin: „Wo könnte ich ein Kleid bekommen? Oder hast du noch eines meiner Kleider in deinem Beutel?"

„Nein! Was hätte ich mit den schönen Kleidern anfangen können? Als Magd kann ich die nicht verwenden. Ich habe nur die Unterkleider mitgenommen. Aber bei mir zu Hause hätte ich noch ein paar", entgegnete Gisela.

„Könnten wir dort Rast machen?", erkundigte sie sich jetzt bei Kaspar und setzte hinzu: „Ich würde mich auch gern bei eurer Schwester dafür entschuldigen, was mein Mann ihr angetan hat. Wäre das möglich?"

Abrupt stoppte der Mann das Tier, wodurch sie fast über dessen Kopf nach vorn gerutscht wäre.

Kaspar wandte sich zu ihr zurück und blickte sie fragend an.

„Bitte!", sagte sie und sah in seinen Augen, dass er ihr diese Bitte wohl abschlagen würde.

Doch dann bat auch noch Gisela darum und somit lenkte er wohl ein.

„Na gut. Dann übernachten wir auch dort und brechen morgen früh gleich nach Sonnenaufgang auf!", erklärte der Mann schließlich und zog den Esel an der Leine in die entgegengesetzte Richtung zurück.

„Willst du das wirklich?", fragte Gisela, als sie an sie herantrat und neben dem Esel herlief.

„Er hat ihr so viel Schmerz gebracht und ich hoffe, dass ich einen Teil davon wiedergutmachen kann", erklärte Barbara und blickte nach vorn, wo sich eine Weggabelung vor ihr zeigte.

Von links waren sie gekommen und gegenwärtig zog Kaspar das Grautier nach rechts.

Nach einer Weile erblickte Barbara neben einem Gehölz eine Brücke, auf die sie zuhielten. Ein kleiner Bach murmelte da über größere Steine dahin und ihr fiel ein, dass sie sich an diesem Tag noch nicht gewaschen hatte. Der eilige Aufbruch hatte ihr diese Zeit nicht gelassen und Korbinian hatte ja auch den Brunnen besetzt. Bei dem Gedanken an den rohen Mann stellten sich Barbaras Nackenhaare auf und sie war froh, dass er weit fort war.

Gleichzeitig fiel ihr jetzt ein, dass sie sich auf dem Weg zu seiner Frau befand, doch zuerst lockte das klare Wasser des Baches.

Auch Gisela schien denselben Gedanken gehabt zu haben, den sie lief eiligst nach vorn und hockte sich am Ufer ins Gras.

Als Kaspar das Tier neben ihr anhielt, rutschte Barbara an der Seite hinab, hatte dabei aber nicht an den Fuß gedacht.

Mit einem Schmerzenslaut fiel sie um und wäre beinahe in den Bach gerutscht, doch Gisela konnte sie gerade noch abfangen.

Wenig später knieten sie beide neben dem Bach, wuschen sich Arme, Beine und Gesicht, während Kaspar ein paar Schritte entfernt das Grautier etwas Gras fressen ließ.

39. Kapitel

Maisonne

er Bruch mit Korbinian war für Kaspar eindeutig gewesen. Die Augen des Freundes hatten es ihm bereits in der Nacht verraten und die Taten der Bauern lagen ebenfalls schwer auf seinem Gewissen! Und wenn der Wein Korbinians Geist nicht dermaßen vernebelt gehabt hätte, dann wäre auch er sicherlich zu diesem Schluss gekommen und wäre gegangen.

Der Freund hatte es wohl als Verrat aufgefasst und als Raub seiner Beute, aber Kaspars Beweggründe waren ganz andere: Hier konnte er nicht bleiben! Bei einer Bande, die Kirchen zerstörte, war kein Platz für ihn. Und er wollte Gisela vor diesen Männern schützen!

Und die Schwester hatte darauf gedrängt, auch die Gräfin mitzunehmen!

Momentan führte er den Esel und seine Gedanken gingen weit voraus, denn da Gisela darauf bestanden hatte, die Gräfin mitzunehmen, musste er eine neue Entscheidung fällen.

Sein ursprünglicher Plan war es gewesen, mit Gisela in sein Dorf zurückzugehen und so zu tun, als wäre nichts geschehen.

Er hatte daher auch sein Schwert dort gelassen, hätte die Gräfin einfach Korbinian überlassen und seine Hände in Unschuld gewaschen, doch mit der Gräfin auf dem Esel ging das alles nicht mehr.

Ein falsches Wort von irgendjemanden würde genügen und er würde in ein paar Wochen an einem Baum hängen, denn das hier konnte nicht ewig so weiter gehen.

Gott hatte diese Bauern verlassen und ohne ihn würden sie niemals siegen können!

Und damit war er jetzt mit den beiden Frauen auf dem Weg nach Mühlhausen, denn so abwegig es auch klang, nur dort waren sie sicher! Nur wenn sie sich unter den Schutz Müntzers stellten, dann waren sie vor Korbinians Rache geschützt. „Vom Regen unter die Traufe!", wenn man so wollte, oder auch: das kleinere Übel wählen.

Einen Haufen aufständischer Bauern als Schutz wählen, damit ein Haufen betrunkener, aufständischer Bauern den beiden Frauen nicht das Leben nahm.

Sie würden sich beeilen müssen, denn irgendwann wäre Korbinian wieder nüchtern und dann würde er diese Rache wieder aufnehmen. Der rachsüchtige Freund würde sie verfolgen und nicht eher ruhen, als dass die Gräfin irgendwo geschändet an einem Baum hing!

Das durfte er nicht zulassen und dennoch hatte er es eigentlich bis zum Morgen genauso vorgehabt.

Sein ursprünglicher Entschluss war es ja gewesen, die Frau bei Korbinian zu lassen und mit Gisela zu verschwinden.

Nur die Schwester hatte der Gräfin also das Leben gerettet!

Noch vor zwei Tagen hätte sie wohl liebend gern dabei zugesehen, wenn Korbinian ihr den Hals umgedreht hätte. Das hatte er in den Gesprächen mit Gisela und in ihren Bemerkungen in der Nacht am Feuer deutlich herausgehört.

Momentan hatte sich da wohl zwischen ihr und der Gräfin etwas geändert!

Die beiden Frauen knieten nebeneinander am Bachufer und wuschen sich. Bis hierher hatten sie noch nicht viel gesprochen. Sicherlich steckten noch die Schrecken der Nacht in ihren Gliedern.

Kaspar tränkte den Esel und schaute dabei zu ihnen hinüber.

Die Gräfin war sehr hübsch, aber jeder würde wissen, dass sie keine Magd war. Schon wie sie auf dem Esel gesessen hatte, verkrampft und immer in Angst, nicht herunterzufallen. Ihre ganze Haltung würde sie verraten! Selbst jetzt beim Waschen zeigte sie eindeutig, dass sie keine Magd war! Ihre Bewegungen waren viel zu grazil!

Sie wollte jetzt auch noch ausgerechnet in sein Dorf und damit würde dort dann auch jeder erfahren, dass er etwas mit dem Überfall auf das Schloss zu tun hatte.

Am liebsten hätte er sie hier irgendwo gefesselt am Wegesrand zurückgelassen, doch so hilflos wie sie war, wäre sie sicher in ein paar Tagen verhungert.

Und Gisela konnte er es auch nicht antun, die Frau hier einfach zurückzulassen. Die Schwester würde das sicher auch niemals zulassen!

Sein Blick ging nach oben zur Sonne.

„Wir müssen weiter!", erklärte er laut den beiden Frauen, die sich gegenseitig stützend zu ihm kamen.

Gemeinsam halfen sie der Gräfin auf den Esel, der nur widerwillig in der Vormittagshitze seinen Weg fortsetzen wollte.

Die beiden Frauen waren durch das Wasser etwas lockerer geworden und die Angst war offenbar deswegen von ihnen abgefallen, denn sie redeten jetzt hinter ihm miteinander.

Aller paar Schritte warf er einen Blick über die Schulter nach hinten, ob sie noch auf dem Esel saß.

Ihr zierliches Gesicht fing dabei immer seinen Blick ein und sie war wirklich sehr hübsch!

Trotzdem war sie an allem Elend schuld und jetzt auch noch daran, dass er seinen Hof vermutlich nie wieder betreten konnte, aber sie war auch sehr anmutig. Die langen braunen Haare, die blauen Augen und das liebreizende Lächeln konnten einem Mann schon die Sinne verwirren!

Immer wieder drehte er jetzt seinen Kopf zu ihr und wäre einmal fast über einen Stein gestürzt.

Ihre schmale Figur auf dem Esel hatte auch im Unterkleid eine Art von Eleganz, der er sich nicht entziehen konnte. Und der dünne Stoff verbarg nur spärlich ihre Nacktheit, die er ja bereits gesehen hatte.

Warm brannte die Sonne auf sie herab und es war noch nicht mal Mittag!

Von Zeit zu Zeit hielt er an und Gisela erneuerte das Tuch um den Knöchel der Gräfin. Der Fuß war dick geschwollen. Offensichtlich hatte Korbinian mit einer ziemlichen Gewalt zugedrückt!

Gegenwärtig waren sie auf dem Weg zu Ruth, doch was würde die Schwester sagen? Würde sie die Entschuldigung annehmen?

Eigentlich hätte er sich bei der Gräfin für Korbinians Verhalten entschuldigen müssen, aber er konnte es nicht, denn Ruths Schreie waren jetzt noch zu deutlich in seinen Ohren.

Und warum rettete er sie jetzt vor dem Freund und dessen Rache? War nicht auch die Gräfin schuld an den Schmerzen der Schwester?

Erneut begann er zu grübeln, denn wenn er die Gräfin hier irgendwo ließ, dann wäre alles gut. Wenn er den Esel wendete und dem Tier einen Schlag auf den Hintern gab, dann hatte es die Gräfin selbst in der Hand, ihre Haut zu retten.

Aber der Blick ihrer traurigen Augen verhinderte, dass er diese letzte Entscheidung traf.

Abermals kreisten seine Gedanken um diese Frau und auf einmal ging es dann nicht mehr darum, sie loszuwerden, sondern darum, sie zu beschützen.

Ihre Augen hatten das wohl in ihm bewirkt.

Irgendetwas stimmte da doch bei ihm nicht! Er hätte diese Frau eigentlich hassen müssen, aber er konnte es momentan nicht mehr. Stattdessen versank er in ihren himmelblauen Augen.

Das durfte nicht sein!

Er musste sich diese Frau aus dem Kopf schlagen, bevor ihr Blick sein Herz erreichte.

Kaspar beschloss für sich, besonders ruppig ihr gegenüber aufzutreten, damit sie nicht mitbekam, wie es in ihm wirklich aussah!

Er versuchte jetzt, sie nicht mehr anzusehen, aber im selben Moment streifte ihn ihr nacktes Bein bei jeder Bewegung des Esels. Das war doch vorher nicht passiert! Oder hatte er es nur nicht gemerkt?

Irgendwie lief der Esel wohl jetzt schneller, wodurch Kaspar sich auf einer Höhe mit der Gräfin befand. Von der anderen Seite redete Gisela mit ihr. Die Worte der beiden Frauen sprudelten nur noch so heraus.

Gisela nannte sie Barbara und er beschloss, sie auch so zu nennen. Vielleicht ein bisschen zur Tarnung für die Menschen im Dorf.

Sicherlich hatten nicht viele die Herrin schon mal gesehen und wenn doch, dann gewiss nicht barfuß, im Unterkleid und auf einem Esel.

Es war nicht mehr weit bis zum Dorf.

Derzeitig wäre der letzte Zeitpunkt, um noch umzukehren, doch es ging nicht und er wollte den beiden Frauen auch nichts von seinen Sorgen erzählen.

„Komm schon!", sagte er und zog den eigensinnigen Esel am Strick weiter.

Dieser Ruck hätte Barbara fast vom Tragetier geworfen.

Nur noch ein paar Schritte.

Ein letztes Zögern, dann stand er vor der ersten Hütte und die hoch stehende Maisonne beschien das Dorf.

40. Kapitel

Bauernleben

Als die Sonne den höchsten Stand am Himmel erreicht hatte, waren sie an einer kleinen Siedlung angekommen, in welcher Kaspar den Esel anhielt. Von ihrer erhöhten Position ließ Barbara ihren Blick über die wenigen Häuser fliegen.

Das war also eines der Dörfer, die für sie bisher die Abgaben erbracht hatten. Eigentlich für ihren Mann, aber sie hatte ja davon profitiert.

„Welches davon ist euer Haus?", fragte sie Gisela, die neben ihr stand.

Die Freundin zeigte an das andere Ende der Siedlung.

Neben ein paar Bäumen war dort ein strohgedecktes Dach zu erblicken. Offensichtlich befanden sich daneben auch ein paar Scheunen. Die ganze Siedlung bestand aus solchen Häuserinseln. Immer vier oder fünf Dächer und darum ein paar Gärten.

Um das Dorf herum befanden sich Felder, die durch hölzerne Gitter voneinander abgetrennt waren. Ein unüberschaubares Gewirr von Holzzäunen grenzte den Besitz der Bauern voneinander ab und alles in allem war es das Land von Fridolin. Das Korn war zu erkennen, wenn es auch noch grün und niedrig war.

Auf den Wiesen weideten einige Kühe und auch ein paar Schweine waren zu sehen.

„Und wo wohnt eure Schwester?", erkundigte sich Barbara jetzt, denn sie war ja hier, um zu ihr zu gehen.

„Wir sind fast da", erklärte Kaspar und zog den Esel am Zügel weiter.

Eine große Hütte befand sich etwa zwanzig Schritte neben ihnen und darauf hielt der Mann jetzt zu. Eine Blumenwiese befand sich vor dem Haus und eine Bank stand im Schatten eines knorrigen Baumes.

Ein ziemlich mulmiges Gefühl machte sich gegenwärtig in Barbaras Bauch breit. War es klug gewesen, hierherzukommen? Natürlich wollte sie sich für Fridolins Taten entschuldigen, aber bei der Gewalt, die Korbinian ihr angetan hatte, wurde es ihr jetzt Angst, was wohl seine Frau mit ihr machen würde.

Kaspar hielt den Esel am Baum an und rief: „Ruth!", zur Hütte hin.

Barbara rutschte an der Seite des Esels herab und stützte sich gegen den knorrigen Stamm. Eine junge Frau mit langen, gelockten, schwarzen Haaren trat vor die Hütte. Sie humpelte und stützte sich auf einen Stock.

Gisela lief auf sie zu, umarmte sie und hätte sie dabei fast zu Boden gerissen. Freudig lagen sich die beiden Schwestern in den Armen.

Barbara schnürte es den Hals zu, weil sie ja noch nicht wusste, wie sie mit der anderen Frau reden sollte. Was sollte sie sagen?

Schließlich sah Ruth zu ihr herüber und erkundigte sich: „Wen habt ihr denn da mitgebracht?"

Die Kleidung verriet ja nichts von ihrem Stand. Keiner der beiden anderen sagte etwas und so schob sich Barbara nun ihrerseits humpelnd auf die Frau zu.

„Ich möchte dich um Vergebung bitten für das, was mein Mann dir furchtbares angetan hat", erklärte sie ihr.

„Dein Mann?", erwiderte Ruth.

„Graf Fridolin", entgegnete Barbara und sah, wie das Lächeln aus Ruths Gesicht verschwand.

Barbara wich zurück und wäre dabei fast gestürzt, aber Gisela fing sie auf.

Ruth wandte sich wieder ihrer Hütte zu und ging den ersten Schritt, als Gisela sagte: „Bitte, Ruth!"

Die Frau drehte sich zu ihr zurück. Mittlerweile stand Barbara auch wieder auf dem einen Fuß, den anderen setzte sie nur leicht auf die Zehenspitzen auf.

„Es tut einfach noch zu weh!", begann Ruth und setzte hinzu: „Nicht so sehr das Bein, sondern hier drin!"

Bei ihren Worten tippte sie sich auf die Brust und eine Träne rollte über ihre Wange.

Barbara machte, auf Gisela gestützt, einen Schritt auf sie zu.

Einen Augenblick später lagen sie sich zu dritt in den Armen und augenblicklich rollten bei ihnen allen die Tränen. Es dauerte eine ganze Weile, bis sie sich wieder beruhigt hatten.

„Ach, ihr könnt ja nichts dafür!", bemerkte Ruth schließlich schniefend.

„Trotzdem tut es mir leid!", entgegnete Barbara und wischte sich mit dem Handrücken die Tränen fort.

„Kommt rein!", erwiderte Ruth und ging zur Hüttentür.

Barbara und Gisela folgten ihr, denn ohne Gisela hätte Barbara das kurze Stück nicht geschafft. Höchstens auf einem Bein hüpfend.

Sie betrat eine große Küche, in der auch ein riesiger Tisch stand. Offensichtlich nahm dieser Raum den größten Teil der Hütte ein. Er war Ess-, Wohn-, Küchen- und Schlafbereich in einem. Letzteres aber vermutlich nur für zwei Mägde, denn es waren im hinteren Bereich zwei Strohsäcke neben dem Ofen zu erkennen.

„Habt ihr Hunger?", fragte Ruth, jetzt ganz Hausfrau und Bäuerin, ihre Gäste.

Barbara ließ sich auf der Bank am Tisch nieder und nickte.

Auch Gisela setzte sich und wenig später hatten sie zwei Schüsseln vor sich stehen.

Gierig schlang Barbara den Brei herunter. Er war nicht wirklich schmackhaft, aber der Hunger zwang sie dazu, dieses Mahl herunterzuwürgen.

Allerdings sagte ihr Gesichtsausdruck wohl alles, denn Ruth entgegnete ihr: „Es ist wohl nicht das, was eine Gräfin gewohnt ist, aber es ist alles, was uns Graf Fridolin gelassen hat."

„Es schmeckt wirklich nicht", erklärte Gisela, die sich gerade den Löffel sauber leckte und danach in die Gürteltasche schob.

„Die Hauptzutat sind Sägespäne!", entgegnete Ruth und zeigte auf das wenige Getreide, was ihr noch geblieben war.

„Auch deshalb haben wir uns gegen euch erhoben!", offenbarte Kaspar laut von der Tür aus, in die er gerade getreten war.

Betreten schaute Barbara auf den Napf herab. Nie hätte sie geglaubt, dass es so schlimm war, wie die Bauern hier leben mussten.

Im Augenblick schämte sie sich noch viel mehr dafür, dass sie in dem Schloss so verschwenderisch gelebt hatte. Aber bis vor ein paar Tagen hatte sie ja noch keine Ahnung von den Zuständen hier gehabt. Schließlich hatte sie das Gelände ja auch nicht verlassen dürfen.

Unmittelbar darauf füllte sich die Hütte mit Menschen.

Von draußen kamen Knechte und Mägde herein, setzten sich an den Tisch und unterhielten sich laut über ihr Tagewerk.

Barbara hörte gespannt zu, denn keiner der anderen wusste ja, dass sie die Gräfin war und im Unterkleid war es auch nicht zu erkennen. Es schien sich auch niemand daran zu stören, dass sie in diesem Aufzug mitten unter ihnen saß.

Mit nackten Armen und Schultern, barfuß und mit dem knielangen Kleid, das am Saum bereits etwas zerfetzt war.

Derzeitig erhielten auch die anderen die Näpfe, aber niemand regte sich über den Brei auf. Jeder war dieses widerliche Zeug gewohnt und das sagte wohl schon alles darüber aus, wie die Menschen hier lebten.

Grübelnd blickte Barbara von einem zum anderen. Jetzt konnte sie die Bauern verstehen, auch wenn ihr das bei Korbinian noch etwas schwerfiel.

41. Kapitel
Ein Blick zurück

Das Leben im Dorfe war noch viel schwerer geworden, obwohl es sich Gisela nicht hatte vorstellen können. Doch es war genauso gekommen, wie es Kaspar im letzten Sommer vorausgesagt hatte.

Gegenwärtig saß sie am Tisch der Schwester und hatte diesen Klumpen im Magen, der nur schwer verdaulich war. Die letzten Monate hatte sie es da ganz gut gehabt, denn auch als Aschemagd hatte sie jeden Tag ausreichend zu essen gehabt. Und der alte Piet hatte ihr immer noch etwas zugesteckt, wenn sie sich im Schloss tagsüber irgendwo begegnet waren.

Gisela ließ ihren Blick über die Gemeinschaft am Tisch schweifen. Die Knechte schaufelten den Brei nur so in sich hinein und einer ließ sich sogar eine zweite Schüssel geben. Es waren auch nur drei Knechte anwesend, drei ältere Männer. Die anderen waren sicher mit Korbinian unterwegs, um für ihre Befreiung zu kämpfen.

Zumindest hatten sie das wohl vorgehabt. Im Moment lagen sie sicherlich noch im Weinkeller des Klosters.

In jener Nacht am Feuer hatten die Bauern ihr von ihrem Leid erzählt. Jahr um Jahr hatten sie die Erhöhung der Abgaben stumm ertragen, aber irgendwann war es womöglich nicht mehr gegangen.

Alles war besser, als dieses Leben im Hunger. Sogar der Tod! Und jetzt sah sie es, schmeckte es und es war die Wahrheit gewesen.

Nach diesem Essen war möglicherweise alles ein fürstliches Mahl!

Gisela dachte an ihre Kindheit zurück, die ja noch gar nicht mal so lange her war. Auch da war das Essen schon nicht so gut gewesen, doch wenn ihr da jemand solch einen Fraß vorgesetzt hätte, dann hätte sie diesen wohl eher an die Wand geschleudert, als ihn zu essen.

Das Essen war mit jedem Jahr schlechter geworden. Stück für Stück, bis es nicht mehr schlechter ging.

Zwar hatte Ruth auch ein paar Kühe und Schweine, aber die gehörten eigentlich dem Grafen. Und das Gemüse aus dem Garten musste sie auf dem Markt verkaufen! Nur so war die Pacht noch zu bezahlen.

Verstohlen blickte sie zu Barbara hinüber, die neben ihr saß und den Gesprächen der Mägde aufmerksam lauschte. Vor ein paar Tagen hätte die Frau sich noch nicht mal in die Nähe der Küche gewagt. Jetzt war alles anders.

Irgendwie waren sie beide Freundinnen geworden, auch wenn das zuvor gänzlich undenkbar gewesen wäre.

„Wir wollten doch noch nach deinem Kleid schauen", flüsterte sie in Barbaras Ohr und die andere Frau nickte. Ächzend erhob sie sich vom Tisch und Ruth kam zu ihnen.

„Wollt ihr schon gehen?", fragte die Schwester.

„Ich wollte Barbara ein Kleid von mir geben", antwortete Gisela, während sie die andere Frau stützte.

„Deine Kleider sind alle hier! Alle beide!", erklärte die Schwester und zeigte zu einer Truhe am Fenster. Zu dritt gingen sie dorthin, obwohl nur Gisela ging, denn die beiden anderen Frauen humpelten.

Knarrend schwang der schwere Deckel auf und nach ein paar Handgriffen hatte Ruth die beiden Kleider hervorgezogen.

Gisela hielt zuerst das eine an Barbaras Leib, schüttelte den Kopf und drückte ihr schließlich das andere in die Hand. Das passte ihr sicher besser in den Farben, obwohl es eigentlich zu groß für die schmale Gestalt der Gräfin war.

Einst war es ihr Sonntagskleid gewesen und für die Freundin momentan gerade gut genug.

Ruth nickte verstehend.

„Bleibt ihr noch etwas im Dorf?", erkundigte sie sich und setzte hinzu: „Ich kann jede helfende Hand gebrauchen!" Dabei zeigte sie auf die Knechte und Mägde, die momentan wieder zurück an ihre Arbeit gingen.

„Morgen früh wollten wir wieder los", erklärte Barbara, die sich, auf der Kiste sitzend, gerade etwas umständlich das Kleid überstreifte.

„Dann bleibt wenigstens heute Nacht zum Reden da", forderte Ruth sie auf.

Nach einem kurzen Blick sagten sie beide ihr dies zu.

„Ich gehe mal zu Vater", ließ sich Kaspar von der Tür vernehmen.

„Warte! Ich komme mit", rief sie ihm zu.

„Ich setze mich derweil draußen auf die Bank und kühle meinen Fuß", bemerkte Barbara und stand schwankend auf.

Gisela führte die Freundin zu dem schattigen Platz, dann eilte sie ihrem Bruder hinterher. Kurz vor der väterlichen Hütte hatte sie ihn eingeholt und zusammen betraten sie den Hof, der so lange ihr Zuhause gewesen war.

Hier kannte sie jeden Schuppen, Stein und Strauch und eine der Mägde begrüßte sie überschwänglich, dann standen sie in der Küche und sahen die Freudentränen in Vaters Augen. Überschwänglich umarmte der alte Mann sie und sie wagte im Moment noch nicht, ihm von dem baldigen Abschied in Kenntnis zu setzen. Oder sollte sie hier bleiben?

Eigentlich mussten ja nur Kaspar und Barbara nach Mühlhausen, denn sie war ja hier in ihrem Daheim.

Doch die Freundschaft zu Barbara würde sie wohl selbstverständlich mitziehen lassen.

„Vielleicht waren meine Anordnungen falsch gewesen!", murmelte der alte Vater, doch Gisela musste ihn einfach umarmen.

„Es waren unsere Entscheidungen", erklärte sie und dachte daran, dass sich Ruth wohl kaum gewünscht hatte, so schwer misshandelt zu werden.

„Wollen wir baden gehen?", fragte sie spontan ihren Bruder.

Kaspar sah sich gerade in der Hütte um. Sicherlich hatte er helfen wollen, doch der Vater hatte offensichtlich alles unter Kontrolle. Die fehlende Körperkraft ersetzte der alte Bauer durch sein Wissen und seine Erfahrung.

Martha, die alte Magd, kam in die Küche, stutzte und fiel ihr mit einem Freudenschrei um den Hals. Sie beide mochten sich seit langem und Martha war eine Art zweiter Mutter für Gisela geworden.

„Wir wollten gerade baden gehen!", erklärte Gisela.

Martha sagte, nach einem Blick zum Bauern: „Ich komme mit!"

Augenblicklich liefen sie zu dritt zum nahen Weiher und wenig später planschten sie wie früher durch die warmen Fluten des Gewässers. Tauchen, sich gegenseitig nass spritzen und herumtollen wie kleine Kinder war derzeitig angesagt und die täglichen Sorgen fielen für ein paar glückliche Augenblicke von ihnen ab.

Schließlich lagen sie zum Trocknen im Gras und Gisela blinzelte zur Sonne hinauf. Es war ein schöner und warmer Tag.

Für Anfang Mai hatte die Sonne schon eine schöne Kraft und wärmte sie auf. Doch von dem Platz, an dem sie lagen, war auch Ruths Haus zu sehen und die Bank unter dem Baum.

Die Kinderzeit war lange vorbei!

Trotzdem wusste Gisela noch nicht, wie es von jetzt an bei ihr weitergehen sollte, denn alles war wieder offen, nachdem das Schloss niedergebrannt war.

Nachdenklich ging sie eine Stunde später zu ihrer Schwester hinüber. Sollte sie bleiben oder gehen? Was war richtig?

Wer war wichtiger? Die Freundin oder die Schwester?

42. Kapitel
Nächtliche Ängste

Es war bereits tief in der Dunkelheit des Abends und sie drei Frauen hatten zusammen auf der Bank vor dem Haus unter dem knorrigen Baum gesessen, von dem Ruth ihr erzählt hatte, dass es ein Apfelbaum war. Seine Blätter rauschten gerade leise im Nachtwind.

Vor ein paar Augenblicken waren die beiden Schwestern in das Haus gegangen, um etwas zu holen und Barbara war damit allein vor der Hütte zurückgeblieben. Die dadurch entstandene Stille ängstigte sie mit einem Mal. Und ein Nachtvogel ließ jetzt auch noch seinen schauerlichen Ruf ertönen!

Barbara drehte ihren Kopf schnell zurück zur Tür. Der Mond zeigte sich mit seinem fahlen Licht über dem Haus und es fehlte nicht mehr viel am Vollmond.

Sie hatten gelacht, gesungen und gescherzt und all der Kummer und die Plackerei des Tages waren dabei von ihnen abgefallen. Noch nie hatte sich Barbara so vergnügt, wie hier zwischen diesen beiden Schwestern auf der knarrenden Bank.

Augenblicklich beschützte sie nur noch der alte Apfelbaum mit seiner weit ausladenden Krone und dem säuselnden Laub.

Langsam kam die Sicherheit zurück.

Stumm blickte sie vor sich hin auf den Weg. All die Monate hatte sie sich abgekapselt und in ihrer inneren Burg zurückgezogen. Gegenwärtig war dieses Gitter, dieser goldene Käfig um ihr Herz, zerbrochen. Sie war frei!

Frei wie ein Vogel! Oder vogelfrei?

Irgendwo da draußen war Fridolin und der würde wohl nicht eher ruhen, bis er sie gefunden haben würde. Suchte er sie vielleicht schon?

Wenn Piet oder einer der anderen Knechte ihm von dem Überfall auf das Schloss und ihrer Entführung berichtet hatten, dann sicherlich.

Es fröstelte sie bei dem bloßen Gedanken daran, was er Ruth angetan hatte. Wollte sie wirklich zu solch einem Ungeheuer zurück?

Sie musste es, denn schließlich hatte sie es ihm geschworen. Vor Gott! Treue bis in den Tod! Aber alles in ihr sträubte sich davor! Nur ihr eigener Tod würde sie erlösen! Oder eine heillose Flucht? Wo würde die enden? Am Aste eines Baumes vielleicht? Durch Fridolins oder Korbinians Hand? Erneut sah sie ihn vor sich, wie er die Schlinge geknüpft hatte!

Barbara wandte sich nach vorn und blickte grübelnd zu Boden.

Immer noch war sie gefangen und dennoch so frei, wie niemals zuvor. Oder sollte ihre Flucht bereits hier enden? Ihre Finger tasteten sich zum Griff des Dolches an ihrem Gürtel!

Ein Lachen klang aus der Hütte. Barbara blickte auf, zog ihre Hand zurück und drehte sich erneut zum Gehöft um. Die beiden Frauen kamen wieder zu ihr zurück. Mit einer Fackel beleuchteten sie den kurzen Weg, dann fand der qualmende Ast seinen Platz neben der Bank.

Im zuckenden Schein der Flammen saßen sie weiter in dem Dorf. Die furchtbaren Gedanken waren vorerst fern! Eine Magd setzte sich noch zu ihnen und ein Trinkschlauch wurde herumgereicht. Ein leichter Wein befand sich darin, wie Barbara nach dem ersten Schluck feststellte.

„Apfelwein!", offenbarte Ruth ihr lachend und zeigte nach oben, auf den Baum.

Schon oft hatte Barbara Äpfel gegessen, aber noch nie einen Wein davon probiert. Das Getränk war süß und lecker. Und nach vielen Schlucken ging er in den Kopf, vertrieb die Ängste gänzlich und betäubte gleichzeitig auch noch den Schmerz im Knöchel.

Weiter ging der lustige Abend und es war so ganz das Gegenteil dessen, was den Tag über zu sehen gewesen war. Die Knechte und Mägde waren am See baden gewesen und die Frauen neben ihr erzählten von ihrem schweren Los, aber sie taten es lachend.

Staunend hörte Barbara zu. Nie hatte sie sich für Bauern und Landwirtschaft interessiert. Momentan ärgerte sie sich darüber.

Irgendwann taumelte Barbara, an Giselas Hand, zur Hütte zurück. Es waren nur ein paar Schritte, aber das taube Gefühl beim Auftreten des Fußes machte diesen Weg ziemlich lang.

In der Küche, im Scheine eines Talglichtes, bereitete Ruth einen der Strohsäcke vor. Da Barbara die letzte und vorletzte Nacht kaum geschlafen hatte, fielen ihr beim Anblick des Lagers beinahe die Augen zu.

Auch Gisela wurde anscheinend augenblicklich von der Müdigkeit übermannt, denn sie gähnte laut und ausgiebig.

Nur wenig später lagen sie zu dritt unter der Decke auf den zusammengeschobenen Strohsäcken und der Wein schloss ihr die Augen.

Mit einem Schrei schreckte sie kurz darauf wieder hoch und saß auf dem Strohsack, bevor sie richtig wach war. Mit der Hand auf der Brust versuchte sie ihr schnell schlagendes Herz wieder zu beruhigen. Der Mond leuchtete in die erschrockenen Augen der anderen beiden Frauen.

„Nur ein Traum", sagte Barbara nach ein paar keuchenden Atemzügen, legte sich zurück und musste an die Männer denken, die in der Nacht zuvor versucht hatten, zu ihr zu gelangen und auch an Korbinian dachte sie.

„Mir ging es auch lange so", flüsterte Ruth neben ihr.

„Es ist schon komisch", entgegnete Barbara und setzte hinzu: „Unsere beiden Männer haben uns gegenseitig Gewalt angetan!"

„Das ist wohl das Los der Frauen", begann Ruth und erklärte weiter: „Die Männer kämpfen und wir müssen darunter leiden!"

Sie kuschelten sich aneinander und trotz der Müdigkeit konnte Barbara nicht mehr einschlafen. Giselas Schnarchen war in der Küche unüberhörbar. Wie gelang es der Freundin nur, so fest zu schlafen?

Barbaras Gedanken begannen abermals Kreise zu ziehen. Ruth war so stark! Fridolin hatte ihr diese Vergewaltigung angetan und ihr dabei auch noch das Bein gebrochen. Korbinian hatte ihr zur Schändung nur den Knöchel verstaucht und das würde sicher wieder werden. Zumindest hoffte sie dies.

Die Furcht vor den Männern war sofort zurück und hatte Fridolin von ihr nicht ebenfalls mit brutaler Macht den Beischlaf erzwungen? Wohl so ähnlich, wie er es mit Ruth hier in diesem Haus getan hatte.

Waren wirklich alle Männer so?

Im blassen Mondlicht bemerkte sie, dass Ruth die Augen noch offen hatte.

Vielleicht konnte ein Gespräch unter Frauen den ersehnten Schlaf bringen. Warum wollte sie eigentlich von hier fort und wohin?

„Kann ich bei dir bleiben?", fragte sie leise und Ruth stützte sich neben ihr auf.

„Das geht nicht!", entgegnete sie leise und erklärte: „Noch weiß niemand, dass du die Gräfin bist, doch wenn sie es erfahren, dann wirst du ihren Hass zu spüren bekommen und wenn Fridolin dich hier findet, so werden alle bitter dafür bezahlen!"

„Warum verabscheust du mich nicht, wo ich dir doch so viel Leid gebracht habe?", fragte Barbara und stützte sich ebenfalls auf.

Zwischen ihren Gesichtern war nicht eine Handbreit Platz.

„Du kannst doch nichts dafür", hauchte Ruth. „Ich will meinen Korbinian wiederhaben", sagte sie schließlich leise und ließ sich auf das Stroh zurückfallen.

Bei der Nennung des Namens fröstelte es Barbara. Waren alle Männer so? So auf Gewalt aus?

Vielleicht nicht alle!

Kaspar fiel ihr ein. Er hatte sie beschützt und ohne ihn und Gisela wäre sie jetzt schon nicht mehr am Leben. Sie wäre geschändet worden und gestorben, wie die andere Frau, welche die vergangene Nacht nicht überlebt hatte.

Und jetzt würde sie sich nach Mühlhausen auf den Weg machen, um sich unter den Schutz des Regenbogenbanners zu stellen, mit tausenden Bauern!

Doch riskierte sie damit nicht zu viel?

Solange Gisela an ihrer Seite war, dann wohl nicht.

Langsam drehte sie sich zu der schnarchenden Freundin um. Wie konnte sie eigentlich so sicher sein, dass Gisela mitkam und nicht hier bei ihrer Schwester blieb?

Dann wäre sie mit Kaspar allein auf dem Weg und für einen Augenblick zuckte sie zusammen, dann sagte sie sich, dass er ihr nichts tun würde. Er hatte sie ja auch vor Korbinian beschützt. Warum eigentlich?

Sie hatte ihn noch nicht danach gefragt und selbst die Freundschaft zu Gisela war ja nur der gemeinsam durchgestandenen Angst der letzten Nacht geschuldet.

Irgendwann kam dann doch die Müdigkeit und zog ihr die Augen zu.

43. Kapitel
Verfluchte Gedanken

Es hatte eine ganze Weile gedauert, bis Korbinian wieder einen klaren Kopf gehabt hatte. Der Verrat des Freundes schmerzte ihn sehr, aber noch mehr schmerzte ihn momentan, dass auch seine Beute, die Gräfin, scheinbar verloren war. Und das auch noch bevor er ihr wirklich all die Schmach heimzahlen konnte, die er durch sie ertragen musste.

Er hatte sofort den Entschluss gefasst, die drei Flüchtenden zu verfolgen, aber von all seinen Männern waren keine fünf noch nüchtern. Der größte Teil von ihnen lag unten im Keller und trank Wein und Bier aus Eimern oder übergab sich danach irgendwo in den Gängen des weitläufigen Gebäudekomplexes.

Alleine wollte er hier allerdings nicht fort, denn er hatte ja den Brüdern in Frankenhausen geschworen, dass er viele Männer zur Verstärkung mitbringen würde, doch derzeit waren die Männer nur mit sich selbst beschäftigt!

Mit Kopfschmerzen ging er durch die Räume und sah das Elend in den fahlen Gesichtern seiner Mitstreiter. Es würde sicher noch Tage dauern, bis die wieder in der Lage waren, auch nur einen Schritt in Richtung Mühlhausen oder Frankenhausen zu machen.

Wütend zerschlug er mit einem Beil die letzten Fässer und der Wein stand knöcheltief in dem Kellergewölbe, bevor er in der Erde versickerte.

Diese Verschwendung von Wein, wie es die meisten Männer sahen, brachte ihm jedoch keinen guten Zuspruch ein. Stattdessen spaltete seine Handlung augenblicklich die Gruppe. Ein Teil wollte mit ihm ziehen, leider der kleinere von ihnen, der weitaus größere hatte allerdings offensichtlich Gefallen daran gefunden, Klöster und Schlösser zu plündern.

Alle seine Reden brachten ihm keinen Erfolg und er musste auch noch eine Nacht warten, bis der kleinere Teil des Haufens endlich aufbrechen konnte.

Die drei anderen hatten da aber schon fast einen Tag Vorsprung und mit dem müden Haufen von Männern, die zum Teil immer noch betrunken waren, konnte er Kaspar und Gisela nicht einholen.

Seine Rache an der Gräfin verschwand demzufolge in unerreichbar weiter Ferne und daher konzentrierte sich seine Wut auf den Grafen, der ja noch irgendwo im Lande sein musste.

Während die Männer hinter ihm her schlurften, schickte er wüste Beschimpfungen zu Kaspar, der Gräfin und Graf Fridolin voraus.

Immer wieder warf er einen Blick zurück auf die müden Männer. Nur etwa zweihundert hatten sich ihm und dem Kampf für die Freiheit angeschlossen, knapp sechshundert hatten den Wein dem Kampf vorgezogen.

War das vielleicht schon ein Zeichen?

Den Männern stand anscheinend nicht so sehr der Sinn nach einer Auseinandersetzung, allerdings war es vermutlich aussichtslos, ohne Kampf das Ziel zu erreichen.

Wollte er den Kampf und wollte Müntzer ihn?

Grübelnd schlurfte er weiter.

Über seine Gedanken verlor er das Interesse an seiner Rache, denn war Gerechtigkeit für die Bauern nicht wichtiger als Gewalt? Doch konnte Gerechtigkeit ohne Kampf erreicht werden? Vielleicht, wenn die Masse an Bauern Entschlossenheit demonstrierte! Dann zählte doch jeder Mann!

Je mehr sie waren, desto größer war die Drohung!

Vor vielen Monaten hatte er sich über die Kraft eines Bauern oder eines Dorfes Gedanken gemacht. Mit genügend kampfbereiten Männern hätte der Graf Ruth sicher nichts antun können! Hundert gegen fünf! Da wäre alles schnell entschieden gewesen und mit diesen zweihundert hätten sie vielleicht auch um niedrigere Abgaben bitten können!

Und was hätten die achthundert erreichen können? Oder die tausende, die jetzt in Mühlhausen waren? Das musste doch eine Entscheidung bringen!

Instinktiv ballte er seine Fäuste.

„Als Adam pflügte und Eva spann, wo war denn da der Edelmann?", schrie er seine Wut hinaus und die Männer pflichteten ihm vielstimmig bei.

Endlos zog sich der Weg vor ihnen hin und sie würden sich auch noch beeilen müssen, oder eine Nacht irgendwo auf einer Wiese lagern müssen. Die schlurfenden Männer wühlten eine Menge Staub auf, der sich als feiner Nebel wieder auf sie herab legte.

In all diesen Stunden schweiften seine Gedanken immer wieder vom Weg ab zu ihrem sich langsam nähernden Ziel. Und mit jedem Schritt, mit jedem Gedanken versöhnte er sich mehr mit seinem Schicksal.

Irgendwo tief in ihm war immer noch der Korbinian, der Streit schlichten und in Frieden leben wollte. Nur dieser Graf hatte die gute Seite in ihm viel zu lange verschüttet.

Im Rückblick auf das zerstörte Kloster und das abgebrannte Schloss kam Korbinian allerdings die Erkenntnis, dass er zu weit gegangen war und dies ein nicht wieder gutzumachender Fehler gewesen war.

Eine weitere Einsicht drang durch den gelichteten Dunst der durchzechten Nacht: Er würde seine Frau niemals wiedersehen! Er hatte seine Frau und seine Ehre verteidigen wollen und hatte dabei Ruth für immer verloren.

Gegenwärtig blieb ihm nur noch seine Ehre.

Seit Generationen waren seine Vorfahren auf diesem Land gewesen und hatten es bebaut. Hunderte Jahre vor ihm hatten ihre

Pflüge diese Felder urbar gemacht. Nicht der Graf, der sie vielleicht damals verteidigt hatte.

Vielleicht war das ja damals nötig gewesen. Doch wer verteidigte sie heute gegen ihn? Nur die Macht aller Landbewohner zusammen!

Korbinian bückte sich und nahm eine Handvoll Erde auf. Daran riechend zerrieb er die Klumpen mit den Fingern. Das war guter Boden. Fruchtbar und schwarz. Genau so, wie er sein musste.

Erneut flogen seine Gedanken zu Ruth. Sie würde den Hof nicht halten können. Ohne Mann ging das nicht, aber vielleicht würde sie auf einem anderen Gehöft leben können.

Für ihn blieb nur übrig, diesen Weg zu Ende zu gehen. Den, unter seinen Füßen und auch den, welchen sein Schicksal gewählt hatte.

Er hatte begriffen, dass er auch dann sterben würde, wenn es nicht zu einem Kampf kam. Graf Fridolin würde ihn nicht am Leben lassen, weil er das Schloss angezündet und die Gräfin entführt hatte.

Und abermals sauste sein Gedanke in die Zukunft. Was sollte er tun? Er hatte den Männern in Frankenhausen versprochen, so viele Bauern wie möglich zu mobilisieren. Die achthundert wären schon eine ansehnliche Zahl gewesen. Die zweihundert erschöpften Männer hinter ihm wohl eher kaum. Hatte er sein Versprechen damit gebrochen? Er wusste es nicht.

Vielleicht hatte Kaspar es richtig gemacht, dass er sich auf den Weg in eine sichere Zukunft gemacht hatte.

Wo er den Freund am Anfang des Weges noch verflucht hatte, so wünschte er ihm jetzt in Gedanken viel Glück. Kaspar würde es brauchen können, denn schließlich hatte er die Gräfin bei sich.

44. Kapitel
Wege übers Land

Noch einmal sah Gisela auf das Dorf ihrer Jugend zurück. Ein Stück des Weges waren sie bereits gegangen und hier war die letzte Möglichkeit, die vertrauten Dächer noch ein letztes Mal zu sehen. Tief in sich wusste sie, dass es ein Weggang für immer war.

Beim ersten Licht des neuen Tages hatten sie sich von Ruth verabschiedet. Lang und tränenreich war die Umarmung und auch Barbara hatte sich dieser Geste angeschlossen.

Schließlich riss sie sich schweren Herzens los, sie brachen auf und Gisela lief neben Barbara her, während diese sich irgendwie auf dem Esel zu halten versuchte.

Ein langer Weg lag jetzt vor ihnen und erst gegen Abend würden sie die große Stadt erreichen.

Doch aller paar Schritte blieb das eigensinnige Grautier stehen und Kaspar hatte alle Mühe, den Esel zum Weitergehen zu bewegen, aber sie waren auf das Tragtier angewiesen, denn der Bruder konnte Barbara nicht die ganze Strecke tragen.

Und so kamen sie eben auch nur sehr langsam voran.

Am Tag zuvor hatte der Esel die Strecke noch ohne Probleme bewältigt, aber die Nacht in Ruths Stall hatte das Tier irgendwie verändert.

Vermutlich hatte die Eselin der Schwester da auch noch mit eine Rolle gespielt, dass das Grautier heute einfach nicht mehr weiterwollte.

Immer wieder wechselten sie sich am Zügel ab und Giselas Gedanken flogen dabei nach vorn, dem fernen Ziel ihrer Reise entgegen: der großen Stadt Mühlhausen. Noch nie war Gisela in einer so großen Stadt gewesen, nur ein paar Male in einem Marktflecken in der Nähe, doch die Erzählungen des Vaters kamen ihr wieder in den Sinn.

Ein paar Mal war er dort gewesen und hatte mit großem Gewinn einige Schweine auf dem Viehmarkt verkauft. Von seinen Reisen hatte er ihr auch meist etwas mitgebracht. Einmal war es ein schöner geschnitzter Kamm gewesen und diesen fühlte sie gerade im Beutel an ihrer Seite.

So viel erwartete sie von dem Ort, aber bei dieser Geschwindigkeit und dem störrischen Grautier war das wohl kaum noch zu schaffen.

Zumindest nicht mehr an diesem Tag und damit würden sie also die nächste Nacht auf einer Wiese verbringen müssen. So richtig glücklich war sie dabei nicht, denn es war noch ziemlich frisch in den Nächten, aber für eine der Herbergen am Wegesrand hatten sie nicht genügend Münzen. Demzufolge blieb eben auch nur die Nacht im Freien. Und dabei zog die Neugier sie doch schon so davon!

Jetzt versuchte sie sich hiervon irgendwie abzulenken und begann ein Gespräch mit Barbara, die einen ziemlich gequälten Gesichtsausdruck auf dem Rücken des Esels machte.

Das Sitzen ohne Sattel schien die Gräfin nicht gewohnt zu sein und die Kruppe des Esels war schmal und spitz. Nicht so wirklich der richtige Platz für die Frau, die mühsam die nackten Knie in die Seiten ihres Reittieres drückte.

„Ich war noch nie dort", begann sie.

Barbara sagte von oben: „In Mühlhausen war ich auch noch nie. In Dresden und Meißen schon."

„Erzähle davon", bat sie die Freundin und die schien die Ablenkung zu genießen, denn sie blickte versonnen in die Ferne und begann von Bällen und Empfängen zu schwärmen. Vom Kurfürsten und auch von Luther.

„Du hast Luther getroffen?", platzte es überrascht aus Gisela heraus.

„Nicht nur getroffen. Er hat mir sogar die Hand gegeben", erklärte Barbara nicht ohne Stolz.

„Und er hat mir eine seiner Bibeln geschenkt", setzte sie hinzu.

„Wirklich?", fragte Gisela nach.

„Du trägst sie auf deinem Rücken", erklärte Barbara und deutete auf den Beutel, der schwer auf ihre Schultern drückte.

„Da ist doch nur die Schmuckkiste drin", antwortete sie.

Barbara entgegnete ihr: „Die Bibel ist mein wertvollster Besitz. Wenn du möchtest, so könnte ich dir heute Abend daraus vorlesen."

„Gern!", rief Gisela erfreut aus.

„Ein bisschen habe ich Angst, dorthin zu gehen. Was wird, wenn sie mich nicht aufnehmen und unter ihren Schutz stellen? Dann bin ich alleine unter hunderten von Bauern", äußerte Barbara schließlich nachdenklich.

Vor Giselas Augen war das Bild der toten Frau zu sehen, die in jener Nacht im Kloster gestorben war. Konnten sie es als Frauen überhaupt wagen, unter die Rebellen zu gehen? Oder gingen sie beide damit ein zu großes Risiko ein? Allerdings war ja Kaspar bei ihnen und der Bruder würde sie doch nicht wissentlich einem unkalkulierbaren Wagnis aussetzen. Oder?

„Ich denke, uns wird nichts passieren", log sie, um Barbara zu beruhigen. Das mulmige Gefühl in ihrem Magen blieb aber weiter bestehen.

„In Mühlhausen ist Thomas Müntzer", ließ sich Kaspar von vorn vernehmen.

„Ich habe schon mal von ihm gehört", entgegnete Barbara vom Esel aus.

Gisela wechselte nach vorn zum Zügel des störrischen Tieres und Kaspar kam nach hinten.

„Glaubst du, dass er uns beschützen wird?", erkundigte sich Barbara bei ihm.

„Er vielleicht nicht, aber die zwölf Gebote der Bauern und das Banner mit dem Regenbogen können euch absichern", offenbarte Kaspar ihnen.

„Du hast diese Gebote schon einmal erwähnt. Ich kenne nur die Zehn Gebote aus der Bibel. Kannst du sie mir erklären? Die Bauerngebote, meine ich?", fragte Barbara.

Kaspar griff in seinen Beutel, zog ein mehrfach gefaltetes Blatt hervor und gab es der Gräfin.

„Lies es selbst!", setzte er noch hinzu und sie entfaltete das Blatt.

Mit einer Hand in das Fell des Esels gekrallt, las Barbara das bedruckte Papier. Nach einer Weile ließ sie es sinken und schaute Kaspar an.

Gisela blickte über die Schulter zurück und erkundigte sich: „Was ist?"

„Da steht nicht ein Wort über Frauen drin. Nur etwas über Witwen. Wie soll dieses Blatt mich schützen?", entgegnete Barbara.

„Es schützt, wenn du darauf schwörst und es achtest!", erklärte Kaspar und verwahrte das Blatt wieder sorgsam in seinem Beutel.

„Diese Artikel sind gut geschrieben und könnten viel Leid mindern", erklärte Barbara nachdenklich und strich sich dabei mit einer Hand durch ihr Haar. In diesem Augenblick bockte der Esel und die Gräfin landete mit einem Aufschrei ziemlich hart mit dem Hintern neben dem Tier auf dem steinigen Weg.

Mühsam erhob sie sich und rieb sich jammernd ihr Hinterteil.

„Jetzt kann ich auch nicht mehr sitzen!", erklärte sie humpelnd und sah den Esel vorwurfsvoll an.

Das Grautier schien sich darüber zu freuen, denn sein lauter Schrei war unüberhörbar. Von der Last befreit, lief der Esel jetzt vollkommen ruhig am Halfter.

„Da werde ich dich eben ein Stück tragen müssen", erklärte Kaspar, packte Barbara bei der Hüfte und warf sie sich einfach wie einen Mehlsack über die Schulter.

Nach ein paar Schritten begann Barbara über diese Behandlung zu protestieren, doch die Aussicht darauf, so über den Rücken des Esels geworfen zu werden, wie Kaspar es ihr vorschlug, ließ sie schnell verstummen.

Somit trug der Esel jetzt Giselas Beutel, damit er nicht ganz umsonst mitlief.

Trotzdem würden sie wohl auf einer Wiese übernachten müssen und diese Aussicht gefiel auch Barbara nicht wirklich.

45. Kapitel
Ein Schatz, so wertvoll wie Gold!

Es war eher unwürdig gewesen, wie Kaspar sie getragen hatte. Nur die Aussicht darauf, anderenfalls bäuchlings auf dem Eselsrücken zu liegen, ließ Barbara diese Behandlung unter Protest akzeptieren. Auf seinen Armen hätte der Mann sie gern tragen können, aber so?

Kaspar war wirklich kräftig und auch ausdauernd. Nur ein paar Mal hatte er auf dem Weg kurz gehalten, um sie auf die jeweils andere Schulter zu wechseln.

So sah sie natürlich auch nicht viel von dem Weg, sondern nur den Rücken und Hintern des Mannes, wenn sie die herabhängenden Haare zur Seite schob.

Mittags hatten sie kurz an einem Bach gerastet, bevor er sie wieder ziemlich rabiat an der Hüfte packte und sich abermals über die rechte Schulter warf. Diese Pause hatte er sicher auch nur ihretwegen gemacht.

Stundenlang war er gegangen und schnaufte noch nicht mal.

Die Freundin führte neben ihr den Esel und so konnten sie sich etwas unterhalten. Knöchel und Hintern taten immer noch weh und vermutlich passte sich die Farbe der beiden Körperteile gerade gegenseitig an.

Immer wieder dachte Barbara auch über den Zettel nach, den Kaspar wie einen Schatz in seinem Beutel verwahrt hatte. Er hatte es »Zwölf Gebote« genannt. Wohl in Anspielung auf die Gebote der Bibel. Dabei stand auf dem Blatt »zwölf Artikel« und es war auch gut möglich, dass der Mann gar nicht wusste, was auf dem Papier wirklich stand. Sicherlich konnte er nicht lesen und Gisela bestimmt auch nicht. Sie konnte es und der Esel trug gegenwärtig die Bibel an seiner Seite.

Weit vor dem Einsetzen der Dämmerung beschlossen sie, an einer Furt durch einen kleinen Bach das Nachtlager aufzuschlagen.

Zum Glück hatte Ruth ihnen beim Aufbruch eine Decke mitgegeben und Kaspar konnte schnell ein kleines Feuer machen.

Wenig später stand sie am Feuer und hatte zum ersten Mal seit Tagen wieder ihre geliebte Schmuckkiste in der Hand. Es war eine eisenbeschlagene Schatulle von durchaus beachtlichem Gewicht, welche die Freundin ja einen Teil der Strecke auf ihrem Rücken mitgeschleppt hatte. Beinahe so, wie ihr Bruder sie getragen hatte.

„Den Schmuck kannst du haben!", erklärte Barbara der Freundin, als sie über die vertrauten Eisenbeschläge strich.

„Wie bekommt man die denn auf? Ich habe schon alles versucht?", erwiderte Gisela.

Barbara lächelte und setzte sich vorsichtig in das hohe Gras. Es polsterte etwas ihr Hinterteil, aber es schmerzte trotzdem.

„Das ist ein Meisterwerk aus Nürnberg. Mit einem versteckten Mechanismus und ohne Schlüssel!", erklärte Barbara triumphierend und betätigte die versteckten Knöpfe.

Mit einem schnappenden Geräusch sprang der Deckel auf und gab den beiden staunenden Freunden den Blick in das Innere des Kästchens frei.

Mit geübtem Griff entnahm Barbara die in ein Tuch gewickelte Bibel und gab Gisela danach die Kiste mit dem Schmuck. Aber jetzt wollte die Freundin erst einmal das Buch sehen, das Luthers Hand berührt hatte.

Wie eine heilige Reliquie wickelte sie vorsichtig das Büchlein aus und zeigte den Freunden danach die Bilder darin.

„Liest du uns etwas daraus vor?", fragte die Freundin schließlich.

Barbara schlug das Werk auf und sagte: „Obwohl es gerade nicht in die Zeit passt, so finde ich Lukas 2 sehr schön. Die Geschichte der ersten Weihnacht!" Sie suchte die Stelle und begann, die Geschichte vorzutragen.

„Einen Esel haben wir ja auch!", erzählte Gisela mit leuchten-den Augen, nachdem Barbara die kleine Geschichte vorgelesen hatte. Auch Kaspar hatte gespannt zugehört.

„Liest du uns noch etwas vor?", fragte der Mann.

Barbara antwortete: „Später! Jetzt sollten wir erst einmal es-sen."

Sie klappte lachend das Buch zu und verwahrte es sorgsam in der Kiste.

Gisela holte den Beutel, den Ruth ihr am Morgen mitgegeben hatte und Kaspar füllte den Trinkschlauch im Bach. Wenig später nahmen sie ein überschaubares Mahl ein. Ruth hatte nicht viel mitgegeben, aber sie hatte ja auch nicht viel.

Nach dem Essen stand Barbara im Unterkleid im Bach, dessen Wasser ihr bis zum Knie reichte und die Strömung in der Mitte des kleinen Gewässers war ganz schön ansehnlich.

Daher wusch sie sich am Rande in einer kleinen Bucht, wo das Wasser nicht so schnell strömte und dabei spürte sie eine Berüh-rung an der Wade. Erschrocken sah sie nach, was das gewesen war. Ein Fisch schwamm hinter ihr und blickte sie an. Sie hätte nur die Hand ausstrecken müssen, um ihn zu fangen.

Der Magen begann zu knurren und verleitete sie dazu, den Fisch zu greifen. Zwei Versuche später hielt sie triumphierend die zappelnde Jagdbeute hoch und rief: „Ich habe unser Abendessen gefangen!"

Kaspar kam zu ihr herüber und sagte: „Lass ihn wieder frei!"

„Warum?", entgegnete sie verwirrt.

„Weil du und wir alle dafür ausgepeitscht werden können!", entgegnete Kaspar und setzte fort: „Der Fisch gehört dem Grafen!"

„Ich verstehe! Das ist einer der zwölf Artikel!", antwortete Barbara und ließ das Tier wieder ins Wasser zurück, obwohl ihr Magen immer noch knurrte und dieser Leckerbissen sicherlich eine wohlschmeckende Mahlzeit abgegeben hätte.

Erneut gingen ihre Gedanken auf eine Reise, denn an so etwas hatte sie zuvor nie denken müssen. Immer war sie gut versorgt gewesen und wenn sie etwas gebraucht hatte, so hatte sie es von klein auf nur sagen müssen. Bei den beiden Freunden war das all die Jahre anders gewesen. Barbara fand es ungerecht, für einen kleinen gefangenen Fisch bestraft zu werden.

Sorgsam wusch sie sich weiter und kühlte dabei ihren Knöchel.

Gisela kam zu ihr in das Wasser und Kaspar sammelte Holz für die Nacht in dem kleinen Gehölz, nur wenige Schritte entfernt.

Langsam senkte sich die Dämmerung über ihren Lagerplatz und wenig später fanden sich alle drei wieder am Feuer ein.

Das Buch auf den Knien las Barbara im Feuerschein die Ostergeschichte daraus vor und wiederum war ein Esel in dieser Erzählung vorhanden.

Jesus war auf einem Esel in Jerusalem eingeritten. Über die Kante des Buches hinweg schaute sie zu dem Grautier, das gerade noch so im Lichtschein zu sehen war.

Zwar brannte ihr Hintern immer noch, aber sie wollte sich auf gar keinem Fall von Kaspar nach Mühlhausen tragen lassen. Dann schon auf dem Grautier sitzend, auch wenn es schmerzte.

Nach dem Ende der Geschichte verwahrte sie das Buch wieder in der Kiste und alle drei kuschelten sich unter der Decke aneinander, wobei Kaspar in der Mitte lag.

Vielleicht war die Freundschaft zu den zwei anderen auch solch ein Schatz, der mit Gold nicht aufzuwiegen war, so wie das kleine Buch in der schützenden Kiste.

Ein letztes Gebet flog zum Himmel hinauf, bevor sie die Augen schloss. Der Sternenhimmel deckte sie zu und die Angst war fern.

46. Kapitel
Im Zweifel für die Liebe

Immer noch zweifelte Kaspar, ob es wirklich die richtige Entscheidung gewesen war, Barbara mitzunehmen. Am vergangenen Abend hatte er lange in der Dunkelheit gestanden und zu den drei Frauen hinüber gesehen, die gemeinsam auf der Bank gesessen hatten. Vermutlich hatten sie ihn nicht bemerkt und das war sicher auch gut so.

Wie drei Freundinnen hatten sie dort gesessen. Anders, als er es befürchtet hatte, war nichts Böses zwischen Ruth und Barbara geschehen. Die beiden Frauen hatten gemeinsam gelacht und dieses Lachen hatte ihn irgendwie gefesselt.

Immer wieder hatten Barbaras Augen ihn eingefangen. Dieses wunderschöne Blau, so wie der Himmel an einem wolkenlosen Tag.

Selbst in der Nacht hatten diese Augen solch eine Art von Liebe ausgestrahlt, dem er sich nicht entziehen konnte. Und doch musste er es, denn diese Frau war seine Herrin! Im Moment zwar in einer Notlage, aber das würde sich bald wieder ändern. Und was wäre dann? Barbara stand so hoch über ihm! Sie war eine Gräfin und er nur ein Bauer.

Er durfte sich nicht in sie verlieben und dennoch traf jeder Blick sein Herz. Schon längst stand es in Flammen und immer noch versuchte er, dieses Feuer zu löschen, denn es würde ihn verzehren.

So hübsch und liebreizend ihr Lächeln auch war, es brachte doch den sicheren Tod!

Graf Fridolin würde ihn langsam zu Tode foltern lassen, wenn er ihm irgendwann mal in die Hände fiel.

In dieser Nacht hatte er kaum geschlafen. Ruhelos war er durch die Finsternis gelaufen und hatte dann am Teich gesessen. Auch dabei war er immer in Gedanken bei der Frau gewesen, die er nicht erreichen konnte.

Am Morgen waren sie aufgebrochen und nachdem der Esel sie abgeworfen hatte, hatte er sie sich einfach über die Schulter geworfen. Das war nicht die richtige Art, eine Frau zu tragen, aber diese ruppige Art sollte dafür sorgen, dass sein Herz zur Ruhe kam.

Allerdings schlug es durch ihre Nähe nur noch viel schneller. Und so stapfte er den Weg entlang, die Frau über der rechten Schulter. Ihre Beine mit der rechten Hand festhaltend, spürte er, wie ihre Vorderseite gegen seinen Rücken drückte. Deutlich fühlte er ihre Brüste dort!

Kaspar musste sich auf etwas anders konzentrieren, als auf dieses Gefühl.

Die ruppige Art verwandelte sich in ihr Gegenteil! Die körperliche Nähe entflammte sie Herz nur noch mehr! Was er damit eigentlich bezwecken wollte, das funktionierte in dieser Art eben nicht.

Aber was konnte er sonst noch machen? Sie zurücklassen? Nur weil sie momentan weder laufen noch sitzen konnte? Das würde er nicht mehr übers Herz bringen. Von der Wut der Schwester dabei mal ganz zu schweigen.

Dieser Weg zog sich unendlich lang dahin und zum Glück lief Gisela hinter ihm, um mit Barbara reden zu können. Hätte die Schwester nach vorn gesehen, so wäre ihm das peinlich gewesen, denn seine Hose spannte deutlich im Schritt.

Zwar war Barbara obenrum nicht so gut bestückt wie seine Schwester, aber ihre Brust drückte sich durch die Haltung auch weiterhin bei jedem Schritt gegen seinen Rücken. Und ihr Schoß lag auf seiner Schulter!

Er hätte sie auch nach vorn auf beide Armen nehmen können, aber da hätte er ständig ihre Augen vor sich und Gisela wäre dann sicher auch vorn gewesen. Die Qual wäre damit nur noch größer für ihn.

Öfter als nötig machten sie an kleinen Bächen Rast, um zu trinken und sich zu erfrischen. Bei Kaspar kam da noch dazu, dass er auf andere Gedanken kommen wollte, allerdings ging auch das nicht, wenn Barbara mit hochgezogenem Kleid und nackten Beinen im Bach stand und sich erfrischte.

Womit lenkte man sich da wohl ab? Egal was auch immer er fand, schon ein Blick ihrer Augen reichte dann aus, um ihn wieder in ihren Bann zu ziehen

Dieser Weg war die blanke Tortur!

Irgendwann mussten sie dann den Platz für die Nacht finden und sie rasteten auf einer Wiese irgendwo am Rande des Weges.

Schnell war das Holz für das Feuer gesucht, das aber nicht so hoch lodern sollte. Schließlich sollte es ja nicht für Räuber als Leuchtfeuer dienen, sondern nur etwas Wärme für die Nacht spenden.

Auch jetzt am Anfang des Mai konnte es in den Nächten noch etwas kühl werden. Zum Glück hatte ihnen Ruth allerdings eine Decke mitgegeben.

Nach einer kleinen Mahlzeit las Barbara etwas aus der Bibel vor. Die ganze Zeit hörte er aber nicht auf ihre Worte, sondern betrachtete ihr Gesicht. Im rötlichen Schein des Feuers war es noch schöner und ihre Augen blitzten im Licht der Flammen jedes Mal auf, wenn sie die Seite umblätterte.

Anders als Korbinian, der Kirchen zerstörte, brachte Barbara das Wort des Herrn unter die Menschen. Sein Blick auf sie änderte sich noch einmal. Das war die richtige Frau für ihn, denn sie kannte das Wort Gottes!

Und dennoch musste er sie sich aus dem Herzen reißen! Doch das ging offenbar schon lange nicht mehr!

Wenig später lagen sie zu dritt unter der Decke. Er in der Mitte und die beiden Frauen in seinen Armen. Die Schwester hatte sich an ihn gekuschelt, wie sie früher manchmal im Sommer auf der Wiese geschlafen hatten. Barbara hielt etwas mehr Abstand, aber ihre Körper berührten sich trotzdem bei jedem Atemzug.

Trotz der letzten, durchwachten Nacht, eigentlich waren es ja schon drei, fand er nicht in den Schlaf. Kaspar hörte den Atemzügen der beiden Frauen zu. Im Gleichtakt atmeten sie leise ein und aus.

Von Zeit zu Zeit schreckte eine der Beiden aus dem Traum hoch und er beruhigte sie, indem er sacht über ihr Gesicht, das Haar oder die Wange strich. Bei Gisela war das ja auch normal, aber auch Barbara ließ diese zärtliche Berührung zu.

Augenblicke später war sie auch wieder eingeschlafen, doch er spürte der Berührung noch nach. Wie sanft ihre Haut war. Weich und nicht so rau, wie die der Schwester. Die Arbeit auf dem Feld, welche Gisela ihr ganzes Leben hatte machen müssen, hatte auch auf ihrer Haut deutliche Spuren hinterlassen.

Anders bei Barbara, da spürte man, dass sie wohl noch nie wirklich etwas gearbeitet hatte. Zart waren ihre Finger und ohne Schwielen. Jeder, der sie aus der Nähe sehen würde, der wusste sicherlich sofort, dass sie keine Magd war.

Auch Barbaras Haar war so ganz anders, als das der Schwester. Es duftete sogar nach irgendeiner Frucht, obwohl das nach den Nächten auf der Wiese eigentlich unmöglich sein müsste.

Dieser Wohlgeruch schlich sich in seinen Kopf und hüllte der Rest seines Verstandes ein.

Fast war es ihm peinlich, wie sein Körper auf die Nähe der Frau reagierte, aber er war nun mal eben auch nur ein Mann!

Kaspar wollte ihr einen Kuss auf die Stirn drücken, hielt sich aber im letzten Moment zurück. Nur eine Fingerbreite trennten seine Lippen von der Stirn der Frau. Es wurde noch wärmer um sein Herz!

Das musste Liebe sein und dennoch durfte er dieses Gefühl nicht zulassen! Es brachte den Tod!

47. Kapitel
Das Schwert des Friedens

Noch niemals zuvor hatte Gisela so viele Menschen auf einem Haufen gesehen und damit erklärte sich für sie auch der Begriff »Haufen«, den die Bauern für ihre Formation gewählt hatten.

Staunend lief sie durch Mühlhausen und sah die vielen Männer und Frauen, die redend in den Straßen standen. Kaspar und Barbara waren am Stadttor zurückgeblieben, weil dort ein Feldscher sein Zelt aufgeschlagen hatte und dieser sich Barbaras Knöchel ansehen wollte.

Die Stadt war von ein paar Hügeln umschlossen und Gisela hatte so viele Kirchtürme gesehen, dass ihre Finger zum Zählen nicht ausgereicht hatten. Über einer dieser Kirchen ragten sogar drei Türme in den Himmel.

Ergriffen ging sie den breiten Weg zwischen den Häusern entlang.

Mit lautem Geläut riefen die Glocken die Gläubigen in die Kirchen und Gisela ließ sich mit dem Strom der Menschen mitreißen.

Eine große Kirche war das Ziel der Meisten und schließlich fand sie auch einen Platz darin. Ein Mann stieg auf die Kanzel hinauf, der in Deutsch zu predigen begann.

„Wer ist das?", fragte sie flüsternd den Mann neben sich.

„Das ist Thomas Müntzer!", raunte der Mann zurück.

Schon oft hatte sie von ihm gehört, doch jetzt sah sie ihn persönlich und hörte seine Predigt. Die Aussagen des Mannes fesselten sie so sehr, dass sie nicht dazu kam, die prächtige Ausstattung der Kirche zu bewundern.

Mit lauter Stimme zog der Prediger über die Fürsten her. Er zitierte auch Jesus, indem er sagte: „Ich bin nicht gekommen, Frieden zu bringen, sondern das Schwert!"

Gisela blieb vor Staunen der Mund offen stehen. Dieser Mann rief offen zur Rebellion auf! Und das von einer Kanzel, in einer Kirche, beim Gottesdienst. Jeder der Bauern, Handwerker und Frauen konnte ihn verstehen und alle jubelten ihm zu!

Die Messe endete mit einem deutsch gesungenen Kirchenlied, dann ging Müntzer durch die Reihen und schüttelte Hände. Auch die von Gisela.

Noch eine Weile blieb sie in der sich langsam leerende Kirche stehen und erst jetzt hatte sie Gelegenheit, sich in der, wie ein Mann sie nannte, Marienkirche umzusehen. Dieses Gotteshaus war um ein vielfaches größer, als die Kirche bei ihrem Dorf.

Schließlich fiel ihr ein, dass sie ja noch alle auf das Banner schwören wollten und daher rannte sie durch die Menschenmenge wieder zurück zum Tor, wo sie den Bruder mit Barbara zurückgelassen hatte.

Auf einem hölzernen Klappstuhl saß die Freundin neben dem Zelt. Der Knöchel war dick umwickelt und ihr Gesicht spiegelte die Schmerzen wider. Unmittelbar hinter ihr war eines der Banner zu sehen, die den Regenbogen als Zeichen führten und auch eine kleine Fahne mit dem für die Bauern typischen Bundschuh stand neben dem Zelt und wehte lustig im Wind.

Noch immer sauste der Aufruf zur Rebellion durch Giselas Kopf und augenblicklich sah sie die Waffen in den Händen der Bauern mit ganz anderen Augen.

Diese Männer waren gewillt, diese Waffen auch zu verwenden!

Und dann stand mit einem Mal auch Kaspar bewaffnet neben ihr. Hatte er am Morgen noch einen Dolch am Gürtel gehabt, so hing derzeitig ein langes Schwert an seiner Seite. Außerhalb von Mühlhausen wäre er damit sicherlich sofort gefangen genommen worden, doch hier war das Tragen der Waffen vollkommen normal.

Es gab praktisch keinen Unbewaffneten mehr und auch Barbara trug einen langen Dolch an ihrem Gürtel.

Mit dem kurzen Messer fühlte sich Gisela augenblicklich fast nackt. Sollte sie sich auch solch einen langen Dolch besorgen?

Zögerlich blickte sie auf die Waffen der anderen beiden und überlegte. Was hatte Müntzer gesagt? Das Schwert wollte er bringen, nicht den Frieden. Aber hieß es nicht auch: Wer zum Schwert greift, der kommt durch das Schwert um.

Und wie zur Bestätigung ihrer Befürchtungen trat ein Mann zu ihnen und zog sein Schwert. Die Klinge war lang, spitz und scharf.

Zuerst gelobten Barbara und Kaspar dem Banner ihre Treue, bevor sich auch Gisela vor den Mann kniete. Nach dem Schwur gehörten sie jetzt alle dem Bauernhaufen an.

Damit wurde es Zeit, sich eine Unterkunft zu suchen. Vor dem Tor waren auf einer Wiese hunderte von Zelten aufgestellt, denn in der Stadt waren sicher alle Herbergen mit zahlungskräftigen Bewohner belegt.

Fragend schaute sie ihren Bruder an, wohin dieser gehen würde. Er hatte ein paar Münzen in seinem Beutel, die aus Barbaras Kiste aus dem Schloss stammten. Damit hätte man für ein paar Nächte sicher Unterkunft und Verpflegung bekommen.

Doch Kaspar wandte sich nicht der Stadt zu, sondern ging zu dem Gewirr von Zelten hinüber. Auf sie gestützt folgte auch Barbara ihm.

Suchend blickte er sich dort um, bis er eines gefunden hatte, das offensichtlich noch nicht bewohnt war. Nach ein paar Gesprächen mit Bauern der umliegenden Zelte bezogen sie diese Unterkunft.

„Bleibt hier!", sagte er und verschwand wieder in der Menge.

„Wo ist eigentlich der Esel?", fragte Gisela schließlich.

Barbara antwortete: „Verkauft!"

Die Freundin setzte sich auf den Boden und rieb sich das schmerzende Bein. Die kurze Strecke war sie gehumpelt und hatte sich nicht tragen lassen. Doch jetzt sah man an ihrem Gesichtsausdruck, dass die Verletzung sie wohl immer noch sehr behinderte.

Offenbar hatte Korbinian ziemlich stark zugedrückt, um ihr besonders schwere Schmerzen zu bereiten.

Vor dem Zelt befand sich eine Feuerstelle, die aber schon erkaltet war. Mit etwas Holz und einem Feuerstein entfachte Gisela die Flammen wieder und setzte sich danach an das Feuer. Von dort aus ließ sie ihren Blick über die umliegenden Zelte schweifen.

In Gedanken ging sie noch einmal die Worte des Predigers durch. Und sie verglich die Waffen, die sie bei Graf Fridolin und seinen Männern gesehen hatte, mit den Waffen, welche die Bauern rings um sie trugen. Es gab nur wenige Schwerter und keiner der Männer hier hatte Brustpanzer oder Helme. Wenn diese Bauern hier wirklich auf ein Heer von erfahrenen Kämpfern treffen würden, dann war das Ende wohl schon abzusehen.

Falls es also auf eine Konfrontation hinauslaufen würde, so musste sie dafür sorgen, dass Kaspar in ihrer Nähe blieb. Nur so konnten sie eventuell alle drei am Leben bleiben.

Barbara humpelte in das Zelt hinein, um es zu begutachten.

Sehnsüchtig erwartete Gisela den Bruder zurück. Sicherlich wollte er nur etwas zu essen für sie besorgen, denn ihr Magen knurrte gerade schon deutlich lauter, als er es sollte.

Barbara kam hinkend zu ihr zurück und setzte sich neben sie auf den Baumstamm, der ihre Bank war.

48. Kapitel
Eine besondere Nacht

An diesem Abend hatte Barbara viel mehr Zuhörer, als an dem zuvor. Dutzende Bauern und Mägde saßen am Feuer und lauschten dem Evangelium, welches sie ihnen vortrug. Es war Stille um sie herum und nur das Knacken der Holzscheite durchbrach gelegentlich ihre Stimme.

Eine Geschichte nach der anderen musste sie vorlesen und es schien hier völlig normal zu sein, dass eine Frau in Deutsch aus der Bibel vorlas. Mit Luthers Worten.

Fridolin hätte es wohl Gotteslästerung genannt und unverzüglich die Peitsche geholt, doch hier störte sich niemand daran.

Zwischen den Abschnitten gingen ihre Gedanken immer wieder an die Erlebnisse dieses Tages zurück.

Auf dem Esel reitend, hatte sie die Stadt unter Schmerzen erreicht. Der Medicus hatte sich ihren Knöchel angesehen, doch an ihren Hintern hatte sie den Mann nicht herangelassen.

Stumm duldend hatte sie auf dem hölzernen Behandlungsstuhl Platz genommen und humpelnd hatte sie danach das Zelt erreicht.

Gerade fielen ihr auch das Gelöbnis und der Treueeid wieder ein. Es war schon ziemlich martialisch gewesen, auf eine blanke Klinge zu schwören. Es war ähnlich dem Eid eines Lehnsmannes gegenüber seinem König. Und auch dem, den sie Fridolin am Tage der Hochzeit auf das Kreuz gegeben hatte.

Offenbar war diese Form wohl auch genau deshalb so gewählt.

Damit stand sie im Schutz des Regenbogenbanners und war nicht mehr Barbara die Gräfin, sondern Barbara die Magd. Tatsächlich änderte sich für sie dadurch allerdings nicht viel. Oder doch?

Eine neue Geschichte begann und ihre Gedanken glitten dabei zur letzten Nacht. Da hatten sie zu dritt unter der Decke geschlafen, am Feuer aneinander gekuschelt. Hätte Fridolin sie so vorgefunden, sie hätte den Morgen wohl nicht mehr erlebt. Ihr Mann hätte es als Bruch des Treueeides aufgefasst und die einzige Gnade, die sie von ihm hätte erwarten können, wäre das schnelle Ende durch das Schwert gewesen, der den qualvollen Tod durch Ersticken am Strang für sie ersetzt hätte. Doch so ganz sicher war sie sich dessen nicht!

Gegenwärtig hatte der Eid auf das Schwert den Schwur in der Kirche ersetzt. Sie war nicht mehr Fridolins Frau, sondern einfach eine Magd. Was natürlich nichts an ihrem Schicksal ändern würde, falls Fridolin sie zu fassen bekäme.

Ihr Blick ging über die Seiten des Buches zu Gisela und Kaspar hinüber, die sich auf der anderen Seite des Feuers niedergelassen hatten. Kaspars Augen fesselten sie und sie stockte im Text, bevor sie sich selbst wieder zur Ordnung rief. Doch dieser Blick ließ sie nicht mehr los!

Schließlich war es tief in der Nacht, als Barbara das Buch schloss und die letzten zehn verbliebenen Zuhörer gähnend auf den nächsten Tag vertröstete.

Murrend machten sie sich auf den Weg zu ihren Zelten und ihre Augen folgten ihnen. Auch die beiden Freunde erhoben sich vom Feuer.

Grübelnd schaute Barbara anschließend ziellos in die dunkle Ferne. Um sich von Kaspars Blick abzulenken, dachte sie über ihr Schicksal nach. Und über die gerade eben gelesenen Geschichten.

Gisela hatte ihr von Müntzers Predigt berichtet und sie strich mit den Fingern über das kostbare Buch in ihrer Hand.

Müntzer predigte von Jesus als das Schwert Gottes, sie las die Geschichten von Jesus als Lamm des Herrn.

Doch was von beiden war richtig? Schwert oder Lamm? Krieg oder Frieden?

Die Übersetzung von Luther war jedenfalls korrekt, denn in Meißen hatte sie ein lateinisches Original gelesen, welches vor

226

mehr als fünfhundert Jahren niedergeschrieben worden war und darin stand das in derselben Art!

Sorgsam zog sie diese Bibel an ihre Brust. Jesus hatte das Leid der Menschen durch seinen Tod auf sich genommen. Er hatte gesagt: „Halte die andere Wange hin, wenn du auf die eine geschlagen wirst." Da war nicht vom Schwert die Rede!

Welche Ansicht war jetzt richtig? Müntzers oder Luthers?

Mittlerweile konnte sie die Bauern gut verstehen, aber war es der richtige Weg, die Waffe zu ziehen? Natürlich trug sie ebenfalls einen Dolch am Gürtel, doch sie hatte ihn nur dazu, um sich eventuell in die Klinge zu stürzen, falls Korbinian oder Fridolin sie in die Finger bekommen würden.

Barbaras Blick ruhte jetzt erneut auf Kaspar, der mit dem Rücken zu ihr am Feuer stand.

Hatte sie noch vor ein paar Tagen ein eher zurückhaltendes Verhältnis zu dem Mann gehabt, so hatte sich das inzwischen völlig geändert.

Aus der anfänglichen Dankbarkeit für seinen Schutz war so eine Art von tiefem Vertrauen zu ihm entstanden, welches sich soeben warm in ihrem Bauch breit machte, wenn sie nur an seine Augen dachte.

Es fühlte sich gut an. Sehr gut sogar!

Und die letzte Nacht in seinem Arm hatte sich auch hervorragend angefühlt.

Ächzend erhob sie sich, ging taumelnd zum Zelt zurück und strauchelte vor dem Eingang. Da sie das wertvolle Buch fest an sich presste und nicht loslassen wollte, konnte sie den Sturz nicht abbremsen, aber Kaspar war mit einem Sprung bei ihr und fing sie auf, bevor sie den Boden berühren konnte.

Er half ihr auf und nur Bruchteile eines Atemzugs später standen sie Auge in Auge voreinander. Sie war erneut tief in seinen Augen versunken und seine starken Arme hielten sie fest an ihn gepresst.

Und wie von selbst fanden sich ihre Lippen.

Die Bibel zwischen sich haltend, küssten sie sich leidenschaftlich und ein ganz neues Gefühl sauste durch ihren Körper. Nie zuvor hatte sie solch ein Verlangen in sich verspürt, wie in diesem Moment.

Ihr Herz fiel nach unten und sie spürte ihren Herzschlag pochend in ihrem Schoß. Alle Zweifel und Bedenken schob sie zur Seite. Sie wollte sich fallen lassen und sie wollte dies in den Armen dieses Mannes. Wenn sie schon sterben musste für das, was Fridolin ihr sicher vorwerfen würde, dann wollte sie es auch tun!

Jetzt und hier!

In einem letzten lichten Moment verstaute sie die kostbare Bibel in der Kiste, bevor sie sich ziemlich schnell des Kleides entledigte. Nur im Unterkleid presste sie sich erneut eng an Kaspar und da sie ihm jetzt näher war, konnte sie augenblicklich auch deutlich sein Verlangen nach ihr spüren, dass sich hart gegen ihren Bauch presste.

Ungeachtet dessen, dass sicher auch Gisela gleich in das Zelt kommen würde, wollte sie sich dem Mann hingeben. Und sie wollte keinen Augenblick mehr versäumen.

Im Kuss vereint zog sie ihn zu dem Lager, wo sich die Decke befand. Auch Kaspar war schnell, mit ihrer Hilfe, von seiner Kleidung befreit. Der Verstand hätte sie möglicherweise noch daran hindern können, doch die Gier nach dem Manne löschte alles rationale Denken in ihr aus.

Kaspar befreite sie hektisch von ihrem Unterkleid und sie lag nackt vor ihm. Nur Fridolin hatte sie bisher so gesehen und mit ihm war es immer nur vom Schmerz begleitet, doch augenblicklich war alles anders!

Sie fieberte regelrecht dem Moment entgegen, in dem er sich endlich über sie schob. Barbara öffnete sich für ihn und wenig später erfüllte ihr gemeinsames Schnaufen das Zelt.

Zum ersten Mal waren da kein Leid und keine Scham. Es war nur die pure Lust, die sie aufstöhnen ließ, als er sich endlich in sie schob. Die Schmerzen ihres Hinterns waren vergessen und sie kam Kaspar mit ihrem Unterkörper verlangend entgegen.

All das, was sie bei Fridolin nie tun durfte, das drang momentan nach draußen. Die Vernunft hatte keine Chance mehr, sich gegen dieses unbändige Begehren durchzusetzen.

Sie wollte nicht vernünftig sein, nur glücklich!

Unter der alten löchrigen Decke liebten sie sich ungestüm und schon bald rang sie japsend nach Atem.

Kraftvoll stieß Kaspar immer wieder in ihren Leib. Da war etwas in ihr entfesselt, was sie noch nie erlebt hatte.

Als Kaspar zuckend seinen Samen tief in ihrem Leib schoss, da zerbrach sie in hunderttausende von Sternenlichtern. Alles löste sich vor ihren Augen auf und die Schwärze der Nacht umfing sie für einen Augenblick, bevor sie schnaufend an seiner Seite lag.

Im fahlen Schein des Mondlichtes sah sie, dass Gisela am Eingang des Zeltes stand und zu ihnen herübersah.

An Kaspars nackten Leib gekuschelt konnte sie nichts mehr sagen, nichts mehr tun. Sie konnte nur beobachten, wie sich Gisela unter die zweite Decke im Zelt legte und hörte, wie Kaspar zu schnarchen begann.

Aller Stress und alle Angst fielen von ihr ab und sie schloss die Augen. Ein letztes stummes Gebet flog nach oben zu diesem unsichtbaren Gott, dem sie einst versprochen hatte, ihrem Manne bis zum Tode immer treu zu bleiben.

Das gerade eben war ein kleiner Tod gewesen.

Sie war gestorben, zerfallen in tausende Teile und neu geboren.

Mit einem Lächeln auf den Lippen schlief sie entspannt ein.

49. Kapitel
Dunkle Gedanken

Schon ein paar Tage waren sie in dem Zeltlager und in jeder dieser Nächte liebten sich Kaspar und Barbara neben ihr unter der anderen Decke. Gisela war nicht eifersüchtig auf das Glück, welches die beiden hier gefunden hatten, sie war nur traurig, dass sie es mit Erik nicht lange hatte genießen können.

In jeder Nacht durchtränkten ihre Tränen das Lager, während die Freundin neben ihr lustvoll stöhnte. Die Sehnsucht nach ihrem Geliebten schnürte Gisela das Herz zusammen und der Kummer schien sie zerreißen zu wollen.

Doch so traurig und einsam auch ihre Nächte waren, so lustig und interessant waren die Tage. Jeden davon saß Barbara vor dem Zelt und musste stundenlang aus der Bibel vorlesen. Die Zuhörer wechselten ständig und jeder brachte eine Kleinigkeit mit. Etwas zu Essen, etwas Schmuck oder irgendetwas anderes, um sich für das Vorlesen zu bedanken, und davon lebten sie zu dritt gar nicht schlecht.

Und da sie damit nicht arbeiten musste, hatte Gisela Zeit genug, sich in dem Lager und auch in der Stadt umzusehen. Es mochten wohl tausende von Bauern hier sein und vielleicht auch etwa hundert Frauen. Sicherlich eher weniger.

Die Saat war unter der Erde und bis zur Ernte war da nicht viel mehr zu tun. Die Bauern waren hier, ihre Frauen kümmerten sich vermutlich zu Hause um die Kinder, die Gärten und das Vieh. Sicherlich so, wie es bei Ruth und Korbinian war.

Täglich kamen neue Männer bewaffnet zu ihnen und ein Teil verließ die Gemeinschaft auch wieder, um in der umliegenden Gegend Klöster und Schlösser zu belagern und auszurauben.

Es gab allerdings mit jedem Tag, der verging, zunehmend gemäßigtere Kräfte unter den Bauern, die sich für Verhandlungen mit den Grafen aussprachen.

Mit der Macht des Haufens im Hintergrund hatten einige Dörfer schon geringere Abgaben ausgehandelt und viele waren mit dieser Entwicklung mehr als zufrieden.

Und Gisela hatte auch bemerkt, dass sich die Ansammlungen der Bauern dadurch in den letzten Tagen in zwei gegensätzliche Lager aufgespalten hatten: Die Anhänger Müntzers wollten immer noch mit dem Schwert in der Hand alle zwölf Forderungen durchdrücken, doch der gemäßigte Teil von ihnen wollte lieber in Ruhe und Frieden in den Dörfern leben.

Dazu passte auch ein Gerücht, welches Gisela gerade zu Ohren gekommen war: Als die aufständischen Bauern aus Allrode das Stieger Schloss belagerten, beschützten die Stieger Einwohner und Bauern ihre Gräfin Anna vor ihnen.

Bauern hatten gegen Bauern gestanden! War das bereits das Ende der Rebellion?

Offensichtlich standen die beiden Ansichten bereits offen gegeneinander! Und zwar beide Seiten, mit dem Schwert in der Hand!

In Müntzers Mahnreden hatte sie oft gehört, wie er alles versucht hatte, die Massen für den bewaffneten Kampf zu mobilisieren. Besonders hatte er in seinen Predigten danach gestrebt, auch die Berg- und Hüttenmänner sowie die Handwerker aus den Städten für sich zu gewinnen. Da es in dem Lager aber nur Bauern gab, war ihm dies offensichtlich nicht wirklich gelungen.

Und heute, an diesem 10. Mai, eskalierte momentan die Lage vor den Toren der Stadt.

In einer flammenden Predigt versuchte Müntzer alles, die Zweifler auf seine Seite zu bringen und mit ihnen in die Stadt Frankenhausen zu ziehen. Dort wollte er sich mit dem anderen Haufen vereinigen und mit der Gewalt tausender Bauern die Grafen und den Kurfürsten in die Knie zwingen.

Hinter ihm stand das Banner mit dem Regenbogen, auf welches sie alle die Treue geschworen hatten. Es symbolisierte ihre

Freiheit, doch Gisela vermutete, dass es eher in den nächsten Tagen in das Blut der freien Männer getaucht werden würde.

Es würde ein Symbol des Todes werden!

Ängstlich klammerte sie sich an den neben ihr stehenden Bruder und dabei hatte sie nicht wirklich Angst um sich selbst, sondern mehr um Kaspar.

„Bitte bleib!", flehte sie ihn an, weil sie sah, dass er das Schwert um die Hüften trug. „Und wenn du es nicht für mich tust, dann mache es für Barbara!", erklärte sie weiter.

Doch offensichtlich war sie mit ihrer Befürchtung nicht alleine, denn nur ein paar hundert Männer schlossen sich Müntzer an, als dieser mit dem Banner auf die Straße trat.

Gefolgt von einigen Wagen und wenigen Kanonen, gingen die Männer entschlossen nach Osten los. Unter den Männern, die ihm folgten, erkannte sie auch Korbinians hochgewachsene Gestalt. Die ganzen Tage hatte sie ihn nicht gesehen, obwohl er sicherlich schon eine Weile in der Nähe gewesen war.

Zum Glück für Barbara hatte er sie nicht gefunden. Jetzt zog er in den Kampf, doch diese Schlacht konnten die Aufständischen nicht gewinnen.

Seit Tagen hatte auch Barbara mit dem Vorlesen versucht, die Männer zum Einlenken zu bewegen.

Offenbar lief jetzt alles auf eine Entscheidungsschlacht hinaus, doch was würde geschehen, falls die Herren diesen Streit gewannen?

Immer noch klammerte sich Gisela an Kaspars Arm. Nicht einen Moment wollte sie ihn loslassen, bevor die Kämpfer nicht in der Ferne verschwunden waren.

Langsam an seiner Seite zum Zelt zurückgehend überlegte sie, wie es wohl bei den beiden Freunden weitergehen würde. Und bei ihr! Erik war gestorben, aber gab es vielleicht jemand anderes für sie?

232

In jeder Nacht war sie wieder in seinen Armen gewesen, denn das Schnaufen der beiden Liebenden war so gewesen, wie ihr eigenes lustvolles Keuchen damals im Pferdestall.

Und dann erinnerte sie das Stöhnen an Graf Fridolin, der irgendwo da draußen war und mit seinem Sieg auch ihres, Kaspars und Barbaras Leben in der Hand haben würde.

Für die Nächte der Lust würde er wohl bei den beiden Liebenden keine Gnade kennen!

Am Zelt angekommen sah sie die vor Schreck erweiterten Augen der Freundin. Unverzüglich sprang Barbara auf und fiel Kaspar um den Hals.

Offensichtlich hatte sie befürchtet, dass er sich den Männern anschließen würde und sie ihn vielleicht nie wieder sah.

„Ich dachte, ich habe dich verloren", schluchzte die Freundin.

In ihrem Kummer wollte Gisela sie aber jetzt nicht auch noch mit ihren Überlegungen ängstigen, was Fridolin wohl mit ihnen machen würde.

„Deine Zuhörer werden sicher gleich wieder da sein!", ermahnte sie die Freundin, die daraufhin die Tränen mit dem Handrücken abwischte, sich das Buch aus dem Zelt holte und sich nach draußen setzte.

Offenbar war das wieder mal das Startzeichen dafür, dass die Menschen zu ihr kamen und nur Augenblicke später sahen sie sich von einem Dutzend Männern umringt, die aufmerksam der Frau lauschten, die dieses Mal Kaspars Hand nicht losließ.

Mit einer Stimme, die man der schmalen Frau nicht zutraute, las sie das Evangelium des Matthäus vor. Die Bergpredigt von Jesus! Bei den Worten: „Selig sind die Sanftmütigen; denn sie werden das Erdreich besitzen", wanderte Giselas Blick zu der Stelle, von der die Männer aufgebrochen waren.

Versündigten sie sich gerade gegen Gott? Wer konnte das schon wissen! Allerdings folgten sie ja ihrem Prediger.

Doch in dieser Predigt ging es auch um den Ehebruch und die Strafe Gottes dafür. Hing damit schon das Schwert Gottes drohend über Barbaras Kopf?

Praktisch vollzog sie jede Nacht diese Untreue aufs Neue mit Kaspar.

Mit Grausen dachte Gisela daran zurück, wie Fridolin ihr für das kleine Vergehen, Barbara zu Pferde begleitet zu haben, seinen Zorn mit der Peitsche auf den Rücken geschrieben hatte.

Um wie viel größer wäre wohl seine Wut für diesen Bruch der ehelichen Treue?

50. Kapitel
Nähe und Geborgenheit

Bereits ein paar Nächte liebten sie sich in dem Zelt und natürlich hätte er sich der Gruppe von Kämpfern anschließen können, doch er wollte bei Barbara bleiben. Die Nähe und Geborgenheit, die er in ihren Armen fand, die taten ihm gut.

In seinem Leben hatte Kaspar schon mit so mancher Magd das Lager der Nacht geteilt, doch mit keiner von ihnen war es auch nur annähernd so gewesen, wie es derzeitig mit Barbara war.

Diese Frau hatte solch ein Feuer in sich, dass ihm davon gelegentlich Hören und Sehen verging. Keine der Mägde hätte sich auch nur ansatzweise getraut, solch eine unbändige Leidenschaft an den Tag, oder besser: an die Nacht, zu legen.

Wenn sie nachts erschöpft und nackt unter der Decke lagen, ihr Rücken an seine Brust gepresst, dann war für ihn das Paradies nahe. Aber er wusste auch, dass dieses Glück nicht von Dauer sein konnte. Diese Stunden der Lust und Leidenschaft hatte er Graf Fridolin gestohlen und er würde mit seinem Leben dafür bezahlen, falls der Herr Graf irgendwann mal auf seine Spur finden würde.

Darum versuchte er aus der wenigen Zeit, die ihm mit Barbara blieb, so viel wie nur irgend möglich herauszuholen. Dass er dabei Gisela vernachlässigen musste, tat ihm zwar leid, aber darauf konnte er im Moment keine Rücksicht nehmen.

Und erneut lag Barbara vor ihm, während seine Finger ihren entblößten Leib streichelten. Noch atmete sie schwer und eine Gänsehaut folgte seinen Fingerspitzen. Trotz der Dunkelheit sah er ihr glänzendes Haar im Scheine des niedergebrannten Feuers.

Er vergrub seine Nase in ihren Locken und saugte diesen Duft förmlich in sich ein. Jeder Atemzug wurde in seinem Gedächtnis für später abgespeichert, denn das Ende war absehbar.

Kaspar hätte diese Nähe und Geborgenheit nicht zulassen dürfen, aber durch Barbara war das gar nicht anders möglich gewesen. Es würde der Moment des Abschiedes kommen. Bald schon und diese Erkenntnis zerriss ihm fast das Herz.

Sein Arm lag über ihrer Hüfte, seine Hand ruhte auf ihrem nackten Bauch und sein Blick streichelte ihren Leib. Noch nie zuvor hatte er eine so zarte und feingliedrige Frau gesehen. Die Mägde im Dorf waren alle durch die schwere Arbeit stämmig und Gisela machte da keine Ausnahme.

Bei Barbara konnte jeder sofort erkennen, dass sie noch nie in ihrem Leben gearbeitet hatte. Ihre fast knabenhafte Figur schien so zerbrechlich und dennoch steckten da eine Standhaftigkeit und ein Kampfeswillen in ihr, die sie diesen Weg überleben lassen hatte.

Jede andere wäre vielleicht an diesen Schicksalsschlägen zerbrochen, Barbara wurde dadurch nur noch stärker!

Langsam tastete sich seine Hand nach oben und umschloss ihre kleine, fest Brust. Sie passte in eine seiner großen Hände vollkommen hinein und während er sie an dieser Stelle streichelte, spürte er, wie sie sich ihm vor Verlangen auch schon wieder entgegendrückte.

Unter der dünnen Decke, die nur bis zu ihren Hüften reichte, rieb sein Körper an dem ihren und das blieb nicht ohne Wirkung. Schon bald drückte sein schmerzhaft gerecktes Gemächt gegen ihren Hintern.

„Meine kleine Gräfin!", hauchte er ihr ins Ohr und küsste die Seite ihres Halses.

„Du bist so unersättlich", stöhnte sie zurück und drehte sich auf den Rücken.

Obwohl das in der Finsternis eigentlich nicht möglich war, sah er dennoch ihre leuchtenden Augen, die ihn fesselten. Sie waren leicht schräg stehend und wie die Augen einer Katze. Immer lauernd, ob der Sahnetopf gerade unbewacht war. So etwas lag in ihrem Blick.

Barbara war klug und sie wusste, was sie wollte. Er kannte viele Mägde und Bäuerinnen. Keine davon war so scharfsinnig, wie Barbara. Bauernschlau und witzig ja, aber er wusste niemanden, der lesen konnte. Und der das Ganze auch noch mit solch einer Inbrunst vortrug, wie Barbara jeden Abend am Feuer aus der Bibel rezitierte.

Doch im Moment ging es nicht um die Bibel.

Sie lagen wie Adam und Eva im Paradies und ihre Finger gingen augenblicklich ebenfalls in der Dunkelheit auf die Suche.

Befühlend, streichelnd, erforschend glitt ihre Hand über seine Brust, seinen Bauch und von dort aus weiter hinab. Sie zog ihn zwischen ihre Schenkel und sein Glied glitt in ihren feuchten Schoß.

Keine Gedanken hatten mehr Platz in seinem Kopf. Schnaufend liebten sie sich.

Viel später lagen sie nebeneinander, erneut schwer atmend, unter der Decke und dennoch war nicht alle Lust in ihm gestillt. Jede Berührung von ihr jagte Schauer durch seinen Körper. Diese Nähe zu ihr brachte ihm ungeahnte Gefühle.

In all den Jahren hatte er nie so empfunden. Meist hatten die Mägde einfach nur so dagelegen und ihn machen lassen. Bisher war das ganz in Ordnung gewesen, denn er hatte es nicht anders gekannt. Momentan zeigte ihm diese schmale Frau, dass es auch anders ging. Sie war mit einer Leidenschaft dabei und forderte das letzte von ihm ab.

Sie drehte sich zu ihm, lag auf der Seite und ihr angewinkeltes Bein ruhte auf seinem Oberschenkel.

Schnaufend versuchte er wieder zu Atem zu kommen, doch offensichtlich wollte sie ihm die Gelegenheit dazu nicht geben.

Erneut gingen ihre Finger auf die Suche und obwohl das eigentlich nicht möglich war, brachten diese sanften streichelnden Berührungen seine Säfte wieder in Wallung.

Diesmal ergriff Barbara vollends die Initiative. Sie schlug die Decke zurück, kniete sich über ihn und küsste ihn. Ihre langen Haare fielen dabei nach unten und hüllten sie beide wie ein Vorhang ein.

Er liebte sie mit jeder Faser seines Körpers und warm brandete dieses lustvolle Gefühl durch seine Brust. Zeit seines Lebens war er ein Bauer gewesen, der mit Kraft anpackte, was gemacht werden musste. Und derzeitig war es die zarte Hand dieser Frau, die zupackte und die ihn keuchen ließ.

Gemächlich schob sie sich auf ihn, löste den Kuss, dann richtete sie sich auf. Der fast volle Mond erschien hinter ihr und warf sein silbernes Licht in das Zelt hinein.

Damit konnte er ihre Gestalt noch besser ansehen.

Aufgerichtet gegen das helle Licht warf sie ihre Haare nach hinten und begann sich zu bewegen. Zuerst langsam, dann immer schneller werdend.

Kaspar packte ihre Hüften, denn er wollte sie nicht loslassen, jetzt, da er das Glück gefunden hatte.

Doch er wusste, dass er sie verlieren würde. Vielleicht schon morgen, falls Korbinian hier in diesem Lager eintraf.

Nie wieder wollte er diese Nähe einbüßen und dennoch würde es so kommen.

Kaspar verkrampfte sich und hielt sie fest. Schnaufend schoss er ihr seinen Samen in den Leib, dann fiel sie keuchend auf seine Brust.

Er umklammerte sie, genoss die Geborgenheit und ihre sanften Berührungen.

Jetzt war alles gut und nur dieser Moment zählte.

51. Kapitel

Im Zeichen der Gewalt

ine Woche war vergangen, seit sie das erste Mal zurückge-
schlagen hatten, aber in diesen paar Tagen war die Gewalt
auf beiden Seiten eskaliert. Nie im Leben hätte Fridolin
gedacht, dass es so lange dauern würde, diese störrischen Bauern
zu bezwingen.

In diesen Tagen hatten die Aufständischen alle Klöster der
Grafschaft eingenommen, ausgeraubt und die Mönche und Nonnen
verjagt. Zerstört waren die Klöster Holzzelle und Neu-Helfta.
Verwüstet hatten die Bauern Wimmelburg, Mansfeld, Hettstedt,
Gerbstedt, Wiederstedt, Walbeck und Hedersleben.

Auch einige Schlösser waren ihrem Wüten zum Opfer gefallen,
aber an die Burgen der Grafschaft hatten sich die Aufständischen
nicht herangewagt.

Einzelne Haufen, die sich der Burg Heldrungen genähert hatten, hatten sie zerschlagen und im Gegenzug hatten die Reiter von
der Burg aus die Siedlungen der Bauern gestürmt und verwüstet,
die sich mit den Aufständischen verbündet hatten.

Fridolin stand auf dem Torhaus der Festung und schaute nach
Norden. Am Vortage hatte er einen Brief vom Abt des Klosters
Walkenried erhalten, in welchem der Ordensbruder ihm die Zer-
störungen dieses Reichsstiftes bildhaft beschrieben hatte. Der
Geistliche hatte auch erwähnt, dass die Bauern seine Gräfin dort
geschändet, verstümmelt und getötet hatten.

Der Abt hatte Barbaras Leiche, die er nur noch an den Haaren
und dem goldenen Kreuz um ihren Hals erkannt hatte, beim Auf-
räumen der Räume in einer der Klosterzellen gefunden und anschließend bestattet.

Drohend ballte Fridolin seine Faust in Richtung der aufständischen Bauern. Er würde seine Rache noch bekommen. Alles hatten
sie ihm genommen: Frau, Besitz und Schloss!

„Ihr werdet mir das büßen!", stieß er aus und stieg nach unten.

In den Tagen zuvor hatte Graf Ernst die anderen Grafen von Mansfeld-Hinterort und Mansfeld-Mittelort, sowie Herzog Georg von Sachsen-Meißen[6] um Unterstützung und Hilfe gebeten, doch noch waren sie hier alleine. Praktisch umzingelt von den Aufständischen.

Nicht weit entfernt hatten sich die rebellischen Bauern in Frankenhausen zusammengezogen. Es mussten wohl fast 20.000 Männer dort sein, die von dort aus die Umgebung verwüsteten und ausplünderten.

Und gegen diese Übermacht konnten sie nicht gewinnen!

Somit waren sie dazu verdammt, hier in dieser Burg auszuharren, bis Verstärkung eintreffen würde.

Während er zum Haupthaus der Burg ging, traf ein Melder ein und sprang vor dessen Pforte vom Pferd.

Fridolin eilte unverzüglich dem Mann hinterher, denn so wie dessen Pferd keuchte, musste es eine eilige Botschaft sein.

Drohte Gefahr?

Oder kam Rettung?

Graf Ernst übernahm das Schriftstück und las es ruhig durch. Seine zuvor besorgten Gesichtszüge hellten sich dabei immer mehr auf und zum Schluss wedelte er triumphierend mit dem Brief, an dem sich das kurfürstliche Siegel befand, wie Fridolin jetzt wahrnahm.

Offensichtlich war Hilfe unterwegs!

Mit sich fast überschlagender Stimme erzählte Graf Ernst: „Landgraf Philipp von Hessen[7] ist mit einer Streitmacht von fast

---

[6] Georg der Bärtige, (27. August 1471 - 17. April 1539), war Herzog des albertinischen Sachsens sowie von Sagan.

[7] Graf Philipp I., der Großmütige, (13. November 1504 - 31. März 1567), war Landgraf von Hessen, sowie einer der bedeu-

240

viertausend Landsknechten unterwegs nach Frankenhausen. Er wird noch heute bei uns Quartier nehmen. Der Kurfürst, Herzog Georg der Bärtige, ist jetzt ebenfalls von Leipzig aus zu uns aufgebrochen und selbst der Herzog Heinrich der Jüngere von Braunschweig ist mit seinen Männern auf dem Weg zu uns! Jetzt werden auch die anderen Grafen von Mansfeld nicht mehr mit ihren Kräften zögern können!"

Ein Jubel brach unter den Anwesenden aus und schon wenig später kündigte ein Hornsignal vom Tor auch bereits an, dass die Kämpfer des Landgrafen vor den Toren der Burg angekommen waren.

Augenblicklich setzte geschäftiges Treiben ein und stundenlang zogen Männer, Pferde, Karren und Kanonen auf den Burghof und verschwanden über die Rampe im Untergrund. Wo vorher etwa tausend Männer gewartet hatten, da fanden jetzt fünftausend Männer ihren Platz.

Überall herrschte zuversichtliche Stimmung und Begeisterung.

Am Abend wurde dann dem Wein und Bier gut zugesprochen.

Nach einem Tage der Ruhe und Erholung brachen die Männer am 13. Mai auch schon wieder auf. Vor Frankenhausen wollten sie sich mit dem Heer von Herzog Heinrich vereinigen und Herzog Georg näherte sich auch langsam dem Mansfelder Land.

Von unterwegs überbrachten Boten die Nachrichten, dass sich auch die anderen Mansfelder Grafen dem gewaltigen Heerzug anschlossen.

Am 14. Mai erreichte dann der sächsische Kurfürst, Herzog Georg, die Burg Heldrungen und wurde von Graf Ernst darüber informiert, dass Graf Philipp und Herzog Heinrich bereits nach Frankenhausen gezogen waren, um die aufständischen Bauern einzuschließen.

---

tendsten Landesfürsten und politischen Führer in den Zeiten der Reformation.

Ohne weiteren Verzug brach das Heer auf und fast alle Männer, die noch in der Burg verblieben waren, schlossen sich dem Kurfürsten an.

Nur eine kleine Besatzung blieb zur Bewachung zurück.

Und auch Graf Fridolin ritt mit seinem Schimmel der Stadt entgegen, die nicht mal eine Stunde mit dem Pferd entfernt lag. Und wenn sie dort mit den Bauern fertig waren, dann würde das vereinigte Heer nach Mühlhausen ziehen und den Bauernspuk vollständig beenden.

Am späten Nachmittag des 14. Mais bezogen sie das Lager und standen damit unten am Berg, auf dessen Gipfel sich die Bauern hinter einer Wagenburg mit ihren Kanonen verschanzt hatten.

Von dort oben aus schlugen von Zeit zu Zeit Kanonenkugeln in der unmittelbaren Nähe ein, aber sie richteten keinen Schaden an. Wie sie jetzt sehen konnten, waren es weit weniger Bauern, als sie bisher vermutet hatten. Vielleicht war ein Teil auch schon abgezogen. Die Kräfte mussten in etwa ausgeglichen sein, aber die Kampferfahrung und die besseren Waffen waren bei ihnen.

Zuversichtlich sah Fridolin der Schlacht entgegen und er hoffte, dass sich seine Rache erfüllen würde.

„Keine Gnade!", wurde vom Herzog ausgegeben und von allen Männern sofort aufgenommen.

Sehnsüchtig fieberte Fridolin dem Schlachten entgegen, denn wenn er sich dabei hervortun würde, so konnte er vielleicht ein größeres Stück Land und eine gute Entschädigung für den entstandenen Schaden einfordern.

Und siegreiche Fürsten waren meist sehr freigiebig!

In der folgenden Nacht kam er lange nicht in den Schlaf. Seltsamerweise dachte er nicht an seine Frau, deren Tod er so schnell verwunden hatte. Vielleicht war es nach dem Sieg Zeit für eine neue Frau!

Neues Schloss, neues Land, neue Frau und vielleicht ein paar Kinder! Alles war möglich, doch eine Niederlage gegen diese

Bauern nicht. Das wusste er. Jetzt, da die geballte Macht der Herzöge und Grafen hier versammelt war.

Zum ersten Mal seit vielen Jahren kämpften sogar alle Grafen von Mansfeld Seite an Seite. Vorderort, Hinterort und Mittelort hatten einen gemeinsamen Feind und Luther stand ebenfalls auf ihrer Seite.

Damit war auch Gott bei ihnen. Und zwar sowohl der katholische, als auch der evangelische!

Vor seinen Augen sah er schon das neue Schloss. Die Bauern würden es ihm bezahlen und wenn er das Geld mit der Peitsche aus ihnen herausholen musste!

Mit einem grimmigen Lächeln schlief er schließlich ein.

52. Kapitel
Dem Tode so nah!

Korbinian hatte seinen Frieden gefunden. Er stand am Rande des Berges und sah nach unten. Bis hierher war er Müntzer gefolgt und wusste doch, dass sein Weg genau hier enden würde. Und auch wenn alle anderen vielleicht noch dachten, dass sie gewinnen konnten, so hatte Korbinian schon begriffen, dass alles genau hier zu Ende ging.

Die Landsknechte waren viel zu zahlreich und sicher gut ausgebildet. Vor dem Lager spannte sich ein Regenbogen am Himmel und alle Männer fassten neuen Mut, dass dieses göttliche Zeichen ihnen den Sieg bringen würde.

Müntzer bestieg einen der flachen Wagen und hielt, mit dem Regenbogenbanner in der Hand, eine flammende Predigt, doch Korbinian hörte nicht hin, denn seine Gedanken waren bei Ruth! Für ihn war der Regenbogen ebenfalls ein Zeichen, aber es war ein Signal zum Aufbruch.

Seine Erinnerung flog zu all denen, die er geliebt hatte und auch zu all denen, den seine Rache gegolten hatte. Korbinian sah sie alle vor sich, während er das Schwert um seine Hüften legte.

Einst hatte diese Waffe Graf Fridolin gehört. Er hatte sie an jenem Tag erbeutet, als er das Schloss in Schutt und Asche gelegt und die Gräfin geraubt hatte. Entschlossen krampfte sich seine Hand um den Griff.

Ein Blick zum Ende des Regenbogens und ein Gebet zu Gott folgten. Hoffentlich hatte er ihm die Zerstörung der Kirche in Walkenried verziehen, doch er würde noch an diesem Tag vor ihm stehen und es erfahren.

Vielleicht hätte er sich in Mühlhausen bei Kaspar und der Gräfin entschuldigen sollen. Er hatte sie beide gesehen, wie sie dort gesessen hatten. Versteckt hatte er den Worten der Frau gelauscht, die mit kräftiger Stimme das Wort Gottes verkündet hatte. „Wer das Schwert nimmt, der wird durch das Schwert umkommen!" So oder so ähnlich hatte es die Frau vorgetragen und er zog das Schwert. Es war eine gute Klinge und noch makellos. Vermutlich noch nie benutzt und heute würde der Moment kommen, wo diese Waffe zum Einsatz kam.

„Herr! In deine Hände empfehle ich meinen Geist!", sagte er laut nach oben und schob die Waffe zurück in die Scheide.

Damit war er bereit und schaute wieder den Berg hinab, wo der bunte Wald aus Fahnen nicht zu übersehen war.

Es mochten wohl tausende Landsknechte sein, die dort nur darauf warteten, zuzuschlagen. Seine Hoffnung auf eine gütige Einigung war offensichtlich dahin. Vor Tagen hätte es wohl noch so sein können, doch gegenwärtig war die Möglichkeit vertan.

Er wunderte sich, wie ruhig er dem entgegensah, was da kommen würde. Nur von fern drangen die aufpeitschenden Worte Müntzers an sein Ohr.

Sein Blick ging weit in das Land hinaus. Ein schöner Maitag würde es werden.

Der erste Kanonenschuss riss ihn aus diesem Blick, aber er erschreckte ihn nicht. Während alle Männer begannen, panisch durcheinanderzulaufen, schwor er sich, den Landsknechten nicht lebend in die Hände zu fallen.

Graf Fridolin würde ihn sonst zuerst foltern und danach hinrichten für das, was er getan hatte und da wollte er lieber den schnellen Tod durch ein Schwert finden.

Langsam zog er die Waffe und sah zu den Männern hinüber, die momentan begannen, über die Wiese auf sie zu zustürmen.

Sein letzter Gedanke galt Ruth, dann setzte ein Pferd über den Wagen und er trat dem Reiter entgegen.

53. Kapitel
Eine neue Flucht

Mit einem Schrei erwachte Barbara aus einem Traum. Erschrocken saß sie auf dem Lager und zitterte am ganzen Körper.

„Blut! Alles war voller Blut!", murmelte sie und sah immer noch die grausigen Szenen des Schlachtens vor sich.

Kaspar und Gisela versuchten ihr Bestes, um sie zu beruhigen, aber diese Bilder wurden nur langsam blasser.

„Ich weiß, dass die Bauern geschlagen worden sind! Fridolin wird hierherkommen und mich finden!", begann sie stotternd zu erzählen und setzte fort: „Im Traum hatte er schon das Schwert an meinem Genick. Bleibe ich hier, so bin ich verloren und ihr mit mir!"

Sie sah Kaspar bittend an, der sie tröstend in den Arm genommen hatte.

„Bitte! Bitte, lass uns unverzüglich aufbrechen. Mein Knöchel ist wieder in Ordnung, ich kann gehen!", drängte sie den Mann weiter zu einer Entscheidung.

Allerdings war ihr selbst noch nicht klar, wohin sie fliehen wollte. Wenn sie zurück zum Schloss ging, so würde sie sich nur dem Henker ausliefern und wenn sie zu Ruth gehen würde, so würde sie nicht nur Giselas Schwester in Gefahr bringen, sondern vermutlich die ganze Siedlung und sie selbst wäre damit auch nur kurz gerettet.

Nur wenn sie Kaspar verlassen würde, dann konnte sie vielleicht bei Fridolin auf Gnade hoffen, indem sie ihn über ihren Verbleib anlog. Doch die Küsse mit Kaspar hatten zu viele im Lager gesehen!

Und eigentlich wollte sie auch nicht von Kaspars Seite weichen, denn zum ersten Mal war sie wirklich glücklich.

Was sollte sie also tun? Zuerst einmal hier fort, denn jeder wusste doch, dass hier in Mühlhausen ein Platz war, an welchem sich die Bauern versammelt hatten. Das fürstliche Heer würde genau an diesen Ort kommen, wenn sie in Frankenhausen mit den Aufständischen abgerechnet hatten und das würden sie sicherlich tun können.

So groß auch der Kampfeswillen der Männer war, gegen Kanonen und ausgebildete Landsknechte hatten die Bauern nicht den Hauch einer Chance.

Zu dritt überlegte sie, wohin sie ihr Weg führen sollte, aber zuerst musste ein Beförderungsmittel für ihr Gepäck gesucht werden. Ein Karren, ein Esel oder ein Pferd. Je nachdem, was gerade zu bekommen war. Es war zweifellos schwierig, da jetzt alle aufbrechen wollten.

Gisela nahm eine der Halsketten aus ihrem Beutel, die einst ihr gehört hatte und drückte diese ihrem Bruder in die Hand.

Obwohl Barbara ihn nicht gehen lassen wollte, musste Kaspar jetzt dieses Geschmeide gegen ein Transportmittel eintauschen. Den Esel hatten sie ja leichtfertig nach ihrer Ankunft verkauft.

Es war noch früh am Tage und trotzdem schien sich das Lager der Bauern schon in Auflösung zu befinden.

Barbara stand zitternd am Zelt und sah dem Mann hinterher, der sich durch die Massen von Menschen schob. Schon nach wenigen Schritten war er im Gewühl verschwunden. Zu gern hätte sie ihn dorthin begleitet, doch sie musste warten, dass er zurückkam.

Mit Gisela setzte sie sich an das Feuer und verwahrte die kostbare Bibel wieder, in das Tuch eingeschlagen, für den Transport in der Kiste.

Die Zeit dehnte sich ins Unendliche und am Feuer sitzend wartete sie auf Kaspar. Sie spürte bereits, wie sich Fridolin ihr näherte und mehr als einmal war sie zusammengezuckt, weil sie in der Menge der Männer eine Gestalt erblickte, die ihrem Mann in der Statur glich.

Aus lauter Verzweiflung begann sie ein Gebet, was ihr aber, in Anbetracht des Ehebruches, wohl kaum etwas vor Gottes Zorn nutzen würde.

Doch für den Rest ihres Lebens wollte sie mit Kaspar zusammen sein und da sie jetzt eine Magd war, musste sie ihn nicht heiraten.

Von Gisela hatte sie vom Recht der Beilage erfahren, wie es Knechte und Mägde für gewöhnlich pflegten. Allerdings war Kaspar Bauer mit eigenem Hof und Fridolin sein Lehnsherr. Damit war dieses Gehöft für ihn verloren, oder er würde sie verlieren.

Aus Angst hatte sie sich bisher nicht getraut, ihn zu fragen, wofür er sich wohl entscheiden würde: Land oder Frau. Und augenblicklich holte sie diese Ungewissheit wieder ein.

In all das Grübeln hinein erreichte sie auch noch die Nachricht, dass ihr Traum wahr gewesen war. Die Bauern waren am Vortage in Frankenhausen vernichtend geschlagen worden. Nur wenige waren dem Gemetzel entgangen.

Damit wartete Barbara mit schweißnassen Händen verzweifelt weiter auf Kaspar, denn wenn ein Bote es in dieser Zeit hierher schaffen konnte, so konnten es auch die feindlichen Reiter. Und Fridolins Schimmel war schnell! Sehr schnell!

Jederzeit konnte am Horizont eine Staubwolke auftauchen, die ihr Ende ankündigen würde.

„Lass uns schnell zusammenpacken!", riss Gisela sie aus ihrer Angst und gemeinsam verstauten sie ihre paar Habseligkeiten in drei Beuteln.

Dann traf endlich Kaspar bei dem Zelt ein und erlöste sie kurz von der Furcht.

Erleichtert flog sie in seine Arme und küsste ihn.

Wenn Fridolin jetzt in der Nähe gewesen wäre, dann wäre leugnen vollkommen nutzlos gewesen, doch das war ihr sowieso egal.

Kaspar hatte die Kette gegen einen Esel eingetauscht, der ihr ziemlich vertraut vorkam. Das Grautier, das sie hierher gebracht hatte, das würde sie auch weiterhin begleiten.

Nur eben gegenwärtig als Tragtier für die Beutel und nicht mehr als Reittier für sie.

„Wohin jetzt?", erkundigte sich Kaspar, nachdem sie die Last verladen hatten.

Im Norden lag sein Hof, aber da befand sich auch das feindliche Heer. Im Osten und Westen allerdings auch. Es blieb damit nur die Flucht nach Süden. Und wohin dann?

Zuerst einmal nur fort von hier!

Was würde Kaspar sagen, wenn sie ihm den Süden vorschlug?

„Wir müssen nach Süden!", erklärte sie fast bittend und hing mit ihrem Blick an seinen Lippen.

Sagte er ihr diese Richtung zu, dann war alles gut. Bei einem Nein würde sie sich allerdings jetzt und hier in ihren Dolch stürzen. Ohne Kaspar wollte sie nicht mehr leben!

Langsam tasteten ihre Finger zum Griff der Waffe.

Der Mann zögerte ihr viel zu lang! Zögernd schloss sich ihre Hand um den hölzernen Griff. Ängstlich ging ihr Blick umher.

Schließlich erlöste Kaspar sie erneut, indem er erklärte: „Ja! Lass uns nach Süden gehen!"

Fast wäre sie ihm erneut um den Hals gefallen.

Mit dem störrischen Esel am Zügel, den sie zu dritt schoben und zogen, brachen sie sofort auf. Die beiden anderen hatte ja fast nichts zu befürchten, aber Barbara schwebte mit jedem Augenblick, den sie hier länger verweilte, in tödlicher Gefahr.

Und damit war das Ganze eher eine heillose Flucht, als ein geordneter Aufbruch!

Ohne sich noch einmal umzusehen, eilten sie davon.

Hinter Mühlhausen bemerkte Gisela plötzlich: „Dein Schwert!", und zeigte auf die verräterische Waffe an Kaspars Hüfte. In der Hektik des Aufbruchs hatten sie nicht daran gedacht, die Waffe dort zu lassen.

Schnell band Kaspar den Gürtel ab und warf das Schwert in ein Gebüsch.

Sogleich folgten sie eiligst weiter der Straße nach Süden, doch schon kurz nach dem Aufbruch begann der Knöchel wiederum zu schmerzen, aber dafür hatte Barbara vor lauter Angst keine Zeit.

Sie wollte nur fort! So viel Raum wie nur irgend möglich zwischen sich und das Richtschwert bekommen!

54. Kapitel

Ziellos unterwegs

Dieser Aufbruch war mehr wie überhastet gewesen, doch Gisela konnte Barbara gut verstehen. Sie selbst hatte fast nichts zu befürchten, doch die Freundin hatte alles zu verlieren. Zwar hatte sie dem Grafen Fridolin abgeschworen, doch der würde das sicher anders sehen.

Bei den Gedanken an den brutalen Mann schmerzten die Peitschennarben auf ihrem Rücken besonders und für Barbara würde es sicher eine schwerere Strafe geben. Vermutlich den Tod, falls er ihrer habhaft werden würde.

Es war der zweite Tag ihrer neuerlichen Flucht und sie rannten momentan der Sonne entgegen, so schnell es der Esel zuließ. Denn trotz des immer noch, oder schon wieder, geschwollenen Knöchels der Freundin, war es das störrische Tragetier, welches das Tempo bestimmte.

So mancher stumme Fluch flog zum Himmel hinauf, doch das Grautier lief einfach nicht schneller!

Die letzte Nacht hatten sie versteckt in einem kleinen Gehölz verbracht. Ohne Feuer und Barbara vor Angst zitternd, aber es wäre zu gefährlich gewesen, in der Finsternis zu laufen.

Nicht wegen der Verfolger, sondern wegen eventuell im Schutze der Dunkelheit handelnder Räuber und Wegelagerer. Bei ihrem Aufbruch hatten sie auch die zweite Decke vergessen, wodurch ihnen allen nur eine blieb.

In eine Unterkunft wollte Barbara aber aus Angst auch nicht.

Noch immer wusste keiner von ihnen, wo sie dieser Weg hinbringen würde. Nach Süden, das war schon klar, aber wohin genau?

Vorerst war es ihre Absicht, so viel Land wie nur irgend möglich zwischen sich und die Verfolger zu bringen.

Gegenwärtig ging es auf den Abend zu und schon eine Weile hatte Gisela bemerkt, dass Barbara am Zügel des Esels taumelte. Sie hatte das bisher auf die Geschwindigkeit der Bewegung, die Anstrengung und den für die Freundin ungewohnten Lauf ohne Rast seit dem Morgen geschoben, doch vom Hinterteil des Esels aus konnte sie der Freundin auch schlecht helfen.

Es war wirklich ein richtiger Esel, den sie sich mitgenommen hatten! Ein Klosteresel! Zu faul zum Laufen oder arbeiten! Nur das Fressen im Kopf!

Als dann die Dämmerung hereinbrach, stürzte Barbara vorn zu Boden und wurde von dem Tragtier überlaufen.

Schnell kniete Kaspar neben ihr, drehte sie auf den Rücken und berührte sie behutsam.

Gisela schnappte sich geschwind das ungezügelte Tier.

Sorgenvoll blickte sie zurück, denn wenn Barbara nicht wieder auf die Füße kam, dann würde Kaspar sie tragen müssen, aber Gisela konnte das störrische Grautier sicherlich nicht alleine bändigen.

Es zog gerade am Halfter und es schien so, als ob dieser Esel sie für ihre nutzlosen Bemühungen auch noch auslachen würde.

„Morgen landest du im Topf!", brüllte sie das Tier an und sah erneut zu Kaspar hinüber.

Der Bruder hatte sich immer noch über die bewusstlose Freundin gebeugt.

„Was ist mit ihr?", fragte Gisela besorgt.

Der Bruder zuckte nur ratlos mit den Schultern.

Schnell band sie die Zügel an einen Baum und lief zu ihm hinüber.

„Sie glüht ja!", stellte Kaspar fest, als er die Hand auf Barbaras Stirn legte.

„Wir brauchen ein festes Lager für die Nacht und vielleicht für ein paar Tage mehr!", erklärte Gisela und schaute den Weg entlang.

In nicht allzu weiter Entfernung war ein Kirchturm zu erspähen und da musste es auch eine Siedlung geben.

„Wir binden sie auf das Tier und laufen dorthin!", sagte sie schließlich und zeigte auf das Dorf in der Dämmerung. Unbewusst hatte sie gerade die Führung der kleinen Gruppe übernommen.

Schnell war der Plan in die Tat umgesetzt. Mit der Decke hatten sie Barbaras Hände und Füße um den Esel herum festgebunden und wenig später zogen und schoben sie das widerspenstige Tier in Richtung der Häuser.

Im Beutel an ihrem Gürtel befanden sich ein paar goldene Ohrringe, die sie für ein Lager und Medizin eintauschen wollte.

Im letzten Licht des Tages erreichten sie völlig erschöpft den ersten Hof am Rande des Dorfes.

Sofort übernahm Kaspar wieder die Führung. Er setzte Barbara neben das Hoftor und dann hallten seine Faustschläge gegen das Holz des Tores durch den Abend. Nach ein paar Schlägen öffnete ein alter Bauer, der eine Mistgabel in der Hand hatte.

„Was wollt ihr?", fragte der Mann unwirsch.

Kaspar zeigte auf Barbara und erklärte: „Sie ist erkrankt und hat Fieber. Wir brauchen ein Lager für die Nacht!"

Der Mann sah ziemlich abweisend aus und hatte den Riegel schon in der Hand. Daher zog Gisela schnell die Ohrringe aus dem Beutel und fragte: „Gebt ihr uns das Nachtlager dafür?"

Sie hielt ihm die Hand hin und der alte Mann betrachtete die goldenen Ringe.

„In der Scheune ist noch Platz!", bemerkte er, nahm die Schmuckstücke und gab den Weg frei. Mit einer Fackel zeigte er ihnen den Weg und der Esel war sogar vor ihnen in der Scheune.

Sie betteten Barbara im Stroh und deckten sie gut zu.

Nach einer Weile erschien die Bäuerin mit Brot, Wasser und einigen Kräutern. Schnell machten sie zusammen ein paar fiebersenkende Wadenwickel an Barbaras Beinen fest. Die alte Frau nickte ihnen zu, ging wieder und kam nach ein paar Augenblicken mit zwei Decken zurück.

Sie nahm den Esel mit in den Stall und ging danach wieder.

Damit waren Gisela und Kaspar mit Barbara alleine in der Scheune. In der Dunkelheit ihrer neuen Behausung kamen sie überein, dass sie sich abwechselnd um die Freundin kümmern wollten.

Kaspar begann, aber Gisela kam lange nicht in den Schlaf. Die Sorge um die Freundin hielt sie wach. Vorerst mussten sie hier warten, bis Barbara wieder in der Lage war, ihren Weg fortzusetzen.

Vielleicht hatten sie bis dahin auch ein Ziel gefunden.

Für die Zwischenzeit konnten sie ja dem Bauern für Kost und Logis zur Hand gehen. Die Bäuerin schien zumindest freundlich zu sein. Der griesgrämige Bauer war da sicher ein schwererer Fall.

Irgendwann in der Nacht weckte Kaspar sie dann wieder. Sie musste also doch noch eingeschlafen sein. Der Mond schickte ein bisschen silbernes Licht durch die Ritzen der Scheunenwand.

Während Kaspar sich in die Decke wickelte und kurz darauf schnarchte, machte sich Gisela daran, die Wadenwickel zu erneuern.

Barbaras Knöchel war wieder dick geschwollen und das Fieber immer noch nicht gesunken. Sicher hatte die Anstrengung für Barbaras Zustand gesorgt.

Jetzt brauchte sie Ruhe und wenn niemand wusste, wer sie war, dann waren sie auf jeden Fall in Sicherheit. Vorerst zumindest!

55. Kapitel

Ein Blutrichter

Wie nicht anders zu erwarten gewesen war, hatten sie über diese Bauern gesiegt. Zuerst in Frankenhausen und danach in Mühlhausen. In Frankenhausen war es keine Schlacht gewesen, eher das erwartete Abschlachten der Aufständischen.

Fridolin selbst hatte das Blut der Erschlagenen in einem Bachbett zu Tal fließen sehen. Tausende waren getötet worden. Von den Landsknechten höchstens eine Handvoll! Dieser Sieg hatte dafür gesorgt, dass die Bauern Mühlhausen fast fluchtartig verlassen hatten.

Müntzer war in Gefangenschaft und würde noch vor dem Ende des Monats seinen Kopf verlieren.

Momentan ging Fridolin an der Spitze seiner Männer durch die Gassen Mühlhausens. Alles war für ihn positiv ausgegangen. Er hatte einige Ländereien dazu bekommen und die Bauern würden sein neues Schloss bezahlen. Auch sein Schwert hatte er zurück. Er hatte es auf dem Schlachtfeld aus den Händen eines toten Bauern genommen. Vermutlich hatte dieser Bauer auch sein Schloss gestürmt, Barbara entführt und auch getötet.

Jetzt würde eine Zeit der Gerichte kommen!

Alle Grafen waren sich einig, die Aufständischen hart zu bestrafen! Und selbst Luther hatte diesem Vorgehen zugestimmt. Er hatte mit seinem alten Freund Müntzer gebrochen und ihn sogar den »Satan von Allstedt« genannt.

Mit der Kraft des Kurfürsten hinter sich würden sie die Gerechtigkeit unter die Bauern bringen und sicher würden einige der Aufwiegler an den Bäumen enden.

Der Spruch des Kurfürsten: „Keine Gnade!", den dieser in Frankenhausen vor der Schlacht ausgegeben hatte, der galt auch weiterhin. Und neue Bauern zu finden sollte kein Problem sein, denn das Land war fruchtbar, ertragreich und gut!

Das Einzige, was er noch zu rächen suchte, das war der Tod seiner Frau. Und dazu war er derzeitig hier in dieser Stadt unterwegs.

Nach vielen Gassen, Straßen und Kreuzungen war er endlich an dem gesuchten Haus angelangt. Er baute sich vor seinen Männern auf, stütze die Arme in die Hüften und sagte laut: „Das ist das Haus von Müntzer!"

„Was sollen wir denn hier? Ich dachte, der sitzt im Kerker?", fragte Anselm, sein stärkster Knecht, der zwar armdicke Äste mit der bloßen Hand brechen konnte, aber nicht sehr helle im Kopf war.

„Er schon! Aber seine Frau ist noch hier! Du wirst ihr das antun, was diese Bauern meiner Frau angetan haben!", legte Fridolin fest und machte eine kurze Pause.

Nach ein paar Augenblicken setzte er erklärend fort: „Diese Bestien, die ja unter Müntzers Führung standen, haben meine Frau verschleppt und auf heiligem Boden geschändet, dann haben sie meine Frau verstümmelt und getötet. Ich will, dass du, Anselm, Ottilie Müntzer[8] ebenfalls Gewalt antust!"

Danach wartete er erneut, sah über die Schulter zum Haus und setzte dann fort: „Lass sie aber am Leben. Ich will, dass sie entehrt und ausgestoßen ist. Und dass sie in Schande lebt!"

„Aber es heißt, sie soll wieder ein Kind in sich tragen", entgegnete einer der anderen Knechte.

Fridolin schaute ihn zornig an.

---

[8] Ottilie Müntzer, geb. von Gersen, (um 1505 - nach 1525), war eine entlaufene Nonne und ab 1523 Thomas Müntzers Ehefrau.

„Vielleicht hat auch meine Frau ein Kind in sich getragen! Geht hinein und tut eure Pflicht!", brüllte Fridolin seine Männer an und zeigte auf die Tür des Hauses.

Die Knechte folgten sofort seiner Anweisung und das dünne Holz der Eingangstür konnte Anselms kräftigen Armen nur kurz Widerstand leisten.

Während die panischen Schreie einer Frau und das Weinen eines Kindes aus dem Haus erklangen, wandte er sich den Menschen zu, die auf der Straße stehengeblieben waren.

„So wird es allen Anhängern Müntzers ergehen. Es wird Zeit, dass wir über sie richten und mein Wald hat viele Bäume für sie!", erklärte er laut und deutlich für sie alle.

Seine Hand fiel bei diesen Worten auf den Griff des Schwertes.

„Und die Familie dieses Bauern ist als Nächstes dran!", zischte er durch die Zähne.

Dann ging er pfeifend die Straße hinunter.

Ottilie schrie immer noch hinter ihm in ihrem Wohnhaus, doch keiner würde ihr helfen.

56. Kapitel
Glückliche Tage

Das Fieber hatte nach zwei Tagen nachgelassen und nach einigen weiteren Tagen der Ruhe hatte Barbara begonnen, der Bäuerin irgendwie zu helfen, doch eigentlich war gerade nicht viel zu tun.

Die Saat war im Boden, den kleinen Gemüsegarten betreute die Bäuerin und das Vieh versorgten die beiden alten Mägde. Wie selbstverständlich hatten Kaspar und Gisela leichtere Arbeiten übernommen und was blieb für sie zu machen?

Natürlich war ihr der seltsame Blick der alten Hausherrin aufgefallen. Eine Magd, die kein Feuer machen konnte! Und das Brot, an welchem sie sich versucht hatte, war ziemlich verunglückt. Auch ihre Hände hatten der Bäuerin sofort gezeigt, dass sie noch nie in ihrem Leben wirklich gearbeitet hatte.

Bis vor ein paar Tagen war sie es gewohnt, dass alles für sie erledigt wurde. Da hatte sie sich keinerlei Gedanken darüber gemacht, wo das Brot oder die Milch herkamen. Gegenwärtig war sie gezwungen zu arbeiten, denn der Bauer verpflegte nur Menschen, die etwas Nützliches taten. Faulpelze wurden nicht geduldet.

Damit blieben ihr die Tätigkeiten, bei denen nicht viel schiefgehen konnte, wie den Hof zu fegen oder den Stall auszumisten. Für sie waren dies durchaus schwere Arbeiten, während Gisela dabei lachte und sang.

Auf die Mistgabel gestützt wischte sich Barbara den Schweiß von der Stirn und ohne zu fragen, machte Gisela einfach Barbaras Teil der Arbeit mit. Trotzdem schmerzte ihr jeden Abend der Rücken davon.

Noch immer hatte Barbara keine Idee, wohin ihre Flucht sie bringen würde und dessen ungeachtet war sie momentan erst einmal angekommen.

Doch egal wie anstrengend auch die Tage sich gestalteten, schön waren die Nächte! Immer noch lebten sie in der Scheune, die sich in der Wärme des Sommers schön aufheizte. Im Dunkel der Nacht wurde es noch heißer, denn dann liebte Kaspar sie.

In jeder Nacht bisher!

Hemmungslos, ausdauernd und ekstatisch, manchmal sogar mehrmals hintereinander!

Er war ein zärtlicher, kräftiger und unermüdlicher Liebhaber und sie wollte ihn nie wieder hergeben. Was im Bauernlager vor Mühlhausen begonnen hatte, das setzte sich jetzt in dieser Scheune fort.

Nie zuvor hatte sie so etwas erlebt und sie wollte es nicht mehr missen! Einzig Giselas verheulte Augen jeden Morgen brachten ihr Kummer und natürlich war sie ein bisschen schuld daran, dass Erik nicht mehr am Leben war.

Und derzeitig erinnerte sie die Freundin offensichtlich durch die Geräusche in der Nacht immer an deren Verlust, doch mehr als ein freundschaftliches Umarmen war ihr nicht möglich. Sie konnte den Schmerz nicht von Gisela nehmen und hier gab es keinen Knecht, mit dem sich die Freundin die Zeit hätte vertreiben können.

Immer wieder fing Kaspars Gestalt ihren Blick ein und sie genoss jeden Augenblick in seinen Armen.

Vor vielen Tagen hatte er sie entführt, doch diese Entführung war eine Befreiung gewesen. Noch nie war Barbara so glücklich gewesen und doch konnte es jeden Moment vorbei sein.

Wenn Fridolin sie aufgreifen würde, dann wäre dies das Ende!

Und daher zuckte sie bei jedem Reiter zusammen, der sich auch nur dem Gehöft näherte und sie verließ den Hof niemals.

Es waren ja auch nur etwa zwei Tagesritte, bis zu Fridolins Schloss. Suchte er bereits nach ihr?

Da die Bauernaufstände niedergeschlagen waren, hinderte ihn wohl niemand an dieser Suche, denn auch er war an sein Treuegelöbnis gebunden. Damit er neu heiraten konnte, musste sie tot sein! Oder zumindest musste er dies denken, aber mit ihren Lesungen im Bauernlager hatte sie vermutlich auch noch ihre Spur zu offensichtlich zurückgelassen.

Fridolin brauchte nur eins und eins zusammenzählen und wäre hinter ihr her! Barbara versuchte diese Gewissheit so gut es ging zu verdrängen, doch immer wieder schob sich die Angst nach vorn und meist war es dann Gisela, die sie tröstend in den Arm nahm.

Dies hier war ein unsicherer Platz und sie alle drei wussten es, aber Barbara musste erst Kraft schöpfen, sonst wäre die Flucht schon bald erneut gescheitert.

࿏ ࿏

Vier Wochen später lebte Barbara noch immer in der Scheune des Bauernhofes. Jeden Tag wechselten Angst und Zuversicht sich gegenseitig ab, manchmal im Stundentakt.

Das griesgrämige Gesicht des Bauern hellte sich nur kurz auf, wenn Kaspar an ihm vorbeiging. Das Verhältnis zwischen der Bäuerin und ihr war allerdings nicht besser geworden. Und in der Bibel hatte sie auch schon seit Mühlhausen nicht mehr gelesen.

Verwahrt lag sie in der Kiste, denn eine lesende Magd würde sofort für Tratsch im Dorf sorgen und dieser Klatsch wäre in ihrem Fall tödlich. Die verschlossene Schatulle befand sich des Nächtens unter ihrem Kopf und sie liebten sich damit auf dieser Bibel.

Schließlich kam der Bauer eines Abends auf die Idee, Kaspar in die Schänke einzuladen und sie beide blieben alleine in der Scheune zurück.

An der Tür stehend, schaute Barbara den Männern nach. Die Angst beschlich abermals ihr Herz und wenig später nahm Gisela sie tröstend in den Arm.

Diese Umarmung mündete in einen Kuss, vor dem Barbara kurz zurückzuckte, denn es war kein freundschaftlicher Kuss, sondern so leidenschaftlich, wie Kaspar sie bisher immer geküsst hatte.

Für einen Moment war sie gewillt, Gisela von sich zu stoßen, bevor sie sich darauf einließ. Wenige Augenblicke später lagen sie beide sich gegenseitig streichelnd im Stroh und weder sie noch Gisela wussten, was sie hier taten.

Vielleicht wollte Barbara auch nur einen Teil der Gefälligkeit und Liebkosung an Gisela abgeben, die sie die ganze Zeit von deren Bruder erhalten hatte, dann schaltete die Lust den Verstand ab.

Gegenseitig diese Zärtlichkeiten genießend, gaben sie sich einfach ihren Gefühlen hin. Alles war gut und die Furcht war fern.

Von alleine gingen ihre Finger wechselseitig auf die Suche und dann erfüllte ihr lustvolles Schnaufen den Raum. Sie kuschelten sich in dem dämmrigen Schober nackt aneinander und trieben sich abwechselnd immer weiter, bis es kein Zurück mehr geben konnte.

Barbara ließ sich fallen. Ein leiser Schrei der Erlösung entfuhr ihrem Mund und auch Gisela zitterte stöhnend in ihrem Arm.

Es folgte ein letzter Kuss, dann lagen sie unter der Decke und kurz darauf schliefen sie zusammen entspannt ein. Dieses Erlebnis setzte sich in ihrem Traum fort und auch weiterhin fühlte sie den Körper der Freundin auf ihrer heißen Haut.

Barbara erwachte, als Kaspar singend und torkelnd die Scheune betrat und neben der Tür zu Boden fiel. Flugs warf sie sich ihr Unterkleid über den nackten Leib, ging auf Zehenspitzen, um Gisela nicht zu wecken, zu dem Geliebten und deckte ihn sorgsam zu.

Kaspar schnarchte bereits und roch ziemlich stark nach Bier.

Unverzüglich schlich sie zurück zu ihrer Freundin. Im Mondlicht schimmerte Giselas nackter Körper, als würde er aus Silber bestehen. Barbara legte sich zu ihr, zog sich die Decke über den Körper und kuschelte sich an sie an. Glücklich schloss sie ihre Augen. Hier war sie in Sicherheit!

57. Kapitel

Sommersonnenwende

Nackt lag Gisela, halb mit der Decke zugedeckt, im Stroh und war durch den Hahn erwacht, der vor dem Bauernhaus wie jeden Tag lautstark die aufgehende Sonne begrüßte.

Barbara schlief neben ihr, hatte sich in der Nacht an sie gekuschelt und immer noch mit einem Arm umschlungen. Damit konnte sie allerdings nicht aufstehen, ohne die Freundin zu wecken.

Sie blickte in Barbaras schlafendes Gesicht und dachte dabei daran, was unter dieser Decke in der Nacht geschehen war. Hatte sie deswegen Schuldgefühle? Nein! Alles war gut gewesen und sie hatte so entspannt geschlafen, wie schon lange nicht mehr.

Einzig ihrem Bruder gegenüber war da so ein kleiner Zweifel in ihr drin, doch konnte Kaspar irgendwie auf sie eifersüchtig sein?

Der erste rötliche Schein fiel durch die Ritzen der Bretterwand.

Behutsam schob sie Barbaras Arm von sich und richtete sich langsam auf.

Sie blickte sich um und sah den Bruder unter seiner Decke neben dem Eingang schlafen. Offensichtlich hatte er es nicht mehr bis zum letzten Stroh geschafft, auf welchem sie jetzt schon eine Weile schliefen.

Giselas Blick wanderte durch das fast leere Gebäude. Es gab hier drin nicht mehr viel Stroh, denn die Erntezeit begann erst wieder. Beim Anblick der Sonne fiel ihr ein, dass heute die Sommersonnenwende war und sie in ihrem Dorf an diesem Tag immer ein großes Fest gefeiert hatten, bevor es dann ab dem darauf folgendem Tage auf die Felder ging.

Die Erntezeit begann immer am 22. Juni und vermutlich war das auch hier so.

Sofort war sie hellwach und sprang von der Strohschütte herunter. Die Decke blieb zurück und Gisela betrachtete kurz ihren Körper im roten Licht. Mit einem Handgriff nahm sie das am Boden liegende Unterkleid hoch, streifte es sich schnell über und machte sich auf den Weg nach draußen, wo der Brunnen in der Ecke es Hofes mit frischem, klaren Wasser zum Waschen stand.

Mit einem Blick auf den wolkenlosen Himmel lief sie ins Freie, als ihr gegenüber die Bäuerin auf den Hof trat.

Sie beide nickten sich kurz zu und trafen sich dann am Brunnen. Gegenseitig halfen sie sich mit dem Eimer, wodurch sie beide mit dem Waschen viel schneller fertig waren.

Kein Wort fiel dabei, denn es war ja sowieso alles klar. Wozu also viele Reden abhalten. Alle Tagesabläufe waren seit Jahrhunderten geregelt und dazu brauchte es höchstens mal einen Fingerzeig.

Bauern verstanden sich ohne Worte und Bäuerinnen sowieso!

Wenige Augenblicke später weckte Gisela zuerst Barbara und als diese aus der Scheune trat, beugte sie sich über ihren Bruder.

Kaspars Bierfahne war nicht zu ignorieren und sie verzog angewiderte das Gesicht.

Eine ganze Weile musste sie an der Schulter des Bruders rütteln, bis der sich endlich brummend bewegte, doch so würde das nichts werden! Noch einmal ging sie auf den Hof, holte den Eimer mit kalten Wasser und kippte dieses Kaspar über den Kopf.

Schlagartig ernüchtert sprang der Bruder auf, schüttelte das Wasser aus den Haaren und trottete nach draußen.

Seufzend sah sie ihm nach und folgte ihm dann mit dem Eimer, denn ohne diesen konnte er ja sein Waschwasser nicht nach oben holen.

Während er sich das Hemd abstreifte, befestigte sie den Eimer am Seil und ließ ihn in die Tiefe hinab. Noch bevor Kaspar sich von seinem Kleidungsstück getrennt hatte, hatte sie das Waschwasser nach oben gezogen.

„Kippst du mir noch einen Eimer über den Kopf?", fragte Kaspar und beugte sich nach vorn, ohne ihre Erwiderung abzuwarten.

Schnell war sie seiner Bitte nachgekommen und Kaspar prustete laut los. Noch ein Eimer kam ans Tageslicht.

Giselas Gedanken schweiften bei dieser Tätigkeit wieder zur letzten Nacht zurück und sie blickte zur Scheune, an deren Tor gerade Barbara nach draußen trat.

Immer noch spürte sie keine Schuld in sich, nur das unbändige Verlangen, es bald wieder zu tun, denn es hatte sich so unglaublich gut angefühlt und sie spürte sogar noch immer das Kribbeln in ihrem Bauch, das ihr in dieser Nacht solch eine Freude bereitet hatte.

Ging es Barbara genauso? Konnte sie sich trauen, es die Freundin zu fragen? Ihr Körper sehnte sich nach deren zärtlichen Zuwendungen und dabei war Barbara doch eine Frau! Was war hier los? Das warme Gefühl der Nacht machte sich überall in ihr breit und vertrieb die Zweifel. Wenn es sich gut anfühlte, dann war es auch gut!

Die Gedanken folgten den Empfindungen und alles war wieder da, wie sie sich festgehalten hatten. Wie ihre Arme Barbara nach Halt suchend umschlungen hatten. Der scheinbar glühende Körper der Freundin unter ihren Fingerspitzen, übersät von ihren Küssen. Wie sie sich geliebt und sich gegenseitig Glück und Erlösung geschenkt hatten.

Gisela spürte, wie all ihr Blut in den Kopf schoss und ihr Gesicht zum Glühen brachte.

Schnell musste sie an etwas anders denken und daher wandte sie sich dem Bruder zu, der sich gerade abtrocknete, und fragte ihn: „Gibt es etwas Neues aus der Heimat?"

Nur zögerlich begann Kaspar darüber zu reden, dass Thomas Müntzer am 27. Mai in Mühlhausen hingerichtet worden war. Leise erzählte er weiter, dass die Bauern damals in Frankenhausen regelrecht abgeschlachtet wurden.

Überall im Bereich der Grafen von Mansfeld, also auch in ihrem Heimatdorf, wurden Bluturteile wegen Beteiligung an dem Aufstand gesprochen und vollstreckt. Hunderte waren bereits getötet worden.

Giselas erschrockener Blick flog zu Barbara, aber die war zum Glück weit genug entfernt. Nicht auszudenken, was für eine Angst diese Nachrichten wohl in der Freundin auslösen würde.

Leise betete sie dafür, dass es Ruth gut ging, obwohl die Schwester ja am Aufstand gar nicht beteiligt war.

Die Angst um Ruth löste jetzt das Verlangen nach Barbara auf und gleichzeitig setzte sich eine Ängstlichkeit um die Freundin in ihrem Kopf fest.

Was wäre, wenn Fridolin sie hier finden würde? Das musste unter allen Umständen verhindert werden! Nur wie?

Die Bäuerin trat erneut auf den Hof, holte alle zusammen und verkündete, dass sie am Abend zum Fest auf dem Dorfplatz gehen würden.

Am nächsten Tag begann also auch hier die Ernte.

Gemeinsam würden sie feiern und miteinander würden alle am nächsten Tag in die Felder ringsum gehen. Sie sah Kaspars leidenden Blick, der sicher aber nur dem Bier geschuldet war. Sicherlich hatte der Bruder noch nicht verstanden, dass damit auch Barbara einer viel größeren Gefahr ausgesetzt wurde.

Jeder im Dorf würde sie sehen! Die bisher schützende Isolation auf dem Hof war vorübergehend nicht mehr aufrechtzuerhalten.

Wohl oder übel musste Barbara mit auf die Felder gehen!

Sie teilten sich die täglichen Arbeiten ein und das Fest am Abend sauste auch weiterhin durch Giselas Kopf. Vorfreude darauf und Angst um Barbara mischten sich in ihr.

58. Kapitel
Erntemond

Die Feier am Abend war lang, die Nacht in Kaspars Armen leidenschaftlich und der Morgen wirklich sehr früh. Bereits in der Morgendämmerung waren sie zusammen auf das Feld gegangen und hatten begonnen, das Getreide zu ernten.

Hatte sich Barbara mit den Arbeiten bisher schon schwergetan, so war das gegen diese Ernte eigentlich nur ein Kinderspiel gewesen.

Seit ein paar Stunden schuftete sie auf dem Feld, noch war die Sonne nicht am höchsten Punkt angelangt und trotzdem war sie schon völlig erschöpft. Taumelnd lief sie hinter Kaspar her, der fröhlich pfeifend vor ihr mit der Sense durch das Getreidefeld marschierte.

Sie konnte auch nicht verschnaufen, denn sie stand ständig unter Beobachtung der Bäuerin. Die ältere Frau war für die Mägde zuständig und würde sich bestimmt bei den anderen Bäuerinnen für die Arbeitsleistungen der Mägde verantworten müssen.

Das Ende des Feldes war noch fern und es war nur eines von unzähligen rund um die kleine Siedlung.

Gisela sang neben ihr, während sie die Ähren zusammenband, doch Barbara schwitzte und bekam keinen Ton mehr heraus. Das ständige Bücken und Aufrichten zerrte an ihren Kräften und der Rücken schmerzte bereits jetzt.

Die Freundin war diese Arbeit von Kindesbeinen an gewöhnt und bis zum Morgen hatte Barbara eigentlich noch nicht gewusst, wie schwer es war, zu arbeiten.

Am Abend zuvor hatte Barbara noch darüber gelächelt, als die Freundin davon erzählt hatte, dass eigentlich nur in zwei Monaten im Jahr wirklich jede Hand gebraucht wurde: im Saatmonat im Frühjahr und im Erntemonat des Sommers.

Sie hatte nicht verstanden, was die Freundin und erfahrene Bauersmagd damit gemeint hatte. Gegenwärtig wusste sie es, denn es war eine Knochenarbeit! Zwar halfen alle aus dem Dorfe mit, aber trotzdem war genug zu tun und Barbara fühlte sich auch weiterhin ständig unter Beobachtung.

Das machte ihre Schritte und Handgriffe nicht sicherer und Gisela musste ein paar Mal helfend zugreifen.

Noch nie hatte Barbara einen Abend so sehr herbeigesehnt, wie an diesem ersten Erntetag.

Mit dem Einsetzen der Abenddämmerung schlich sie zurück zur Scheune und fiel in das letzte verbliebene Stroh. Sie merkte nicht mal, dass sie es berührte, da schlief sie bereits.

Unzählige Tage wie der erste waren gefolgt. Barbara hatte Schwielen an den Händen und ihre Finger waren wund. Ständig riss sie sich die Verletzungen wieder auf.

Dazu kam noch, dass sie durch die Anstrengung und das Aufstehen in der Frühe nichts essen konnte. Stattdessen übergab sie sich jeden Morgen erst einmal hinter dem Misthaufen neben der Scheune.

Während alle anderen schwatzend in der Hütte beim ersten Brei saßen, kniete sie vor dem Mist.

Selbst am Sonntag wurde weitergearbeitet und der Pfarrer kam für einen kurzen Gottesdienst auf das Feld.

Jedes Mal, wenn der Geistliche oder die Aufseher des Grafen zu den Feldern kamen, zog sich Barbara das Kopftuch tief in ihr Gesicht. Zwar war sie ja hier unbekannt, aber sie konnte auch nicht vorsichtig genug sein. Ein kleiner Fehler würde reichen und sie würde den Kopf verlieren.

Jeden Tag ein anderes Feld und immer derselbe Ablauf: Vorn liefen die Männer und schwangen die Sensen, die Mägde folgten ihnen und banden die Garben zusammen, die wiederum andere Frauen und jüngere Kinder in die Scheunen der jeweiligen Bauern trugen.

Die ganze Siedlung war auf den Beinen und trotz der Hitze gab es nur wenige kurze Pausen, um am Feldrand etwas zu trinken.

Das Korn musste in die Scheunen und es war nicht abzusehen, wie das Wetter blieb. Schon oft, so hatte es ihr Gisela erzählt, hatte ein plötzlicher Hagelschauer im Sommer einen Teil der Ernte vernichtet und die Abgaben waren trotzdem zu entrichten.

Wenn es nicht gelang, in Getreide zu zahlen, so mussten die Bauern ihr Vieh an die Herren abgeben und ohne Vieh drohte im Winter, der in den letzten Jahren sehr streng gewesen war, der Hunger.

Es war daher also logisch und zu verstehen, dass so schnell wie nur irgend möglich gearbeitet wurde.

℘ ℘

Der siebente Tag, das siebente Feld, dasjenige des eigenen Bauern! Es war der kürzeste Weg bis dahin, aber derzeitig hatte sie auch noch den Blick des Bauern auf ihren Schultern und diese Last schien sie fast zu Boden zu drücken.

Seine Augen waren zu Schlitzen zusammengezogen und das nicht nur wegen der grellen Sonne, die erbarmungslos auf sie herab brannte.

Noch etwas hatte Barbara bemerkt: in den letzten Tagen verhielt sich Kaspar ihr gegenüber mehr als seltsam. Er ging ihr vermehrt aus dem Weg, sah sie kaum noch an und wenn doch, dann lag nicht mehr diese Güte in seinem Blick, die ihr Herz zum Schmelzen bringen konnte.

Es war etwas Frostiges in seinen Augen und sie wusste nicht, wo es herkam und ihren diesbezüglichen Fragen wich er aus.

Kaspar lief vor ihr her und ihr Blick lag auf seinen Schultern.

Grübelnd schaute sie ihn an, denn in der letzten Nacht war dann wirklich der Höhepunkt des ganzen Dramas erreicht gewesen: Unter der Decke hatten sie sich geliebt und sie hatte nur dagelegen und nichts von ihm gespürt. Es war rein mechanisch gewesen und sein Blick war dabei wie abwesend.

Der Halbmond hatte sein blasses Licht in die Scheune geworfen und ihr fröstelte es bei Kaspars Gesichtsausdruck sogar in der Erinnerung daran.

Während er sich schnaufend in sie geschoben hatte, waren ihre Gedanken zurückgegangen, denn in dieser Art hatte sich das immer angefühlt, wenn Fridolin sich ihr aufgedrängt hatte.

Nichts erinnerte mehr an den leidenschaftlichen und zärtlichen Liebhaber, der Kaspar bis vor ein paar Tagen noch gewesen war.

Dann hatte er sich stöhnend in ihr ergossen und nur wenig später von ihr herabgerollt. Kein liebes Wort, kein Kuss, kein Streicheln, nichts!

Kam dies momentan von der schweren Arbeit? Oder was stimmte nicht? Lag es an ihr?

Bisher war sie auch immer zur Erlösung gekommen, wenn er ihr seinen Samen in den Schoß gab, doch dieses Mal hatte sie sich selbst nur wie von fern dabei zugesehen.

Und ein weiteres Detail war ihr aufgefallen: Je seltsamer sich Kaspar ihr gegenüber benahm, umso vertrauter war sein Umgang mit dem Bauern geworden.

Aus dem Augenwinkel sah sie, wie der alte Mann gerade Kaspar seine Hand auf die Schulter legte. Die anderen Männer und Frauen auf dem Feld trieb er unbarmherzig an und mit dem Freund teilte er im selben Augenblick einen Schlauch, von dem sie annahm, dass sich wohl Wein darin befand.

Diese Entwicklung würde sie im Auge behalten müssen.

Eine Träne des Kummers lief über ihre Wange und vermischte sich mit dem Schweiß, der von ihrer Stirn lief.

59. Kapitel
Freundschaft oder Liebe?

Das Getreide befand sich endlich in der Scheune und damit war Zeit zum Verschnaufen. Gisela hatte mit zunehmender Sorge bemerkt, wie sich sowohl Kaspar als auch Barbara veränderten. Bei Barbara konnte sie es ja noch auf die schwere und ungewohnte Arbeit schieben, aber bei ihrem Bruder?

In der Woche, die sie die Felder abgeerntet hatten, hatte er sich mit jedem Tage mehr zu seinen Ungunsten verwandelt und ihren Fragen ging er aus dem Weg.

Und so wie sich Kaspar von ihr entfernte, so näherte sie sich immer mehr an Barbara an.

Obwohl diese letzte leidenschaftliche Nacht mit ihr schon mehr wie eine Woche her war, war doch die Erinnerung an dieses wundervolle Erlebnis immer noch in ihr wach. Was mit dem einen Kuss damals im Kloster als Freundschaft begonnen hatte, das war jetzt zu einer Art von inniger Gunst geworden.

Und da schmerzte es natürlich umso mehr, die Freundin so leiden zu sehen. Vielleicht schämte sich Gisela auch für das Verhalten ihres Bruders.

Momentan zog sich Barbara immer mehr in sich zurück. Sie wurde wieder diese unnahbare Gräfin, die sie für Gisela im Schloss gewesen war. In sich gekehrt, wort- und gefühllos. Scheinbar eiskalt!

Jede Nacht lagen sie nah beieinander und trotzdem wie durch Welten voneinander getrennt. Mit jedem neuen Tag entfremdete sie sich weiter von Kaspar und in ihrem Inneren schmerzte es Gisela, wenn sie sah, wie dieser mit der Freundin umging.

Auf eine Armlänge entfernt sah sie den beiden zu, die sich neben ihr liebten. Das hatte sie schon vorher heimlich getan, doch gegenwärtig machte sie es viel aufmerksamer und sie sah sich selbst in dem Verhalten von Barbara.

Wie sich Gisela einst bei dem Grafen verhalten hatte, so verhielt sich Barbara jetzt bei Kaspar. Still, duldend und leidend. In so mancher Nacht hatten sie sich beide in den Schlaf geweint. Barbara viel schneller, da sie von der ungewohnten Arbeit oft völlig erschöpft gewesen war.

Momentan stand Gisela mit einem Getreidebündel im Arm an der Tür der Scheune und sah den Männern zu, die auf dem Platz vor der Scheune mit den Dreschflegeln im Kreis standen und das Korn aus den Ähren holten.

Mit einem fröhlichen Lied schlugen sie reihum im Takt und die Mägde versorgten sie mit neuen Kornbündeln.

Gisela bemerkte, wie Barbara gerade unter einem der Dreschflegel wegtauchte. Die unerfahrene Frau war viel zu ungeschickt und beinah wäre sie von dem herunter sausenden Holz am Kopfe getroffen worden.

Sie hatte einfach nicht den Rhythmus, der jeder Landmagd mit in die Wiege gelegt worden war. Abermals bückte sie sich im ungünstigsten Moment und Gisela konnte sie gerade noch zurückreisen, bevor schlimmeres passieren konnte.

Sie nahm die Freundin zur Seite und sah die Tränen in ihren Augen.

„Bleib hinter mir und sieh mir zu. Ich hole das ausgedroschene Stroh und du bringst es dann nach hinten zu den Strohpuppen am Zaun", raunte sie der Freundin zu und strich ihr dabei liebevoll über die Wange.

Gisela spürte dabei, wie Barbara sich ihr entgegendrückte und dankbar zunickte.

Augenblicklich begann sich Gisela in den dumpfen Rhythmus zu begeben. Es dauerte nur einen Atemzug, dann hatte sie die Bewegung aufgenommen. Jahrelang hatte sie diese Tätigkeit im Sommer ausgeführt und sie hätte wohl auch mit verbundenen Augen den richtigen Moment zum Zupacken gefunden.

In fließenden Bewegungen zog sie das Stroh fort, reicht es nach hinten und sah, wie von der anderen Seite neue Ähren nachgeschoben wurden.

Die Männer waren gut aufeinander eingespielt und hier saß wirklich jeder Hieb! Es waren fast nur ältere Bauern und Knechte, die jüngeren waren wohl beim Aufstand gewesen.

Im Takt des Liedes und der Schläge tänzelte sie dahin und erspähte aus dem Augenwinkel, wie der Bauer Kaspar zur Seite nahm.

Für einen Moment stockte sie und wurde augenblicklich ihrerseits von Barbara zurückgerissen. Um Daumenbreite entfernt sauste der Dreschflegel vor ihrer Nase zu Boden.

Unvorsichtigkeit konnte hier schwerste Verletzungen nach sich ziehen, das wusste sie seit Jahren, und trotzdem war sie so nachlässig gewesen.

Schnaufend schaute sie über die Männer hinweg zur anderen Seite. Der Bauer trank mit Kaspar während der Arbeit! Eigentlich war dies eine Ungeheuerlichkeit! Was konnte das nur bedeuten?

„Gisela! Trödle nicht!", fuhr die Bäuerin sie an und riss sie damit vorerst aus ihren Grübeleien.

Momentan war die Arbeit wichtiger!

Viel konzentrierter machte sie weiter und bei jedem Griff berührten sich ihre und Barbaras Hände. Da war so etwas Vertrautes darin und sie spürte, wie das Eis in Barbaras Seele mit jedem Körperkontakt immer mehr schmolz.

Irgendwann machten die Männer eine Pause und das war das Signal für alle Mägde, sich auf das gedroschene Korn zu stürzen, um es zur Seite zu räumen.

Seite an Seite knieten Barbara und sie auf dem Platz und klaubten die Körner in flache Körbe.

Vierzig Hände räumten den Platz in Windeseile frei, damit die Männer nach der Rast unverzagt weiterarbeiten konnten, aber weder Barbara noch sie hatten Augen für das Korn, sondern nur füreinander. Ohne Blick nach unten rafften sie das Getreide zusammen und immer wieder berührten sich dabei ihre Hände.

Unbeabsichtigt? Sicher nicht!

Die Männer kamen zurück, die Frauen wichen aus. Kaspar und der Bauer fehlten allerdings! Sicherlich waren sie in der Hütte geblieben. Am wichtigsten Tag des ganzen Jahres! Am Dreschtag!

Die monotone Arbeit ging den ganzen Tag weiter, aber den Bruder sah sie erst in der Abenddämmerung wieder auf dem Platz, als der Bauer die Männer verabschiedete.

Erneut wich Kaspar ihren Fragen aus und verschwand auch schon wenig später mit den Männern. Sicher gingen sie in die Schänke.

Barbara drückte sich neben ihr die Hände in den Rücken, richtete sich ächzend auf und sagte danach leise: „Danke!"

Gemeinsam schlurften sie zum Brunnen hinüber, wo sich Barbara entkräftet auf den Rand setzte. Offensichtlich war sie selbst zum Waschen zu erschöpft und darum half Gisela ihr, als würde sie einem kleinen Kind helfen.

Sie zog der Freundin das Kleid über den Kopf, nahm einen Lappen und wusch ihr Gesicht, Hals und Arme. Danach kniete sie sich vor sie hin und wusch auch Barbaras Beine ab. Einst hatte sie in dieser Art als Zoffmagd jeden Tag Barbara auf ihrem Schloss gewaschen.

Doch dieses Mal war es anders, denn als sie sich wieder aufrichtete, wurde sie von der Freundin dafür mit einem Kuss belohnt. Einem langen Kuss!

Für einen Moment zuckte sie zurück, doch dann kam die Erinnerung an diese wunderschöne Nacht zurück.

Barbara griff sich den Lappen und wusch sie jetzt ihrerseits, obwohl sie dazu vor kurzem noch zu abgekämpft gewesen war. Es tat gut, sich so verwöhnen zu lassen.

Wenig später schlenderten sie, Hand in Hand, zur Scheue zurück.

In diesem Gebäude und in der einsetzenden Dämmerung folgte ein neuer Kuss.

Augenblicklich schmolz ihrer beider Herz.

Aus der Freundschaft wurde Liebe, die aufloderte und vor der es kein Halten mehr gab.

Hektisch entledigten sie sich der Unterkleider und nur Bruchteile eines Augenblickes später sanken sie in das Stroh. Leidenschaftlich küssten sie sich.

Sie streichelten und liebten sich.

Im Dunkel der Scheune trieben sie sich beide gegenseitig zur Erlösung hin und die Erschöpfung des Tages war weit entfernt.

Stöhnend bäumte sich Barbara unter ihren Fingern auf.

60. Kapitel
Ängste, Nöte und Freuden

Bereits eine Woche gingen die Mägde von Hof zu Hof, um beim Dreschen des Korns zu helfen. Nach dem ersten Tag hatte Barbara verstanden, was von ihr verlangt wurde und mit Gisela war sie jetzt in die Handlungsabläufe eingespielt.

Sie hatte auch gesehen, dass es die anderen Mägde nicht anders handhaben. Allerdings wechselten diese sich ab. Eine bückte sich, um das Stroh zu holen, die andere trug es fort.

Da war das Trennen von Spreu und Korn schon fast ein Kinderspiel, denn das machte der Wind fast alleine. Hochwerfen und fangen, mehr musste man dafür nicht tun und das konnte sie gut.

Kaspar hatte sich immer mehr zurückgezogen und seit ein paar Tagen schlief er auch nicht mehr in der Scheune bei ihnen, sondern im Haus, in der Kammer der Knechte!

In jeder Nacht wurde sie aber von Gisela dafür entschädigt, dass Kaspar fern war. Gegenseitig genossen sie die Streicheleinheiten auf ihrer nackten Haut und in der Scheune störte sie niemand. Weil diese noch leer war, kam hier auch keiner herein.

Da es in den Sommernächten sowieso warm war, schliefen sie einfach ohne Kleider unter der dünnen Decke. Das Gefühl, so Haut an Haut zu liegen, war einfach unbeschreiblich und trotzdem machte sich ein Zweifel in ihr breit.

War es richtig, was sie hier taten? Oder war es Sodomie?

Barbara erinnerte sich an Statuen, die sie gesehen hatte, wo Frauen in inniger Umarmung dargestellt waren. Doch das, was sie jede Nacht machten, das ging weit über das Umarmen und Küssen hinaus. Es fühlte sich gut an und jedes Mal vollführte ihr Herz einen freudigen Hopser, wenn Gisela sie mit den Fingern streifte, doch eine kleine Angst blieb.

Und diese Furcht wurde jetzt nur noch größer, weil sie bemerkte, dass der Bauer eine junge Frau mit auf den Hof brachte, von der sie wusste, dass es die unverheiratete Tochter eines anderen Bauern war.

Oft hatten sie gemeinsam gearbeitet und die dralle, junge Frau hatte kräftig zugelangt. Doch was machte sie hier auf dem Hof? Der Bauer war doch schon verheiratet! Und einen Sohn hatte er auch nicht. Also wozu brachte er diese Frau hierher?

Hatte es etwas mit Kaspar und seinem Rückzug von ihr zu tun?

Angstvoll blickte sie zu der Frau hinüber, die soeben an ihr vorbei über die Tenne lief und danach das Bauernhaus betrat.

Gisela war neben sie getreten und sie beiden sahen sich fragend an. Offensichtlich hatte die Freundin dieselben Gedanken, denn sie bemerkte: „Hoffentlich ist die nicht wegen meinem Bruder hier!"

Da es auf den Abend zuging, schlenderten sie zur Hütte hinüber, um wie jeden Tag ihr Mahl in der Küche einzunehmen.

Geschwätzige Geschäftigkeit herrschte in dem kleinen Raum und die Mägde liefen durcheinander.

Als der Bauer den Raum betrat und wenig später auch die Frau und Kaspar, da schien sich ihrer beider Befürchtung zu bestätigen, denn die beiden erhielten einen Platz nebeneinander, dem Bauern gegenüber.

Eigentlich brauchte damit auch keiner noch ein Wort darüber zu verlieren, doch der alte Mann zeigte nach dem Gebet mit dem Löffel auf die beiden und erklärte: „Kaspar wird meinen Hof übernehmen und Doris heiraten!"

Dann begann das Essen, von dem Barbara aber keinen Bissen herunterbekam. Es war schlimm, es auf diese Art zu erfahren. Sie kämpfte mit den Tränen beim Anblick des einstmals geliebten Mannes, der ihrem Blick allerdings auswich.

Nach dem Mahl erhob sich Barbara und schlich nach draußen. Verzweifelt hockte sie Augenblicke später auf dem Balken der Latrine und ließ ihre Tränen loslaufen.

Doch nach dem Kummer um die verlorene Liebe kam jetzt das Erschrecken hinzu, denn Kaspar wusste um ihre Vergangenheit! Ein Wort, unbedacht von ihm im Schlaf geäußert und von Doris aufgeschnappt, würde ihr den Tod bringen!

Der Blick der anderen Frau über den Tisch zu ihr herüber hatte ihr gesagt, dass mit ihr eine neue Gefahr auf den Hof gekommen war und mit der Hochzeit würde sich die Schlinge nur noch enger um ihren Hals zusammenziehen!

Eine neue Flucht war unumgänglich! Nur wohin? Noch immer wusste sie nicht, wo sie ihr Weg letztendlich hinführen würde. Nur eines war ihr völlig klar: hier konnte sie nicht mehr bleiben!

Und sicherlich wussten die Mägde, was Kaspar und sie so oft des Nächtens in der Scheune getrieben hatten. Zumindest deutete sie ein paar aufgeschnappte Gesprächsfetzen so. Und wenn es die Mägde wussten, dann war es nur noch eine Frage der Zeit, bis es Doris erfuhr, wenn sie nicht schon längst darum wusste.

Barbara würde sich also noch vor der Hochzeit davon schleichen müssen, denn so eine Feier war gut besucht. Eine falsche Anspielung, eine unbedachte Geste konnte das Ende sein. Und normalerweise nahm auch der Lehnsherr an solch einer Vermählung teil!

Und Doris würde selbstverständlich auch nicht so dumm sein, eine Nebenbuhlerin in der Nähe ihres Mannes zu belassen.

Obwohl sie sich hier nicht mehr in der Grafschaft Mansfeld befanden, so war ein einziges Wort schon eines zu viel! Wohl oder übel musste sie einen Schlussstrich ziehen, den Kaspar aber offensichtlich bereits gezogen hatte.

Lautstark zog sie die Tränen durch die Nase hoch, dann krampfte sich ihr Herz zusammen, denn eine neue Feststellung stürzte sie in noch größeren Kummer: Sie würde damit auch Gisela verlieren, denn die Schwester des Bauern würde ja auf dessen Gehöft bleiben wollen.

Ungehindert kullerten die Tränen auf ihren Wangen herab, tropften von ihrer Nasenspitze und fielen auf den Rock.

Jetzt und hier musste sie einen schnellen Bruch machen, bevor es ihr das Herz zerriss.

Heute Nacht! Oder nie!

Blieb allerdings immer noch die eine Frage: wo war das Ziel ihrer neuerlichen Flucht?

Sie wischte sich mit dem Handrücken die Tränen fort und zwang sich zur Ruhe, denn so aufgelöst würde sie keine gute Antwort darauf finden.

Die Bäuerin trat auf den Hof und rief nach einer Magd: „Johanna! Siehst du noch mal nach den Kühen?"

Blitzartig sauste ein Gedanke durch Barbaras Kopf: Johanna!

Das war es!

Johanna war ihre Großmutter und lebte in Leipzig, als Frau eines Kaufmannes. Bei ihr konnte sie sicher einen Unterschlupf und eine Anstellung als Magd finden! Und es war ausreichend weit von hier entfernt!

Zuversichtlich erhob sie sich, richtete ihre Kleidung und setzte das bei Fridolin geübte Lächeln auf. Niemanden wollte sie zeigen, wie es wirklich um sie stand. Schon gar nicht der Freundin!

Gisela stand an der Tür der Scheune und blinzelte in die untergehende Sonne, die ihr Gesicht rosa einfärbte.

Sie trat zu ihr und mit einem Kuss zog sie Gisela in die Scheune hinein. Die Freundin versuchte ihren Bruder zu verteidigen, doch Barbara verschloss ihr schnell den Mund mit einem weiteren Kuss.

Zum letzten Mal wollte sie sich fallen lassen.

Nachdem Gisela in ihren Armen erschöpft eingeschlafen war, erhob sich Barbara, zog sich an, entnahm ihr kostbares Buch der Kiste und verstaute ihre wenige Habe in einem leinenen Beutel.

Auf Zehenspitzen, die Schuhe in der Hand, schlich sie zur Tür. Von dort aus warf sie einen wehmütigen Blick auf die schlafende Freundin, sprach ein tonloses: „Lebe wohl!", und schob die knarrende Scheunentür auf.

61. Kapitel
Ein schwerer Entschluss

In den letzten Tage hatte Barbara immer wieder versucht, eine gute Magd zu sein und Kaspar hatte das schon bemerkt, aber er hatte auch gesehen, wie schwer es ihr gefallen war. Und er wusste auch, dass es nicht mehr lange so weitergehen konnte.

Bereits jetzt war das Getuschel im Dorf unüberhörbar. Er hatte es damit zu besänftigen versucht, indem er allen erzählte, dass Barbara die entlaufene Zoffmagd einer Herrin gewesen war.

Vielleicht so wie Gisela, aber abgenommen hatte ihm das wohl kaum einer.

Dazu kam jetzt auch noch die räumliche Distanz, denn seit dem Ende der Ernte hatte der Bauer ihm eine Kammer im Haus gegeben und die beiden Frauen waren in der Scheune geblieben.

Damals, zur Feier der Sonnenwende in der Schänke, hatte er die Anspielungen des alten Mannes noch nicht verstanden, derzeitig waren sie offensichtlich.

Der Bauer wollte seinen Hof an ihn weitergeben. Er hatte keine Kinder und somit wäre dieses Gehöft nach seinem Tode an den Lehnsherren gefallen. Nur mit Kaspars Hilfe konnte der Bauernhof weiterexistieren.

Zwar war der Boden nicht ganz so gut, wie sein eigenes Land weit im Norden, aber das Angebot war viel zu verlockend, als dass er es leichtfertig ausschlagen konnte.

Sollte er einfach hier mit etwas anderem beginnen? Weit ab von Graf Fridolin und jedem anderen, der um seine Vergangenheit wusste? Er wollte es und damit blieb nur noch Barbara als letzte Verbindung zu diesem alten Leben.

Kaspar musste eine Wahl treffen und eigentlich war es eine Entscheidung, die er schon lange hätte fällen müssen: Barbara war keine Bäuerin und würde es auch niemals werden. Die junge Frau, die der Bauer für ihn ausgesucht und mitgebracht hatte, die war die Tochter eines Bauern. Von klein auf war sie an die Führung eines Haushaltes gewöhnt und fähig, eine gute Bäuerin zu sein.

Und mit Barbara schwebte ständig die Gefahr seines eigenen Todes über ihm. Fridolin würde ihn töten, wenn er auch nur einen Hauch einer Ahnung davon hätte, wo sich Barbara gerade befand!

An diesem Abend trafen sie sich wie immer alle in der Hütte, um in der Küche ihr Mahl einzunehmen. Die Mägde schnatterten wieder miteinander und liefen im Raum umher, während der Bauer, die junge dralle Frau, die er ihm mit Doris vorgestellt hatte, und er selbst die Küche betraten.

Alle setzten sich, der Hausherr sprach das Gebet, zeigte danach auf sie und erklärte: „Kaspar wird meinen Hof übernehmen und Doris heiraten!"

Damit war alles gesagt und er sah in Barbaras Augen, die ihm schräg gegenüber saß, dass sie das schon zuvor gewusst hatte, danach wich er ihrem Blick aus, da er es ihr nicht erklären konnte.

Doch was würde jetzt aus ihr werden? Als Magd jedenfalls war Barbara selbstverständlich völlig ungeeignet.

Schmerzend riss er ihre Liebe aus dem Herzen und wandte sich Doris zu, die bei seiner flüchtigen Berührung ihrer Hand rote Ohren bekam.

Offensichtlich war sie noch unberührt und unerfahren. Sie war kein Vergleich zu Barbara, aber die war derzeitig bereits Vergangenheit.

Die Zukunft war Doris und dieses Gehöft.

Hier konnte er Bauer sein und eine Familie gründen. Und es war auch nicht mehr Mansfelder Land! Nicht mal mehr Sachsen!

Würde hier alles besser sein?

Vielleicht hatte der Aufstand doch etwas bewirkt?

Schon in Mühlhausen hatten viele Bauern mit ihren Herren Verträge geschlossen und Zugeständnisse ertrotzt. Was diese wert waren, das würde die Zukunft erweisen.

Was die Beziehung zu Barbara anbetraf, so hatte er diese ohne ein Wort beendet.

In der Nacht lag er dann lange wach und dachte daran, was wohl die nächsten Tage bringen würden. Er dachte an Barbara, Gisela und Doris und bei letzterer besonders daran, ob der Lehnsherr bei der Hochzeit den Brauttaler akzeptieren würde, oder auf dem Recht der ersten Nacht bestand.

Bei der schüchternen Frau hoffte er auf ersteres.

Nicht auszudenken, was wohl geschehen würde, wenn der Herr mit ihr so verfuhr, wie es Ruth ergangen war.

Mit dieser Befürchtung schaute er sorgenvoll in den nächsten Tag.

Die Entscheidung zu Barbaras Zukunft vertagte er, doch er hatte damit bereits die Liebe gegen die Sicherheit getauscht!

Erst spät in der Nacht zog es ihm die Augen zu.

62. Kapitel
Mann oder Frau?

in Geräusch und eine unbestimmte Angst weckten Gisela wieder auf. Ihr Blick fiel auf den leeren Platz neben sich und die offen stehende Kiste.

Sofort wusste sie, dass Barbara fort war!

Unverzügliche sprang sie auf und rannte zur offen stehenden Scheunentür. Mit einem Sprung hatte sie Barbara, die sich gerade vor der Hütte die Schuhe anzog, an der Hand gepackt.

Geschwind zog sie Barbara in ihren Arm, umklammerte sie daraufhin und fragte: „Wo willst du denn hin?"

Barbara begann rumzudrucksen und wich ihr aus.

Schließlich wurde sich Gisela ihrer Nacktheit bewusste und daher zerrte sie die Freundin eilig in das Gebäude zurück.

„Also wohin?", erkundigte sie sich daraufhin fordernder.

Die Freundin begann zu erzählen: von Kaspar, Doris und der geplanten Hochzeit.

„Wenn Kaspar im Schlaf spricht, so bin ich dem Schicksal schutzlos ausgeliefert. Er hat mich immer seine kleine Gräfin genannt und wenn Doris das hört", erklärte sie, ließ das Ende des Satzes offen und machte nur eine schneidende Bewegung mit der Hand vor ihrem Hals.

Gisela nickte ihr zu, denn sie hatte deren Nöte schon verstanden, aber dass die Freundin sich einfach so von ihr davonstehlen wollte, ohne ein Wort zum Abschied, das schmerzte im Moment sehr.

Ein paar Augenblicke brauchte sie, bevor sie erneut fragte: „Wohin wolltest du jetzt aber mitten in der Nacht?"

„Zu meiner Großmutter Johanna, nach Leipzig", erläuterte Barbara ihren Plan.

„Allein? Eine unbegleitete Frau kommt nicht mal bis in das Nachbardorf!", entgegnete Gisela.

Ein Blick in Barbaras traurige Augen, in denen sich das Mondlicht spiegelte, besänftigte unmittelbar darauf den letzten Schmerz.

„Und wenn du mitkommst?", erkundigte sich Barbara.

„Zwei Frauen allein geht auch nicht. Wir brauchen einen Mann!"

„Aber Kaspar wird uns nicht begleiten! Und welcher Mann würde sonst mit uns kommen wollen?", erwiderte Barbara und setzte sich in das Stroh zurück.

Gisela dachte verzweifelt nach, bekam aber keinen brauchbaren Einfall. Hier bleiben konnte Barbara wirklich nicht und gehen auch nicht!

Ihr Blick ging durch die Tür zum Haus zurück, in dem Kaspar schlief. Konnte sie ihn um die Begleitung bitten? In der Art, wie sich der Bruder in den letzten Tagen benommen hatte, sicher nicht!

Ein heller Schein ließ Gisela zur Seite blicken. Dort hingen Kaspars Arbeitssachen zum Trocknen auf der Leine. Sofort hatte sie die rettende Idee! Schnell schaute sie an sich herunter und dann zu Barbara.

„Zieh dich aus!", sagte sie zu ihrer Freundin und lief nackt nach draußen.

Geschwind hatte sie die Sachen geholt und war damit zurück in der Scheune.

„Wenn wir deine Brust und dein Haar verschwinden lassen, dann gehst du glatt als schmächtiger Mann durch. Ich habe obenrum zu viel!", erklärte sie und hielt der nackten Freundin die Kleidung des Bruders hin.

Barbara zögerte einen Augenblick, erkannte aber dann, dass dies die einzige Möglichkeit zur Flucht war.

Mit dem schnell zerrissenen Unterkleid band Gisela ihr die Brust straff an den Körper an, dann half sie ihr in die ungewohnten

Sachen, die ihr zwar etwas zu groß waren, aber mit etwas Mühe dann doch passten.

Einen Moment später hatte Gisela ihr Kleid wieder an, versteckte Barbaras Haar unter Kaspars Kappe und packte den Schmuck in ihren Beutel.

„Können wir?", fragte sie anschließend.

„Danke!", antwortete Barbara und fiel ihr um den Hals.

Zu zweit schlichen sie nach draußen. Die Tenne war taghell vom Mond erleuchtet, der fast noch kreisrund direkt über der Hütte des Bauern stand.

Sie gingen auf Zehenspitzen am schlafenden Hofhund vorbei, der erwachte, kurz den Kopf hob und sie aber inzwischen gut kannte. Nachdem Gisela ihm über den Kopf gestrichen hatte, legte er sich zurück und schlief weiter.

Kein einziger Laut fiel.

Nach ein paar Schritten waren sie am Bauernhaus vorbei, hatten das Hoftor passiert, das hinter ihnen schnappend ins Schloss fiel, und waren hoffentlich unhörbar auf dem Weg nach Osten.

Der Tag begann früh und in der Morgendämmerung gingen ein Mann und eine Frau auf der Straße der Sonne entgegen. Hinter sich ließen sie das langsam erwachende Dorf zurück.

Als der erste Hahn krähte, rannten sie am letzten Haus vorbei auf die offene Fläche. Der staubige Pfad verschluckte das Geräusch ihrer hastigen Schritte und erst als sie das letzte Dach nicht mehr hinter sich sehen konnten, gingen sie gemächlicher.

Bei einem letzten Blick zurück dachte Gisela daran, dass sie sich von ihrem Bruder nicht mal verabschiedet hatte. Doch er hatte sie schon einmal fortgeschickt und wenn Doris erst den Hof mit ihm zusammen führte, so waren dann sicher auch ihre Tage mit dem Bruder zusammen gezählt.

Da hatte Barbara sicherlich recht gehabt.

Die resolute junge Frau würde weder eine Nebenbuhlerin noch eine Schwägerin auf ihrem Hof dulden.

Momentan lag ein weiter Weg vor ihnen.

Mit einem Seitenblick musterte sie die Freundin und stoppte, dann ließ sie Barbara ein paar Schritte machen und überlegte.

„Das geht so nicht! Du trägst zwar Hosen, läufst aber wie eine Frau!", bemerkte sie.

An einem Gebüsch brach sie einen Stock ab, entästete diesen mit dem Dolch und drückte den Knüppel der fragend blickenden Freundin in die Hand.

„Ab jetzt humpelst du!", erklärte sie.

Barbara nickte verstehend.

Noch eine Handvoll Schlamm verteilte Gisela im Gesicht der Freundin und die Täuschung war perfekt. Drei Schritte weiter war Gisela mit der Verkleidung zufrieden.

„Wenn uns jemand sehen kann, dann lahmst du einfach!", sagte sie noch, dann eilten sie davon.

Sie gingen schnell, denn sie wollten so viel Strecke wie möglich am ersten Tag schaffen, damit sie niemand zurückholen konnte.

„Und ab sofort bist du stumm und ich rede für uns! Sonst verrät dich deine Stimme", war Giselas abschließende Anweisung.

Stundenlang folgten sie dem Weg, bis Gisela es nicht mehr aushielt und sich erkundigte: „Du weißt aber schon, wo du hin willst? Oder?"

„Ja! Nach Leipzig!", entgegnete Barbara.

Gisela zeigte vor sich auf die sich schlängelnde Straße, die momentan nach Süden abbog. Im Augenblick interessierte sie nicht das noch ferne Ziel ihrer Reise, sondern der aktuelle Pfad unter ihren Füßen.

„Führt uns dieser Feldweg dorthin? Ich war noch nie in Leipzig", erwiderte Gisela und blickte erneut nach vorn, wo am Horizont ein paar Hügel zu erblicken waren.

Barbara entgegnete: „Ich habe damals bei meinem Hauslehrer hoffentlich was gelernt. Konrad hat immer darauf bestanden, dass ich alles lernen sollte, was man so brauchen konnte. Mathematik, griechische Philosophie und auch Geografie. Bis heute habe ich nicht verstanden, warum er mir dabei auch die ganzen Handelsrouten erklärt hat, jetzt weiß ich es und bin ihm gerade unendlich dankbar. Bei Eisenach werden wir auf die Via Regia treffen und die bringt uns dann, wenn ich mich noch richtig erinnere, über Erfurt nach Leipzig."

Von dieser Straße hatte auch Kaspar schon einmal erzählt und sie konnte nur hoffen, dass Barbaras Erinnerung ihnen keinen Strich durch die Rechnung machte.

In der Ferne war eine Burg auf einem Berg zu sehen, doch es blieben immer noch Zweifel in ihr zurück.

„Auf einer Handels- und Pilgerstraße? Zwei Frauen? Allein?", fragte Gisela sicherheitshalber nach.

„Ein Mann und eine Frau!", entgegnete Barbara und lachte.

Da musste Gisela ihr schmunzelnd zustimmen.

63. Kapitel
In Eisen gefasst?

✣m späten Nachmittag hatten sie den kleinen Fluss erreicht, der ihnen den Weg nach Eisenach verwehrte und wenn Barbara sich noch richtig an das vor Jahren gelernte erinnerte, dann war dies die Werra.

Und wo es einen Fluss gab, da fand sich sicherlich auch eine Brücke, aber zunächst setzte sie sich am Wegesrand auf einen Stein und sah sich ihre Füße an.

Bis hierher war es schon eine ganz schöne Anstrengung gewesen, aber das größte Stück des Weges lag noch vor ihnen. Der Knöchel war noch in Ordnung und sie hatte sich zum Glück auch nicht wund gelaufen.

Gisela hockte sich neben sie und blickte zu den Häusern hinter der Stadtmauer hinüber.

Nach ein paar Atemzügen zog sich Barbara die Schuhe wieder an und folgte mit den Augen dem Blick der Freundin.

„Wir werden dort aber nicht übernachten", deutete sie schnell an.

„Geld hätten wir aber dazu", entgegnete Gisela und klopfte auf den Beutel, in welchem sich ja ihr Schmuck befand.

Barbara schüttelte den Kopf und erklärte: „Das ist kein Geld, das ist Schmuck. Den müssen wir erst irgendwie zu Talern machen, denn wenn man uns damit erwischt, so ergeht es uns schlecht."

„Wieso?", fragte Gisela sichtlich überrascht.

„Na überleg mal! Du bist eine Magd und ich jetzt ein Knecht. Was haben wir beide wohl mit einer juwelenbesetzten Kette zu tun? Jeder würde uns sofort des Diebstahls verdächtigen und dann bleiben wir eine Weile da drüben im Kerker!", erklärte Barbara und zeigte auf die Stadt.

Gisela nickte und zog den Schmuck aus dem Beutel.

„Eigentlich schade darum", bemerkte sie und ließ das Geschmeide durch die Finger gleiten.

Barbara entgegnete ihr: „Bei meiner Großmutter schenke ich dir einen neuen Schmuck. Einen, den du auch tragen kannst."

„Kennst du sie gut, deine Großmutter?", fragte Gisela, während sie das Kleinod wieder sicher im Beutel verwahrte.

„Ich habe sie nur drei Mal gesehen. Das letzte Mal vor vier Jahren", antwortete Barbara und sah, wie Gisela die Augenbrauen hochzog. Darum lenkte sie schnell ein: „Meine Großmutter liebt mich!"

Das konnte sie zwar nicht wissen, aber sie hoffte es, denn Johanna war ihre letzte Zuflucht. Wo sollte sie sonst hin? Vielleicht noch irgendwo auf einem Bauernhof bleiben, wo sie wirklich niemand kannte? Aber in Männersachen? Das Kleid hatten sie ja in der Scheune zurückgelassen. Und selbst beim letzten Bauernhof hatte sie nur schwer die Tätigkeiten ausführen können.

Wer nichts tun konnte, der hatte aber auch keinen warmen Platz im Winter! Sie würde verhungern oder erfrieren!

Barbara schob die dunklen Gedanken derweil beiseite, erhob sich und schaute erneut zur Stadt hinüber.

„Vielleicht finden wir einen Trödler, der uns den Schmuck zu Geld macht und keine Fragen stellt", erklärte sie noch und folgte danach der Straße zur Stadt hinüber.

Nach drei Schritten war Gisela wieder neben ihr. Mit einem Seitenblick streifte sie Giselas Gesicht und wusste, dass nur bei Johanna ein Zusammenleben mit der Freundin möglich war.

Überall sonst würden sie getrennt werden und sie wollte die Freundin, die mittlerweile eher eine Geliebte war, nicht mehr verlieren.

Auf der Suche nach der Brücke machte der Fluss mit einem Mal einen Bogen und führte nach Westen zurück. Damit gab er ihnen den Weg in die Stadt frei.

Der staubige Pfad führte auf eines der Stadttore zu, neben dem, weithin sichtbar, ein paar Männer an einem Gestell aufgehängt waren. Der Kleidung nach mussten es wohl Bauern gewesen sein.

„Bist du dir sicher, dass wir mit dem Schmuck da hineingehen sollten?", fragte Gisela sie, während sie am Stock zu gehen versuchte.

So richtig sicher war sie sich nicht, aber für den weiteren Weg würden sie die Münzen brauchen.

Wichtig war nur, dass sie in der Stadt niemand für plündernde Bauern hielt, aber ein Krüppel und eine Frau?

Ein flaues Gefühl machte sich dennoch in Barbaras Bauch breit, während sie unter dem strengen Blick der Wachsoldaten das Tor passieren wollte.

Einer der Männer hielt sie an, doch er kontrollierte sie nur halbherzig. Der Schmuck im Beutel blieb unbemerkt und auch die kostbare Bibel wurde nicht gefunden. Vermutlich wollte er sich nicht die Hände schmutzig machen und was konnte man bei einem humpelnden Krüppel schon finden?

Zu ihrem Glück nahm ihr keiner die Kappe ab, das lange Haar hätte sie sonst sofort verraten, wie ihr gerade siedend heiß einfiel.

Doch schon waren sie durch das Tor!

Unbeachtet von den Bewohnern der Stadt folgten sie der Straße bis zum Markt, wo sich auch die Kirche befand. Dort sah sich Barbara um, wo sie einen Trödler finden konnte. Gleichzeitig hielt sie die Ohren offen und so entging ihr nicht, dass zwei Marktfrauen sich über die Hinrichtungen der Bauern unterhielten.

Es schien noch nicht lange her gewesen zu sein und damit wurde es zunehmend gefährlich. Sie durften keinen Fehler machen, oder sie würden beide ihren Kopf verlieren!

Aber mit dem Schmuck konnten sie jetzt auch nicht mehr hinaus. Bei einer erneuten Kontrolle konnten sie schon weniger Glück haben!

Die Juwelen mussten unbedingt in der Stadt bleiben!

Endlich hatte sie das erhoffte Schild gesehen und zog die Freundin in eine Ecke des Marktes. Flüsternd erklärte sie: „Dort drüben ist ein Trödler!", dabei zeigte sie mit den Fingern auf die Ladentür.

Gisela nickte und wollte schon hinübergehen, als Barbara sie am Kleid festhielt. Noch viel leiser setzte sie fort: „Du musst den Schmuck unter allen Umständen bei ihm lassen, auch wenn er dir nicht viel Geld dafür gibt. Sei bitte vorsichtig, denn wenn er dich festhält, so sind wir beide verloren!"

Barbara sah, wie Gisela bei dieser Erkenntnis bleich wurde und schlucken musste. Sicherlich hatte sie das zwar gewusst, aber erst in diesem Moment wirklich die Tragweite dieser zwanzig jetzt folgenden Schritte begriffen.

„Ich bleibe hier und warte auf dich", erklärte Barbara und hockte sich in eine Seitengasse.

Unentschlossen stand Gisela vor ihr und blickte sie an. Noch wusste sie vermutlich nicht, wie sie dem Trödler erklären sollte, wie sie in den Besitz des Schmuckes gekommen war.

„Warum kommst du nicht mit?", fragte sie.

Barbara sah die Angst in Giselas Augen und vielleicht wäre das besser, um die Freundin zu unterstützen.

Doch andererseits würde der Mann möglicherweise misstrauisch werden, wenn ein Bettler, und wie ein solcher sah sie ja derzeitig aus, den Laden betrat. Da würde vielleicht sofort nach der Wache gerufen. Ein schwaches Weib hingegen konnte ihn vielleicht umgarnen.

Leise flüsterte Barbara der Freundin ihre Überlegungen ins Ohr und setzte ein: „Ich liebe dich", noch dazu.

Ächzend ließ sich Barbara wieder auf das Pflaster der Gasse sinken.

Noch einen Augenblick zögerte Gisela, dann machte sie sich zögerlich auf den Weg.

Sich noch einige Mal umsehend, ging sie die paar Schritte bis zur Ladentür.

Barbara hoffte, dass sie ihre Sache gut machen würde und auch, dass sie Gisela schon bald wiedersah. Dann verschwand sie in dem Laden und Barbara schaute ihr ängstlich hinterher.

Würden sie den Schmuck loswerden können? Oder sollten sie am Abend schon in Eisen gelegt im Kerker sein? Dann wäre ihre Tarnung als Bettler auch nicht mehr viel Wert.

Das Ende war schon wieder so nah und sie meinte, den Strick bereits um ihren Hals zu spüren.

64. Kapitel
Gerechter Handel?

Mit Todesangst im Herzen ging Gisela über den Marktplatz. Direkt neben ihr war das Schafott errichtet, an welchem sich auch noch das frische Blut der letzten Opfer befand. Würde auf diesem Blutgerüst auch ihr Leben enden?

Doch diese Angst würde ihr beim Verhandeln sicher nicht helfen. Schon oft hatte sie mit Trödlern zu tun gehabt, auch wenn sie noch nie in einem Geschäft gewesen war.

Im Sommer kamen die Männer mit ihren Karren immer durch das Dorf und verkauften irgendwelchen Tand. Oder sie tauschten gegen etwas anderes.

Noch zehn Schritte waren es bis zur Tür. Gisela warf einen letzten Blick über die Schulter zurück zu Barbara, die sich in den Schatten eines Hauses gesetzt hatte.

Sie schluckte ihre Angst herunter, griff nach der Klinke und schob beherzt die Tür auf.

Ein dämmriger Raum tat sich vor ihr auf. Kram in jeder nur erdenklichen Form lag in einem langen Regal. An der Seite befand sich ein Tisch und hinter diesem stand, zuerst mit dem Rücken zu ihr, ein älterer Mann.

Als sie die Tür schloss, drehte er sich zu ihr um und schien sie zu mustern. Auf die vier Schritte Entfernung konnte sie sehen, wie er sie abschätzte.

Offensichtlich prüfte er gerade, ob sie ein gutes Geschäft zu bringen versprach, doch ihre staubigen Kleider ließen seine Mundwinkel sofort nach unten zeigen.

„Was willst du?", fragte er sie ziemlich unfreundlich.

Ohne zu zögern, trat sie an den Tisch und löste den Beutel von ihrem Gürtel.

„Ich habe hier etwas, was euch sicherlich interessieren würde", entgegnete sie und öffnete das Band.

Sie schüttete den Beutel aus und der Schmuck fiel klimpernd auf den Tisch.

In die Augen des Mannes kam ein gieriger Glanz.

Seine Hand zuckte nach vorn und in einem Sonnenstrahl prüfte er die gefassten Edelsteine der Kette. Sorgsam untersuchte er Stück für Stück und ein kleines Kreuz aus grünen und roten Steinen schien es ihm besonders angetan zu haben.

„Wo hast du das her?", fragte er lauernd und leise.

Eine Antwort wollte er sicher nicht haben und trotzdem entgegnete sie ihm: „Gefunden!"

„So etwas findet man nicht einfach so", antwortete er und schaute sich erneut die Schmuckstücke an.

„Bei einem toten Bauern", log Gisela und sah den Mann prüfend an.

Würde er ihr wenigstens etwas Geld dafür geben? Oder sie in den Kerker werfen lassen? Aber dann würde er den Schmuck sicher nicht behalten können, denn der Richter würde ihn einziehen und für sich behalten.

Wie groß war die Gier des Mannes? Und war sein Verstand größer als seine Habsucht?

Wie nicht anders zu erwarten gewesen war, begann er: „Du hast es also gestohlen, wenn auch nur einem Toten!"

Der Mann machte eine kurze Pause und zischte dann: „Das ist Leichenfledderei!"

Gisela blickte ihm in die Augen und entgegnete nichts, denn alles war gesagt. Der Mann war am Zug! Für einen Moment setzte ein eisiges Schweigen ein.

Durch das Fenster war das Schafott zu sehen und wenn der Mann den Schmuck annahm, so konnte auch er dort enden.

Oder sie beide? Und Barbara noch dazu, obwohl die ja gegenwärtig weit entfernt saß.

Eigentlich war nur Gisela in der Falle. Hier in diesem Laden war sie mit dem Mann allein.

Sie nahm all ihren Mut zusammen, denn jetzt hatte sie nichts mehr zu verlieren. Oder alles!

„Wie viel gibst du mir dafür?", entgegnete sie ihn und zeigte auf die fünf Schmuckstücke, die auf dem Tisch vor ihr lagen.

Jetzt kam es darauf an, was er antworten würde.

„Einen Gulden!", erklärte er schließlich.

„Der Schmuck ist mehr als das zwanzigfache dessen Wert!", stieß sie entrüstet aus.

Gerade eben hatte sie noch ihren Kopf in der Schlinge gesehen, doch die Entgegnung des Händlers trieb ihr den Zorn in die Stimme.

„Du Betrüger!", fuhr sie ihn an, was er mit: „Du Diebin!", quittierte.

Augenblicklich funkelten sie sich über den Tisch hinweg gegenseitig an.

Gier gegen Groll!

„Fünf Gulden! Mindestens!", erklärte sie laut.

Der Mann schüttelte den Kopf.

„Einen! Und du behältst deinen Kopf auf den Schultern!", entgegnete er bestimmt.

„Vier?", lenkte sie ein.

Es war nicht viel, aber sie brauchten das Geld, sonst würden sie Leipzig nicht erreichen und sie mussten doch unterwegs auch noch etwas zu Essen kaufen.

Allerdings hatte der Mann jetzt angebissen und es war nur noch eine Frage des auszuhandelnden Preises.

Seine Augen wurden zu schmalen Schlitzen und er musterte abermals den Schmuck. Danach fiel sein Blick abschätzend auf sie. Was ging in seinem Kopf vor?

Überraschend sagte er auf einmal: „Ich biete dir drei!"

Da war doch sicher eine Falle dabei? Gerade eben wollte er ihr nur einen Gulden geben und jetzt diese Menge?

Grübelnd blickte sie ihm an. Sollte sie einfach in den Handel einschlagen? Oder auf den vier Gulden bestehen?

Gleichzeitig lief vor dem Fenster die Stadtwache vorbei und ein einziger Ruf würde das Geschäft beenden.

Zum Unglück für Gisela blieb die Abordnung auch noch vor dem Laden stehen! Zehn bewaffnete Männer mit Spießen und Schwertern standen damit nur fünf Schritte entfernt.

Trotzdem hatte der Händler diese Summe genannt. Warum?

„Wirklich drei Gulden?", fragte sie zur Sicherheit nach und sah, wie ein Mundwinkel des Mannes nach oben zuckte.

Es war eine Falle gewesen!

Doch momentan konnte sie nicht von hier fort!

Fragend blickte sie den Mann an, der gerade die Hand nach dem Schmuck ausstreckte.

„Was muss ich dafür tun?", erkundigte sie sich bei ihm, da sie sich vorstellen konnte, dass der Trödler ihr wohl kaum aus lauter Gutmütigkeit die Summe verdreifacht hatte.

Ein breites Grinsen zog sich über sein Gesicht. Er beugte sich vor und raunte ihr zu: „Nichts, was du nicht tun könntest! Gib dich mir hin und ich zahle dir den Preis!"

Das war es also gewesen! Aufs Schafott oder ins Bett des Händlers!

Für einen Augenblick verschlug es ihr die Sprache.

„Vier Gulden, denn ich bin keine Hübschlerin!", entgegnete sie trotzig und in der stillen Hoffnung, dass der Mann dies ablehnte.

„Drei und ein halber!", erwiderte er.

Noch zögerte Gisela, aber ihre Ehre hatte sie ja längst in Fridolins Bett gelassen und das für weit weniger Geld!

Erst jetzt bemerkte sie, dass die Bänder an ihrem Halse offen standen und dem Mann dadurch einen guten Blick in ihr Kleid boten. Beim schnellen Laufen in der heißen Sonne hatte sie diese zuvor geöffnet.

Gisela beugte sich ein Stück nach vorn, spielte demonstrativ mit einem dieser Bänder und beharrte auf den vier Gulden. Sie bemerkte, wie er vor Geilheit schon fast zu sabbern begann und wusste, dass sie ihn in der Tasche hatte!

„Gut! Vier Gulden!", erklärte er und nahm den Schmuck vom Tisch.

„Die Münzen gibt es dann", setzte er noch hinzu und ließ das Geschmeide in einer Kiste verschwinden.

Gisela fragte ihn nur: „Wo?"

„In der Kammer!", entgegnete er und zeigte mit der Hand auf eine Tür am hinteren Ende des Ladens.

Das kam ihr gut zupass, denn darin wäre sie auch etwas weiter von den Wachen entfernt, die noch immer vor der Ladentür standen.

Mit wiegenden Hüften schlenderte sie leichtfüßig nach hinten und spürte dabei den lüsternen Blick des Mannes dort. Schnell warf sie ihm einen Blick über die Schulter zu und griff sich ins Haar, denn sie wusste, je erregter der Mann war, desto eher war es zu Ende. Das war auch etwas, was sie bei Fridolin gelernt hatte.

Als sie die Tür erreichte, war der Mann bereits hinter ihr.

Heißer Atem schlug ihr ins Genick und das an einem sowieso schon drückend warmen Tag im Juli!

65. Kapitel
Nymphen am See

igentlich hatte Barbara schon mit ihrem Leben abgeschlossen. Spätestens nachdem die Wachen vor dem Laden aufmarschiert waren. Mit bis zum Hals klopfendem Herzen hatte sie darauf gewartet, dass Gisela augenblicklich festgenommen werden würde und sie danach der Freundin in den Tod folgte.

Die ständige Angst hatte so eine Art von Abgestumpftheit gegenüber dem Sterben gebracht und sie hockte in stoischer Ruhe, zumindest äußerlich, an der Häuserwand.

Ihre Augen waren dabei ständig auf die immer noch geschlossene Ladentür gerichtet. Sie hätte jetzt fliehen können, aber sie wollte auch nicht einen Tag mehr ohne die Freundin sein.

Und trotzdem hatte sie Gisela dort hineingeschickt!

Natürlich war es die einzige Möglichkeit gewesen, denn als Bettler hätte sie sich dem Geschäft noch nicht mal nähern können. Die tratschsüchtigen Marktweiber hätten sicherlich sofort die Wache gerufen!

Was konnte ein Bettler schon haben? Nur etwas Gestohlenes!

Die Zeit dehnte sich ins unendliche, die Wache blieb auf ihrem Platz und sie blickte mit einem Auge unablässig zur Tür.

Sie hätte sich selbst ohrfeigen können, dass sie im Augenblick nichts mehr für Gisela tun konnte.

Barbara zog die Kappe vorn etwas herunter, lehnte sich an die Hauswand und tat, als würde sie in der Hitze des Nachmittags dösen. Die Steine des Marktplatzes reflektierten die Hitze und trieben ihr den Schweiß auf die Stirn und dort vermischte er sich mit dem Angstschweiß um die Freundin.

Das eigene Leben war ihr im Moment egal, wenn nur Gisela nichts geschah!

Nach ewigem Warten marschierten die Wachleute endlich weiter und gaben den Weg zur Ladentüre frei, doch die Freundin war noch immer in dem Haus.

Wie lange dauerte denn so ein Handel?

Jetzt konnte sie doch wieder herauskommen. Jetzt, da der Weg wieder frei war.

Ungeduldig rutschte Barbara auf ihrem Hosenboden herum und behielt den Trödlerladen weiter unauffällig im Blick.

Der Schatten ihres Stockes war bereits ein gehöriges Stück weitergewandert. Gisela war sicherlich schon mehr als eine Stunde in dem Laden und Barbara musste sich mittlerweile regelrecht zur Ruhe zwingen.

Sie fragte sich, was in dem Geschäft geschehen war und ob es der Geliebten gutging. Oder war sie an einen Halsabschneider gekommen, der jetzt den Schmuck für sich behalten wollte?

Konnte sie nicht einen Blick durch das Fenster werfen, ohne dass die Marktweiber gleich schreien würden?

Langsam ließ sie ihren Blick über die Menschen auf dem Markt gleiten. Die eine Hälfte von ihnen war in Geschäftigkeit und die andere döste in der Hitze. Keiner würde hoffentlich die langsame Bewegung wahrnehmen.

Sie stemmte sich an der Hauswand hoch und humpelte in einem möglichst großen Bogen über den Platz.

Als sie am Fenster angekommen war, öffnete sich die Tür und Gisela trat vor ihr aus dem Laden. Den Blick auf die Stelle gerichtet, an der sie gerade noch gesessen hatte, konnte Gisela sie nicht sehen.

Barbara erkannte das Erschrecken im Blick der Freundin und einen Augenblick später war sie zu ihr gehinkt.

Erlöst nickte Gisela ihr zu und sie gingen zu einem der Marktstände.

Barbara blieb zurück und die Freundin kaufte dort etwas zu essen und einen Schlauch mit Wein.

Da sie die Nacht nicht in der Stadt bleiben wollten, liefen sie danach wieder zum Tor hinüber, wo sie erneut von der Wache gemustert wurden.

Dieses Mal allerdings viel gründlicher, weil einer der Männer wohl Diebesgut bei ihr vermutete, aber bis auf die Bibel hatten sie nichts Verdächtiges dabei.

Offensichtlich konnte der Mann nicht lesen und blätterte nur durch das Buch. Er zeigte seinem Kameraden die Bilder und gab es ihr schließlich zurück. Die Kappe nahm der Wachmann ihr zum Glück auch nicht ab.

Nach dem Tor standen sie auf der Via Regia und nach etwas mehr wie fünfhundert gehumpelten Schritten durfte sie neuerdings normal gehen. Und erst jetzt konnten sie sich auch unterhalten.

„Ich hatte solche Angst um dich", begann Barbara.

„Ich habe vier Gulden für den Schmuck bekommen", erwiderte Gisela.

„Wirklich? Ich hätte mit der Hälfte davon gerechnet!", entgegnete Barbara überrascht.

„Wollen wir uns da in den Schatten setzen und etwas essen und trinken?", fragte Barbara und zeigte auf ein kleines Gehölz ein Stück vor ihnen am Straßenrand.

„Wie ist dir das gelungen?", erkundigte sich Barbara kauend, während sie die Münzen betrachtete, die Gisela in der Hand hielt.

„Das sage ich dir lieber nicht, aber ich fühle mich irgendwie schmutzig!", setzte sie ihr entgegen.

Barbara strich der Freundin über die Wange und seufzte: „Ich danke dir und es tut mir leid, dass du das da machen musstest!"

Sie hatte schon verstanden, was Gisela mit ihrer Bemerkung gemeint hatte.

In der Nähe glitzerte ein kleiner Teich durch die Bäume und da es sowieso schon spät am Tage war, schlug Barbara der Freundin vor, sich dort zu waschen und am Ufer des Gewässers auch für die Nacht zu lagern.

Ihre Beine taten schon weh und das humpeln hatte auch nicht zu einer Entspannung geführt, sondern nur zu Schmerzen im Rücken.

Momentan mussten sie sich gegenseitig aufhelfen, denn die kurze Rast steckte ihnen beiden in den Gliedern.

Hand in Hand gingen sie durch das Wäldchen auf das verlockende Gewässer zu. Die zu erwartende Erfrischung und Abkühlung trieb sie voran.

Schließlich hatten sie das Tagesziel erreicht. Der Teich war kaum vom Weg aus einsehbar und auf einer Seite wuchs etwas Schilf an einer sich daran anschließenden Wiese.

Mit dem Einbruch der Dämmerung ließen sie sich auf dieser Grasfläche nieder. Barbara küsste ihre Freundin und dann halfen sie sich gegenseitig aus ihrer Kleidung.

Schnell wuschen sie die Kleider, legten diese zum Trocknen aus und wenig später glitten sie nackt durch das kühle Nass.

Gegenseitig um sich schwimmend planschten sie im Weiher und erst als der Mond aufging, stiegen sie wieder aus dem Gewässer.

Der silberne Schein des Mondes glänzte auf Giselas nackten Körper und gab ihr etwas Überirdisches. So wie die Nymphen, von denen Barbara früher einmal etwas gelesen hatte.

Sie tanzten über die Wiese und fielen nach einigen Drehungen kichernd in das weiche Gras.

Streichend und sich weiter küssend ließen sie diesen anstrengenden Tag der neuerlichen Flucht ausklingen.

Barbara richtete sich auf, beugte sich über die Freundin und ließ dabei ihre nassen Locken spielerisch über Giselas wunderschönen Körper gleiten.

Alles war gut, wenn sie nur beieinander waren.

„Es tut mir leid, dass ich dich dazu gezwungen habe", begann sie eine Entschuldigung.

Gisela unterbrach sie sofort und antwortete: „Es war meine Entscheidung, mit dem Trödler das Lager zu teilen!"

„Aber", setzte Barbara zu einer Entgegnung an und die Freundin verschloss ihr sofort den Mund mit einem Kuss.

Unverzüglich drückte Gisela sie jetzt ihrerseits zu Boden und rollte sich über sie.

Barbara lag auf dem Rücken und Giselas Finger strichen zärtlich über ihren trotz der Abkühlung schon wieder erhitzten Leib. Barbara bäumte sich stöhnend auf und mit der Hand auf der Brust drückte die Freundin sie sofort wieder ins weiche Gras zurück.

Zärtlich griff sie ihr an die Schenkel und wie vorher im Tanz drängten ihre Fingerspitzen zu Barbaras Lenden, glitten in ihren nassen Schoß. Sie wollten sich beide in dieser Nacht Glück und Lust schenken und nichts würde sie jetzt noch davon abhalten können!

Barbaras Finger tasteten sich ebenfalls vorwärts und wenig später lagen sie beide in sich verschränkt, seufzend und nach Erlösung suchend, auf der Grasfläche im Mondlicht.

Sie waren jetzt zwei Nymphen im lustvollen Liebesspiel und wenig später durchdrangen ihre Schreie die Nacht.

66. Kapitel
Weites Land

Beinahe eine Woche waren sie jetzt schon auf der Via Regia unterwegs. Erfurt lag längst hinter ihnen und Gisela wunderte sich oft, mit welcher schlafwandlerischen Fähigkeit die Geliebte den Weg fand, obwohl sie ja nicht wusste, ob sie noch auf dem richtigen Weg war, aber da half eben nur, Vertrauen in sie zu haben.

Zumindest zögerte Barbara meist nur kurz, wenn die Straße an eine Abzweigung kam.

Gisela hatte die Markierungen an den Steinen zwar gesehen, aber um sie zu verstehen, musste man Kaufmann oder Fuhrmann sein, oder man musste lesen können und den Weg im Kopf haben.

Die größeren Orte hatten sie bisher umgangen, denn das eine Erlebnis in Eisenach hatte Giselas Bedarf an Abenteuer vollständig gedeckt.

Seither waren sie unbehelligt auf der sehr breiten Straße unterwegs, deren mit Steinen gepflastertes Band sich in der Hitze des Julis durch das Land schlängelte.

Tagsüber liefen sie auf diesem Pfad und in den Nächten lagen sie dann abseits der Trasse irgendwo im Gras und träumten. Oder liebten sich leidenschaftlich!

Die Münzen hatten sie sparsam eingesetzt und nur Essen und Trinken davon gekauft. Die Hitze des Tages machte durstig und der Weg hungrig, doch da Gisela wusste, was man essen konnte, fanden sie immer wieder mal eine wilde Frucht am Wegesrand. Trotzdem war nicht mehr viel vom Geld übrig.

So gingen sie, Hand in Hand, gerade in Richtung Norden.

Sie hatten den Sonnenschein hinter und den Schatten vor sich. Unbarmherzig brannte die Sonne auf sie herab und ließ sie schwitzen.

Vor zwei Tagen hatten sie ein kurzes Stück auf einem Ochsenkarren mitfahren können, doch sonst waren sie immer zu Fuß unterwegs gewesen.

Da Barbaras Knöchel mittlerweile gut verheilt war, konnte die Freundin auch schnell laufen.

Barbara trat sehr selbstsicher auf, doch wenn sich ein Wagen oder Reiter ihnen näherte, dann spürte Gisela, wie die Freundin vor Angst zusammenzuckte.

Auch wenn Barbara gegenwärtig als Mann verkleidet war, gab ihnen das nicht die Sicherheit, die sie gebraucht hätten. Die schmächtige Gestalt der Freundin würde wohl kaum einen Räuber davon abhalten, sie auszurauben.

Allerdings versprachen ihr Auftreten und die jetzt schon ziemlich mitgenommene Kleidung wohl kaum eine lohnende Beute. Die Furcht vor Fridolin und seinen Häschern war allerdings trotzdem bei jeder Begegnung deutlich in ihren Augen zu sehen und auch die Erleichterung, wenn sie danach nicht mehr am Stock humpeln musste.

Immer wieder ritten auch bewaffnete Wachen über diese Straße, denn die Via Regia war eine wichtige Handelsroute und daher auch beschützt, wie Barbara ihr bereits am Anfang des Weges gesagt hatte.

Offenbar war Barbara der Schutz der kurfürstlichen Wachen wohl wichtiger, als die Sicherheit vor Fridolin auf den anderen Wegen. Weiter entfernt und abseits der Via gab es auch andere Routen, auf denen man nach Leipzig gelangen konnte, aber die waren schlecht ausgebaut und für Reisende einfach zu gefährlich.

Und für zwei einzelne Wanderer erst recht!

Zusätzlich zur Route machte sich Gisela aber noch über etwas anderes Gedanken: Wie konnte Barbara so sicher sein, dass ihre Großmutter sie bei sich aufnahm? Hatte sie nicht gesagt, dass sie die Frau kaum kannte und nur ein paar Mal gesehen hatte?

Und gegenwärtig setzte sie ihr ganzes Vertrauen in Johanna!

Woher nahm Barbara diese Zuversicht, dass Johanna sie nicht einfach in eine Kutsche setzen und nach Meißen schicken würde?

Ihre Liebe wäre dann für immer zerstört!

Natürlich hatte Gisela verstanden, dass sie nur als Mägde zusammenbleiben konnten. Bei Fridolin hatten ja auch alle Mägde in einem Raum geschlafen und in so mancher Nacht waren damals seltsame Geräusche zu hören gewesen.

Erst jetzt, im Zusammenleben mit Barbara, verstand sie, was dort früher wohl im Schutze der Finsternis in der Mägdekammer geschehen war.

Und das wollte sie für immer auch mit Barbara erleben. Nicht versteckt als Zofe und Herrin, sondern wie zwei Freundinnen, die wussten, wie man sich Lust schenken konnte.

Diese Erinnerungen sausten warm durch Giselas Körper und sie sehnte sich sofort wieder nach Barbaras Berührungen.

Als auch dieser Tag sich langsam dem Ende zuneigte und vor ihnen die Dächer einer Siedlung zu erblicken waren, da machte sich die Sehnsucht nach einem Dach über dem Kopf, und sei es auch nur für eine Nacht, in Gisela breit.

Einen letzten Gulden hatten sie noch und der würde gewiss für Übernachtung und Essen in einer kleinen Herberge reichen.

Fast bettelnd überredete sie Barbara, mit ihr dort in einem Zimmer zu übernachten und es dauerte eine geraume Weile, bis die Freundin dann endlich zusagte.

Und mit ihrer Einwilligung standen sie auch schon fast vor dem Haus!

Fröhlich trat Gisela ein und Barbara folgte ihr, auf den Stock gestützt. Schnell hatten sie ein Zimmer, denn der Wirt konnte der funkelnden Münze nicht widerstehen. Ihr zerlumptes Auftreten war da wohl zweitrangig, denn wer zahlen konnte, der war offenbar willkommen.

Das Bett in der Kammer war weich und der Duft aus der Küche ließ augenblicklich auch Barbara freundlicher in den Abend sehen.

Nach der Wäsche in einer Schüssel in der Kammer gingen sie zur Schankstube.

Es war ziemlich voll in dem Raum, aber auf einer Bank waren noch Plätze frei und sie setzten sich.

Auf ein Handzeichen brachte der Wirt einen Krug Wein, zwei Becher, ein gebratenes Hühnchen und etwas Brot.

Hungrig machten sie sich über den Braten her.

Das Fett lief aus Barbaras Mund und sie wischte es mit dem Handrücken ab. Da war nicht mehr die vornehme Frau zu sehen, die damals im Park die Schwäne mit Brot gefüttert hatte. Hier aß eine Magd, oder eben ein Knecht, denn dessen Kleidung trug die Freundin momentan.

Da die Männer dem Starkbier gut zusprachen, kam es, wie es kommen musste: Beim Würfeln schubste einer den anderen und im Handumdrehen war in der Schankstube die schönste Schlägerei im Gange.

Nur mühsam bekam der Wirt die Randalierer wieder unter Kontrolle und da Barbara nicht als Frau zu erkennen war, bekam auch sie einen Fausthieb ab.

Ohne einen Ton ging sie zu Boden und Gisela schleifte die Freundin anschließend in ihre Kammer.

Zum Glück war die Kappe auf Barbaras Kopf geblieben, denn das lange Haar hätte sie sonst sofort als Frau verraten!

Liebevoll kümmerte sich Gisela sofort um die verletzte Freundin und schließlich kuschelten sie sich zusammen in das Bett.

„Morgen Abend sind wir in Leipzig", erklärte Barbara und daher würde das wohl die letzte Nacht sein, die sie unterwegs waren.

Und vielleicht die Letzte, die sie zusammen sein konnten?

Gisela fühlte tief in sich, dass sie mit Barbara jede Nacht verbringen wollte. In ihren Armen sicher gebettet sein und die zärtlichen Küsse auf der Haut spüren wollte. Jeden Abend mit ihr eins sein wollte, bis der neue Morgen erwachte.

Sich gegenseitig streichelnd versicherten sie sich ihrer Liebe und fanden wieder miteinander zur Erlösung ihrer Lust.

Nach diesem Streicheln sanken sie ermattet auf das Lager zurück und der Schlaf kam schnell.

Gisela umklammerte dabei die Freundin regelrecht, nur um nicht von ihr abzulassen. Sie wollte geborgen an sie geschmiegt einschlafen.

Voller Liebe im Herzen und mit unendlichem Vertrauen gesegnet bangte sie dennoch in den nächsten Tag.

Was brachte er? Freude oder Trauer?

Liebe oder Trennung?

67. Kapitel
Verzweifelte Suche

Über Nacht war das Auge zugeschwollen und Gisela hatte ihr einen Verband um den Kopf gelegt. Aus der Waschschüssel starrte Barbara daher gerade ein jämmerliches Bild an: Sie war ein einäugiger, humpelnder und abgerissener Bettler. Und nach dieser Nacht waren sie jetzt wirklich auf Almosen angewiesen, denn die Geldkatze, die Gisela am Gürtel trug, war jetzt vollständig geleert.

Das letzte Stück des Weges mussten sie noch zurücklegen. Am Abend wollte sie bei ihrer Großmutter sein, doch wie würde die ältere Frau sie aufnehmen?

Die ganzen Weg Zeit der Wanderung hatte sie Zuversicht gehabt, dass alles gut werden würde, doch momentan verließ sie der Mut. Allerdings wollte sie sich dies von Gisela nicht anmerken lassen.

Der letzte Tagesmarsch begann und zur Sicherheit hatte Gisela den Wirt beim Aufbruch am Morgen gefragt, wie weit es noch bis Leipzig war.

Auf die Antwort des Mannes schien ihr mehr Verlass zu sein, als auf ihre Wegangabe, aber beide Aussagen waren gleich.

Ein bisschen schmollte Barbara über dieses fehlende Vertrauen der Freundin, aber mit einem Kuss besänftigte Gisela schon wenig später den in ihr deswegen aufsteigenden Groll.

Hand in Hand folgten sie dem Weg weiter.

Eigentlich wollte sie so schnell wie möglich in die Stadt, doch gerade jetzt waren so viele Menschen unterwegs, dass sie ständig am Stock gehen musste. Schließlich wollte sie ja so kurz vor dem Ende der letzten Etappe nicht riskieren, dass die Tarnung aufflog.

Nachdem sie schon eine Strecke gelaufen waren, erbarmte sich einer der Bauern und ließ sie hinten auf seinen Ochsenkarren aufsteigen.

Da er zum Markt nach Leipzig wollte, und dafür schon ziemlich spät dran war, fuhr der Mann entsprechend schnell.

Auf dem Weg ruckelte der Karren beachtlich und die Schläge des Fuhrwerkes liefen durch ihre Körper hindurch.

„Besser schlecht gefahren, als gut gelaufen!", raunte Gisela ihr ins Ohr.

Zumindest waren sie deutlich schneller unterwegs, als wenn sie weiter gehinkt wäre.

Gegen Mittag erreichten sie das Stadttor und stiegen dort vom Fuhrwerk.

Damit sah Barbara die Größe der Stadt und ihr wurde schlagartig bewusst, dass sie noch nie zuvor hier gewesen war und damit natürlich auch nicht wissen konnte, wo sich das Haus der Großmutter befand.

Bis jetzt hatte sie angenommen, dass Leipzig so wie Meißen war und es da nicht so schwierig sein konnte, einen Kaufmann zu finden, doch durch die Märkte und Messen, die regelmäßig in dieser Ortschaft stattfanden, hatten sich hier offensichtlich auch sehr viele Händler angesiedelt.

Schon alleine die Anzahl der Stände auf dem Markt war unüberschaubar.

Während Gisela die Marktfrauen nach Johanna befragte, folgte ihr Barbara humpelnd, doch an jedem Stand war die Antwort auf die Frage zum Hause des Kaufmannes nur: „Nein, das weiß ich nicht!"

Und dabei wurde sie als Bettler auch noch argwöhnisch angestarrt. Es fehlte wohl nicht viel, dass eine von ihnen nach der Stadtwache rief!

Stundenlang irrten sie durch die Stadt.

Immer düstere Gedanken sausten durch Barbaras Kopf und sie rechnete schon mit dem Schlimmsten, nämlich nach Meißen gehen zu müssen und dort für immer von Gisela getrennt zu sein.

Die Angst davor schnürte ihr den Hals zu und jetzt hätte sie wirklich nicht mehr sprechen können.

Verzweifelt tapste sie hinter der Freundin her.

Als ihre Stimmung am Boden war, blendete sie ein Lichtstrahl.

Irgendetwas hatte spiegelnd die Sonne zu ihr geworfen und als sie sich in diese Richtung drehte, sah sie den Eingang einer Kirche.

Vielleicht würde ein Gebet bei ihrer Suche helfen?

Sie zog Gisela an der Hand und zeigte auf den sich gerade wieder öffnenden Eingang zum Kirchenschiff.

Die Freundin nickte ihr zu.

Wenn das Gebet nichts nutzen würde, dann konnten sie wenigstens in der Kirche in einer Bank sitzen und ihre Füße für ein paar Augenblicke schonen.

Gemeinsam betraten sie das Halbdunkel des Raumes und gingen bis zu einer Bank direkt vor dem Altar.

Barbara ließ sich erschöpft auf die Holzbank nieder. Ein stummes Gebet flog nach oben und da in dieser Kirche gerade außer ihnen niemand war, konnten sie sich danach auch flüsternd unterhalten.

„Ich habe sicher hundert Menschen gefragt, doch keiner kennt Hans den Kaufmann oder seine Frau Johanna. Bist du dir sicher, dass die noch in Leipzig sind?", erkundigte sich Gisela.

Barbara musste in ihrer Erinnerung kramen.

„Selbst wenn meine Großmutter in den letzten Jahren fortgezogen wäre, so hätte sich doch trotzdem jemand an sie erinnern müssen!", gab Barbara einen Augenblick später unter Tränen zurück.

Alles schien über ihr zusammenzubrechen. Sie blickte die Freundin an und ihr Herz krampfte sich zusammen.

Gisela legte ihre Hand auf die ihre und Barbara lehnte ihren Kopf verzweifelt gegen die Schulter der Freundin. Das sah vermutlich ziemlich komisch aus, dass ein Mann sich schluchzend an die Schulter einer Frau anlehnt, aber das war ihr im Moment völlig egal.

So saßen sie eine ganze Weile im Dämmerlicht des Chorraumes, bis Gisela bemerkte: „Das ist aber komisch!"

Barbara sah zu ihr auf und fragte: „Was meinst du?"

Gisela zeigte nach vorn und erklärte: „Da! Diese Madonna am Altar, die sieht so aus, wie du!"

Barbara folgte mit den Augen dem Fingerzeig der Freundin und erhob sich danach von der Kirchenbank.

Zusammen traten sie nach vorn und betrachteten die Figur am Rande des geschnitzten Altars. Die Ähnlichkeit war nicht zu bestreiten.

Abermals begann Barbara, in ihrer Erinnerung zu kramen. War da nicht eine Geschichte gewesen, die ihr die Mutter vor Jahren einmal erzählt hatte?

Grübelnd starrte sie die Madonna an, dann blitze die Erinnerung in ihr auf.

„Danke, Mutter Maria!", rief sie laut aus und bemerkte, dass ein Pfarrer durch eine Tür an der Seite in den Chorraum getreten war.

Sie rannte die paar Schritte bis zu ihm und kniete vor dem Mann.

„Könnte ihr mir bitte sagen, wer diese Madonna geschaffen hat?", fragte sie laut, zeigte mit der Hand zum Altar und dachte jetzt erst daran, dass sie als Mann verkleidet war.

Schnell senkte sie ihren Blick zu Boden.

War jetzt alles aus?

Der Gottesmann musste nur an ihrer Kappe ziehen, die sie als Mann in der Kirche eigentlich nicht tragen durfte, und sie würde die Nacht im Kerker verbringen.

„Verzeiht!", sagte sie leise und erwartete ihr Schicksal mit gesenkten Haupt.

Der Geistliche legte seine Hand auf ihre Schulter und sprach: „Dein Schicksal hat dich wahrlich schwer bestraft! Der Schöpfer dieses Altars ist Meister Siegbert!"

„Wo können wir den erhabenen Meister finden?", erkundigte sich jetzt Gisela, die sich neben sie gekniet hatte.

„Der altehrwürdige Meister wohnt nur einen Steinwurf von hier entfernt. Sein Haus ist in der Gasse der Kaufleute und der Eingang wird von zwei Engeln wie diesem da flankiert!", erklärte der Pfarrer, zeigte auf einen Engel am Altar, schlug das Kreuz über ihnen und ging.

„Siegbert ist mein Urgroßvater! Meine Mutter hat mir mal von ihm erzählt. Er hat meine Urgroßmutter in diesem Altar verewigt!", erzählte Barbara freudig und erhob sich.

„Und sie sieht dir zum Verwechseln ähnlich!", entgegnete Gisela, als sie zum Altar zurücksah.

„Lass uns gehen!", erklärte Barbara und schritt zum Ausgang des Kirchenschiffs.

Würde bei Siegbert auch Johanna zu finden sein?

Zumindest würde dort jemand wissen, wo sie sich derzeitig befand.

68. Kapitel

Am Ende des Weges

Gisela wäre fast das Herz stehen geblieben, als Barbara auf den Pfarrer zugelaufen war und ihn mit dieser hohen Stimme nach dem Namen des Altarschnitzers gefragt hatte. Zum Glück war der Geistliche von einer schlimmen Verletzung des Bettlers ausgegangen und im Nachhinein hatte Gisela erst mal erleichtert lachen müssen, nachdem sie wieder auf dem Markt gestanden hatte.

Ein paar der Marktweiber hatten zwar seltsam geschaut, als sie sich vor dem Kirchportal vor Lachen ausschütten musste, aber die Anspannung ließ sich nur so wieder lösen.

Die Gasse der Kaufleute war schnell gefunden und wirklich keine zweihundert Schritte entfernt.

Gegenwärtig gingen sie von Haus zu Haus und sahen sich die Schnitzereien an den Pforten an. Sicherlich hatte Barbaras Urgroßvater die meisten davon geschaffen, denn die Handschrift des Holzschnitzers war unverkennbar.

Katzen, Pferde, Wagen, Adler und noch andere Gestalten waren zu bewundern, aber bisher kein einziger Engel!

Das Ende der Gasse kam immer näher und dann standen sie vor dem Haus, welches das des Schnitzers sein musste, denn in zwei kleinen Erkern links und rechts der Pforte standen zwei wundervoll geschnitzte geflügelte Himmelsboten.

Offensichtlich dienten sie sowohl dem Schutz des Hauses als auch als Muster für die Kundschaft.

Barbara stand zögernd vor der Tür und traute sich nicht zu klopfen. Anscheinend war sie gerade zu keiner Bewegung fähig und somit musste Gisela an das Tor treten und anklopfen.

Es dauerte eine Weile, dann öffnete ein Junge mit rotem Stoppelhaar das Tor. Er war mehr als einen Kopf kleiner als Gisela, musterte auffällig ihre verschmutzte Kleidung und fragte schließlich durch eine Zahnlücke lispelnd: „Was wollt ihr?"

„Ist Meister Siegbert zu sprechen?", erkundigte sich Gisela.

Nach einem neuen fragenden Blick auf Barbaras zerrissene Bettlerkleidung trat der Junge zur Seite.

Er rief nach drinnen: „Meister! Da ist ein Bettler und eine Frau!" Es klang etwas respektlos dem ehrwürdigen Meister gegenüber, doch niemand schien das zu stören.

Ein Mann mit weißen Haaren und einem langen Bart kam, auf einen geschnitzten Stock gestützt, langsam zur Tür.

Mit freundlicher Stimme sagte er: „Ist gut, Thomas", dann strich er dem Jungen über das Haar.

Er blickte sie mit gütigen Augen an und dann fragte er: „Was möchtet ihr von mir?"

Gisela machte einen tiefen Knicks und begann: „Ehrenwerter Meister, wir sind auf der Suche nach Johanna, der Frau des Kaufmannes Hans. Könnt ihr uns helfen, sie zu finden?"

„Was wollt ihr von der Frau meines Sohnes?"

„Wir wollen sie etwas fragen", entgegnete Gisela.

Der alte Mann zog fragend die Augenbrauen hoch. Er überlegte einen Moment, dann erwiderte er: „Johanna ist hinten im Garten!"

„Könnt ihr sie bitte rufen?", stieß jetzt Barbara übereilt aus.

Der alte Mann sah sie noch verwunderter an.

Dann fiel die Tür vor ihnen zu.

Gisela sah die Freundin entsetzt an. Hatte dieser überhastete Ausbruch gerade alles kurz vor dem Ende verdorben?

Barbaras nicht verbundenes Auge füllte sich mit Tränen und sie starrte die geschlossene Tür an.

„Alles aus!", murmelte sie und schlug sich die Hände vor ihr Gesicht.

Gisela musste die schluchzende Freundin jetzt trösten.

Sie umarmte Barbara, während sich neben ihnen die Tür erneut öffnete.

Eine grauhaarige Frau trat in die Türöffnung und sah auf dieses seltsame Bild. „Ihr sucht mich?", erkundigte sie sich nach ein paar Augenblicken.

Barbara fuhr zu ihr herum und im selben Moment erkannte Johanna die Enkelin. Mit einem Schrei fiel sie Barbara um den Hals. Erst nach vielen Tränen äußerte Johanna schließlich: „Wie siehst du denn aus?"

„Es ging nicht anders!", schluchzte Barbara und zog sich die Kappe vom Kopf. Ihre langen Haare fielen ihr dabei bis über die Schultern herab, was ziemlich riskant war, da sie ja immer noch in Hosen auf der Straße stand.

„Schnell! Kommt rein!", erklärte Johanna und gab den Weg ins Haus für sie frei.

Hinter der Tür waren dutzende Männer durch den Schrei zusammengelaufen. Einige davon waren sogar bewaffnet! Offensichtlich bereit, die Frau jederzeit mit der blanken Waffe zu verteidigen.

Wenig später saßen sie am Tisch, der schnell mit Essen und Getränken bedeckt war. Fragen wurden gestellt und es wurde lange erzählt, bis Johanna bemerkte: „Irgendwie riechst du etwas streng! Ich mache euch mal das Waschwasser fertig!"

„Ich danke dir! Aber du darfst meiner Mutter von all dem nichts verraten!", entgegnete Barbara.

„Wieso?", wollte Johanna daraufhin selbstverständlich wissen.

Barbara begann leise ihre Beweggründe zu erzählen und auf dem Weg in die Küche war vieles davon auch schon dargelegt.

„Das wird schwierig", bemerkte Johanna und setzte hinzu: „Meine Tochter, deine Tante, isst jeden Abend bei uns. Sie und ihr Mann führen das Kontor weiter."

„Deswegen konnten wir niemanden finden, der den Kaufmann Hans kannte", entgegnete Gisela.

„Hättet ihr nach dem Kaufmann Korbinian gefragt, dann hättet ihr schnell zu uns gefunden!", erwiderte Johanna und eilte aus dem Raum.

„Nach einem Korbinian hätte ich vermutlich zuletzt gefragt!", offenbarte Barbara, schaute Gisela an und band sich die Augenbinde ab. Sie streifte mit den Fingern über den Rand des noch leeren hölzernen Troges.

„Wollte sie uns nicht zum Waschen bringen?", fragte Gisela, die noch nicht richtig wusste, was sie jetzt hier sollten.

Die Freundin klopfte auf das Holz und erzählte: „Hier drin werden wir baden. Mit warmen Wasser!"

„Aber wir sind doch nur zwei Mägde!", entfuhr es Gisela, die noch nie in einer Wanne gesessen hatte.

Im selben Moment öffnete sich die Tür wieder und Johanna kam mit einer älteren Frau und zwei Krügen Wasser zurück.

Langsam füllte sich der hölzerne Trog, Kanne um Kanne, mit Wasser. Als Gisela schon in den Zuber steigen wollte, kontrollierte Johanna zuerst das Auge der Freundin.

„Was ist dir denn geschehen?", fragte sie erst jetzt.

Barbara entgegnete: „Eine Kneipenschlägerei. Ich war einfach nicht schnell genug!"

Johanna legte ein paar Kräuter auf, verband das Auge neu und sagte dann: „Jetzt rein in die Wanne. Wer zuerst?"

„Beide gleichzeitig!", erklärte Barbara, bevor Gisela antworten konnte.

Nur einen Augenblick später saßen sie zusammen in der Wanne. Es war etwas beengt darin und ein Teil des Wassers lief über den Rand, aber es war herrlich warm und die Nähe der Freundin tat ebenfalls gut.

„Was wird jetzt werden?", erkundigte sich Gisela, während sie sich den Seifenschaum vom Arm wischte und daran roch.

„Wir sind erst mal hier. Was weiter werden wird, das werden wir sehen. Vielleicht können wir als Mägde hier bleiben. Eine Magd, die lesen und schreiben kann, die kann bei einem Kaufmann sicher ihr gutes Auskommen finden", erzählte Barbara.

„Du schon, aber ich kann nicht lesen!", setzte ihr Gisela verzweifelt entgegen.

„Du gehörst ab jetzt zu mir. Wo ich bin, da sollst auch du sein. Ich rede mit meiner Großmutter!", besänftigte Barbara sie und gab ihr einen Kuss.

In diesem Moment öffnete sich wieder die Tür und Johanna betrat den Raum.

Gisela zuckte erschrocken zurück, doch der älteren Frau schien dieser Kuss nichts auszumachen. Wie, als ob nichts gewesen wäre, redete diese über das Abendessen, welches sie zubereiten wollte.

Alles schien ganz normal zu sein.

69. Kapitel
Winterwind

Der Winter war in diesem Jahr früh übers Land gekommen und jetzt, im November, war es bitterkalt. Barbara fühlte sich erst jetzt im Hause von Meister Siegbert so richtig sicher, denn gegenwärtig konnte sie bis zum Frühjahr niemand hier herausholen.

Den ganzen Sommer und Herbst hatte sie auch weiterhin davor gezittert, dass die Mutter, oder noch schlimmer: Fridolin, sie hier finden und aus dem Hause herausreißen konnten.

Erst mit dem Schnee war sie ruhiger geworden.

Das Feuer des Kamins warf seinen rötlichen Schein in den Raum und Barbara dachte an den vergangenen Winter zurück. So vieles hatte sich seither geändert.

Die Gedanken gingen auf die Reise, fanden Gisela und Barbara spürte, wie sich dabei ein Lächeln über ihr Gesicht legte.

Barbara lehnte mit dem Rücken an der Zimmerwand und strich mit der Hand über ihren halbkugelförmigen Bauch. Kaspar hatte ihr, unbemerkt und unwissentlich, ein Geschenk unter ihrem Herzen platziert. Daher kam vermutlich auch die damalige Übelkeit auf dem Feld.

Gisela betrat den Raum und riss sie mit einem Kuss aus den Grübeleien. Besser als hier hätten sie es nirgendwo auf der Welt haben können, denn im Hause des Meisters wurde ihr Verhältnis geduldet. Keiner der Männer störte sich an ihrer Liebe. Die Anweisung des klugen Meisters, ihre Verbindung im Hause zu belassen, hatten sie allerdings wohlweislich befolgt.

Am Tage arbeitete sie im Kontor des Kaufmannes und Gisela in der Küche des Meisters, somit sahen sie sich tagsüber kaum.

Die Nacht verbrachten sie dann gemeinsam in einem der Gästezimmer in der oberen Etage.

„Woran denkst du?", fragte Gisela.

„An den letzten Winter!"

„Da war ich noch deine Aschemagd!", entgegnete Gisela, lachte und warf ein paar Scheite in das Feuer des Ofens.

„Was für ein Jahr! Du warst zuerst meine Magd, dann meine Freundin und jetzt meine Geliebte!", stellte Barbara fest und bekam einen weiteren Kuss.

Gisela strich augenblicklich ebenfalls über den Babybauch. Sie beide freuten sich auf das Kind und hatten doch auch gleichzeitig Angst davor, denn sie war ziemlich schmal in den Hüften und sorgte sich daher um die Strapazen der Geburt, auch wenn das bis dahin noch eine Weile Zeit hatte.

Ächzend drückte sie sich von der Wand ab und begann sich durch den Raum zu schieben. Es war noch nicht mal der siebente Monat und trotzdem tat ihr bereits jetzt der Rücken weh.

„Setz dich!", erklärte Gisela und schob sie vorsorglich zu der Bank, auf der sich in wenigen Augenblicken auch die Männer zum Abendessen einfinden würden.

Draußen waren sie schon alle zu hören: ein dutzend Gesellen, ein paar Lehrlinge, der Meister, der Kaufmann, die Tante, die Großmutter und die Freundin. Jeden Abend war es wie ein Fest, mit singen, lachen und Geschichten. Meist ging es bis spät in die Nacht und jedes Mal begann das Mahl mit einer Geschichte aus der Bibel und das war Barbaras Aufgabe.

Gisela brachte ihr gerade das kostbare Buch und schlug es willkürlich an einer Stelle auf, denn so hielten sie es jeden Tag. Dankbar nickte Barbara der Freundin zu.

Schwankend und auf seinen Stock gestützt, betrat der Meister den Raum. Sein Alter hatte der Mann schon lange vergessen und seine Hände zitterten, doch wenn er das Schnitzmesser zur Hand nahm, dann verschwand das Zittern sofort.

Der Mann mit den gütigen Augen und der Weisheit des Alters ließ sich ihr gegenüber nieder, nickte ihr freundlich zu und fragte dann: „Was hören wir den heute?"

Barbara blickte auf das aufgeschlagene Buch herab und entgegnete: „Die Weihnachtsgeschichte!"

Der Mann bejahte wohlwollend ihre Wahl und die Gesellen stürmten lautstark den Raum. Den Schluss bildeten der Kaufmann, Johanna und die Tante.

Schließlich saßen alle, der Meister sprach das Gebet mit fester Stimme. Danach machte er eine Handbewegung zu ihr, damit sie mit der Geschichte begann.

„Die Weihnachtsgeschichte nach Lukas 2", begann Barbara leise und es war still am Tisch. Sie setzte fort: „Es begab sich aber zu der Zeit, dass ein Gebot vom Kaiser Augustus ausging, dass alle Welt geschätzt werden sollte. ..."

Alle lauschten ihr andächtig.

Einige Zeilen später war die Geschichte zu Ende, Barbara klappte das Buch zu und Meister Siegbert sagte: „Amen!"

Das war das Startsignal für das Essen.

Gisela nahm ihr das Buch ab und brachte es zu dem kleinen Schrank in der Ecke, auf welchem auch die Madonna stand.

Barbara folgte ihr bei diesem Weg mit den Augen. Diese Geschichte, die sie gerade vorgelesen hatte, hatte mit Maria zu tun und auch mit Barbara selbst.

Sie dachte zurück, wie sie auf dem Rücken des Esels von Walkenried nach Mühlhausen geritten war, obwohl reiten sicher nicht der richtige Ausdruck dafür war, wie sie auf dem Grautier gehangen hatte.

Ihr Blick ging umher und abermals dachte sie zurück an den Winter zuvor. Da war sie einsam und alleine gewesen. Heimlich hatte sie im Scheine der Kerze in ihrem Zimmer in der Bibel genau diese Erzählung gelesen und jetzt? Hier war so vieles anders. Jeder achtete sie, jeder redete mit ihr und sie las laut für alle aus dem kostbaren Buch.

„Du musst etwas essen!", bemerkte Gisela neben ihr und schob ihr die Schüssel hin.

Die Freundin riss sie damit aus den Gedanken und gab ihr einen Kuss. Das war nichts Ungewöhnliches, zumindest nicht hier, denn keiner der Anwesenden störte sich daran.

Dankbar nickte sie der Freundin zu und begann die köstliche Suppe zu löffeln.

Gisela hatte sich wieder große Mühe gegeben, mit dem wenigen, was es im November gab, ein schmackhaftes Mahl auf den Tisch zu stellen. Die Ernte war in diesem Jahr eher dürftig ausgefallen. Das hatte allerdings nicht am Wetter gelegen, sondern daran, dass die Fürsten und Grafen einen blutigen Tribut von den Bauern eingefordert hatten.

Nach der Niederschlagung der Unruhen hatten sie mit Schwert und Strick die Aufständischen zur Rechenschaft gezogen.

Mit jedem Löffel musste Barbara an die Menschen denken, die ihr auf der Flucht begegnet waren. Ruth, die Bäuerin, Gisela und natürlich Kaspar, dessen Kind sie gegenwärtig in sich trug, auch wenn er davon nie etwas erfahren würde.

Auch an Fridolin musste sie denken und daran, wie er sie und Gisela behandelt hatte. Doch sie war ihm dafür dankbar, dass er sie mit der Freundin zusammengebracht hatte. Zumindest irgendwie.

Der kalte Winterwind heulte im Kamin und hier drin wurde gesungen und gelacht. Nach dem Mahl kam Starkbier auf den Tisch und mit jedem Krug wurde die Stimmung ausgelassener.

Hier ließ es sich gut leben und so manche Geschichte wurde noch erzählt. Je später der Abend wurde, desto frivoler waren die Erzählungen.

70. Kapitel
Schreie in der Nacht

Seite an Seite mit Johanna stand Gisela in der Küche und putzte mit der älteren Frau Gemüse für die Suppe des Abends. In der Zeit ihres Hierseins hatte sie sich mit Barbaras Großmutter gut angefreundet.

Obwohl sie der Frau mit Respekt entgegenkam, wie es sich für eine Magd gegenüber der Hausherrin gehörte, war da trotzdem dieses herzliche Band zwischen ihnen entstanden.

Johanna erzählte bei der Arbeit so manchen derben Witz und war so gar nicht das Beispiel einer typischen Dienstherrin, sondern eben mehr die Freundin, die jedes ihrer Anliegen verstand.

Hier gefiel es ihr ausgesprochen gut und Gisela wollte hier nie mehr fort.

Es war jetzt Ende Februar und sie dachte an das vergangene Jahr zurück. Was war das für ein Jahr gewesen! Alles hatte sich geändert und vor allem ihre Haltung zu Barbara.

Verträumt schaute sie zu dem Feuer im Küchenofen hinüber.

Am Anfang des Jahres war sie noch die Aschemagd gewesen und sie hatte Barbara gehasst. Die Sache mit Erik steckte ihr immer noch in den Gliedern und an manchem kalten Tag schmerzten die Narben der Peitsche ebenfalls noch.

Aber aus diesem Hass war dann mit der Zeit des Beisammenseins zuerst ein Verständnis, danach eine Freundschaft und letztendlich eine Liebe geworden.

Momentan konnte sie es sich gar nicht mehr vorstellen, auch nur einen Tag ohne Barbara zu sein.

„Träum nicht!", ermahnte Johanna sie und zeigte auf das scharfe Messer in ihrer Hand.

„Du denkst an sie? Oder?", fragte Johanna.

Gisela nickte. „In meinem Dorfe wäre so etwas unmöglich. Eine ledige Magd mit Kind. Die Frauen würden sich darüber das Maul zerreißen!", entgegnete sie.

Johanna nickte verstehend und erklärte: „In der Stadt eigentlich auch, aber Meister Siegbert gibt nichts auf solch unnützes Geschwätz und er ist der Herr des Hauses. Sein Wort zählt. Er ist das Oberhaupt der Familie und wenn es für ihn gut und richtig ist, dann ist das eben so!"

„Ich werde sie mal holen. Es ist ja schon spät!", erklärte Gisela, legte das Messer zur Seite und band sich die Schürze ab.

Danach eilte sie aus dem Hause.

Es waren nur ein paar Schritte durch den Schnee, dann stand sie vor der Tür des Kontors.

Auf dem Türsims über ihr zierten zwei geschnitzte Raben den Eingang. Die Namensvögel des Kaufmannes hatte Siegbert persönlich geschnitzt und jedes Mal bewunderte sie aufs Neue die kunstfertig gestalteten Vögel, die so aussahen, als würden sie jeden Moment davonfliegen wollen.

Die Kälte der Straße zwang sie aber dann doch in das Haus hinein.

Sie machte einen kurzen Knicks vor dem Kaufmann, der an einem Pult stand, dann rannte sie nach hinten, wo sich Barbaras Platz befand.

Vergraben in Papieren, saß die Freundin an einem Pult.

„Ist es schon so spät?", fragte sie, als Gisela neben sie trat und dadurch aus der Arbeit riss.

Mit müden Augen blickte Barbara auf, dann schloss sie das Buch, in welches sie gerade etwas eingetragen hatte. Vorsichtig klappte sie das Tintenfass zu und legte die Feder zur Seite.

Ächzend erhob sie sich, musste dabei aber von ihr gestützt werden, denn alleine kam die Geliebte schon ein paar Tage nicht mehr von ihrem Platz hoch.

Gisela nahm das Talglicht und reichte Barbara ihren Arm.

In einem seltsam watschelnden Gang, auf sie gestützt, durchquerte die Freundin das Kontor. Den eigentlich obligatorischen Knicks vor dem Kaufmann ließ sie dabei aber aus, denn sie wäre sicherlich danach nicht mehr nach oben gekommen.

Gisela löschte das Licht, nahm eine Decke von einem Schränkchen und in diesen wärmenden Umhang gehüllt betraten sie gemeinsam die Straße.

Vorsichtig gingen sie die paar Schritte, bis zu dem anderen Haus. Sie bewegten sich langsam und mit bedacht, denn es war glatt auf der Straße und wenn Barbara dabei gestürzt wäre, dann hätte Gisela die Freundin sicher nicht abfangen können.

Mit der Dämmerung betraten sie Johannas Küche und an der Tür sackte Barbara mit einem Schrei in sich zusammen.

Sofort waren Johanna und sie bei Barbara.

Die erste Wehe hatte die Freundin schwer und unvermittelt getroffen, aber sicherlich würde es noch eine ganze Weile dauern, bis das Kind endlich auf der Welt war.

Zu dritt stiegen sie nach oben in das Zimmer, wo Johanna Barbara auf dem Bett platzierte und sorgfältig untersuchte.

Die nächsten Stunden verbrachten sie damit, dass sie abwechselnd mit Barbara Runde um Runde durch das Gemach gingen.

Immer wieder von Wehen unterbrochen, hielt sich die Freundin tapfer.

Schließlich wurden die Abstände zwischen den Schmerzwellen so kurz, dass sich das Laufen nicht mehr lohnte.

Johanna war eine erfahrene Hebamme und hatte schon etlichen Kindern auf die Welt geholfen, wie sie ihnen in dieser Nacht sicherlich bereits ein Dutzend Mal erklärt hatte, doch momentan kam es vor allem auf Barbara an und langsam verließen die Freundin der Mut und die Kraft.

Johanna und Gisela sahen sich fragend an. Was konnten sie noch tun?

Als es dann wirklich nicht mehr anders ging, brüllte Gisela die Freundin an: „Halte durch! Wir unterstützen dich, aber wir können dir nur helfen! Das Kind musst du auf die Welt bringen!"

Dann drückte sie die Freundin mit dem Rücken gegen die Wand, während sich Johanna zwischen Barbaras Beine kniete.

In einer letzten gemeinsamen Kraftanstrengung holten sie das Kind mit einem gemeinsamen Schrei auf diese Welt.

Johanna fing dabei das Kind auf und sie die Freundin.

„Ein Mädchen!", erklärte Johanna triumphierend.

Gisela bugsierte die völlig erschöpfte Barbara zum Bett und mit einem Kuss auf die schweißnasse Stirn drückte sie die Geliebte auf das Lager nieder.

Johanna trat zu ihnen und legte ihr das noch blutige Kind in den Arm.

Hier war alles Glück für Gisela versammelt. Alles war gut!

„Sie soll Sofia heißen", sagte Barbara schwach und schlief vor Anstrengung ein.

Gisela begann, das Kind zu säubern. Ihr gemeinsames Kind! Damit waren sie eine kleine Familie im Kreise einer größeren Familie um Meister Siegbert.

Im Umdrehen bemerkte sie, dass viele der Männer in der offenen Tür standen und in den Raum sahen.

Schnell trat sie mit Sofia zu ihnen und alle freuten sich über den neuen Bewohner des Hauses.

71. Kapitel
Das Glück der Erde

Es war finsterste Nacht und Barbara lief barfuß, im Unterkleid, die Treppe hinauf. Hinter ihr waren Schreie und das Geräusch von zersplitterndem Holz zu hören. Dann vernahm sie Schritte und Rufe ihrer Zofen. Besonders laut rief Gisela nach ihr und sie zuckte herum. Irgendetwas Dunkles flog auf sie zu und Barbara war wach.

Im Bett sitzend, aus diesem grässlichen Albtraum geschreckt und schweißnass, blickte sie zu den beiden, die mit ihr zusammen in dem breiten Bett lagen.

Der Mond schickte sein blasses Licht in das Zimmer herein und beleuchtete die Züge von Sofia, die sich an Gisela gekuschelt hatte.

Zum Glück hatte der schlechte Traum die beiden nicht geweckt. Langsam und leise ließ sie die Füße zur Seite aus dem Bett gleiten, erhob sich von ihrem Ruhelager und schlich zum Fenster hinüber.

Es war eine kalte Frühlingsnacht. Eine Woche zuvor war Ostern gewesen und Sofia war in der Kirche getauft worden.

Mit dem Blick zum vollen, fast noch runden Mond, der über dem Nachbarhaus stand, musste Barbara an jene Nacht zurückdenken, die alles in ihrem Leben geändert hatte.

Vor fast einem Jahr, als Korbinian sie aus dem Schloss geschleift hatte, am Kälberstrick gefesselt, da hatte sie schon mit ihrem Leben abgeschlossen. Gegenwärtig wusste sie, dass sie damit nur ihr altes Leben beendet hatte, denn die Gräfin Barbara war in jener Nacht wirklich gestorben.

Die Magd Barbara war geboren worden und diese Nacht hatte die Basis für die Liebe zu Gisela gelegt.

Ohne jenes brutale Ereignis hätten sie sich nie wirklich kennengelernt. Zu verschieden war ihre gesellschaftliche Stellung bis dahin gewesen. Zofe und Herrin. Nie hätte es da eine Liebe geben können.

Korbinian hatte sie mit Gewalt gleich gemacht. Durch ihn waren sie Magd bei Magd!

Auf Zehenspitzen schlich sie zur Freundin zurück und gab ihr einen Kuss auf die Stirn. Es war nur eine gehauchte Berührung, die Gisela nicht aus dem Schlaf holte.

Glücklich betrachtete Barbara die beiden Gesichter. Ihre Tochter und ihre Geliebte, die beiden wichtigsten Menschen in ihrem Leben, lagen hier unter dieser Decke.

Und momentan war auch die Angst vor Fridolin und Korbinian verschwunden. Barbara war einfach nur noch glücklich und wollte es auch bleiben.

Auch ihrer Mutter hatten sie bisher erfolgreich verschweigen können, dass sie noch lebte. Selbstverständlich war ihr Überleben in diesem Tumult ja nicht gewesen, denn zu viele waren in jenem Aufstand ums Leben gekommen.

Zuerst hatten die Bauern unter den Lehnsherren und Klöstern gewütet, danach hatten die Grafen, nach der Niederschlagung der Rebellion, bis weit in den Winter hinein dafür blutige Rache genommen.

Die Gerüchte aus dem Mansfelder Land waren erschreckend gewesen und sie selbst hatten ja auf der Flucht in Eisenach gesehen, wie diese Urteile vollstreckt wurden.

An diesem Ort hier, fernab jedes Kampfes und jeglicher Gewalt, war alles gut. Weit entfernt von der Unfreiheit Fridolins lebte sie hier im Frieden mit sich selbst. Alles Glück war für sie in diesem Haus, diesem Raum und in diesem Bett versammelt.

Liebevoll strich sie Gisela eine Locke aus der Stirn, die Freundin bewegte sich dabei im Schlaf und weckte damit Sofia auf.

Barbara nahm ihre Tochter behutsam in den Arm, trat wieder zum Fenster zurück und sang ein leises Wiegenlied für sie. Es dauerte eine Weile, bis sie die Tochter abermals in den Schlaf gewiegt hatte.

Dann flüsterte Gisela: „Komm zurück ins Bett!"

Die Freundin hielt einladend einen Zipfel der Decke hoch, um ihr das Hineinschlüpfen zu erleichtern.

Flugs legte Barbara die Tochter in die schöne Wiege, die Siegberts Gesellen extra für Sofia meisterlich angefertigt hatten.

Mit ein paar schnellen Schritten war sie dann im Bett und kuschelte sich in die Arme der Freundin.

Giselas Küsse vertrieben den Rest der Angst und trotz der frischen Nacht waren sie nach wenigen Augenblicken beide nackt.

Sich gegenseitig streichelnd konnte Barbara diesen Segen immer noch nicht wirklich fassen und dabei lag das Glück doch momentan unter ihren suchenden Fingern.

Da war so ein Hunger nach Liebe und Lust in ihr, und eine Gier nach der Sanftheit von Giselas Nähe und so gaben sie sich wie spielerisch den gemeinsamen Zärtlichkeiten hin.

Als Barbara viel später erschöpft und selig schnaufend auf ihr Lager zurückfiel, da war das Glück der Welt in den streichelnden Fingerspitzen der Geliebten versammelt.

Hier waren sie angekommen und alles war gut! Das Leben pulsierte in ihren Adern und der Tod war fern! Und die einst erlebte Einsamkeit war von ihr gewichen! Mit Gisela und Sofia war sie nie wieder allein!

ENDE

Zeitliche Einordnung der Handlung:

5800 Steinzeit

- Anfang des Buches „**Schicha und der Clan des Bären**"

- Ende des Buches „**Schicha und der Clan des Bären**"

5500 Steinzeit

2200 Beginn der Bronzezeit

1200 Beginn der Eisenzeit

800 –

800 Beginn des allmählichen Niederganges der Bronzezeit

800 Erste Anfänge und Städtebildungen der etruskischen Kultur

750 Aufstieg der Etrusker zur Seemacht

700 –

600 –

600 Blütezeit der Bronzekunst der Etrusker im orientalischen Stil

570 Amasis wird ägyptischer Pharao

555 Anfang des Buches „**Auf Bärenspuren**"

551 Ende des Buches „**Auf Bärenspuren**"

550 Koalition der Etrusker mit Karthago gegen Griechenland

540 Sieg der Etrusker zur See gegen die Griechen bei Alalia

524 etruskische Niederlage bei Kyme gegen die Griechen

500 –

500 Blüte der etruskischen Stadt Capua

400 –

387 die Kelten fallen in Rom ein

300 –

218 der karthagische Feldherr Hannibal überquert die Alpen

200 –

100 –

73 Flucht von Spartacus aus der Gladiatorenschule in Capua

71 Tod von Spartacus und Ende des Sklavenaufstandes

55 Expedition Caesars nach Britannien

44, 15. März, Kaiser Caesar wird in Rom ermordet

37 Anfang des Buches „**Das siebente Mädchen**"

15 Der römische Feldherr Drusus zieht mit seinem Heer über die Pässe der Alpen und dringt in das Gebiet der Kelten des Voralpenlandes ein

11 Drusus dringt, im Rahmen der römischen Feldzüge, bis in das Stammesgebiet der Cherusker vor

11 in der Schlacht bei Arbalo kämpften verbündete germanische Stämme gegen die Römer unter Drusus

10 Ende des Buches **„Das siebente Mädchen"**

0 –

0 Anfang des Buches **„Die Rache der Barbarin"**

9 Niederlage des Feldherrn Varus gegen die Cherusker unter Arminius

10 Ende des Buches **„Die Rache der Barbarin"**

34 Anfang des Buches **„Das Schwert des Gladiators"**

43 Beginn der Eroberung Südbritanniens

50 Colonia (heute Köln) wird zur Stadt erhoben

54 Nero wird römischer Kaiser

54 Anfang des Buches **„Die römische Münze"**

56 Ende des Buches **„Das Schwert des Gladiators"**

57 Anfang des Buches **„Die Tochter aus dem Wald"**

58 große Teile der Stadt Colonia brennen nieder

64 Brand Roms und daraufhin erste Christenverfolgung

68 Anfang des Buches **„Im Schatten des Feuerberges"**

68 Aufstände in Gallien und Spanien

68 Selbstmord Kaiser Neros

68 die Bataver, ein germanischer Stamm, erheben sich und belagern Colonia

69, im Herbst, erneuter Aufstand der Bataver gegen die römische Herrschaft in Niedergermanien

70, im Herbst, Niederschlagung des Bataveraufstandes

70 die Stadt Colonia erhält eine acht Meter hohe Stadtmauer

75 Ende des Buches **„Die römische Münze"**

75 Ende des Buches **„Die Tochter aus dem Wald"**

79, Herbst, Ausbruch des Vesuvs und Untergang Pompejis und Herculaneums

80 Einweihung des Kolosseums in Rom

85 wird Colonia die Hauptstadt der römischen Provinz Germania inferior

85 Ende des Buches **„Im Schatten des Feuerberges"**

98 Trajan wird römischer Kaiser

100 –

161 Marc Aurel wird römischer Kaiser

200 –

300 –

306 Konstantin der Große wird römischer Kaiser

324 Konstantin bekennt sich zum Christentum und macht diese zur Staatsreligion

375 die Hunnen unterwerfen die Alanen und die Goten oder vertreiben diese aus ihren Siedlungsräumen

376 Anfang des Buches **„Sturm über den Stämmen"**

376 Flucht der Donaugoten vor den Hunnen und teilweise Aufnahme der Goten in das römische Reich

384 Ende des Buches „**Sturm über den Stämmen**"

400 –

406 Rheinübergang der Vandalen und Einfall in das römische Reich

407 die Vandalen und andere germanische Stämme ziehen plündernd durch Gallien

409 Weiterzug der Vandalen und Alanen nach Spanien

410, Ende August, Eroberung Roms durch die Westgoten

429 die Vandalen und Alanen setzen unter Geiserich von Spanien nach Afrika über

439 die Stadt Karthago fällt an die Vandalen

440 angelsächsische Söldner rebellieren in Britannien gegen König Vortigern

451 Feldzug des Hunnen Attila nach Gallien

452 die Hunnen fallen in Italien ein, ziehen sich aber bald wieder zurück

453 nach Attilas Tod zerbricht das Hunnenreich

455 Plünderung Roms durch die Vandalen unter Geiserich

500 –

590 Æthelberth, König von Kent, überfällt Wessex

597 Bischof Augustinus landet in Kent

597 Anfang des Buches „**An fremder Küste**"

598 Ende des Buches „**An fremder Küste**"

600 –

601 Augustinus wird zum Erzbischof von Cantwaraburg (dem heutigen Canterbury) geweiht

700 –

764 Anfang des Buches „**In den finsteren Wäldern Sachsens**"

772, im Sommer, Zerstörung der Irminsul

772 Anfang der Sachsenkriege Karls des Großen

782 Blutgericht von Verden (Aller)

783, im Sommer, Gefechte mit Beteiligung sächsischer Frauen

785 Taufe Widukinds in der Königspfalz Attigny

787 die ersten Überfälle der Nordmänner auf Westeuropa finden statt

790 Überfälle der Nordmänner auf Schottland und Irland

792 letzte größere Erhebungen der Sachsen gegen die Franken

792 Zwangsdeportationen der Sachsen und Neuvergabe von sächsischem Land an fränkische Siedler

793 Überfall und Plünderung des Klosters Lindisfarne durch Nordmänner

795 Überfall von Wikingern auf das Kloster Iona in Irland

799 Beginn der Wikingerüberfälle auf das Frankenreich

796 Karls Belehrung durch seinen Berater Alkuin

797 mit dem Capitulare Saxonicum wurden die Sondergesetze gegen die Sachsen gelockert

800 –

800 Kaiserkrönung Karls des Großen

800 König Godfred von Dänemark gerät in kriegerische Konflikte mit Karl dem Großen

800 erste nordische Siedler treffen auf den Färöern und auf Island ein

800 unzählige Angriffe der Nordmänner auf die sächsischen Küsten

802 das sächsische Volksrecht (Lex Saxonum) wird verabschiedet

802 Ende des Buches „**In den finsteren Wäldern Sachsens**"

804 Ende der Sachsenkriege

805 Anfang des Buches „**Westwärts auf Drachenbooten**"

810 dänische Wikinger greifen wiederholt die friesische Küste an

814 Tod Karls des Großen

825 Ende des Buches „**Westwärts auf Drachenbooten**"

840 erste Überwinterung der Wikinger im Frankenreich

840 norwegische Nordmänner überfallen Irland und gründen Dublin

844 Überfälle der Nordmänner auf Spanien

845 Plünderungen von Hamburg und Paris durch die Wikinger

858 schwedische Wikinger gründen Kiew

889 Wanzleben wird erstmals als Haufendorf erwähnt

900 –

913 Herzog Heinrich von Sachsen stellt ein ungarisches Heer bei Merseburg

926 Heinrich handelt mit den Ungarn einen zehnjährigen Waffenstillstand für Sachsen aus

937 Otto I. der Große, gründete das St.-Mauritius-Kloster in Magdeburg

938 die Ungarn ziehen erneut gegen die Sachsen

952 Anfang des Buches „**Der Gefolgsmann des Königs**"

955, 10. August, Schlacht gegen die Ungarn auf dem Lechfeld bei Augsburg

955 Otto beginnt einen großen Neubau des Doms zu Magdeburg

962, 2. Februar, Krönung Ottos zum Kaiser

968 Beginn des Baues der Burg Wanzleben

980 Ende des Buches „**Der Gefolgsmann des Königs**"

1000 –

1100 –

1142 Heinrich der Löwe wird Herzog von Sachsen

- 1143 Gründung Lübecks, der ersten deutschen Ostseestadt

1147 Anfang des Buches „**Im Zeichen des Löwen**"

1147 Wendenkreuzzug, dauert als Kreuzzug drei Monate

1152 Königskrönung von Friedrich Barbarossa in Aachen

1155 Kaiserkrönung Friedrich Barbarossas in Rom

1156 Besiedlungszug in Lommatzsch

1157 Gründung des deutschen Kaufmannsbundes

1159 Wiederaufbau Lübecks

1160 Anfang des Buches „**Kaperfahrt gegen die Hanse**"

1160 der slawische Burgwall Dobin, liegt am Schweriner See, wird zerstört

1160 Lübeck erhält das Soester Stadtrecht

1160 Gründung der Kaufmannshanse

1161 Vermittlung eines Handelsprivilegs an die Stadt Lübeck durch Heinrich den Löwen

1161 Gründung der Gotländischen Genossenschaft, als Vorstufe der Hanse

1162 Kloster Altzella, bei Nossen, wird gegründet

1163 Ende des Buches „Im Zeichen des Löwen"

1180 Heinrich verliert das Herzogtum Sachsen

1200 –

1200 Gründung des Petershofs in Nowgorod als Außenstelle der Hanse

1200 Ende des Buches „Kaperfahrt gegen die Hanse"

1210 Anfang des Buches „Die Sklavin des Sarazenen"

1212 Kinderkreuzzug mit Ziel Jerusalem

1212 Friedrich II. wird König

1217 Beginn des fünften Kreuzzuges, Kreuzzug nach Damiette in Ägypten

1220 Ende des Buches „Die Sklavin des Sarazenen"

1221 Ende des Kreuzzuges von Damiette in Ägypten

1250 Anfang der Blütezeit der Städtehanse

1300 –

1307, September, Anfang des Buches „Die Braut des Templers"

1307, 14. September, Geheimer Befehl Philipps IV. zur Verhaftung der Templer

1307, 13. Oktober, der „schwarze Freitag", Gefangennahme aller Templer in Frankreich

1307, 25. Oktober, Geständnis von Jacques de Molay

1307, 22. November, Papst Clemens V. zieht das Verfahren gegen die Templer an sich

1307, 24. Dezember, Jacques de Molay widerruft sein Geständnis

1308, 2. Oktober, Ende des Buches „Die Braut des Templers"

1309, im März, Papst Clemens V. bestimmt Avignon zum neuen Sitz der Päpste

1310, 12. Mai, Verbrennung von 54 Tempelrittern bei Paris

1311, 16. Oktober, Eröffnung des Konzils von Vienne

1312. 22. März bis 3. April, Aufhebung des Templerordens durch Papst Clemens V.

1312, 2. Mai, Übertragung der Templergüter an die Johanniter

1314, 18. März, Jacques de Molay wird zusammen mit Geoffroy de Charnay auf dem Scheiterhaufen in Paris verbrannt

1314, 29. November, König Philipp IV. stirbt nach einem Jagdunfall

1315 Beginn einer Hungersnot, die als „Der große Hunger" in zwei Jahren mit sintflutartigen Regenfällen, sehr kalten Wintern und vielen Überschwemmungen Millionen Menschen in Europa dahinraffte

1321 Anfang des Buches „Frauenwege und Hexenpfade"

1337 der hundertjährige Krieg zwischen England und Frankreich beginnt

1337 Ende des Buches „Frauenwege und Hexenpfade"

1340 der englische König Eduard III. fällt mit seinem Heer in Frankreich ein

1342, im Juli, das Magdalenenhochwasser, eine verheerende Überschwemmungskatastrophe, lässt in Mitteleuropa zahlreiche Flüsse über die Ufer treten

1346 in der Schlacht von Crécy schlagen 8.000 englische Langbogenschützen die verbündeten europäischen und französischen Ritter vernichtend

1347 die Beulenpest erreicht die europäischen Häfen am Mittelmeer und breitete sich schnell überall aus

1348, 7. April, Gründung der Karls-Universität in Prag, der ersten mitteleuropäischen Universität

1349, 10. Januar, die Wormser Gemeinde der Juden wird blutig ausgelöscht

1349, 1. März, Pogrom gegen die Juden in Speyer

1349 Anfang des Buches **„Der schwarze Tod"**

1349, 24. Juli, in der Frankfurter „Judenschlacht" sterben fast alle Juden in Frankfurt am Main

1349, 23. August, die Juden von Mainz erheben sich gegen ihre Verfolger. Der Aufstand wird blutig niedergeschlagen und das Stadtviertel brennt ab. Zahlreiche Menschen kommen dabei ums Leben

1350 Ende des Buches **„Der schwarze Tod"**

1353 Giovanni Boccaccio schreibt sein Decamerone

1356 mit der goldenen Bulle wird erstmalig festgeschrieben, dass der deutsche König durch Mehrheitswahl von sieben Kurfürsten bestimmt wird

1400 –

1431, 30. Mai, Jeanne d'Arc, die Jungfrau von Orléans, stirbt in Rouen auf dem Scheiterhaufen

1434 Cosimo de Medici kehrt nach Florenz zurück und wird der mächtigste Bankier der Stadt

1440 Johannes Gutenberg erfindet den Buchdruck mit beweglichen Lettern

1442 Anfang des Buches **„Ein Jahr unter Gauklern"**

1443 Ende des Buches **„Ein Jahr unter Gauklern"**

1452, 15. April, Leonardo da Vinci wird in Anchiano bei Vinci geboren

1479 Anfang des Buches **„Nur ein Hexenleben ..."**

1482 Johann Tetzel beginnt sein Theologiestudium in Leipzig

1486 der Dominikaner Heinrich Kramer veröffentlicht sein Traktat „Der Hexenhammer", lateinisch „Malleus Maleficarum"

1487 Ende des Buches **„Nur ein Hexenleben ..."**

1487 - Anfang des Buches **„Rosen hinter Burgmauern"**

1492 Christoph Kolumbus erreicht die großen Antillen und entdeckt damit Amerika

1498 Vasco da Gama erreicht an Bord seiner Nau auf dem Seeweg um Afrika herum Indien

1500 –

1504 Johann Tetzel beginnt seine Tätigkeit im Ablasshandel

1509 Ende des Buches **„Rosen hinter Burgmauern"**

1517 Anfang des Buches **„Die Bruderschaft des Regenbogens"**

1517, 31. Oktober, Luther verkündet seine Thesen in Wittenberg

1518 Müntzer und Luther sind in Wittenberg

1520 Müntzer predigt in Zwickau

1522 das „Neue Testament" erscheint auf Deutsch

1523, zu Ostern, Katharina von Boras Flucht aus dem Kloster

1524, im Sommer, Anfang des Buches **„Im Schatten des Regenbogens"**

1524 Bauern- und Handwerkeraufstände in Sachsen

1525, 3. bis 6. Mai, das Kloster und Reichsstift Walkenried wird von aufständischen Bauern geplündert und verwüstet

1525, 15. Mai, Schlacht bei Bad Frankenhausen

1525, 27. Mai, Müntzer wird in Mühlhausen enthauptet

1525, 27. Juni, Heirat Luthers mit Katharina von Bora

1525, im Dezember, Kloster Buch wird geschlossen

1526, 29. April, Ende des Buches **„Im Schatten des Regenbogens"**

1526 Niederschlagung der letzten Bauernaufstände

1527 Ende des Buches **„Die Bruderschaft des Regenbogens"**

1530 Reichstag zu Augsburg beschließt die Duldung des evangelischen Glaubens

1534 die gesamte Bibel ist nun auf Deutsch lesbar

1600 –

1612 Anfang des Buches **„Im Feuersturm"**

1617, 13. September, ein Stadtbrand verwüstet weite Teile Tangermündes

1618, 23. Mai, Fenstersturz zu Prag

1618 Anfang des dreißigjährigen Krieges

1619, 22. März, Grete Minde stirbt in Tangermünde auf dem Scheiterhaufen

1619 Ende des Buches **„Im Feuersturm"**

1620, 08. November, Schlacht am Weißen Berg bei Prag

1630 Anfang des Buches **„Im Schein der Hexenfeuer"**

1631 Eintritt Sachsens in den dreißigjährigen Krieg

1631, 20. Mai, Verwüstung der Stadt Magdeburg durch kaiserliche Truppen

1631, 24. Mai, Anfang des Buches **„Das Versteck des Eremiten"**

1631 Anfang des Buches **„Die Räubermühle"**

1632 die Pest wütet in Sachsen

1632, 16. November, Schlacht bei Lützen

1634, 25. Februar, Albrecht von Wallenstein wird in Eger ermordet

1634 Ende des Buches **„Die Räubermühle"**

1639 schwedische Truppen brennen Dresden teilweise nieder

1641 nochmalige Zerstörung Dresdens durch die Schweden

1648 der „Westfälischer Friede" wird geschlossen

1648, 24. Oktober, Ende des dreißigjährigen Krieges

1649 Ende des Buches **„Das Versteck des Eremiten"**

1650 Ende des Buches **„Im Schein der Hexenfeuer"**

1683, 3. Mai, die osmanische Armee erreicht Belgrad

1683, 9. Juli, Anfang des Buches **„Ein Sommer unter der Mondsichel"**

1683, 14. Juli, die Osmanen beginnen die Belagerung Wiens

1683, 12. September, Schlacht am Kahlenberg und Sieg der kaiserlichen Truppen über die Osmanen

1683, 12. September, Befreiung Wiens

1683, 1. November, Ende des Buches „**Ein Sommer unter der Mondsichel**"

1694 Friedrich August I. wird unerwartet neuer Herzog und Kurfürst von Sachsen

1697, 15. September, Friedrich August I. wird in Krakau zum polnischen König gekrönt

1700 –

1710 Anfang des Buches „**Anna und der Kurfürst**"

1712 Thomas Newcomen konstruiert die erste verwendbare Dampfmaschine

1715 Ende der „Kleinen Eiszeit", einer Periode relativ kühlen Klimas, mit besonders kalten Zeitabschnitten seit 1675

1715 Ende des Buches „**Anna und der Kurfürst**"

1756 bis 1763 der Siebenjährige Krieg tobt in Mitteleuropa

1776 Gründung der Vereinigten Staaten von Amerika mit der Unabhängigkeitserklärung

1789, 14. Juli, Beginn der Französischen Revolution in Paris

1793 Beginn des Interventionskriegs gegen Napoleon, an dem auch Sachsen teilnahm

1794 die Gesellen streiken in Dresden

1796 der Interventionskrieg endet mit einer Niederlage für die preußischen, österreichischen und sächsischen Verbündeten

1800 –

1800 Anfang des Buches „**Der russische Dolch**"

1806 Preußen und Russland verbünden sich gegen Napoleon. Sachsen schließt sich ihnen an

1806 Krieg der Verbündeten gegen Napoleon

1806, 14. Oktober, Schlacht bei Jena und Auerstedt, die Verbündeten werden von Napoleon vernichtend geschlagen

1806, 20. Dezember, das Kurfürstentum Sachsen tritt dem Rheinbund bei und wird durch Napoleon zum Königreich

1812 von Sachsen aus beginnt der Feldzug gegen Russland. Sachsen ist mit 21.000 Mann daran beteiligt

1812, 23. Juni, Napoleon überquert mit seinem Heer die Mehmel

1812, 17. August, Schlacht um Smolensk

1812, 7. September, Schlacht von Borodino

1812, 14. September, Napoleon rückt in Moskau ein

1812, 13. Oktober, Napoleon beschließt den Rückzug

1812, 3. November, Schlacht bei Wjasma.

1812, 26. bis 28. November, Schlacht an der Beresina

1812, 14. Dezember, Kaiser Napoleon macht, seinen Truppen auf dem Rückzug aus Russland vorauseilend, in Dresden Station

1813, 2. Mai, Schlacht bei Großgörschen, Sieg Napoleons gegen Russen und Preußen

1813, 20. und 21. Mai, Schlacht bei Bautzen, weiterer Sieg Napoleons gegen Russen und Preußen

1813, 26. und 27. August, Schlacht bei Dresden, Napoleon errang seinen letzten Sieg auf deutschem Boden

1813, 16. bis 19. Oktober, Die Völkerschlacht bei Leipzig brachte Napoleon eine verheerende Niederlage. Die sächsischen Truppen liefen zu den russischen und preußischen Truppen über

1813, 11. November, die belagerte Festungsstadt Dresden kapituliert

1815, 18. Juni, Schlacht bei Waterloo

1815 Ende des Buches **„Der russische Dolch"**

1825 die Gesellschaft „Stockton and Darlington Railway" eröffnet die erste öffentliche Eisenbahnstrecke in England

1835, im Dezember, Eröffnung der Eisenbahnstrecke Nürnberg - Fürth

1839, 7. April, Fertigstellung der ersten sächsischen Eisenbahnstrecke von Leipzig nach Dresden

1847 Anfang der Buches **„Eine sächsische Revolution"**

1848, 21. Februar, Karl Marx und Friedrich Engels veröffentlichen das Manifest der Kommunistischen Partei

1848, 22. bis 24. Februar, Februarrevolution in Frankreich

1848, 18. März, Berliner Barrikadenaufstand

1848, 31. März bis 3. April, das Frankfurter Vorparlament tritt zusammen

1848, 24. März, Beginn der Erhebung in Schleswig-Holstein

1848, 18. Mai, die deutsche Nationalversammlung tritt in der Frankfurter Paulskirche zusammen

1849, 28. März, Verabschiedung der Paulskirchenverfassung

1849, 3. bis 9. Mai, Dresdner Maiaufstand

1849, 30. Mai, Ende der Frankfurter Nationalversammlung

1849, 30. Juni, Beginn der Belagerung von Rastatt

1849, 18. Juli, Ende der Buches **„Eine sächsische Revolution"**

1849, 23. Juli, die Festung Rastatt fällt und damit endet die Revolution

1850, 1. Mai, Anfang des Buches **„Eine Gräfin in Amerika"**

1850, 18. September, der amerikanische Kongress erlässt auf Druck der Südstaaten ein Gesetz, das die Nordstaaten zwingen soll, entlaufene Sklaven wieder ihren Besitzern zu übergeben

1851, 5. April, die Wahpekhute in Minnesota überlassen der Regierung der Vereinigten Staaten einen Großteil ihres Stammesgebiets gegen Geld und Lebensmittel

1851, 19. Juni, Ende des Buches **„Eine Gräfin in Amerika"**

1852, der Pelzhändler Alexander Faribault gründet die Stadt Faribault / Minnesota

1852, 8. Mai, Ende der Schleswig - Holsteinischen Erhebung

1900 –

1939, 01. September, Angriff der Wehrmacht auf Polen

1939, 01. September, Anfang des Buches **„Liebe in stürmischen Zeiten"**

1939, 03. September, Frankreich und das Vereinigte Königreich erklären Deutschland den Krieg

1940, 10. Mai, der Angriff deutscher Verbände auf die Niederlande beginnt

1940, 24. Juni, französischer Waffenstillstand wird unterzeichnet

1941, 22. Juni, deutscher Überfall auf die Sowjetunion

1942, 23. August, Beginn des Kampfes um Stalingrad

1943, 02. Februar, Ende des Kampfes um Stalingrad

1943, 05. bis 16. Juli, Schlacht am Kursker Bogen

1945, 13. bis 15. Februar, schwere Luftangriffe auf Dresden

1945, 7. Mai, bedingungslose Kapitulation aller deutschen Truppen

1949, 23. Mai, Gründung der BRD

1949, 07. Oktober, Gründung der DDR

1953, 17. Juni, Volksaufstand und Streiks in der DDR

1954 Ende des Buches **„Liebe in stürmischen Zeiten"**

2000 –

Von Uwe Goeritz ebenfalls beim Verlag BoD erschienen (BoD – Books on Demand, Norderstedt, nähere Informationen finden Sie unter www.BoD.de)

„Schicha und der Clan des Bären", die ISBN lautet 978-3-7386-0262-3
108 Seiten

„In den finsteren Wäldern Sachsens", die ISBN lautet 978-3-7357-7982-3
108 Seiten

„Der Gefolgsmann des Königs", die ISBN lautet: 978-3-7357-2281-2
116 Seiten

„Im Zeichen des Löwen", die ISBN lautet: 978-3-7347-5911-6
116 Seiten

„Kaperfahrt gegen die Hanse", die ISBN lautet: 978-3-7386-2392-5
108 Seiten

„Die Bruderschaft des Regenbogens", die ISBN lautet: 978-3-7386-5136-2
112 Seiten

„Im Schein der Hexenfeuer", die ISBN lautet: 978-3-7347-7925-1
112 Seiten

„Die Räubermühle", die ISBN lautet: 978-3-8482-0893-7
112 Seiten

„Der russische Dolch", die ISBN lautet: 978-3-7412-3828-4
116 Seiten

„Das Schwert des Gladiators", die ISBN lautet: 978-3-7412-9042-8
116 Seiten

„Frauenwege und Hexenpfade", die ISBN lautet: 978-3-7448-3364-6
116 Seiten

„Die Sklavin des Sarazenen", die ISBN lautet: 978-3-7448-5151-0
308 Seiten

„Die Tochter aus dem Wald", die ISBN lautet: 978-3-7448-9330-5
116 Seiten

„Anna und der Kurfürst", die ISBN lautet: 978-3-7448-8200-2
312 Seiten

„Westwärts auf Drachenbooten", die ISBN lautet: 978-3-7460-7871-7
120 Seiten

„Nur ein Hexenleben...", die ISBN lautet: 978-3-7460-7399-6
312 Seiten

„Sturm über den Stämmen", die ISBN lautet: 978-3-7528-7710-6
124 Seiten

„Die Rache der Barbarin", die ISBN lautet: 978-3-7528-4103-9
128 Seiten

„Im Feuersturm – Grete Minde", die ISBN lautet: 978-3-7481-2078-0
312 Seiten

„Rosen hinter Burgmauern", die ISBN lautet: 978-3-7347-0321-8
312 Seiten

„Auf Bärenspuren", die ISBN lautet: 978-3-7412-9116-6
316 Seiten

„Im Schatten des Feuerberges", die ISBN lautet: 978-3-7481-3800-6
120 Seiten

„Ein Sommer unter der Mondsichel - Wien, im Jahre 1683",
die ISBN lautet: 978-3-7494-5288-0
328 Seiten

„Der schwarze Tod - Mainz, im Jahre 1349",
die ISBN lautet: 978-3-7494-7180-5
336 Seiten

„Eine sächsische Revolution", die ISBN lautet: 978-3-7528-8679-5
336 Seiten

„Liebe in stürmischen Zeiten", die ISBN lautet: 978-3-7519-1929-6
160 Seiten

„Das siebente Mädchen", die ISBN lautet: 978-3-7504-3239-0
328 Seiten

„Ein Jahr unter Gauklern", die ISBN lautet: 978-3-7519-8230-6
336 Seiten

„An fremder Küste", die ISBN lautet: 978-3-7534-7768-8
332 Seiten

„Die Braut des Templers", die ISBN lautet: 978-3-7534-4502-1
340 Seiten

„Das Versteck des Eremiten", die ISBN lautet: 978-3-7543-3412-6
340 Seiten

„Eine Gräfin in Amerika", die ISBN lautet: 978-3-7557-7346-7
340 Seiten

Aktuelle Informationen und Neuerscheinungen finden sie immer im Internet unter:

www.Goeritz-Netz.de